大魚讀品
BIG FISH BOOKS

让日常阅读成为砍向我们内心冰封大海的斧头。

*Miss Benson's Beetle*

# 本森小姐的甲虫

[英]
蕾秋·乔伊斯
著

Rachel Joyce

李松逸
译

北京联合出版公司
Beijing United Publishing Co.,Ltd.

图书在版编目（CIP）数据

本森小姐的甲虫 /（英）蕾秋·乔伊斯著；李松逸译. -- 北京：北京联合出版公司，2022.5
ISBN 978-7-5596-5437-3

Ⅰ.①本… Ⅱ.①蕾…②李… Ⅲ.①长篇小说—英国—现代 Ⅳ.①I561.45

中国版本图书馆CIP数据核字(2021)第139505号

Copyright © 2020 by Rachel Joyce
Published by arrangement with Conville & Walsh Limited of Haymarket House, through The Grayhawk Agency Ltd.
Simplified Chinese translation copyright © 2022 by Beijing Xiron Culture Group Co., Ltd.
All Rights Reserved.

北京市版权局著作权合同登记 图字：01-2021-2910号

## 本森小姐的甲虫

作　　者：（英）蕾秋·乔伊斯
译　　者：李松逸
出 品 人：赵红仕
责任编辑：龚　将

---

北京联合出版公司出版
（北京市西城区德外大街83号楼9层　100088）
嘉业印刷（天津）有限公司印刷　新华书店经销
字数280千字　880毫米×1230毫米　1/32　印张11.75
2022年5月第1版　2022年5月第1次印刷
ISBN 978-7-5596-5437-3
定价：55.00元

**版权所有，侵权必究**
未经许可，不得以任何方式复制或抄袭本书部分或全部内容
如发现图书质量问题，可联系调换。质量投诉电话：010-82069336

谨以本书献给内尔

敢于求索则必有收获，无所追求则无所发现。
　　——索福克勒斯（Sophocles）

在否认万事万物瞬息万变的过程中，
我们莫名地失去了生命神圣的意识，
渐渐忘记我们是自然界的一部分。
　　——佩玛·丘卓（Pema Chödrön）

目录

1 新喀里多尼亚的金色甲虫，1914年 / 001

## 英格兰，1950年9月初　探险！

2 你拿我的新靴子做什么？/ 007

3 真是个蠢女人 / 015

4 快把它弄掉！/ 024

5 胸腔里有一股小小的挤压感 / 029

6 一个小玩笑 / 037

7 伊妮德·普雷蒂在哪儿？/ 040

8 一半乐趣在旅途！/ 049

9 偷渡者 / 061

10 吐得天昏地暗 / 063

11 事有蹊跷 / 072

12 有关伊妮德·普雷蒂的真相 / 075

13 看到父亲，以及自然历史博物馆 / 087

14 这地方不是您这种女士待的 / 092

15 靠近 / 103

16 伦敦，1950 年 11 月 / 106

17 两对翅膀 / 108

**新喀里多尼亚，1950 年 11 月　搜索！**

18 这个美丽的岛屿：贺拉斯·布莱克牧师对群岛历史的简短介绍 / 117

19 麻烦就在于你以为我们有时间 / 122

20 布里斯班 / 130

21 该去北部了 / 133

22 1950 年 12 月，伦敦 / 142

23 你有两条漂亮的腿 / 145

24 回归正轨 / 156

25 终末之所 / 158

26 杀死你的所爱 / 166

27 雾，不要雾 / 171

28  至于枪，那就算了吧 / 181

29  做纸艺的太太们 / 190

30  每天都在攀登 / 193

31  真是可怕的事情 / 204

32  伦敦，1950 年 12 月 / 208

33  圣诞节快乐，马格丽·本森 / 211

34  三王节派对 / 220

35  我们会死掉！ / 225

36  轻而易举 / 235

37  改变计划 / 239

38  带搭扣的鞋子 / 247

39  墓上的石头 / 255

40  出人意料的进展 / 261

41  连接线 / 266

42  伊妮德的红色小手提箱 / 269

**新喀里多尼亚，1951年2月　捕猎成功！**

43　维多利亚，你有点做过头了 / 285

44　谁知道会流这么多血？/ 291

45　蛇 / 301

46　奇妙的小东西 / 305

47　甲虫与眼睛 / 315

48　庇护所 / 318

49　波普太太 / 324

50　我们不会骑骡子过去 / 327

51　伦敦，1951年2月 / 338

52　活生生的珠宝 / 340

53　差点就成功了 / 346

**伦敦，自然历史博物馆　芙蕾雅**

54　新喀里多尼亚的金色甲虫，1983年 / 359

**后　记 / 363**

# 1

# 新喀里多尼亚的金色甲虫，1914年

马格丽十岁时，爱上一只甲虫。

那是一个明媚的夏日，教区长住宅里，所有窗户都敞开着。她想出一个主意，将她那些木头做的动物玩偶组对儿，像船儿一样在地板上移动。不过，这套玩具以前属于她的哥哥们，要么已经褪色，要么缺胳膊少腿，其中还有的整只都弄丢了。她不知道在这种情况下，可否将三条腿的骆驼跟带有斑点的鸟配对。正在这时，她父亲从书房里走了出来。

"你有空吗，小丫头？"他问道，"我想给你看一样东西。"

于是她放下骆驼和鸟儿，跟在他身后。就算他叫她倒立着走，她也会服从。

父亲走到书桌旁坐下，点头微笑。她看出来了，父亲喊她来并没有什么说得过去的理由：他只是想和她一起待一会儿。自从四个哥哥离家参战后，父亲就经常叫她来，不然她就会看到父亲在楼梯口徘徊，看上去在寻找某种连他自己都不知道的东西。他有着全世界最和善的眼神，光秃秃的头顶就像一枚鸡蛋，让他看起来毫无掩饰。

"有一样东西我想你会感兴趣，小丫头。"他说，"不是什么大不了的东西，不过也许你会喜欢。"

这种时候，他通常会拿出自己在花园里找到的某样东西。但这一次，他却打开一本书，书名是《不可思议的动物》。这本书看起来很有分量，就像《圣经》或百科全书，散发出古旧物品常有的气味，不过也可能只是他的气味。马格丽站在他身旁，努力掩饰自己的烦躁不安。

书的第一页是一幅插图，画的是一名男子。他有着正常的面孔和正常的胳膊，但本该长着双腿的地方，竟然出现了一条绿色的人鱼尾巴。她大吃一惊。下一幅图也同样怪异，上面画着一只松鼠，就跟花园里的松鼠差不多，只是身上长着翅膀。继续往下翻，一页接一页，全是些不可思议的动物。

"哇！啊！你瞧瞧。"她的父亲不断惊叹，"我的天，看看这家伙，马格丽。"

"它们都是真的吗？"

"有可能。"

"它们住在动物园里吗？"

"哦，宝贝，不是的。就算这些动物真的存在，它们也没被人类发现。有些人相信这些生物是存在的，只是还没有抓住它们，因此无法证明它们确实存在。"

她不明白他到底在说什么。在此之前，她一直以为世间所有东西都已经被人类发现，从未想到事情会以相反的方式发生：先在书上看到某种东西的图画——想象出来——然后再出发去寻找。

父亲给她看了喜马拉雅雪怪、尼斯湖水怪、巴塔哥尼亚的巨树懒；然后是爱尔兰驼鹿，它的鹿角就跟翅膀一样大；还有南非斑驴，上半身是斑马，后来身上的斑纹不够用了，变成了驴；还有大海雀、狮尾猴、昆士兰虎。世界上有那么多不可思议的动物，却没有人发现任何一只。

"你觉得它们是真的吗？"她问。

她的父亲点点头："一想到我们不了解的事物——差不多就是世间的一切，"他说，"我就开始感到安慰。"说完这句颠三倒四的感悟，他又翻开一页，"啊！"

他指着一个斑点，那是一只甲虫。

哎呀呀，这家伙可真够小的，它看上去如此渺小而普通。她不明白这只甲虫怎么会出现在一本满是奇妙动物的书里，就算它尚未被人发现又怎样？这种小东西，就算她踩到都不会去注意。

父亲告诉她，甲虫的脑袋被称为头部，身体中间是胸部，后面那半截叫腹部。她知道吗？甲虫有两对翅膀：一对是纤薄的膜翅，真正用于飞行；另一对是坚硬的鞘翅，用来保护膜翅。在上帝创造的地球上，甲虫的种类比其他任何物种都要多，而且每一种都与众不同，令人惊叹。

"它看上去有点其貌不扬。"她说。马格丽曾经听到姑姑们说她其貌不扬。她们可没这么说她的哥哥们。他们像马儿一样英俊。

"啊，再瞧瞧这个！"

他把书翻到下一页，她顿时感觉为之一震。

还是刚才那只甲虫，但被放大了约莫二十倍。她错了，大错特错，她简直无法相信自己的眼睛。放大之后，那只看似其貌不扬的小东西不再平平无奇。椭圆形的身体通体金黄，金光闪闪。金色的头部、金色的胸部、金色的腹部，就连那些细小的足也是金色的，仿佛大自然拿起一颗宝石，却打造出了一只昆虫。这只甲虫远比"长着尾巴"的人类光彩夺目。

"这是新喀里多尼亚的金色甲虫，"父亲说，"想象一下找到这只甲虫并把它带回家,是一种什么感觉。"

她还没来得及提出更多问题,外面的门铃就响了。父亲轻快地站起身来,轻柔地关上身后的房门——仿佛门也有感觉似的,把她一个人留在屋里欣赏那只甲虫。她伸出手摸了摸它。

"全都没了?"她听见父亲在客厅里说,"怎么可能?全都没了?"

到目前为止,马格丽从未像父亲那样热爱昆虫——他经常拿着捕虫网待在花园里,不过,这种事情他更喜欢跟她的哥哥们一起做。然而,当她的手指触碰到那只金色的甲虫时,奇妙的事情发生了:指尖仿佛蹿出一缕火花,为她打开了未来的大门。她感到身上忽冷忽热。她会找到那只甲虫的,就这么简单。不管新喀里多尼亚位于何处,她都会去那里,把那只甲虫带回家。她感觉自己仿佛被什么击中,醍醐灌顶一般;她仿佛已经看到自己骑着骡子走在前面,后面跟着一名助手,为她背着大包小包。

然而,当托拜厄斯·本森牧师回到书房时,他似乎已经不记得那只甲虫,更不记得马格丽了。他慢慢走向书桌,摸索着面前的报纸,拿起又放下,仿佛每一张报纸都已经面目全非。他拿起一个镇纸,然后是一支笔,接下来又把镇纸扔到原来放笔的地方,似乎完全不知道拿着笔该干吗。可能他已经完全忘记了笔的用途。他睁着双眼,泪珠像断了的线一样从眼睛里流淌出来。

"全都没了?"他说,"怎么可能?全没了?"

他从抽屉里取出一样东西,走过那道落地窗,马格丽还没反应过来发生了什么,父亲就朝他自己开了一枪。

英格兰，1950年9月初

探险！

## 2

## 你拿我的新靴子做什么？

本森小姐注意到，学生们正在课堂上传递一张搞笑的纸条，从教室的后面开始，现在正朝中间几排传去。

起初学生们只是偷偷地笑，但现在笑声却因为受到抑制而更加明显：一个女生发出打嗝似的笑声，另一个人脸都憋成了紫红色。不过本森小姐并未停止讲课，她以自己惯常的方式对待这张纸条，也就是假装它不存在。如果说跟先前有什么区别的话，那也只是她讲课的声音更响亮了。女孩们继续一个接一个地传着纸条，而她则继续讲述如何在战时做蛋糕。

其实，"二战"已经结束——结束五年了，但配给制还没有结束。肉类是定量供应的，黄油是定量供应的，猪油和人造黄油也是如此；糖是定量供应的，茶叶是定量供应的，奶酪、煤炭、肥皂、糖果，统统都是定量供应的。她的那件夹克，袖口已经磨到露出线头来了。仅有的一双鞋也已经破旧不堪，下雨天穿上就会发出嘎吱嘎吱的声音。如果把鞋子拿去修补，那她就只能穿着长袜呆坐着，等鞋匠把鞋修好，所以她就这么一直穿着，而鞋子也变得越来越破。街道两侧排列着破破烂烂的建筑——有的房子一整面墙都没了，只剩下一只灯泡或一根马桶链挂在那里——花园也仍然翻种着实用的英国蔬菜。被炸区域内堆放着旧报纸。男人们穿着曾经属于别人的退伍便服，在街角转悠；女人们为买到一块多脂的培根，排上好几个小时的队。坐在公共汽车上，你可能一连几英里都看不到一朵花儿，或者蓝天。她渴望蓝天，可是连这个似乎也是定量供应的。人们一直说新生活已经到来，但日复一日，生活一成不变，还是老样子。排队，寒冷，雾霾。有时候，她觉得自己一生都得靠残羹冷炙生存。

  这会儿，纸条已经传到第二排了。窃窃私语声，哧哧偷笑声，学生们笑得肩膀都在颤抖。她正在解释怎样给蛋糕盘铺纸，这时，有人用胳膊肘推了推坐在第一排的女孩，于是那张纸条被塞进温蒂·汤普森的手里。温蒂是个病恹恹的姑娘，脸上总是一副担心祸从天降的表情——即使你对她很好，她也仍然会显得惊恐不安。因此，当她打开那张纸条，发出一声尖叫时，大伙儿都被吓了一跳。就这样，女孩们哄堂大笑，这次她们甚至都懒得克制。如果她们继续这样下去，整个学校都会听到她们的笑声。

  马格丽放下粉笔。女孩们意识到她的视线，笑声逐渐消退了，一点一点地消散。成败在此一举，曾经有人这样告诉她：别试着和她们做朋友，这些女孩可不是你的朋友。有一位美术老师教了一个星期就放弃了。"她们在课堂上哼歌，"她在教员休息室里哭着说，"我问是谁在哼歌时，她们却直直地看着我说：'没人哼歌啊，小姐。'在这里工作，你会把自己气得半死。"

  马格丽走下木质讲台，伸出手。"温蒂，请把纸条交给我。"

  温蒂低着头坐在那里，像一只受惊的兔子。坐在后面一排的几个女孩交换了一下眼神。此外，没人动弹。

"我只是想知道有什么事这么好笑,温蒂,也许我们大家可以一起欣赏这个笑话。"

到目前为止,马格丽并不打算读那张纸条,当然也不打算享用那个笑话。她只是准备打开纸条,把它丢进垃圾桶里,然后回到讲台上,把这节课上完。现在已经快到下课时间,教员休息室里会有热腾腾的茶,还有各种各样的点心。

"纸条呢?"她问。

温蒂慢吞吞地把纸条递给她,就算让邮差来送,也会比温蒂动作快。"哦,别打开,小姐。"她细声细气地说。

马格丽接过纸条,打开。沉默像丝带一般伸展开来。

抓在她手里的并非平常的纸条。上面不是笑话,也不是抱怨这门课多么无聊的只言片语,而是一幅速写,一幅精心绘制的漫画速写,描绘了一个臃肿的老女人,而这个臃肿的老女人显然就是马格丽。那件松松垮垮的套装是她的,那双鞋子毫无疑问也是她的。两块厚木板挂在两条粗腿的末端,甚至能看到一个脚趾伸了出来。她的鼻子被女孩们画成一颗土豆,而她的头发就像一个乱糟糟的鸟窝。女孩们还给她画上了髭须——不是时髦的髭须,而是粗短的一字须,希特勒的那种。这幅画的上端,有人写下一行字:老处女马格丽。

马格丽倒吸了一口冷气,委屈与愤怒混合在一起,像猛涨的河水一般在体内涌动,而身体里仿佛没有足够的空间容纳这种情绪。她想说,其实是想大吼一声:"你们好大的胆子!这个女人可不是我。我不长这样!"但她说不出话来。恰恰相反,她呆若木鸡,期待着出现一个不合情理的片刻,能让整个事情一股脑全都消失,再也不会出现。如果刚才她只是待在原地,啥都不做就好了。然后,有人发出咯咯的笑声,另一个人咳嗽了一下。

"是谁干的？"她问。因为紧张不安，她说话的声音有种怪异的有气无力之感。她似乎难以将空气塑造成那几个字的准确读音。

没有人回答。

然而，现在她已经进退维谷。她威胁说要布置额外的家庭作业，还说她们会错失下午的休息时间，甚至警告说要把副校长叫来——人人都害怕那个不苟言笑的女人，难得有一次面露笑容是因为马格丽关门时不小心将裙子夹住，被卡在那里。（"我从没见过这么可笑的事情，"副校长后来说，"你看起来就像一只掉进陷阱的熊。"）但这些威胁毫无作用。下午课间休息的铃声响起，走廊上脚步声和说话声开始像河流一样升涨。女孩们依旧静静地坐在教室里，目光低垂，一声不吭，脸上略有些发红。她们拒绝道歉或说出谁是罪魁祸首——就连温蒂·汤普森都没有屈服于她——这让马格丽感觉更加孤独、更加荒谬。她将纸条丢进垃圾桶，但纸条上的内容依然没有消失，仿佛已经成为空气的一部分。

"下课！"她说，并希望自己听起来十分威严。然后，她拿起手提包离开了。

没等她完全走出教室门，身后就传来一阵哄堂大笑。"温蒂，你真行！"女孩们嚷嚷着。马格丽一路走过物理实验室和历史教研室，却不知道自己到底要去哪里。她只是需要透一口气。成群结队的女孩挡住了她的去路，像海鸥一样大喊大叫，可她耳朵里只有刚才的笑声。她推了推操场的后门，可是门被锁上了；她不能从正门出去，因为那道门只供访客通行，就连教职员工也禁止使用。去礼堂？不行，那里挤满了穿着汗衫和短裤的女孩，她们拿着旗子，跳着一种像是在发信号的舞蹈。她开始担心自己会永远困在这里。她穿过存放学校奖品的展示厅，撞倒了一箱运动服，差点从一个灭火器上飞过去。去教员休息室，她告诉自己，进了教员休息室我就会平安无事。

马格丽是个身材高大的女人，她自己深有感触。这些年来她一直过得浑浑噩噩，她也深有感触。当她还是少女时，她身材高挑纤瘦，和哥哥们一样，而且也拥有他们那样明亮的蓝眼睛。她甚至穿他们留下的旧衣服。问题来了——倒不全赖那些旧衣服，而是因为身高——她年纪轻轻就学会了弯腰驼背。然而体格庞大，变成真正的大块头，是在她停经之后的事了。跟母亲一样，马格丽体重不断增加，结果导致髋部疼痛，有时会出人意料地痛上一阵，让她步履蹒跚。她没有意识到，自己已经成为学校里的笑料。

教员休息室里太热了，有一股肉汤和旧羊毛衫的气味。当她走进去时，没人跟她打招呼或冲她微笑，大多数人都在打呼噜。副校长站在角落里，这个表情冷漠、精力旺盛的女人，穿着一条褶裙，手里握着一盒图钉，正在查看员工布告栏。马格丽有一种挥之不去的感觉：每个人都听说了那幅速写的事，即使在睡梦之中，他们也在偷偷笑她。她从茶壶里倒了一杯已经不太热乎的茶，吃了点人家挑剩的点心，然后走向自己的椅子。有人将一双崭新的高帮靴子落在了座位上，于是她把靴子放到地上，然后"嗵"的一声坐下。

"那双靴子是我的。"副校长说，都没有扭头看一眼。

外面，雾气把树木变得一片模糊，将它们吞噬、抹除；草的颜色更接近黄褐色而非绿色。这份工作让她失去了二十年光阴，而她根本就不喜欢烹饪。申请这个职位，不过是因为走投无路罢了。"仅限单身女性。"广告上是这么说的。她再次想起那幅漫画速写，想起女孩们取笑她那一头糟糕的头发、破旧的鞋子和那件已经磨破的旧套装时，是何等细致入微。很伤人。伤人的原因在于，她们是对的，那些女孩是对的。就算对她自己而言，尤其是对她自己而言，马格丽是一个笑料。

　　结束学校的工作,她会回到自己的公寓,尽管堆满了姑姑们笨重的家具,屋子里依然显得空空荡荡、冷冷清清。她会等一会儿那部似乎永远不会下来的笼式电梯——因为人们总是忘记把门关好。最终,她会迈着沉重的步伐爬上五楼。她会用自己能够找到的任何食材做一顿饭,随后把餐具洗干净,收拾停当,再服用一片阿司匹林,读着书慢慢入睡。她会略过几章,或者一顿就吃光公寓里的食物——没人会知道这一切,尽管都是事实。而且,不仅没人会留意,就算有人留意,也无关紧要。到了周末和假期,情况甚至会更糟。她会一整天都不跟别人说一句话。为了不让自己看起来惶惶如丧家之犬,她会一件件地做家务,毕竟调整图书室里某本书的次数实在有限。她的脑海里浮现出一只甲虫在毒瓶里慢慢死去的画面。

　　马格丽的手伸向地板。不等大脑意识到自己在做什么,她已经放下茶杯,拿起那双高帮靴子。靴子是黑色的,很大,而且很结实,鞋底用厚厚的楦脊做了额外加固。她站起身来。

　　"本森小姐,"副校长叫道,"不好意思,你拿着我的新靴子做什么?"

　　合理发问,可马格丽不知道该如何回答。她的身体似乎控制了头脑。她从副校长、那只茶壶和其他教员身旁走过,不用回头她也知道,教员们已经从睡梦中惊醒,正张大嘴巴,困惑地望着眼前的一切。她一只胳膊下夹着那双靴子,另一只胳膊下夹着手提包,离开了教员休息室。她从一群女孩子中间穿过,匆匆忙忙地朝主厅走去。

　　"本森小姐?"她听到副校长在叫自己,"本森小姐?"

　　可是她到底在干什么?拿起别人的靴子扬长而去已经够糟糕了,而她的手决定要"更上一层楼"。仿佛要弥补她如同死水一般的内心，她的手不加分辨地抓起各种东西：一只银质奖杯、一捆运动服，甚至还有那个灭火器。她处在某种可怕的情绪中，不仅没有道歉，也没有将这些东西放回原处，还把事情搞得比以前糟了一千倍。她经过女校长的办公室，经过操场的那道已经锁上的门，直接走进主厅。她知道，人人都知道，教员是绝对禁止进入这里的，主厅里悬挂着历任老校长的肖像画，她们无疑全都是老处女。

副校长尾随而至，离她越来越近。"本森小姐？本森小姐！"

她试了三次才打开正门，手里的东西都快要抓不稳了。比如那个灭火器就比她预想的重得多，她只能像挟持小孩那样抱着它。

"本森小姐，你胆子好大！"

她推开门，笨拙地走进去，恰好扭头窥见副校长那张苍白而严肃的脸。离得那么近，那个女人差点就抓住马格丽的头发了。她"砰"的一声撞上大门，副校长发出尖叫。糟糕，刚刚自己可能弄伤了副校长的手。应该加快速度才行，可是她已经筋疲力尽，只想躺下来休息。更糟的是，追在身后的人更多了，其中有几名教师，还有一群兴奋的女孩。她别无选择，只能继续往前跑。她的肺就跟着火了似的，两条腿颤巍巍的，髋部开始刺痛。当她趔趔趄趄地穿过网球场时，她发现世界天旋地转起来。她丢掉那只灭火器、无挡板篮球奖杯和运动服，来到正门。当公交车上的"7"字一路顺畅地从小丘的山脊上升起时，她以那两条大肥腿能够达到的最快速度，颤巍巍地朝公交车站冲去。副校长的新靴子就像一只被强行抓住的宠物，夹在她的胳膊下面。

"别以为你能侥幸逃脱！"她听到了叫喊声。公交车在马格丽前面停下，自由就在眼前。

然而，就在她即将登上安全的彼岸时，一阵惊恐感从天而降，她的身体顿时僵住了,动弹不得。售票员拉响铃声,公交车开始滑行,差点将她留在后面——幸好两个反应神速的乘客抓住她的衣领,将她拽了上去。公交车载着她离开学校时,马格丽紧紧抓住扶手,一句话都说不出来,眼前一片漆黑。她这辈子从未做过坏事。她从未偷过东西,除了一个男人的手帕。此刻她的脑袋里嗡嗡直响,心突突直跳,脖子后面的毛发都竖了起来。她脑子里只有那个名叫新喀里多尼亚的地方。

第二天早上,她在《泰晤士报》上登了一则广告:

"诚征探险助手一名,须通法语,前往地球的另一端。费用全包。"

# 3

# 真是个蠢女人

就在父亲给马格丽看《不可思议的动物》那天，她受到了触动，但她不知道该如何解释，就好像自己被赋予了某种职责，永远无法放下。她曾经告诉自己：有一天，我将找到新喀里多尼亚的金色甲虫，然后带回家。不知怎的，与这个誓言相伴的，还有另一个拐弯抹角的愿景——父亲也会为此感到高兴、满足，并且回家。就算无法做到实际意义上的"回家"，至少象征意义上可以。

然而，新喀里多尼亚是位于南太平洋上的一个法国群岛，从英国到新喀里多尼亚有一万多英里的路程，大部分是海路。坐船到澳大利亚就需要五个星期，随后还要搭六个小时的飞行艇，而这还仅仅是抵达那里。群岛中主岛为长条形：大约二百五十英里长，却只有二十五英里宽，形如擀面杖。岛上有一条横贯南北的山脉。她得先抵达岛屿北端，租一座带游廊的平房做大本营。之后将是长达数周的翻山越岭，在雨林中砍出一条小路，为了搜索甲虫而四肢伏地，在吊床上睡觉，背着装备吃力地前行，更别提蚊叮虫咬和炎炎热浪了。去那里就跟登月差不多。

多年以前，马格丽收集了一些物件：一串甲虫项链、一张新喀里多尼亚的地图，一本前往该群岛的插图版袖珍指南——贺拉斯·布莱克牧师著。这些物件提醒她铭记自己的爱好，保持真我。关于那种甲虫，她发现了一些重要的信息：体格、形状，以及栖息地。她还制订了一些计划。可是，突然之间，她停止了，或者更准确地说，是生活停滞下来。尽管偶尔还是会被某些远看金光闪闪、近看却只是垃圾的东西吸引住目光，但她已经放弃了前往新喀里多尼亚的全部希望。这一次，她打算付诸行动，去寻找那种尚未被发现的甲虫——要么赶在别的探险家之前找到，要么赶在自己老得无法坐船之前。明年她就四十七岁了，虽然这个年龄还算不上"老"，但这个数字确实让她"变老"而非"变得年轻"。当然，她已经老得无法生育。母亲四十六岁就去世了，而她的哥哥们二十出头就战死沙场。她已经感觉到生命在不断流逝，所剩无几。

当然，没人认为这是个好主意。首先，马格丽压根就不是正儿八经的昆虫采集者。虽然她知道怎样杀死甲虫并制成标本，但从未在博物馆工作过。她没有护照，连一个法语单词都不会说。谁会万里迢迢、不辞辛劳地跑去寻找一种可能并不存在的小昆虫呢？马格丽致信皇家昆虫学会，问他们是否愿意好心资助她这趟旅行，他们也好心地回信说他们不愿意。她的医生说，前往地球另一端的探险之旅会要了她的命，而她的银行经理也警告说她并没有足够的资金。除此之外，她还是一位女士。

"谢谢您。"马格丽说。这或许是多年以来别人对她说过的最动听的字眼。

有四个人对她的广告做出了回应：一个寡妇、一个退休教师、一个复员军人,以及一个名叫伊妮德·普雷蒂的女人。伊妮德把茶水洒在了回信上——谈不上回信,只是一份购物清单,而且她的错字简直让人抓狂。伊妮德写着她想"尽请生活,看看世介!",然后列了一连串所需物品,包括胡萝卜、鸡蛋粉和绳子。除了伊妮德·普雷蒂之外,马格丽给其他应征者都写了回信,对那种甲虫做了简明扼要的解释,并邀请他们到里昂街角茶馆喝茶,她会穿一件棕色衣服,拿着那本前往新喀里多尼亚的袖珍指南,在那里等他们。她提议周三下午三点左右见面,如此一来,她就有望避免为一顿完整的大餐自掏腰包,而且周中价格比较便宜。她的预算有些紧张。

她还收到一封学校寄来的信。校长轻飘飘地略过有关灭火器和运动服的问题,但要求她立刻归还副校长的高帮靴子。既然马格丽干起偷拿他人鞋子的勾当,学校也不再雇她教家政课了。

那天下午感受到的狂热顿时消散一空,现在,马格丽只觉得心神不定、忧心忡忡。自己居然偷了一双靴子,到底哪根筋搭错了?她不光丢掉了自己的工作,而且根本不可能重返原职。一回到家,她就把那双靴子塞到地毯下面看不到的地方。可是要把东西藏起来,让自己都找不到,那可绝非易事——从理论上说,那么做的时候你需要离开藏东西的房间——她要忘掉那双靴子,就跟忘掉自己的双脚一样困难。她已经度过了几个战战兢兢的日子,几乎都不敢动弹。她想,这么着吧,我会处理掉那双靴子,在前往里昂街角茶馆的途中把它们寄回去。可是,邮局的女职员非要她说出包裹里是什么东西,这让马格丽不知所措。然后,当她离开邮局时,天空下起雨来,她那双棕色的旧鞋子有一只裂开了。老实说,她脚上就跟穿了一扇活板门似的。唉,去他大爷的,她想。

于是,她穿上了那双新靴子。

她遇到一个新的麻烦：即使是在周三的下午，里昂街角茶馆的顾客也比她预想中多。仿佛伦敦的所有女人都出来喝茶了，而她们全都打定主意穿棕色衣服。她找到一张靠窗的桌子，带着她那本指南和一份列出各种问题的清单坐下。她感到口干舌燥，几乎说不出话来。

"您是本森小姐吗？"

她跳了起来。第一个申请人已经站到她身旁了，而她甚至都没注意到他靠拢过来。和她一样，他身材高大，但瘦骨嶙峋，身上连一盎司的肉都没有。而且他的头发剪得很短，她都能看到他白色的头皮了。男人身上的那件退伍便装显得臃肿不堪。

"我是蒙迪克。"他说。

马格丽从来都不是人们所说的那种招男人喜欢的女人，不过话又说回来，她也算不上招女人喜欢的女人。她伸出手来，在空气中停顿了一下，蒙迪克迅速俯身落座——宛如一支业已出错的舞蹈——她的手伸到他那里时，他已经快要坐下了，于是她没有像普通人那样用握手表示欢迎，而是相当用力地戳了一下他的耳朵。

"您喜欢旅行吗，蒙迪克先生？"她参考了一下笔记本才提出第一个问题。

他说他喜欢。他曾经驻扎在缅甸，当过战俘。他掏出自己的护照。

他的护照令人震惊。照片上是一个虎背熊腰的男子，接近三十岁，留着胡须和波浪头。可是此刻坐在她对面的，更像一具行尸走肉。他的眼睛对他的脸来说太大，骨头似乎就要从体内迸出。他也十分紧张，不敢直视她的眼睛，双手哆哆嗦嗦。其实，在他身上，似乎只有那双桨叶大小的手属于照片里那个男人。

马格丽彬彬有礼地将话题转向甲虫。她拿出已经非常旧的新喀里多尼亚地图，折痕都有些透明了。她指指群岛中最大的岛屿——又细又长,形如擀面杖。"大岛。"她咬字清晰地吐出这个词,因为她隐约觉得蒙迪克先生理解起来有点吃力。她在岛屿北端画了个叉:"我相信那只甲虫会在这里。"

马格丽希望他会表现出几分热情,哪怕一个微笑也不错,可他搓搓手说:"那里有蛇。"

马格丽是不是发出了笑声?她并不是故意要笑他,那只是不经意间发出的声音——她像他一样紧张。但蒙迪克先生没有笑,而是向她投来藐视的一瞥,仿佛她让他感到不适。然后他垂下目光继续盯着桌子,双手搭在桌上,不断地扭折和拉扯手指。

马格丽解释说在新喀里多尼亚是不会遇见蛇的。说到那里的动物,鳄鱼、毒蜘蛛和秃鹫也是没有的,倒是有一些很大的蜥蜴和蟑螂,还有一种不是很友善的海蛇,仅此而已。

她还说,从没有人抓住金色翅膀的拟花萤。大多数人都认为它们根本不存在。金色的蜣螂和步甲都是有的,但金色的拟花萤在任何昆虫藏品中都未曾出现。如果能找到一只,那真的是了不起的事情。它很小,跟瓢虫差不多大,但体形比较细长。她压低嗓音,俯身靠拢过去。自从她下定决心要找到那种甲虫后,她就认定其他所有人,甚至此时在里昂街角茶馆品茶和享受肉饼的人,也在寻找它。此外,一些私人收藏家也很可能愿意为某种从未被人发现过的甲虫付一份小报酬。

接下来,她摆出自己的证据。首先,是一封达尔文写给朋友阿尔弗雷德·拉塞尔·华莱士的信,信中他(达尔文!)提到一则传言,关于一种外表如同镀金雨滴的甲虫。其次,一位传教士在日志中描述了一座形如钝平智齿的山,他在那里碰到一只极小的金色甲虫,美得让他跪下祈祷。还有一位在高海拔地区搜寻兰花的采集者差点抓到它:他看到一道金光闪过,却没来得及拿出捕虫网。所有证据都指向新喀里多尼亚的大岛，如果那位传教士是可靠的，兰花采集者的信息也是可靠的，那么这种甲虫肯定是生活在大岛的北部。此外，过去采集者总是待在南部或者海岸地区，因为那里地形不太险峻，最为安全。

从科学的角度说，这种甲虫尚不存在，因为一个物种如果还没被送到自然历史博物馆，由昆虫学家起一个拉丁文学名，并加以描述，那么这个物种就不能算"存在"。所以她需要带三对标本回国，以正确的方式扎上昆虫针，制成标本。如果以任何方式遭到损坏，那就毫无用处了。她还需要画一些详细的草图，制作几册笔记本。"我希望这种甲虫用我父亲的名字命名。本森拟花萤，学名为Dicranolaius bensoni。"她说。

不过蒙迪克先生似乎对它叫什么名字毫不在意，对这种甲虫也毫不在意。他略过她对这趟旅程的介绍，直接跳到自己会如何接受这个工作，毫不回应她中间提出的关键建议。是的，他将为马格丽的探险打前锋。他会带一支枪，保护她不受野蛮人伤害，还会为她猎杀野猪，好在营地的篝火上烹煮。他还询问了启程的日期。

马格丽咽了一下口水。蒙迪克先生显然有点缺根筋。她提醒他：自己要寻找的是一种甲虫，现在是一九五〇年，根本不需要带枪，而且新喀里多尼亚也不是野蛮人生活的岛屿。战争期间，有六万名美军平平安安地驻扎在那里。除了法式咖啡馆和店铺，你还能在那里找到汉堡餐厅和奶昔吧。根据贺拉斯·布莱克牧师的说法——说到这里，她举起那本指南，就仿佛它是《圣经》——马格丽只需要一些日常用品，例如糖果和拉链之类的小礼物，还有食品，她会带上用袋子和罐头包装的英国食品。

"你是在跟我说，我不够男人，没法领导这次探险吗？"蒙迪克先生一个拳头砸到桌子上，差点砸中盐瓶和胡椒瓶，"你是说，就算没有我,你自己也能去探险吗?"

他突然站起身来,仿佛打开了体内的一个开关。她都没弄明白自己哪里说错了,只见他大吵大嚷,唾沫飞溅。他告诉马格丽,她是一个愚蠢的女人。他告诉她,她会在雨林里迷路,在洞穴里丧命……

蒙迪克先生抓起自己的护照离开了。尽管他身材高大,但由于头发太短,衣服太大,又把瘦骨嶙峋的双手握成拳头,因此他看起来个头很小。他推推挤挤地走过戴着小白帽的女侍者和彬彬有礼地等待用餐的客人,仿佛他痛恨这里所有的人。

他是战争的受害者,马格丽不知道该怎样帮他。

她的第二名申请人,也就是那位寡妇,提前到了,这倒也不错,而且只点了一杯水——这就更好了。不过,她以为马格丽说的是喀里多尼亚,苏格兰的那个。不是的,马格丽说。她说她要去的是新喀里多尼亚,位于地球的另一端。

面试就这么结束了。

到现在,马格丽一直在努力保持冷静。在最初提出申请的四个人中,第一位,伊妮德·普雷蒂,面试前就自我淘汰了;第二位,蒙迪克先生需要帮助;第三位待了三分钟就离开了。她觉得自己毕生向往的探险已经完蛋了。就在这时,那位退休教师到了。汉密尔顿小姐穿着一件宽大的雨衣,大步流星地穿过茶馆——这一身简直可以兼作窗帘。她的裙子腰部有松紧带,颜色是肉汤一样的棕色,非常实用,可以掩盖任何污迹。她也有髭须——不是非常繁茂,但也并非几根短短的汗毛。马格丽一眼就喜欢上了她,冲着汉密尔顿小姐招手,汉密尔顿小姐也挥手回应。

不等马格丽跟她介绍那种甲虫,汉密尔顿小姐就抽出一个笔记本,提出一连串问题,有些还是用法语提出来的。马格丽对蝴蝶感兴趣吗?(不。她只对甲虫感兴趣,她希望带着很多标本回国。)这次探险会持续多长时间?(五个半月,包含往返旅途。)她是否已经租下一所小木屋当大本营?(还没有。)这次面试完全颠倒了,尽管如此,马格丽还是被对方深深地吸引了。就像遇到了另一个改良版的自我,只是这一个丝毫不紧张,而且会说外语。不过,当汉密尔顿小姐问起她的职业时,马格丽有些慌张。她说出了学校的名字,然后就改变了话题。她甚至把脚缩到椅子下——倒不是汉密尔顿小姐知道靴子的事,只不过罪恶感是不讲逻辑的。

"你不需要那种满头金发的轻佻女孩当你的助手,"汉密尔顿小姐说,恰好有一个满头金发的轻佻女孩咔嗒咔嗒地从窗外路过,"除了张开两条腿躺下,那些年轻女人为战事做过什么?家庭?"

"您说什么?"

"我是问你的家庭背景。"

"我是由两位姑姑抚养长大的。"

"兄弟姐妹呢?"

"我的四个哥哥在同一天死于蒙斯战役。"

"你父母呢?"

"也去世了。"

马格丽必须停顿片刻。她父亲的事是话题禁区,就像一个火山口,四面八方都竖着"禁止入内"的牌子,她从不靠近。母亲去世就截然不同了,也许因为母亲是在椅子上坐着打瞌睡时去世的,虽然是马格丽发现的,但她并不惊奇。母亲活着和死了看起来差不多。至于哥哥们,他们死得太早,让她觉得自己仿佛是家里唯一的孩子。她是本森家族的最后一位成员,他们家的血脉到此中断。

汉密尔顿小姐说:"两次世界大战导致这个国家到处都是单身女人。我们绝不能妄自菲薄。"她把手提包猛地拽到胳膊上,仿佛它随时试图逃跑,她得时刻保持警惕。"再见,本森小姐。多么精彩的冒险,把我算上吧。"

"你的意思是你想参加?"

"不容错过。"

说马格丽一路蹦蹦跳跳地回家或许并非实情,打小她就不蹦蹦跳跳。而且当时天已经黑了,还在下雨——大雾弥漫,此外,那双高帮靴子有点磨脚跟。当她步行/跛行走过街道,路边的一切——那些肮脏破损、坑坑洼洼地布满榴霰弹弹坑的建筑,还有那些排队购买食物的女人、衣不合体的男人——全都显得弥足珍贵,仿佛她已经离开,将这些留在了身后。在某个短暂的片刻,她觉得自己听到了脚步声,可是当她扭过头去,身后却没有人。浓浓的雾气中,人们冒出来又很快消失,就像滴进水里的墨汁。她和三个陌生人聊过那种金色的甲虫,虽然其中两人匆匆离开了,这是事实,但在她脑子里,那种甲虫却变得更加真切,找到它的可能性也大大增加。马格丽打开手提包掏出钥匙,寻思着把地图搁哪里了,可是她根本无暇为此担忧,因为门的下方躺着一个信封,来自那位女校长。

"非常遗憾地通知你,因你未能归还偷窃的靴子,学校已将这件事情交由警方处理。"

马格丽心里一沉,仿佛她在电梯里面,却被人割断了电梯的悬索。她把那封信藏到床底下,拖出行李箱。

## 4

## 快把它弄掉！

这么多年来，马格丽都不知道父亲到底出了什么事情。在他走过那道落地窗后，她听见了枪声，看见一抹鲜血飞溅到玻璃上，吓得她呆若木鸡。接着，周围传来各种各样的声音——无数鸟儿的鸣叫、母亲的尖叫——教区长住宅里似乎瞬间充满了新的声音。她再也搞不清楚什么是安全，什么不是。她眼睛里只有玻璃上那一抹红色，心里只想要父亲，直到有人终于想起她来，才发现她挤到书柜下面躲了起来。她从未见过这个人。为了把她哄出来，他还侧躺在地上。他说她父亲出了意外，她需要做个乖乖的小姑娘，不要惹麻烦，也不要再躲到家具下面。

接下来的几个星期，这所教区长住宅里的一切都消失了。不单是厨子和女仆，就连房子里的东西也不见了。马格丽望着迄今为止构成她生活的那些物品——她四岁时撞过的那张桌子、她曾经在里面躲了一整个下午的衣橱、哥哥们的板球拍、父亲的书籍——全都被装进二轮运货马车里运走了。然后，她和母亲也离开了。母亲穿着黑色的绉绸衣服；马格丽穿着旧裤子，戴着一顶粗糙的平顶草帽。她们拥有的一切都装在一只行李箱里。

她们乘坐火车前往伦敦的姑姑家。母亲挤进车厢角落的座位，昏昏欲睡；马格丽则挨个儿数着车站，大声读出站名。母亲是个大块头女人，毫无柔情可言。当你试着拥抱她时，她只会冷漠以对。如果说她跟从前有什么不同的话，那也只是她的块头变得更大了。

"我再也不会幸福了。"她说，哀悼仿佛只是穿戴的服饰，就像一顶帽子。

而马格丽——她根本不知道母亲在说什么——却快乐地把身体探出窗外，宣布自己能够看到泰晤士河。

海兹姑姑和罗娜姑姑是父亲的双胞胎姐妹，两人都是虔诚的宗教信徒。她们总是穿着黑衣服，就算在喜庆的日子也是如此，而且饭前饭后都要祈祷，有时吃着吃着饭也会。她们不跟人聊天，但会发出一些具有启迪意义的声明，例如"我们为痛苦而欣喜，因为忍耐产生于痛苦"，或者"我们得到的痛苦从不会超过我们的承受力"，就是其他女人缝在刺绣样品上的那种警句。她们完全按照老处女的行为规则行事——没完没了地抹除灰尘；计算脏衣服的数量，但从不洗衣服；把银器擦得跟太阳一样明亮。至于其他的一切事务，她们都留给了居家女仆芭芭拉。那是一个可怕的女人，她在脑袋顶上绾了个发髻，把所有命令都当作对她个人的侮辱。姑姑们在肯辛顿一座带有一百级台阶的大楼里拥有一套公寓。至于花园，那里是没有的，只有一个公共广场。

行李箱被搬进去后，海兹姑姑把壁炉里的火拨旺，罗娜姑姑拉上窗帘。母亲则在窗边的一把椅子上落座，就像一个被掏掉了填充物的玩偶。客厅里摆满巨大的家具，狭小的房间更显逼仄了，每个人都只能挤来挤去。姑姑们用可怕的口吻评论说,马格丽的个头对于小女孩来说太大了,而且穿得活像小男孩。母亲打了个哈欠,解释说问题在于她正在不断长个儿。"请问,我可以去玩儿吗?"马格丽问。姑姑们说只要她不大喊大叫或者折断花朵,她可以到广场上玩儿。可是,当她问"父亲是不是很快就会过来"时,三个女人全都闭上了眼睛。有那么一会儿,马格丽觉得她们在做祈祷。

然后海兹姑姑问:"要喝茶吗?"

罗娜姑姑说:"拉铃叫芭芭拉。"

母亲打了个哈欠说:"我累死了。"

随后,几个月就这么过去了。马格丽在广场上漫游,尽量不大喊大叫或折断花朵。可是,当她问到父亲的消息或者询问父亲什么时候回家时——哪怕只是问起哥哥们——姑姑们就会拉铃,母亲会闭上双眼——仿佛需要克服童话故事里那种能够持续几百年的疲惫,而芭芭拉则会捧着一个装满茶具的盘子,怒气冲冲地冲进客厅。没人想要伤害马格丽,事实上,她们的本意恰恰是不希望她为这些事感到难堪。但这种感觉就像穿过一片被施了魔法的土地,在一个没有路标或看不到边界的地方,除了她,所有人都在呼呼大睡。她开始感到恐慌,晚上尿床,还会无缘无故地哭泣。有一段时间,她会查看外面那些打着绷带、坐着轮椅的男人中有没有父亲的身影,以此打发日子。最终她的大脑做出决定:那些显然不该保留的东西,还是不要保留比较好。于是,一切豁然开朗。在她的人生中,搬入姑姑家之前的一切都消失了。战争结束,哥哥们和父亲属于那些遥不可及的生活,就像遥望湖泊对面的缥缈之物。因此,即使她想念他们,她也感觉不到。这并不痛苦。而且,一个完全由女性组成的家庭并没有什么奇怪:战争已经抹除了整整一代男人。

日子还得过下去,她不用穿哥哥们的旧衣服了,姑姑们用一些朴素的裙子取而代之。只要马格丽没有跑来跑去、吵吵闹闹,她们也懒得搭理她。她们给她找了一所学校,但她很少去上学,就算去了,也总是与别人保持距离。与此同时,母亲成天坐在老位置上,越来越沉重,不单身体如此,目光与嗓音也是同样。仍然没有人提起父亲,马格丽也忘掉了父亲那本有关奇异生物的书。

然后,有一天下午,马格丽走进起居室,发现四个女人包括女仆芭芭拉,全都颤巍巍地爬到了家具上,马格丽的母亲也一样——这么多年来,她还是第一次看到母亲如此身手矫捷。

"赶快弄掉那东西!"芭芭拉尖叫着,听起来一点都不像个女仆。四个女人全都指着那扇窗户。

马格丽在窗帘上找到一只甲虫,就像一枚小小的黑色胸针别在上面。"你好!"她对甲虫说。她觉得自己得到了它的信任,便轻轻地将甲虫取下来,放在手里,打开窗户。她感到责任重大,当然,她并不害怕。

可是,当她尝试放飞那只甲虫时,它却不愿动弹。难道自己把它弄死了?她微微抖了抖胳膊,甚至祈祷了一下。令她欣喜的是,它突然抬起背部,打开两片坚硬的鞘翅,下面那对不可思议的膜翅像扇子一般舒展开,纤薄如糖纸,颤动起来。我知道了,她心想,我了解这虫子。那只甲虫停驻片刻,仿佛在检查起飞前的流程是否正常。然后,它腾空而起,直直地冲向那堵墙壁,然后伸出细小的足,在千钧一发之际调整了飞行方向。它发出那么急促的噪声,平生第一次,她感觉自己对有关飞行的危险机制有所了解。一只甲虫或许微不足道,甚至还有点粗短、笨拙,但它却有一股坚不可摧的意志,想要畅游世界。她露出笑容。

几天后，当那只甲虫——要么就是另一只跟它一模一样的甲虫——回到这里时，她用两只手捕捉到它，将它带进自己的房间，藏在一个小盒子里养起来，还在里面放满叶子，以及甲虫可能喜欢的其他东西，包括泥土和水。她给它起了个名字，托拜厄斯·本森，那是她父亲的名字。她为它画了许多图，把笔记本都用光了。它活了两个星期，没被家里的其他任何人发现。它死去的那一天，她哭得稀里哗啦，姑姑们以为她得了什么病，甚至为她额外多做了些祈祷。

她对甲虫的痴迷从此开始。她老是跑出去找这种小虫子，令人惊奇的是，一旦开始寻找，总可以轻轻松松地找到。不管她在做什么，脑子里总是想着甲虫。她为它们画图，做笔记，从图书馆借阅相关书籍。她得知，甲虫王国由一百七十多个科组成，包括步甲科、象甲科、金龟科、芫菁科和锹甲科等，而每一个科又包括数千个物种。她知道了那些甲虫的俗名：蜣螂、六月鳃金龟、五月鳃金龟、绿龟甲、隐翅虫。她知道它们生活在什么地方、吃什么食物、在哪里产卵、如何区分。她在自制的巢箱和广口瓶里饲养了一些样本，在一册册笔记本上填满手绘的甲虫草图，以及她对它们的描述。

她了解甲虫，可人类却让她感到陌生。

# 5

# 胸腔里有一股小小的挤压感

"辛爱的木森小姐，那分工做还再吗？"

"辛爱的木森小姐，你有役有收到我的信？我希望成为你的助首！"

"牛奶，写盐，甘篮菜。"

在接下来的几天，伊妮德·普雷蒂又寄来三封错误百出的信，严格地说，其中一封是要寄给杂货商的购物清单。

马格丽没有时间回信，几乎连思考的时间都没有。机遇钟爱有备而来的人，目光所及，马格丽看到的都是自己的购物清单和预算。咸牛肉、长袜、乙醇、调查许可证。如今汉密尔顿小姐成了她的助手，探险终于开始成形了。汉密尔顿小姐希望能及时赶回来参加明年五月的大英庆典。如果她们在三周后的十月中旬出发，那么除去六个星期的去程，就有两个多月的徒步探索时间，然后于明年二月离开新喀里多尼亚。三周根本忙不过来，实际上有点疯狂。按上述行程，她们要在最热的季节待在新喀里多尼亚，贺拉斯·布莱克牧师警告说这个季节有飓风。可是她现在已经开始准备这趟旅程了。她曾经放弃过一次，如果再次放弃，她知道自己就再也没有机会了，她的梦想将会完蛋。

该去办护照了。

坐在办公桌后面的小伙子说,处理申请需要一个月,而且她的申请无效。他非常瘦,近乎瘦弱,他的眼睫毛如此稀少,看起来眼睛就像被剃过一样。"可是我只有三个星期。"马格丽说,"还有,我的申请到底哪里不对了?"

"你没有提供照片。而且你不能那样描述自己的脸。"

"为什么不能?"

"你可以描述自己的脸是圆脸或瘦脸。"

"就这样?我只能这样描述自己的脸?"

她已经在护照办理处排了两个小时的队。她不得不站在一个得了感冒的女人前面,那个女人把病菌喷得到处都是。她正确地填写了表格,在要求描绘面部的地方,她写着"聪慧"两个字。至于没提供照片,那也是因为她根本没有照片。

"随便给张照片就可以,"说着,办理护照的工作人员递给她一张新的申请表,"只要是免冠照即可,你肯定有旧照片吧?"

可是没有,马格丽没有旧照片。她既没有新照片,也没有旧照片,免冠、不免冠的都没有。年轻时,她把自己的脸从她能够找到的所有照片里挖掉了——现在这已经成为习惯。她甚至都不知道自己究竟为什么要那么做。她只是觉得自己不在照片里,就会更高兴。得了感冒的那个女人听起来有支气管炎的症状了,而办理护照的工作人员瞪着马格丽,仿佛她是某种古老的化石,但这一切都无法改变她没有照片的事实。"除非你能接受一张没有我头部的照片。"

那名工作人员说他不能。他说,头部是关键之处,然后就打发她去那个专用投币摄影亭拍照。

马格丽是一个聪慧的女人,正如她在护照申请表里所写的那样。然而,那个专用投币摄影亭似乎来自另一颗行星。摄影亭正面的牌子上写着广告语般的说明:"只需等候片刻,照片即可拍成!"但这回避了一个实质性的问题:你怎么可能在等候的时候把照片拍了?她可没有时间跟办理护照的工作人员探讨这事,因为另一个人——那个得了感冒的女人——也来这里拍照了。于是马格丽走进摄影亭,投入几个硬币,摘掉帽子,正要弯腰再查看一下拍摄说明时,闪光灯亮了,完全没有拍到她。她走出摄影亭,再次排队,然后回到亭子里,塞进更多硬币,直到她发现手里的硬币不够了。等她换了些硬币回到那里,一对夫妇已经占据了亭子,用她刚才投进去的硬币拍摄比大头照更生动的照片。在那之后,出于卫生方面的考虑,她觉得有必要擦一擦座位。如此一来,后面排队的人开始不耐烦地发出嘘声,烦乱之中她把座位升得过高,结果第二张照片虽然拍到了她的头部,却只有下面半截,看起来都不像人类。她换来更多的硬币,再次重新排队。要不是一个热心助人的陌生人以为马格丽碰到什么困难,在闪光灯亮起时打开了帘子,她的第三张照片本来是很完美的——尽管这次成功拍到了马格丽的半身像,但照片里还有一个她从未谋面的黑发女人,满脸惊讶与歉意。到这时,已经是下午三点左右了。

她朝那个办理护照的工作人员走去,他却竭力想避开她。("我还是能看到你。"马格丽说。)他飞快地在申请表上盖了章,说只能这样了,他会给申请表打上"加急"的标志。

19双袜子(不是成对的)
1条灰色半截裙

1件灰色开襟羊毛衫

2条腰带

《世界甲虫指南（插图版）》

《昆虫的生存之道》斯诺德格拉斯著

1本有关珍稀兰花的指南

1条棕色连衣裙（腰带没了）

1本法文词典

30袋麦片

1双高帮靴子

贺拉斯·布莱克牧师所著的《新喀里多尼亚袖珍指南》

  时间过得太快，她的脉搏突突直跳，脑袋里一阵天旋地转，下巴紧绷。给新喀里多尼亚的中央办证处写信，给法国大使馆写信，给英国领事馆写信。马格丽似乎永远生存在收支勉强相抵的境况中。购买各种必需品，整理采集设备，打包行李箱，打疫苗。由于偷靴子的事情已经落到了警察手里，所以马格丽每次出门都做好了碰到一个身穿制服、带着逮捕证的男子的心理准备。

  汉密尔顿小姐每天都会写信给她，提出各种新的想法和建议。穿男装并雇用几头骡子会不会很好玩？坦白地说，一点都不好玩。马格丽特别厌恶骡子。十几岁时，她被骡子咬过，此后便不遗余力地避开那些大黄牙。她的资金不比先前透露的那么充足。她从来都不是个老练的撒谎者，有一次，她信誓旦旦地称自己没有拿滤网去抓甲虫，芭芭拉让她好好品尝了一下肥皂的味道。她从姑姑们那里继承的信托基金不够支付回程船票。她再次写信给皇家昆虫学会，而他们再次拒绝提供帮助。那封回信以一句明确无误的警告作结：千万别去新喀里多尼亚偏远的北部地区探险。外交部给她的建议也是同样。

现金，现金，她需要更多现金。马格丽卖掉了公寓里的一切，除了公寓本身。她再次望着一辆货车离开，这次里面装着姑姑们的家具。这种做法会把姑姑们吓坏的，也把她吓坏了，但她别无选择。正如买家说的那样，已经够不错了，总比被湿乎乎的鱼打了眼睛强①。那么多事情都比这个强，因此，她认为那句话对自己没什么帮助。

马格丽去旅行社购买了两张二等舱的双人舱船票：从蒂尔伯里驶往布里斯班的邮轮"俄里翁号"，返程时间为二月十八日。旅行社的人给她看了这艘船的宣传册，那些色彩鲜艳的照片上有黄色的躺椅和碧蓝如泳池的大海，宽敞的船舱里装饰着黄色花朵，安放着黄色的床，舷窗上挂着黄色的窗帘。当她想要保留这份宣传册时，却遗憾地遭到了拒绝。她在布里斯班的航海酒店订了一个标间，她们会在那里住两个晚上，然后搭乘飞行艇前往努美阿。她把剩下的所有积蓄都换成了旅行支票，又打了伤寒病疫苗和黄热病疫苗——一连几天她的左臂肿得跟腿一样粗——然后开始购买各种补给。

贺拉斯·布莱克牧师写道：在整个新喀里多尼亚，厕所设施都很原始。请想方设法预防潜在的感染。

公寓里以前摆放家具的地方，如今摆满了成堆的伊萨尔牌厕纸、张伯伦医药公司治疗腹痛和腹泻的药物、詹姆斯牌退烧药、净水药品、硫酸、酒石、滑石粉、泻盐、薰衣草香水，以及两块折叠的防水布、若干印花布床单、两顶蚊帐、一把折叠小刀、沃克登牌墨粉、磨刀皮带和磨刀石、针线、胶带、薄纱袜子，还有够吃四个月的斯帕姆午餐肉罐头、炼乳——差不多所有不用配给券就能买到的罐装食品，

---

① 西方俗语，指眼下的情况虽然已经很糟了，但还有更糟的可能。——译注，下同。

还有咖喱粉、咖啡粉、电池、绷带、奎宁、画笔、细绳、吸墨纸、笔记本、铅笔、两张吊床和一个帆布帐篷。她向华金斯&唐卡斯特公司采购专业的昆虫采集装备——一张捕虫网、带两根橡皮管的吸虫管、装标本的瓶子、毒瓶、大量乙醇和萘球、标本盘、卫生球、原棉纸、标签和昆虫针。可是当她打开盒子后，却发现装标本的瓶子被打碎了，她只得把这套东西又退了回去。

时隔这么多年，再次看到这些东西，有一种怪怪的感觉。她再次拿起吸虫管，一端塞进嘴里，另一端对准想象中的甲虫，然后飞快地一吸，气息既不能太强，也不能太弱。她模拟着将昆虫吸入管中，再把它毫发无损地放进标本盘里的动作，仿佛感官偷偷保留了一段早已被大脑撇到一边的记忆。

至于衣物，马格丽收拾了一堆棕色的衣物，外加那套最好的紫色连衣裙——专为特殊场合准备的。她想买一顶探险帽，售货员却给了她一顶太阳帽。她问有没有带很多口袋和口盖的朴素上衣，售货员却告诉她那种风格的衣服只有适合男性穿的。可是，如果说她需要把东西放进口袋里，还得盖上口盖防止丢失，她该买什么？售货员建议她买个手提袋。担心她没明白自己的意思，售货员又补充道，卖手提袋的店铺在一楼，位于出售化妆品和针织品的柜台之间。最终，她放弃了那种外套，并且找到了一顶二手的木髓遮阳帽，虽然这顶帽子看起来更像是装蛋糕的盘子，而非人类戴在头上的东西。她会把食品补给和露营装备装在一个茶叶箱里提前托运走，然后把那套宝贵的采集装备装进一个特殊的格莱斯顿旅行包里。

只剩下五天时间了，马格丽将那只茶叶箱送到运输公司。再见到那只箱子时，她已经到地球的另一端了。简直难以想象，就跟玩倒立一样。回到家，等待她的是汉密尔顿小姐的另一封信。

"亲爱的本森小姐……"这封信短得出奇，马格丽读得很慢。汉密尔顿小姐写道，她一直在做"自己的调查和研究"！听起来很不错，这让马格丽完全没有预料到接下来的内容。在与马格丽以前的雇主交流之后，汉密尔顿小姐非常遗憾地说，因为某件"如今已经交到警察手上的不幸意外"，她再也不能陪她去探险了。马格丽感觉胸腔里有一股小小的挤压感，不由得想伸手去扶那张托臂桌，可是那张托臂桌已经不在原处了，她一下子撞到墙上。

人们更容易相信别人说的坏话而非好话。马格丽感觉汉密尔顿小姐已经知晓了自己最可耻的秘密，现在正喜气洋洋地把它们放到一个盘子里，公之于众。她不禁浑身哆嗦。

她能在没有助手的情况下前去探险吗？当然不行。她一个人不可能搞定所有装备，而且，孤身一人冒险也不安全。叫上蒙迪克先生是没用的，还不等她抄起捕虫网，他就会把那些甲虫煎炸了吃掉。她只剩下一个选择，无可否认，没有办法的办法。离出发只剩三天时间，马格丽给伊妮德·普雷蒂写了封信，给了她这份工作。说到收拾行李，马格丽告诉伊妮德要轻装出发：只需一顶帽子、一双靴子、三条朴素的连衣裙，外加一套特殊场合穿的正装。所有艳丽色彩、花朵、羽毛、绒球、丝带等都属于庸俗趣味，必须彻底避免。在信的末尾，马格丽嘱咐伊妮德九点在芬彻奇大街火车站的大钟下与自己碰面，她这身探险服装很容易辨认。一如往常，普雷蒂的回信不知所云。

辛爱的木森小姐，请接手粉红的帽子！

马格丽写信给那家旅行公司，在乘客名单上加上伊妮德·普雷蒂的名字。一顶木髓遮阳帽（√）、一双靴子（√）、一名显然错字连篇的助手，还有一本护照——照片中有一个她从未谋面的女人——以及贺拉斯·布莱克牧师的袖珍指南、一整套新的采集装备，还有足够供应一座小城镇的厕纸。是的，临行前发生了一件令人沮丧的事情，但那并不是故事的结尾，不过是另一次探险的开端罢了。

她终于开始行动了。她即将踏上前往新喀里多尼亚的旅途。

# 6

# 一个小玩笑

起初只是一个小玩笑,为了杀杀她的威风。此外,他对老师有一种莫名其妙的厌恶感。他永远无法忘记那个把他转到智障班级的白痴。"我能够阅读。"他说。

那个老师则说:"那就读给我们听听,蒙迪克,让大家听听你读书。"

于是他拿起书本,读一字,顿一下。老师说得对,他无法阅读。那些字在他嘴里蹦来跳去,却没连成顺畅的句子。放学后班上的学生嘲笑他。他们叫他智障,而且一直叫了下去,还欺负他,冲着他大叫"智——障——"。

因此,是的,他讨厌老师。

面试结束后,他在里昂街角茶馆外等她。他想吓唬她一下,因为她的反应很有问题,当他说那里有蛇的时候,她那样笑很有问题。她懂什么?她只是个女人。她需要他来领导整个探险。自己从缅甸回国五年了,却仍然无法保住一份工作。要么是中间生病,要么是碰到了烦心事和别人打架。大街上有人在排队获取食物,有人在乘坐公共汽车，有人在等着过马路，而他想不起来，他再也想不起来怎样像他们一样过正常的日子，因为他在缅甸的遭遇是那些人从未见过的。有时他甚至想不起来自己是谁。把护照放在口袋里就是为了提醒自己。有时他一切都还好，可是当他打开一份报纸，读到一篇关于战俘上吊自杀的报道后，他就又陷入了在缅甸过的那些日子中。有时他也会产生轻生的想法，他只想逃离这一切。

因此，当她离开那家街角茶馆时，他开始跟踪她——有大雾帮忙，不是什么难事。在她扭头转身时，他喜欢躲在门道里，暗暗嘲笑她。之后他越发好奇。他想知道她这样的女人住在哪里，他猜是座破败的排屋，却没想到是一栋时髦的大楼。

第二天他又来跟踪她，只是天气太冷，他不得不把手揣在口袋里保暖。但这好歹让他有事可做。最近他一连几天萎靡不振，连玩牌的劲头都提不起来，就算开了局，脑子里也像是有个开关卡住了，让他不知道如何收手。他正要离开之时，看到她出现在一扇窗户后面。他感觉体内的肾上腺素一阵奔涌，自从那天看到军队行进并在冲动之下当场参军以来，他就再没体验过这种感觉。于是他数了数那些窗户，还数出声来，因为有时他的思维会出现混乱。现在，他知道她住在四楼了。

此后，跟踪她就成了他的工作。每天他都像上班一样离开寄宿之处。他还弄了个笔记本，称之为"本森小姐行踪录"。他会在里面记下自己了解到的一些事实，例如她的住处，然后他把笔记本好好地放回口袋里，跟护照和她的地图放在一起。

他翻她的垃圾，弄清楚了她喜欢汤羹罐头和饼干，以及她是一个人住。他尾随她来到一家旅行社，她刚离开，他就走进去跟那家伙说话："我想坐船到地球的另一端去。"那人笑着说，巧得很，他刚卖掉了两张"俄里翁号"邮轮的尾票。蒙迪克问:"她什么时候走?什么时候回来?"这是他犯的第一个错误:他不应这么说,那样他就暴露了。他被自己吓到了,开始搓手。但旅行社的人没有注意到他的局促不安。那人接着说:"十月十九日从蒂尔伯里上船离开,二月十八日从布里斯班上船返回。"于是蒙迪克在他的"本森小姐行踪录"里记下这些细节。那个家伙说:"先生,取一份宣传页吧,您也感兴趣,对吧?"蒙迪克把宣传页也夹进笔记本里。

他对她的事情了解得越多,就越觉得自己强大。有时他会对自己说:"本森小姐会在五分钟内走到这条大街上。"当她真的如期出现时,他感觉自己如此强大,再也不会有任何东西能够伤害他了。此外,她并不是那种容易屈服的人。要像他预想的那样吓唬她并不容易,而他乐此不疲。这让他保持热情。当她购买的采集工具寄到时,他在外面叫住送货的家伙,说自己会帮忙照看,并且在他们没有留意的时候打碎了几样东西——几样小东西。这样一来,她就知道他在监视她了。

跟踪她三个星期已经不再只是为了教训她,而是让他感觉自己重新成为男人。现在,她就要离开了。她就要去新喀里多尼亚了。

他不知道没有她之后,他该怎么办。

# 7

## 伊妮德·普雷蒂在哪儿?

一九五○年十月十九日的芬彻奇大街火车站,现在已经是九点整,可是这里连伊妮德·普雷蒂的影子都没有。车站的大钟下,除了马格丽之外,没有其他任何人的影子。她戴着木髓遮阳帽,穿着靴子,举着那个捕虫网,就像举着一个巨大的棒棒糖。她左顾右盼,确认走道上没有警察。

头天傍晚,她一点胃口都没有。尽管有些浪费,还是将晚餐倒进了垃圾桶。夜里就更糟了,她时睡时醒,反复做着同一个梦,梦见自己的表坏掉了。熬上几个小时的夜,一直瞪着墙壁,说不定还不至于这么疲惫。第二天早上在外面等出租车时,她瞥了一眼自己那扇空荡荡的窗户,在那一瞬间,忽然涌上一种失落之痛。她确信这是自己最后一次看向那扇窗户了。然后,她注意到路对面的那个男人,于是赶紧离开,以免他以为自己需要帮助。

火车站里乱糟糟的。人群熙来攘往,四周一片嘈杂:机车转轨声、火车驶过声、汽笛鸣响声、摔门声、鸽子飞向椽子时拍打翅膀的声音。到处都是煤烟和烟雾。有几个人注意到马格丽的帽子,放慢脚步多看两眼——她还不如在脑袋上顶一盘水果。五分钟过去了，十分钟过去了。中央大厅对面，一个瘦小的女人站在那里紧张地抽烟，亮黄色的头发就像棉花糖一样蓬松。已经九点一刻了。火车将在九点半发车——

终于，伊妮德·普雷蒂来了。一个衣着整洁的女人，拎着一只小手提箱，穿着实用的棕色鞋子，急匆匆地朝车站大钟赶来，仿佛她的生死取决于此。马格丽挥舞着捕虫网："普雷蒂小姐！普雷蒂小姐！"

那个女人看了一眼马格丽，脸色发白："抱歉，我不认识你。我不是普雷蒂小姐，请离我远点。"她急急忙忙地跑走了。

现在，已经有一群人开始驻足观看，等着看马格丽做出更惹人发笑的事情来，例如跳火圈，或者变出一把锯子，将自己锯成两段。她不知道该把目光投向哪里才好。

"马吉？"那个黄色头发的女人第一次注意到马格丽。她从口袋里掏出一个粉红色的东西来，扣到脑袋上。"是你吗？"

马格丽觉得周围的一切仿佛都停滞不动了，甚至那些鸽子，以及巨钟。人群扭头去看那个亮黄色头发女人，此刻，她正费劲地抓起三只（而不是一只）大得惊人的手提箱，以及一只红色的小手提箱。人们又转移视线，仔仔细细地看着马格丽的木髓遮阳帽，仿佛有一条令人费解的线将二者紧紧联系起来。马格丽什么都没有看到，除了人们骨碌碌的眼睛左右转动着，像一堵墙横亘在空气中。

"马吉！"那个女人又叫了一声，"是我！"

马格丽不知道现在假装成陌路人会不会太晚，比如一位替别人扛着捕虫网的女人。她默默把捕虫网插进外套里，直到一个多事的男人叫道："别指望在衣服里能抓到多少虫子。"

好吧，每个人都觉得这事很可笑。

与此同时，那个瘦小的女人却踉踉跄跄地穿过中央大厅朝马格丽走来，她的行李太重了，只能用脚向马格丽打招呼。扣上那顶装腔作势的帽子后，她的头发变成一团僵硬的肿块。就遮阳效果而言，就跟头上顶一块鹿皮小垫子差不多。她穿着一身亮粉色的两件套旅行服，丰满的胸部和臀部显得更加突出了。而她脚上那双凉鞋的鞋尖还装饰着一个绒球，指甲也抹上了鲜艳的色彩，就像甜美多汁的糖果。一个金发肉弹，看起来只有二十五岁，而马格丽看起来老态龙钟，就算不像她母亲，至少也像是她的老处女姨妈。

"你们这些人，瞪个什么劲儿啊？"她冲着人群吼了一声，转瞬之间，人们明智地停止了旁观，四散开去。

走到跟前，由于体格只有马格丽的一半，她只能仰着头跟马格丽说话。她的脸上抹了厚厚一层化妆品，脸都变成橘黄色的了。相比之下，她的嘴唇则是鲜艳的粉色，眼睫毛又浓又黑。她的头发，那黄色如此明艳，哪怕你把她关在漆黑的屋子里，也依然能找到她。只有眼睛还算自然：深绿色，带有细小的黄色斑点。

"我是伊妮德·普雷蒂。"她兴高采烈地说，就仿佛在派对上盛装登场。

马格丽无言以对。让这个女人融入周遭比让马格丽赢得选美大赛还要难。马格丽在等待过程中遭受的羞辱、汉密尔顿小姐对她造成的可怕伤害，再加上一些其他因素，一些古老得都让她说不清道不明的因素，所有这些东西都在这一刻积聚起来，猛烈的攻击和羞辱向伊妮德袭来，就仿佛在火车站戴着探险头盔是完全正常的，而不戴才是怪异之举。

她指着被伊妮德当帽子戴的那个小玩意儿："那是什么？"

"你说什么？"

"你穿戴的是什么东西?"

伊妮德眨眨眼睛。"衣服之类的。"她满脸疑问地说。

"我们要去的可不是布特林度假酒店。这是前往南太平洋的实地考察,那里连邮局都没有。"

马格丽正要转身拎起自己的行李,伊妮德抓住了她的胳膊。别看伊妮德个头娇小又花枝招展,力量却大得惊人。"求求你了,马吉。"她低声说,"别这样对我。"

伊妮德说话的方式仿佛她们已经是多年老友,并且马格丽是要按照她一贯的恶劣行径做事,而伊妮德在央求她这辈子至少这一次行行好。马格丽挣脱了她的手,伸手去提自己的格莱斯顿旅行包。

可就在她不顾一切地想要拎包走人时,由于动作太快,她的髋部一阵剧痛。她的身体向前歪倒,在那个可怕的瞬间,她以为自己的腿即将断掉,就连呼吸也让她感到痛苦。伊妮德弯腰靠拢过来。

"马吉?你怎么不走了?我们要赶时间。"

"没事,只是髋部有点不舒服。"

"髋部?"伊妮德大叫起来,仿佛马格丽此刻不仅身有残疾,而且聋得像根柱子。

"我动不了了。"

"需要我给你捶一捶吗?"

"可别,求你了。别碰我的髋部,我会摔倒。"

伊妮德朝月台投去可怕的目光。"我们必须赶紧出发,马吉,不能错过火车。"接着,她灵机一动,说道,"好了,我有办法。你等着。"

不等马格丽表示反对,伊妮德已经消失了。她的两条腿活像剪刀一样灵活——虽然她那条粉红色的裙子几乎跟袖子一样窄小,但是她没有带上那一大堆行李：她把这堆东西留在身后了。一个报童正大声念出报纸头条："诺曼·斯金纳因谋杀应召女郎面临绞刑！"一群人冲了过去，购买最新一期的报纸。有关这桩谋杀案的报道已经占据报纸版面数周之久，可人们还是对此津津乐道。

"马吉！马吉！"

伊妮德过来了，后面跟着一个热心又年轻的行李搬运工，拖着一辆小推车。他飞快地将马格丽的装备和行李箱装上小推车，然后是伊妮德的行李。"哦，你真是太聪明了！哦，你真是太强壮了！如果没有你，我们可怎么办！"伊妮德连声说，不过还是赶在搬运工的手够到箱子之前，抓起最轻的那件行李——那只红色的小手提箱。

"你们的火车将在五分钟后发车，"他说，"我们必须冲刺。"

冲刺是个不错的点子，只是马格丽的身体动弹不得。

"还是不能动？"伊妮德问。

接下来发生的事情就跟袭击差不多。伊妮德跳到马格丽身后，以一头熊的力量扣住她的腰部，猛地向上一拉。马格丽感觉自己仿佛受到灼伤。可是接着——如同奇迹一般——那股剧痛消失了，仿佛有根杆子将马格丽从头至脚捅开一个窟窿，那股疼痛从脚趾喷了出去。

"现在好点没有？"伊妮德拍拍手套说。

"好点了。"

"我们得赶快了，还剩三分钟。"

她们俩追着行李搬运工一路狂奔，就像由一只棕色的鸵鸟和一只长着粉红色冠羽的金丝雀组成的一对可笑搭档。大口喘气的间隙，马格丽注意到，男人们正驻足观看伊妮德扭动身躯疾速奔跑的模样。她用双手紧紧抓住那只小手提箱的把手，仿佛手提箱是一只推动她前进的引擎，至于那些驻足观看的男人，她要么对那些目光视而不见，要么就是对这种事习以为常了。当她们从栅栏边溜过、登上火车时,警卫已经举起信号旗了。

"终于赶上了,女士们。"行李搬运工说着,拉开第一道车门,"您确定不需要我来拎那只手提箱?"

"不用了,谢谢。"伊妮德说,她用一只手拎着箱子,这样就能腾出另一只手扶着马格丽。("谢谢你,不过我能应付。"马格丽说着,艰难地向上抬起自己的身体。)

没等她们身后的车门完全关闭,汽笛就响了起来,火车启动了。

"所以你应该看出来了。我对他说'你不会真以为我打算买那玩意儿吧?毕竟那顶帽子——',我说'根本算不上帽子!简直是个头盔!我决不能戴那玩意儿'!"

要么就是:"我认识这个女人,真的,马吉。可是她去世时肚子里有一条蛔虫,有橡胶软管那么粗!"

马格丽从来都不善言谈,她一直觉得通过书信和卡片交流效果更好。她曾经与另一位甲虫爱好者保持通信,可是当她们碰面喝茶时,交流就出现问题了。"我以为你是个男人。"那个女人说。("可是我的名字叫马格丽。"马格丽说。)说完这句话,她甚至都不愿意谈论甲虫了,把那只烤饼胡乱塞进嘴里后就离开了。不过伊妮德·普雷蒂却是马格丽的对立面:自从她们顺利登上火车后,她就喋喋不休,仿佛她身上有个开关被拧到"打开"的位置,除非马格丽找到"关闭"按钮,不然她就会滔滔不绝地说下去,没完没了。她说的话有一半都毫无联系——她只是像个疯女人一样,从一个话题跳到下一个,连一个句号的停顿都不留。除了一次又一次重复她不敢相信马格丽是一个活生生的探险者,来自自然历史博物馆——没时间去纠正她的说法,以及她们要到地球的另一端去,伊妮德的话题还覆盖了探险头盔、可怕的寄生虫、天气、丘吉尔先生、配给制,然后再次说到天气,最后是她的个人简历。她的父母——都是可爱的人!——在伊妮德年幼时双双死于西班牙流感——太让人伤心了!伊妮德是邻居们抚养长大的。更糟糕的是,她仍然搞不清楚马格丽的名字。她叫马格丽"马吉",就仿佛马格丽是一种经过深加工的黄油替代品①。接着,一个女人带着一个蹒跚学步的幼童挤过,伊妮德一下子改变了话题的方向。

"小宝宝!可别让我谈论小宝宝!"

"那就别说。"马格丽说,她根本不想让伊妮德谈论任何事情。可是太晚了,伊妮德已经说开了。

"我喜欢小宝宝。也许是因为我没有家庭。我有个双胞胎姐妹,但她刚出生就夭折了。我丈夫说那就是我这么喜欢说话的原因——"

"不好意思,你已经结婚了?"过了一会儿,这个问题才从马格丽嘴里蹦出来,不过伊妮德语速太快了,仿佛在用好几条舌头说话。

"我没在信里提过吗?"

"关于你的丈夫?没有。你从来没说起过。"

伊妮德支支吾吾,脸色变得苍白。她看起来一下子僵住了。"嗯,无关紧要。他离开了。"

"他去哪里了?"

"什么?"

"他是出去工作了吗?"

让马格丽感到困惑的是,伊妮德突然热泪盈眶,眼里那些黄色的

---

① 英文为Marge,有人造黄油的意思。

斑点更加闪烁不定。"是的!"她说,"去工作了!"

之后,伊妮德再次喋喋不休起来,说起有关狗的骇人故事。她看见那条狗被拴在墙上,啃自己的爪子。看上去不管伊妮德碰到什么事,她都需要巨细无遗地复述给别人听。窗外,一滴滴雨珠沾到玻璃上,碎裂,留下一道道水痕。远处是一排接一排的阴郁房屋、一块块荒凉的小型出租菜地,菜地上方的绳子上悬挂着一些内衣裤,旁边是拼凑而成的简易厕所。马格丽不知道该怎样在一条船上跟伊妮德·普雷蒂相处五个星期,更别提还要攀登一座山了。等她们抵达蒂尔伯里时,她连杀人的心都有了。如果能够悄悄杀掉伊妮德而不会被人发现,她一定会那么干。

候船大厅里挤满了人。难以置信,澳大利亚竟然能够容纳所有这些人,前提是还要把他们全塞进邮轮"俄里翁号"里。那条船停泊在码头上,等待着乘客,跟候船大厅里的混乱情形恰恰相反:坚固、庞大、奶黄色的船体上竖着一根烟囱,尽管外面还是大白天,一个个舷窗内却灯火通明,整艘船看起来就像一座城市。

伊妮德回头看了一眼,仿佛在辨认有没有熟人。"那么我就直话直说了。"她必须扯着嗓门说话,"我们即将横穿大半个地球,去寻找一种不存在的甲虫?"

"目前还没有人发现它,只有人见过它。"

"那不是一回事吗?"

"不,普雷蒂太太。在一个物种被捕捉到并呈送到自然历史博物馆之前,它确实'不存在'。一旦自然历史博物馆接受了那只甲虫,阅读了我对它的描述,以及我的笔记,并且发现它真的是一个新物种,才会给它起名字。到那时它就算真正'存在'了。"

"即使我们发现了也不算?"

"是的。"

"因此我们要去找一种不存在的甲虫？"谈话又回到了起点。幸好一名海关官员及时出现，分散了伊妮德的注意力。"你确信他会让我们上船，对吧？"

马格丽露出微笑，倒不是因为她开始喜欢伊妮德了，而是在那一刻，她体会到喜欢上自己的感觉，那是一种罕见的愉悦感。横穿大洋，到地球另一端去寻找一只甲虫，这件事突然显得如此简单而美妙。

"当然了。只需出示你的护照即可，普雷蒂太太。"

可是伊妮德的脸色变得像冷掉的稀饭一样苍白。"你说什么？"她问。

# 8

# 一半乐趣在旅途！

差点误掉开往蒂尔伯里的火车是一码事，而差点误掉开往地球另一端的轮船，完全是一个全新的问题。

马格丽并不打算等待伊妮德·普雷蒂。她完全可以不带伊妮德，独自登船。运气似乎要助她一臂之力。不过，当伊妮德被带到一间单独的审讯室时，马格丽还是停下来，以一种有益的方式对那名海关官员说，她只是刚刚遇见这个女人，两人连朋友都算不上。那名海关官员抄着手问道，如果她们都不认识对方，又怎么会一起旅行？

结果，马格丽也被单独带到了一间审讯室。

"为什么你照片上有两个女人？"那名海关官员在检查她的护照时问道。房间跟报刊亭差不多大。补充一句，那名官员还是斜眼问的。她希望表现得彬彬有礼，但拿不准该看对方哪只眼睛。"另一个女人是那个金发女人吗？"

"不，不是的。"

"看起来很像。"

"根本不像。照片里那个女人是棕色头发，我以前从未见过她。

她自己冲进摄影亭的。"

"又是一个你以前从未见过的女人？你习惯这么干吗？"

然后他问能否请她脱下自己的手表、帽子和靴子。马格丽明智地把这个问题解读为命令，可是为了安全起见，她把鞋带打了双结，结果很难把脚从靴子里取出来。"就连这靴子也不是我的。"她停顿片刻说。

"哦？"他说，"难道是你偷来的？"

她好一会儿才回过味来，他只是开句玩笑。不过，等到她的脸颊滚烫地一再否认，以至于她的话满是欲盖弥彰的意味——一如"最后的晚餐"之后的彼得[①]——他才变得认真起来。

两名警察走进房间，连声招呼都不打就开始检查她那个装着采集装备的袋子。当他们手里那只装着乙醇的瓶子差点掉到地上时，她发出一声尖叫，倒不是因为那是她唯一的一瓶乙醇，而是因为在这么小的房间里，打碎一个装满防腐液的瓶子，足以把四个人全都药倒。"你看起来很紧张。"其中一个人说。汗水从她头发上滴落，她的心都提到嗓子眼了。"人人都会觉得我做了坏事！"她笑着说，"人人都会觉得我犯了谋杀罪！"可惜，开玩笑并非她的长项，她的口气听来像是确有其事。"等会儿你们就要把绞索套到我脖子上了！"这句话一出口，所有人都停止检查毒瓶，直直地瞪着她，就连第一个海关官员也是如此，尽管他的一只眼睛盯着她的脑袋，另一只眼睛盯着她的脚。

然后，隔壁房间里传来伊妮德狂野的笑声。门打开了，另一名男子挤进这个房间——罐头里的沙丁鱼拥有的空间也比这儿大——低声

---

[①] 彼得，耶稣的十二门徒之首，这里以彼得三次不认耶稣的典故类比。

说话,另一个人咧嘴而笑。"你的朋友是个风趣的人。"刚进来的那个人说。她刚想提醒他们伊妮德不是她的朋友,不过转念一想,还是不说为好。"你可以走了。"他说。他们把她的靴子、手表、头盔递还给她,并把东西重新装进她那只格莱斯顿旅行包,动作如此小心翼翼,她感动得差点哭了。马格丽第一次接受警察审问的经历就这么迅速而神秘地结束了。

这时,隔壁房间的门打开,伊妮德冲了出来。她整理着纽扣,面颊就像两个红色的圆点,这回,她们只有再次一路飞奔才能赶上邮轮了。"快点!"她大叫,"跟着我!"

"又要跑?"马格丽说。冲刺、推挤,她们熟能生巧了。伊妮德抓起自己的手提箱,仿佛那是孩子的手,朝门外冲去。外面,人们挤在防波堤上,挥舞着气球,大喊大叫。她们被人群团团围住了——这就像推挤着穿过一堵墙。这儿有一支铜管乐队,那儿有彩旗飘扬,还有一个女人哭得肝肠寸断,而在这一切的上方,是淅淅沥沥的雨丝——英国特有的细细雨丝,就像薄雾一般沾在皮肤上,要不了几分钟就让人全身淋透。

"看你敢不敢丢下我们就跑!"伊妮德大叫道,似乎在对邮轮"俄里翁号"发出威胁。然而甲板水手已经走下来,准备用链子封闭舷梯,雾号声响起,邮轮随时准备起航。"停下!"她吼叫着。

马格丽笨拙地跟在伊妮德身后。一阵疼痛在两条腿上奔涌,不管她怎么努力,都喘不过气来。她那只格莱斯顿旅行包也比行李箱重很多,她不断把它从一只手换到另一只手上,直到她搞不清楚该继续用抽搐的右臂拎着,还是该换到时时疼痛的左手上。

"等等!你等等!"伊妮德朝着那名甲板水手咆哮。看到她们俩,他赶忙放下链子,跑下来帮忙。她一个箭步从他身边迈了过去。

"不用管我，亲爱的，"她扭头叫道，"帮帮我后面那位女士。"

尽管天气很糟，甲板上仍然挤满了人。轮船滑离码头，防波堤上的乐队演奏起英国海军军歌《统治吧！不列颠尼亚！》，乘客们扔下成千上万条彩带，将码头笼罩在一个巨大的网里面，而伊妮德也在那里欢呼着，向码头上的人群飞吻——并不是向她认识的任何人告别。"再见！"她叫喊道，"再见，我的故乡！"在那之后，马格丽留在甲板上，望着自己熟知的一切越来越遥远，逐渐变得模糊——码头、海岸线、渔船——直到不列颠也变成海平线上方一顶灰色的帽子。她终于踏上了旅程——她终于着手实现儿时的梦想，她在二十几岁时放弃的东西。内心深处，她感觉到一股涌动的兴奋感，因为她终于行动起来了，她简直不敢相信。人总是能轻易发现自己在做一些毫无热情可言的事情，即使自己并不需要，即使生活让自己痛苦，却也仍然抓住不放。可是现在，沉浸于梦想与希望的时光已经结束，她行动起来了。她已经踏上前往地球另一端的旅程。拔锚起航的不单是这艘船，也是她的整个自我意识。

伊妮德找来一名英俊的乘务员帮她搬运行李。（"哦，你真是好心肠！"她用动听的声音奉承对方，"哦，你真的很热心助人！谢谢你，亲爱的！那只红色的还是我自己拿吧！"）他向她们介绍船上的各种精彩活动，不只是免费的三餐和游泳馆，还包括所有额外的俱乐部和活动。一半乐趣在旅途。他指着那一排排黄色的躺椅、排满整个拱廊的店铺，包括一家美发店、一家电影院，还有一个舞厅，而伊妮德边听边发出惊叹声和咯咯的笑声，就像一只刚下完蛋的母鸡。黄色代表这家公司，他说。再没有其他邮轮像"俄里翁号"一样拥有黄色的烟囱。

"跟我的头发很搭！"她笑着说。

"还真是！"他笑着回答。

然后她跟他讲述自己知道的一切有关金色甲虫的事情，虽然并不是很多，不过这并不会让她感到丝毫气馁。马吉是一位探险家，她说，来自自然历史博物馆。"我是她的助手！我们在进行一次终生难忘的探险！"

"我来带你们去看看这里的探险！"

"喂！喂！水手，别这么调皮！"

他们慢慢地朝经济舱走去，一路上兴奋地聊着天，惊叹声不断。跌跌撞撞地拖着行李走下那么多的台阶，真像是在朝海底深处走去。终于，服务员在一间船舱外停下脚步。

"就是这里？"马格丽说。

"哇！多可爱呀！"伊妮德赞叹道。

所以，接下来五个星期，她们即将享用的空间就这么大。真的很小，即使住一个人也太挤了，而对于一个大块头女人和她那位容易兴奋、一直说个不停的助手，与其说这是一间船舱，不如说是个壁橱。这里跟宣传册上展示的卧铺一点都不像。虽然外面很冷，船舱里却热得令人窒息。进去才几秒钟，马格丽就热得脱下外套，她真的后悔穿上那件羊毛衫。

船舱的一侧被一架带有梯子的双层床占据，另一侧是一个放衣服的架子，以及一个小壁橱、一个小脸盆、一把黄色的椅子和一张小桌子，还有一面镜子和一盏装在墙上的灯。头顶上方，一个吊扇在慢慢地转动着，与其说在吹凉风，不如说是把空气从船舱的一边吹到另一边。厕所和淋浴设施位于走廊的末端，洗衣间也是同样。船只突然晃动了一下，他们三个人全都朝侧面倒去，伊妮德倒进那名服务员怀里。"嗷!"她叫道,像是他捏了她一把,"把手拿开,水手!"

"哈哈哈!"那个服务员笑道,"我敢打赌你知道怎么找乐子!"

服务员离开后,船舱里的气氛显得尴尬起来,仿佛伊妮德脱掉了什么不应该脱的衣服。马格丽把自己的三条连衣裙挂了起来,又把书堆到书桌上。她告诉伊妮德自己要睡下铺,可是伊妮德正忙着检查门锁,没有回答,于是马格丽只好重复了一遍。

"我已经用掉壁橱左侧的空间了。"她继续说着,从伊妮德那堆行李箱中间挤了过去。那堆箱子放进船舱里之后,显得更大了,就像装着小恐龙的棺材。"你可以用右侧的空间。当然了,空间不足是个问题。"

"我觉得还不错。"伊妮德说,关于门的安保设施,她显然还挺满意。

"这将是一趟艰难的旅程,我建议我们定下一些规则。"

"抱歉,你说什么?"

"这边的一半归我。"马格丽指着船舱左半边,指定这块区域是自己的空间,"那边归你。"从技术角度来说,这意味着她们将共同拥有位于中间的壁橱和灯,然后马格丽占据书桌,而伊妮德享用镜子。

"当然了,我要经过属于你的那半空间才能到门口。还有一件事情,我的名字不是马吉。"

"不是吗?"

"不是。"

"我明白了。那'马吉'是化名吗?"

"化名?不,当然不是化名。我的名字是马格丽。马吉是一种廉价的人造黄油。"

"抱歉,你说什么?"

"人们叫我本森小姐。"

"本森小姐？"伊妮德皱皱眉头。

"是的。"

"好的，马吉。嗯，我这就打开行李，好吗？"

根本没时间争论，因为此刻伊妮德取出了一大堆小小的瓶瓶罐罐，将它们塞进壁橱里，乱七八糟的不说，还占了马格丽的那一半空间。单是看一眼那些东西都让人难受。马格丽搞不懂为什么一个女人需要这么多东西。她只带了一瓶邦德牌的雪花膏，够她用一整年了。然后伊妮德打开自己的行李箱，再次令人震惊。没有一样有利于伪装的棕色衣服，每一样物件都色彩艳丽——几条吊带裙；一套虎纹比基尼；一件裘皮大衣，仿佛一碰就掉毛；华丽的高跟拖鞋；更多小巧的帽子；一件虾粉色的晨衣。显然，她把自己的整个人生都塞进了行李箱，而且她的大部分人生都打着漂亮的补丁，被磨得露出了线头。只有那只红色的小手提箱她没有打开，检查了一下锁之后，她就把它推到了椅子下面。然后，她们在船舱的两端——其实差不多是肩并肩——换上衣服，准备去吃饭。马格丽穿上自己最漂亮的紫色连衣裙，伊妮德则换上一套花里胡哨的服装。

"你的头发是自然卷吗？"伊妮德拉扯着自己的头发问，就仿佛那些头发是她从商店里买的。

"是的。"

"你都用不着卷发器？"

"我从不使用卷发器。你需要一个衣架吗？"

"一个什么？"

"挂衣服的架子。"

"我会把衣服留在地板上。你真幸运，有这么好的头发。我每周都得卷头发。看看这头发多薄,这个颜色也不是天生的。"

"竟然不是?"

挖苦对伊妮德是没用的,因为她笑了起来:"哦,不是的,马吉。用瓶子里的染发剂染的。想让我给你化妆吗?"

"也许我需要提醒你一下,普雷蒂太太,这次探险的目的是寻找一种甲虫。"

"不过,找点乐子也无妨嘛。"伊妮德在脸上扑满黄色的粉末,然后往身上喷了气味浓烈的香水,相比之下,就连刺鼻的乙醇闻起来也像是在公园里漫步的气息了。

"我想你的法语应该很流利吧?"

"是的,"伊妮德说,"你好。"[①]

"说到甲虫的话题——"

"哦,怎么样?"

"你不能再跟别人说我来自自然历史博物馆了。"

"为什么?马吉,你应该为自己的工作感到自豪。"

没时间跟她解释了,船上的就餐铃声已经响起。马格丽赶紧审视紧身胸衣上的褶皱是否平整,随后拿起手提包。"还有,你不能再跟别人说起甲虫的事情。"

可是伊妮德的注意力就像一团撑满小伞的蒲公英种子。她在镜子里瞥见自己的身影,从各个角度——大部分是侧面——审视自己的模样。

"抱歉,你说什么?"

"我们需要保密,这里有黑市。"

---

① 此处原文为法语。

"关于秘密的黑市？"

"关于甲虫的黑市，伊妮德。我在谈论甲虫。"

伊妮德摇摇头。"这条船上的人很好。相信我，我这辈子碰到过各种各样的坏人，这些人跟他们不一样。不用担心，马吉。你的甲虫很安全。"

马格丽想在吃饭时问问伊妮德护照的事情，顺便也练习一些基础的法语表达。可是她没有意识到，经济舱意味着要与别人分享一个餐厅。餐厅很大，天花板很低，木头镶板闪闪发亮。餐厅里摆着数百张餐桌，桌上铺着鲜艳的黄色桌布，放着银色的水壶。大多数桌位已经被占据，餐厅里人声鼎沸。看到有这么多陌生人，马格丽顿时目瞪口呆，甚至考虑直接上床睡觉。与此同时，伊妮德却扭动着身体东游西荡，跟人们打着招呼，仿佛她深深地爱着这些人，直到她在一张十人桌旁找到两个空位。"过来，马吉！到这边来！"根本没有机会进行私密的谈话。马格丽没有料到船上的饭菜如此丰盛——经过这么多年的配给制，这里的食物丰富得够她吃上好几年了。她喝完一份牛尾汤，然后是一块夹有凤梨的火腿，等到上糕点甜食时，她甚至把手伸进开襟羊毛衫，把拉链拉开了一点。伊妮德则把盘子舔得干干净净——她从不使用餐叉，也从不把嘴闭上。她是马格丽见过的最差劲的就餐者——每次侍者给她上第二份菜时，她都笑得心醉神迷。

马格丽开始琢磨自己的助手是否精神正常。尽管事先警告过她，伊妮德还是逢人就说马格丽来自自然历史博物馆，于是现在每个人都在向她提出各种问题，甚至问到她以前参加过什么探险。与他们一起就餐的有一对用十英镑船票移民澳大利亚的新婚夫妇、一个周游世界的鳏夫、一名英语不太好的传教士，还有一对前往那不勒斯的姐妹，他们全都想知道作为一位著名探险家是什么感觉。

那个鳏夫问伊妮德,除了昆虫研究,她是否还做过其他工作。但她对自己以前的职业讳莫如深,只说自己从事过餐饮业,至于具体在哪里工作,她就含糊其词了。当他问到怎么采集昆虫时,她也同样含糊其词。

"啊,你只需把它们捡起来就行。"

"用网子?"

"或者用勺子,或者干脆用手。"

"你不害怕吗?"

"害怕甲虫?我可不怕。"

"这种甲虫很有价值吗?"

"是的,非常有价值。嗯,金光闪闪,你懂的。人人都想找到它。"

"你丈夫肯定舍不得你走吧?"

"不好意思,你说什么?"

"你丈夫。"

伊妮德发了一会儿愣,活像一只被吓呆了的有袋目动物。"我丈夫是个初级律师。"她说,这是个关键信息,但有点答非所问。然后她问有谁看过电影《忠勇之家》,这是她在世界范围内最喜欢的影片。

马格丽暗示说她们该回去了,这时,一个名叫泰勒的男子坐到她们这一桌来。泰勒认出伊妮德和马格丽是那两个吵吵嚷嚷、差点误船的女人。他五短身材,肩壮如梁,有一道浓浓的胡须,如果走得太快,那胡须看起来像是要掉下来一般。他说隔壁就是舞厅,一支不错的乐队正在演出,他想知道是否有人想去跳一支舞。

"不了,谢谢你。"马格丽说。

"那可太棒了。"伊妮德说着,像玩具盒里的弹簧木偶一样跳了起来。

马格丽表示自己想早点休息,先行告退。她度过了一个漫长的白昼,差点误了两种主要的交通工具,还经受了一次让她颇受伤害的调查。

回到船舱,她如释重负。独自一人让她如释重负。她不愿说自己虚荣,不过看到所有人把她当作一个大人物来对待,还是挺受用的,尽管她有些害怕。如果能带着三对制作精美的雌雄针扎标本回国,与此行找到的其他稀有甲虫标本一起呈送给自然历史博物馆,她也会非常受用。说不定有人会给她一份工作,她的名字会出现在报纸上……

马格丽一定睡得很香,醒来时竟一时想不起自己身在何处。床又窄又硬,而现在她意识到,床在上下摇晃。她想起来了,自己在一艘船上。可是,当她想起船舱里还有别人时,喜悦感很快就被恐慌取代。伊妮德·普雷蒂,那个喋喋不休的女人。光线从舷窗外照进来,给船舱镀上了一层薄薄的淡蓝色。伊妮德正跪在地板上,面对着一个打开的行李箱。马格丽感觉身上一阵发冷,伊妮德在翻她的东西。

她告诉自己眼前的不是现实,因为她不想面对接下来发生的事情。

"普雷蒂太太?"

伊妮德猛地关上箱子盖。"马吉?我以为你睡着了。"

"你在干吗?"

"没事,我很好。"

撒谎,根本不好。此刻,马格丽发现确实是自己搞错了。那不是她的箱子,而是伊妮德费尽心思想要隐藏起来的那只红色小手提箱。不仅如此,伊妮德在哭,哭得眼睛都肿了,就像两朵黑色的花。

"什么东西弄丢了吗?"

"晚安,马吉。抱歉把你吵醒了。"

伊妮德擤了一下鼻子,把小手提箱重新藏到椅子下。她脱掉衣服,胡乱扔到马格丽的领地里,然后摇摇晃晃地爬上了上铺。除了一条长衬裙,她什么都没穿。几分钟之后,她就呼呼大睡了,而且鼾声大作。

可是马格丽睡不着,显然伊妮德·普雷蒂是最不应该雇来当助手的人选。尽管她并没有偷马格丽的东西,但这个想法却像种子在她脑袋里生根发芽。如果能捞着机会,偷窃似乎和伊妮德很搭。这艘船要在一个星期后抵达途中的第一个港口。必须让她离开。马格丽需要另外找一个助手。

船只倾斜,她的胃朝一个方向滑去,身体其余部分却滑向另一边。她瞥了一眼脸盆,它似乎正歪向一侧,镜子和灯也是同样。突然之间,她脑子里的一切都无足轻重了。

她意识到自己要吐时已经太迟了。

# 9
# 偷渡者

真是小菜一碟。

他登上了那趟驶往蒂尔伯里的火车,和她一样。他不明白,为什么她觉得没有自己她也能去新喀里多尼亚。于是他在"俄里翁号"旁边的码头上盘桓,寻找合适的人搭讪。一名服务员在帮一个男孩抓气球。他等待着,等那名服务员独自一人时,再过去跟他聊天,就说自己的母亲一直都想坐船游览,能让他上船瞧上一眼吗?服务员告诉他,上船是不可能的,因为乘客马上就要登船了。蒙迪克说黄色是他母亲最爱的颜色,她的葬礼上摆放的花都是黄色的,她太喜欢黄色了。

那名服务员说,动作必须快一点。

他带蒙迪克看了头等舱的舱位,体面的床铺和窗户,几个年轻人正用小棍上的掸子把那些木制品擦得油光锃亮,仿佛他们这辈子只需要做这件事。不等他们走到楼梯,那名服务员就说:"先生,恐怕我们的时间只够看这些了。不过你看得出来这艘船有多么雅致吧?"他们正朝出口走去,蒙迪克用胳膊肘推了推一瓶花,花瓶掉到地上摔碎了,水溅得到处都是。那名服务员只好叫人帮忙清扫,那几个掸灰的年轻人丢下自己的小棍，找来墩布，蒙迪克趁机溜之大吉。他在厕所里等待着，直到听见其他乘客的嘈杂声才走出来，加入如海水一般涌上船只的人潮，不过，如果人群凑得太近，他就只能往后退缩。

汹涌的人潮让他神经紧张。他们大呼小叫，说说笑笑，兴奋不已，好像这个世界突然变得美好起来。他只能用手捂住耳朵，挡住那些噪声。

蒙迪克朝船的底部走去，找到一扇写着"禁止入内"的门。里面全是各种机器，充满燃油的气味。他爬到角落里的一块防水布下，他喜欢那个角落，因为那里又黑又热。然后，他将绳索误认为是蛇，哆嗦起来，汗流浃背。可那不是蛇，只是绳索。他翻肠倒肚，然后才觉得舒服一点。他告诉自己，如果能睡着那就睡上一觉吧。他告诉自己，那些绳子不是蛇，只是绳子，只是绳子。

从战俘营里释放出来的那一刻，他都认不得自己了。他已经习惯了其他家伙的模样，他们的脸瘦得像骷髅，肋骨全都向外拱起，皮肤上是挨打留下的道道伤痕。但他不相信自己看起来也同样糟糕。他病得很重，几乎记不得坐船回国的路。照理说，利物浦的码头上会为他们举行一场欢迎会，市长和一支铜管乐队会同时出场，可是市长并没有露面。有几个家伙说他们应该改名换姓，开始新的生活，甚至可以移民到澳大利亚。他们要去做自己喜欢的任何事情，而他再也不想见到他们了。

不过他喜欢这样，喜欢躲藏在这里，藏在这条船的深处，藏在一块脏兮兮的旧防水布下面，没有人会发现他。他带着护照，所以不会有事，他还带着她的地图，上面有她用一个叉标出的目的地。他还带着笔记本和铅笔、"俄里翁号"的宣传册，以及从她的汤羹罐头上撕下来的标签。

如此看来，他要跟她去新喀里多尼亚了。

## 10

## 吐得天昏地暗

"帮帮忙,伊妮德!垃圾桶再递我一下!"

出海七十二小时了,马格丽大部分时间都在呕吐。她忘记了那只红色小手提箱,忘记了伊妮德缺失的护照,而且仍然没有提解雇伊妮德的事情。

执教这些年来,马格丽从未旷课。有一次,在战争期间,她因为空袭滞留在外,被困在一个公共防空洞整整一个晚上。炸弹爆炸的地方离得很近,她觉得炸弹就像在她体内爆炸了一样。她实在受不了了,就哆嗦起来,而哆嗦一旦开始,就无法停止。最终,她对面的一个女人——马格丽甚至都不认识她——伸出手来,将她紧紧搂在怀里。马格丽攒足力气,用最冷淡的语气,礼貌地要求她拿开自己的手。之后,人们用怪异的眼神看那个女人,仿佛她是个麻烦,后来她再也没有回到那个防空洞。再后来,马格丽为自己的行为感到羞耻。她希望自己有机会解释,尽管不知道自己还能解释什么。但关键问题是,她不是那种向脆弱屈服的人。

如今,被困在这间小小的船舱里,她连小手指都无法移动。轮船上下颠簸,上一分钟她被颠得差点撞上天花板,下一分钟却仿佛在海底爬行。真不知道该怎样度过剩下的四个半星期。还不如在她脑袋上猛敲一下,让她昏迷不醒,那样倒还仁慈一些。与此同时,船舱工作人员每天都会造访一次,但马马虎虎地拖一下地就匆忙离开了。是伊妮德端起垃圾桶,将里面的秽物倒掉;是伊妮德为她找来晕船药。她说她从没见过别人吐得这么厉害。听起来,她真的深受触动。她拿出扑克牌,然而马格丽拒绝参加,然后她就一个人玩牌。就算往好里说,她也很不遵守游戏规则,但她并不认为自己在耍赖。

伊妮德仍然不受马格丽待见,例如看地图时她会把方向搞反。她总是匆匆忙忙的,仿佛后面有人在追她。就算那些理应慢腾腾的事情,比如酣睡一晚后从梦中醒来,她也会匆忙而就。"嗯,那也不错!"说着,她就从上铺跳下来,"太阳晒屁股了,马吉!"她成为船上所有俱乐部的成员,包括为初学者开设的编织课程,还有两人三腿赛跑和乡村舞。她随时随地都在照镜子,甚至会把勺子的背面当镜子用,而且,依然喋喋不休。渐渐地,一半的时间里马格丽都听而不闻——她只是想让这间船舱保持秩序。"你不喜欢小宝宝吗?"伊妮德会说。(小宝宝是她最喜欢的话题。)

而马格丽会咕哝说:"不太喜欢,伊妮德,我不喜欢。"

"难道你不想抱抱他们?"

"嗯,我觉得我不想。"

"哦,马吉!你是这么风趣!"

马格丽想,光是照顾自己就够艰难的了。以前,她甚至不明白为什么有人会愿意把一个小孩子带到这个世界上来。

"敲敲木头祝我好运①,有一天我会生一大堆小宝宝!"

又一个问题出现了:伊妮德非常迷信。

她说你应该试试扭转运气。那会让人感觉舒服点,而且不管怎样,你永远都不知道自己什么时候需要帮助。她总是讲述许多复杂的关于人们如何交上好运的故事,而马格丽可以肯定的是那种好事不会发生。他们吃饭时碰到的鳏夫就是一个例子。

"你猜怎么着,马吉?"

"毫无头绪,伊妮德。"

他在船上碰到了一个带着小男孩的好女人,他们打算结婚。伊妮德高兴得不得了。

只有一个人她从来不提,那就是她的丈夫。她叫他珀西,但对他到哪里去了、什么时候回来只字不提。有一次她无意中说漏了嘴,说因为看到一个和珀西很像的秃头男人而被"吓得半死",据此,马格丽猜测伊妮德的丈夫肯定比她年纪大不少。

"我敢发誓他一直在跟踪我。"她说。

"谁在跟踪你?"

"那个家伙。那个没有头发的家伙。"

"为什么一个没有头发的男人会跟踪你?"

伊妮德从包里翻出一只编织了一半的儿童毛线鞋,对于一只那么小的鞋子而言,那堆毛线简直是庞然大物。

"他跟你说什么了吗,伊妮德?"

"为什么他会跟我说什么,马吉?"

"关于甲虫的事情。"

---

① 英语惯用语,原文为touch wood,指触摸木制物品可以确保好运、丢掉坏运气。

"甲虫？为什么他要跟我说起甲虫？"

她们在绕弯子，随时都有可能陷入尴尬的沉默，不过要知道，马格丽跟世界上最健谈的女人被困在一个狭小的空间里——伊妮德沉默不语的概率，比撞见一只尚未被人发现的金色甲虫还要低。就在这时，轮船撞上了坚硬的物体，马格丽身手敏捷地冲向垃圾桶。伊妮德再没有提到那个没有头发的男人。马格丽越琢磨这事儿，就越肯定的是，如果说真有一个男人跟踪伊妮德，那他肯定和其他男人跟踪她的原因相同：为了好好看她一眼。

另一次风暴袭来时，她们已经过了比斯开湾。马格丽在一阵担忧中醒来，仿佛伊妮德的物品像椰子一样掉落到自己身上。她没想到自己的晕船症状还会变得更糟，身体仿佛已经不再属于她自己，胃里的东西毫无预警地喷射出来。伊妮德清洗了马格丽的睡衣，又闯入洗衣间取干净的床单被罩，还从头等舱借了一束鲜花，可是呕吐物的气味已经成为这个船舱的一部分，就连伊妮德的香水也无法掩盖。

葡萄牙，西班牙，船只进入直布罗陀海峡，停泊过夜。下一次靠岸就要到那不勒斯了，马格丽对解雇伊妮德的事只字不提。伊妮德则搭了一条小船上岸，给她买了旅行途中的第一个西瓜。墨西拿海峡，斯特龙博利，纳瓦里诺。在赛伊德港，轮船再次停泊。马格丽还是什么都没说。伊妮德上岸骑了一阵子骆驼，后来告诉马格丽，黄头发害她怎样被人指指戳戳。在那之后，"俄里翁号"和其他游轮结伴同行，花了十六个小时才顺着苏伊士运河航行了五十英里。不过，甫一进入红海，天气就明朗起来。伊妮德每天都去晒日光浴，皮肤晒得如同烤熟的坚果。轮船在亚丁停泊时，她下船买了一台电池收音机，回到船上时她不断抱怨，说这里的气味和贫困情况比英国还要糟糕，乘客返回船舱时都不得不从多如人海、伸手乞讨的乞丐中挤过。

不过,另外一件事情让她更加沮丧。她问马格丽是否知道杀人犯诺曼·斯金纳的遭遇。马格丽不知道。过去的几个星期,她的世界局限于汗臭的床单、被罩,还有一个垃圾桶。她几乎都不知道自己遭遇了什么,更无暇去追踪国际新闻了。没事,伊妮德知道。她看到了英国报纸。绞刑吏在处决斯金纳时笨手笨脚,弄断了他的脖子却没能将他绞死,于是不得不换一根绳子,把整个过程重复了一遍。"记者把这件事写得就像是个玩笑!"伊妮德拉长了脸,神情沮丧。一聊起刚刚经历的那些可怕事,她又想起一件:新喀里多尼亚居然还有断头台,确确实实会切掉人的脑袋的那种。"这是错误的!"她在这间小小的船舱里来回踱步,"这是错误的!"

"伊妮德,新喀里多尼亚使用断头台处刑,并不意味着我们不能去那里。美国的处刑工具是电椅,我们用的是绞索,这并不能阻挡人们外出旅行。"

又过了五天才从亚丁来到科伦坡。为了庆祝抵达赤道,船上组织了许多场游戏和化装舞会,伊妮德做了一条能够放下两条腿的尾巴,然后扮作美人鱼,蹦来蹦去。之后,她赢得了"美腿小姐"比赛的预赛——估计是在拿掉那条尾巴后——还获得一个奖杯,上面装饰着这艘轮船的标志。与此同时,马格丽却待在船舱里,靠烘干的饼干和水生存,努力阅读随身携带的有关甲虫的书。不过,她还有一些关于伊妮德的事情没有弄清:

1. 她一直在手织小得可怜的羊毛织品,小到只适合给小精灵穿。当马格丽问她为什么不织一些正常大小的衣物时,伊妮德说自己没这个手艺。

2. 虽然她说到寻找甲虫就喋喋不休,但似乎对实际操作并不是多么感兴趣。每次马格丽描述那种金色甲虫时,伊妮德就哈欠连天。"要发现一只金色的昆虫有多难?"然后她就拐到别的话题上,"你觉得我有没有长胖?"而且,迄今为止,除了那句"你好",她从未说过其他法语单词。

3. 那只神秘的小手提箱上有两个姓名首字母,但不是伊妮德的姓名缩写,而是N.C.,马格丽注意到这两个字母一次,不过下一次再看那只箱子时,两个字母已经被胶布盖住了。

4. 伊妮德晚上不一定回船舱,她会跳舞跳到很晚。但这样一来也有好处:马格丽不用听她打鼾了。

5. 第五点更加令人担忧:伊妮德对杀生害命的事情很在意。

有一天,她从马格丽的格莱斯顿旅行包里掏出那个装着乙醇的瓶子问道:"这是做什么用的?"

"那个东西毒性很强,请放回包里。"

可是伊妮德并没有放回去,而是像近视眼一样贴近了仔细研究瓶子的标签。

"这东西到底是做什么用的?"

"用来杀死甲虫的。"

"杀死甲虫?"

"把甲虫放进毒瓶,滴几滴乙醇,就完事儿了。"马格丽突然一阵紧张,"请小心一点,伊妮德。我只有这么一瓶,它的毒性很强。"

伊妮德小心翼翼地将瓶子放回包里,仿佛瓶子在短短几句话的时间里改变了形状。"我不知道你要把甲虫杀死。"

"当然必须杀死,不然我们怎么鉴定?"

"可以把甲虫装在小火柴盒里。"

"伊妮德,甲虫在小火柴盒里也活不下来。关键在于标本是死的。除非甲虫死了,否则人们没法对它做出鉴定。"

"为什么呢?甲虫应该活着。那才是关键。"

"可是只有先做出鉴定,我们才能知道它们到底是什么生物。而且,不同种类的甲虫差别很小,需要用显微镜才能观察出来。差别可以小到一条腿上的几根细毛,甚至生殖器的形状。"

"你要看甲虫的小鸡鸡?它们有那玩意儿吗?"

"是的,当然有,形状各不相同。雄性昆虫会把生殖器隐藏在身体里。"

"哦,干得漂亮,"伊妮德说,"那就更有理由让它们活下来了。"

"伊妮德,你想想看,如果自然历史博物馆里的每一个动物都活着,那岂不是一团混乱?博物馆就成了动物园,生物到处乱跑。于是,没有人分得清什么是什么,也就没人知道那些生物是不是跑丢了。"

"说实话,我喜欢动物园。我带珀西去过一次。我们看过黑猩猩举行茶会。黑猩猩跳上桌子,把食物扔得到处都是。珀西笑个不停,那是一个愉快的日子。"就个人而言,马格丽再也想不出还有什么比这更糟了,但伊妮德停顿了片刻,整个人如同卡住了一般注视着虚空。然后她说:"甲虫会在毒瓶里窒息而死吗?是乙醇的缘故?乙醇是起这个作用的吗?我的意思是,痛不痛?"

"什么?"

"会不会把甲虫弄疼?它们会不会感觉火烧火燎、透不过气来?"

"死亡的过程很短暂。要杀死它,这是最人道的方式。"

"什么?比绞刑还要快吗?"伊妮德明显哆嗦了一下,"唉,我可不会杀它。要让我说,那样做是错误的。"

如今已是十一月中旬,她们已经在海上漂了三个星期,只剩两个星期的航行时间了。又过了一周,有一天早上,马格丽一觉醒来意识到身体发生了变化。她感觉口渴,不是平常的口渴,而是干渴得如同沙漠里的洞。伊妮德昨晚睡得很晚,此刻仍然在上铺四仰八叉地酣睡。马格丽连杯子都懒得用,把脑袋伸到水龙头下,猛喝了几口水。接着,她感觉到了饥饿。饥饿感像货运火车一样撞击着她,她飞快套好衣服。

饥饿是表达希望的终极方式。那天早上,马格丽在餐厅大吃了一顿,吃饭已然成为自己的新工作。鸡蛋、培根、面包、黄油、豆子,一壶接一壶茶,用餐巾擦擦嘴,再用叉子叉起另一根香肠。第二份,第三份,她终于吃饱了,这才蹒跚地走上甲板,瘫倒在一把椅子上,享受着暖洋洋的阳光,望着大海。她从未见过如此幽蓝的海水,如扇子一般从船首扩散,一条条皱褶由一抹白色泡沫分隔开来,溜光平滑,凹如辙印,盘旋缠绕在一起。一整群银鱼跃出海浪,仿佛它们属于天空。在英国,这会儿人们已经穿上外套,去排队购买限量供应的茶和糖。马格丽打起盹儿来,突然感觉到了别人的视线,可睁眼一看,谁都没看到。后来,她在游泳池边找到身穿比基尼的伊妮德,一群新朋友围在她的身边。于是马格丽回到餐厅,狼吞虎咽地吃掉午餐,不久之后又享用了一整套下午茶,然后是晚餐。她回到甲板上看日落,直到只剩下一小块太阳露出海平面,然后是边缘的一点点,接着完全消失。天空迸发出一片绿色,仿佛闪烁的翡翠。那片绿色转瞬即逝,如果不是亲眼所见,她简直无法相信。

"哇哦!"她舒了口气。

"同感，"一个戴着帽子的女人表示赞同，"生活是多么精彩绝伦，对吧？"

此时的马格丽已经强忍着跟伊妮德·普雷蒂相处了一个月。这期间她经历了这辈子最严重的晕船，也没什么精力在日志上多记录几页。不过，她已经差不多来到了地球的另一面，超出了所有人的预期。她已经见识了诸多闻所未闻的事情，也想象了很多很多。有伊妮德这个助手帮忙，事情还是有可能办妥的。

不过，伊妮德还隐藏着一个惊人的秘密。

# 11
# 事有蹊跷

他不喜欢那个金发女人。他不信任她。

不单单是因为她得到了那份工作而自己没有,还有别的原因。他一眼就能认出狡猾的人。他在船上跟踪她,不过金发女人有时会突然敏捷地掉转方向,仿佛知道有人在跟踪她。而且她不会像本森小姐那样留下一些蛛丝马迹。在他的笔记本上,有一页是专门用来记录她的,迄今为止,上面提到的都只是*伊妮德·普雷蒂*这个名字而已。他甚至拿不准这是不是她的真名。

蒙迪克设法在"俄里翁号"上的藏身之处待了几天。没有食物,不过他已经习惯了——在缅甸的时候,一点点大米就够他生存几个星期,而且不是那种白色大米,是黄色的,里面还有米象在爬。在"俄里翁号"上,如果他需要水,就会从那块油布下爬出来,找个水龙头喝一点。可是,两个锅炉工发现了他,他以为一切都完蛋了。

"嗨!嗨!"他想逃跑,但没有机会。获释五年后,他的身体仍旧虚弱。他们追上他,把他拖了回来。"你会为此蹲监狱的。"

反抗是没有用的。他挥舞了一下拳头,却什么都没击中。他敢肯定其中一个家伙曾经是战俘。战后,这一点显而易见:你会知道谁当过战俘,谁没有。那些没被俘虏过的人会歧视被俘过的人,觉得他们不是真男人。这是战后出现的另一种状况。

两个锅炉工去一旁讨论这件事。他听见争论的内容是该拿他如何是好。一个说必须告发他。但年纪大一点的那个家伙说:"不,我不会那么做。看看他,你听说过集中营的事情吧?你听说过里面有多少人死去吗?留他们自生自灭简直就是犯罪。"那个想要告发他的人离开了,另一个人走过来对蒙迪克说他不会有事,没人会出卖他,但他需要保持低调,别惹什么麻烦。锅炉工一边说着,一边伸出手来,就仿佛蒙迪克是一条陷入绝境的狗。

从那以后,这名锅炉工就会给蒙迪克留下一点食物,当蒙迪克跟他要肥皂和剃须刀时,他也会把那些东西拿来,让蒙迪克能够刮脸。他还拿过一件干净衬衣,以及厨房里的剩菜剩饭。有些夜晚,他们俩会玩扑克,但不会聊天。那名锅炉工说他知道有一间船舱空着,问蒙迪克何不到那里睡觉,只要小心行事,就没人会知道。于是蒙迪克搬进了那间空船舱,里面有一张小床和一张桌子,他把笔记本和那张新喀里多尼亚的地图放在桌子上。清洁工进来打扫卫生时,他说自己是一个潜伏在船上的私人侦探,不想节外生枝,那个拿着墩布的人说:"好的,先生。"就仿佛蒙迪克是个重要人物。

这还是他头一次拥有自己的房间。小时候他跟母亲睡一张床,只占据床的一小块空间,但随着他的个头逐渐长大,母亲就搬到椅子上睡觉了。在集中营里,有时他会看到一个男人蜷缩在角落里,一动不动,他会告诉自己,那个男人并没有死,而是跟蜷缩在椅子上的母亲一样。等到天亮的时候,母亲会递给他一支点燃的香烟,对他说:"快醒醒,儿子。新的一天开始了。"如果他能跟这样的往事一刀两断，生活会变得轻松一点。

在船上待了两个星期后，蒙迪克感觉身体强壮了一些。他趁安全的时机离开那个船舱，还偷了一个帆布背包，另一次则偷了一条黄色的毛巾——当纪念品而已，以及一顶巴拿马草帽和一副墨镜，他开始收集可以带到新喀里多尼亚的物品。他在笔记本里记下了这些，还列出了吃的食物。当船只在亚丁停泊时，他搭乘一条小船上岸，好盯住那个金发女人。她直接走向皇家酒店，急匆匆地登上台阶，仿佛自己是个正经八百的客人。他望着她取下一沓英国报纸，一页接一页地翻阅起来，似乎在寻找什么。在那之后，她坐在那里陷入沉思，直到领班过来问她能否走这边，并护送她离开了酒店。然后，她朝一个市场走去，买了一台便宜的收音机。这事有些蹊跷，他想，但他不明所以，于是拿出笔记本。她肯定趁机溜掉了，因为他不知道自己身在何处：他一个人站在这条小巷里，几百张面孔透过窗户注视着他，窗帘后伸出一只只手来。他开始奔跑，却无法逃离，因为脑子里只有自己在宋库莱战俘营里看到的那些男人的脸，再没别的了。他分辨不出自己仍然待在战俘营中，还是已经获释，直到他拿出自己的护照看了又看，然后告诉自己，蒙迪克是一个自由人，他是自由的。

可是今天天气晴好，他来到甲板上，几乎无法相信自己的好运，因为本森小姐正在一张躺椅上睡觉，周围没有那个金发女人的影子。他待在她看不到的阴影里望着她，仿佛他的身体空空如也，没有思想也没有感觉，一种奇怪的安宁感降临到他身上，他希望自己整个一生都能这样度过。

他待在那里，待了很长时间，静静地望着。

## 12

# 有关伊妮德·普雷蒂的真相

砰砰声,嘈杂疯狂的砰砰声在她脑子里回荡。马格丽呻吟着翻了个身,试图回到睡梦中。

"马吉,帮帮我!帮帮我!"

那砰砰的声音不是从脑袋里传出的,而是从门外传来的。她爬起来,打开门。伊妮德站在门外,弯着腰,面色白如燧石。

看到她的瞬间,马格丽尖叫起来。

"哦不,哦不,哦不。"伊妮德哀号着,词语全都粘到一起了。她从马格丽身旁挤了过去,跌跌撞撞地走向水槽。

也许她的情况并没有看起来那么糟糕,可是,仅仅看到鲜血从伊妮德的蕾丝裙子上滴落,马格丽就感到头晕目眩。她同时感觉自己的身体轻得不可思议,又重得不可思议。她需要空气,迫切地需要空气。虽然马格丽能够杀死一只甲虫并扎上昆虫针,不过一看到血,她就会变得难以置信地神经质。看到自己的初潮经血时,她发出了尖叫——以为自己就要死了。是芭芭拉拿来一块针织的碎布,告诉她该怎么做。因此,马格丽没有问伊妮德有没有受伤或是否需要帮助,而是抓起裙子穿上——后来她才发现自己穿反了——从船舱里冲了出去。

"马吉?"伊妮德叫道,但马格丽无法停止脚步。她迈着沉重的步伐顺着走廊走去,差点踩到另一名乘客,一直走到楼梯间。楼梯又窄又陡,贴着波状的橡胶垫。她费力地踏着楼梯,一级接一级,告诉自己不要想伊妮德或她的裙子,也别去想她发生了什么,只想那些美好的事情,例如蓝天和花朵,直到那道通往甲板的门终于映入眼帘。她伸手去抓门把手,却注意到裙子穿反了,顿时羞愧难当。这下好了,她维持着拉门的动作却没有抓住门把手,身体退回到台阶上,只是这一次没能直直站立,而是摔落下去。她不停下落,分不清上下、内外,下落仿佛无边无尽。她的脑袋狠狠地撞上了什么东西,刹那间,一切都歪向一旁。

"你还好吗?"有人在问。当然不好——一个大块头女人躺在楼梯底部——但人们总会这么问。"我没事。"她用最接近BBC的口音回答,然后就像陷入这种境地时通常发生的情况那样,晕了过去。

有那么一会儿,马格丽不知道自己是谁、身体状况怎样、为何会这样。她看到了没人见过的风景,将数百只没有被鉴定过的甲虫制成针插标本。当她终于苏醒过来后,发现自己躺在一张刚刚铺好的床上。这是一个阳光灿烂的宽敞房间,没有呕吐物或伊妮德的气味,所有物品都那么美好、干净,例如消毒水和薄荷醇的气味。

"你摔得很重,"她听到一个声音,目光聚焦在一顶护士帽上,帽子下面是一位护士,"你能动吗?"

在那一瞬间,马格丽以为自己又变成了一个孩子,回到了那所教区长住宅——母亲待在她自己的卧室里,父亲在他自己的书房内,而哥哥们在草坪上玩板球。"我在哪里?"

"你在医务室里，"护士和蔼地说，"在'俄里翁号'邮轮上。"

砰的一下，马格丽想起来了：船，伊妮德·普雷蒂，滴血的裙子。她感觉有气无力。

"我是怎么来到这里的？"

"一名乘客发现了你。你记不得了吗？"

经护士这么一说，马格丽想起来了，但只是模模糊糊的印象，就仿佛记忆属于别人。她记得自己闭着眼睛躺在地板上，希望就这么一直待着，直到一个男人扶着她站了起来。她为自己的无助而惭愧，也记得他伸出胳膊，扶着她站稳，而她却只想继续昏睡。

"你很走运，不需要拄拐杖。"护士说。显然她是和波利安娜一样积极乐观的女人，就算断了一条腿，也会为另一条腿还能正常使用而感到高兴。"别担心。"她的声音就像冰激凌。这名护士非常可爱，马格丽几乎忍不住想问她是否愿意到新喀里多尼亚旅行一趟。不过她还是忍住了，因为她已经有一名助手了。只不过那名助手浑身鲜血，待在船底某处的那间狭小舱室里。与其说伊妮德属于波利安娜型，不如说她更像麦克白夫人。马格丽再次试着挪动身体，却失败了。

"不用着急，"护士说，"你身上会出现严重的肿块，还会疼痛。我会给你一些碘酒和绷带。不过等我们抵达布里斯班时，你就得卧床休息了。身边有人照顾你吗？"

马格丽没有回答。

等马格丽回到自己的船舱时，已经是中午了。她的助手在上铺躺着，裹着那件虾粉色的晨衣。除了碘酒，护士还给了马格丽一支拐杖，简直多此一举，这只让她觉得自己多了一条备用腿。不可思议的是，她的髋部完好无损，不过膝盖严重擦伤，坐下来都会痛。

"伊妮德？"

伊妮德睡着了，或者说，她以非常平静的姿势闭着眼睛躺着。马格丽知道她还活着，因为她胸膛上放着一只烟灰缸，每呼吸一次，那只烟灰缸就像一条小船上下起伏。她的裙子已经洗干净，挂在椅子上了。伊妮德睁开一只眼睛："你怎么了？"

"我摔倒了。"

伊妮德"哦"了一声，然后说："不知道你会不会感兴趣，昨晚我肯定失去了肚子里的胎儿，所以谢谢你一跑了之，这正好是我需要的。"

马格丽感觉五雷轰顶，她挣扎着不让自己再度晕倒。"伊妮德，"她说，"你之前怀有身孕？"

伊妮德点点头，但不是冲着马格丽，而是冲着天花板。

"怀孕多久了？"

"很重要吗？"

"我不知道，伊妮德，我不知道。"马格丽想起伊妮德织的那些小衣物，以及她时不时带着谨小慎微的敬畏抚摸肚子的样子，然后又试着从记忆里打捞有关伊妮德的丈夫珀西的信息，结果马格丽发现自己对此一无所知。

"我也拿不准。"伊妮德说，"我没有表现出任何怀孕的迹象。我想孩子也许该在五月出生吧。"

"五月？你为什么不告诉我？"

"那样你就不会给我这份工作了。"

"我当然不会给你这份工作。这是一次长达五个月的探险。我们甚至都有可能无法按时回国。你怀孕了，又怎么可能去攀登一座山峰呢？"

"嗯,现在这已经不是问题了,对吧?"伊妮德有些哽咽地说。

"还有别人知道吗?"

"你说啥?"

"关于胎儿的事情,伊妮德。还有别人知道吗?"

"没有。"

"就连你丈夫也不知道?"

伊妮德发出一声呻吟,仿佛有什么东西站在马格丽面前直瞪着她,而她居然看不见。伊妮德扭过头来时,泪如泉涌。"我失去了他们。我总是会失去他们,每次都这样。你知道我失去了多少个宝宝吗?一个,两个,三个……"伊妮德抓握着另一只手的每根手指头,仿佛手指是一个个小孩子。她数到十才停下来,然后失声痛哭:"我想要宝宝,我只想要个宝宝而已。我还以为这一次会不一样。"

"伊妮德,我很抱歉,抱歉我没有帮你。我害怕……"她甚至说不出那个词,"我非常害怕血。"

伊妮德发出嘲讽的声音,就像爆炸声。"哎呀,对于一个女人来说,这可真是不走运。"

"我知道。"

"可归根结底,马格丽,你连帮都不帮一把。我知道我是你的助手,但我不是你的女仆。以防你没留意到,我想提醒你,女仆已经随着维多利亚女王的时代消失了,而且你也不是什么伯爵夫人。你的衣服跟我的一样寒碜。"

马格丽垂下脑袋,伊妮德在要求她付出什么,而且远超自己以前对他人的付出,但在此刻,有关自己的一切事情,都让人感觉大而无当。从理论上说,她很想坐下,只是那条裙子已经占据了椅子。于是她不知所措地等伊妮德消气。她问伊妮德想不想喝杯茶。

伊妮德没听见。她对着头顶上一块让她感兴趣的天花板说："我应该知道自己保不住这个宝宝。我从来没有孕吐，这就是一个标志，孕吐标志着宝宝健康。"她发出一声苦笑，跟快乐毫不相干的苦笑。"哈！"她说，"好吧，对我来说这事儿已经完了。我再也不会有宝宝了。"

在母亲的葬礼上，马格丽没有哭。那时她才十七岁。姑姑们告诉她不要当众出丑，可是她私下里也没有哭。她望着棺材被放入墓穴里，然后抓起一抔土，像姑姑们那样将土扔下去，这个举动就像把土撒进一个洞里一样，对她来说毫无意义。她听到有人发出抽动鼻子的奇怪声音，就像一只小动物被拧住了脖子。她扭过头去，惊讶地发现那个声音是芭芭拉发出来的。芭芭拉没有姑姑们那样的黑色面纱，她的鼻子红红的，那张面孔糟透了，仿佛她的脸在墙上蹭过。后来，马格丽注视着镜子里的自己，像芭芭拉那样瘪着嘴，想试着哭一下，可是哭不出来。她知道自己怀念母亲，也知道自己爱母亲，不过，她似乎把对母亲的怀念放在了一个地方，而她自己在另一个地方，没有什么能将二者连接起来。

伊妮德可不像马格丽。流产之后她号啕大哭，哭得昏天黑地。尽管有时候她确实痛得脸色发白，身体绷紧得像握紧的拳头，但大哭不单单是因为疼痛。她说无法相信自己的身体会做这种事，无法相信它带走了自己想要留住的胎儿。"她是个女孩，"她哭着说，"我知道她是个女孩。"

伊妮德说她担心自己即将消散。怀孕时她知道自己活着，而每次失去肚子里的孩子，她身体里的一部分便滑走了。为了转移她的注意力，马格丽取来一些小东西：一块鸡蛋三明治和一瓶指甲油。这对伊妮德毫无作用，她仍然待在上铺，哭个不停，把那台使用电池的新收音机贴到耳朵上，这样她就能听到全球服务的节目。有几个人来敲门，但她不愿见他们，泰勒也不见。马格丽想不到一个体重这么轻的人，心里会埋着如此沉重的痛苦。而伊妮德想要的并非什么辉煌壮阔之物，她只想成为母亲，世间最稀松平常的成就。当马格丽在年近四十之际想到自己永远不会有孩子时，她不允许自己为此而悲伤，这不过是另一件让她显得格格不入的事情罢了。

还有照顾别人，这并不是天生就有的能力。伊妮德会快乐地照顾每个孤独或生病的人，即使人家对着她咳嗽。可马格丽就不一样了，她对这个角色感到不适。这辈子她还没有碰到过向她求助的人，事实上，她们做的事情恰恰相反：她的姑姑们忍受着疾病，仿佛承认挫折是一件粗俗的事情，而马格丽也担心会把事情搞砸。马格丽建议伊妮德不妨出去走走，可伊妮德却说，到那些能够看到小孩子的地方去只会让她更加无法忍受，但她也不想自个儿待着。于是马格丽把裙子挂起来，将伊妮德那些瓶瓶罐罐的盖子盖好，然后坐在那把黄色的椅子上，没话找话地陪她聊天。很快，话题就耗尽了，马格丽便给伊妮德讲起那种金色的甲虫，然后又给她看了书里的其他标本。

"这种金色甲虫跟瓢虫差不多大，但体形没那么圆。而且应该有很长的触角，你瞧，因为它是一种传粉昆虫。它依赖白色的兰花生存。看看这一只，它是一种象甲。"她举起书，给伊妮德看图片，"这只是鲜绿色的，身上覆盖着纤细的绒毛，看到了吗？"或者，"这是一种闪亮的金绿花金龟。它取食蔷薇花瓣。"她一页接一页地往前翻，向伊妮德展示自己最爱的甲虫，并加以描述，"这是一只犀金龟。瞧，伊妮德，瞧瞧它长长的角。这是一种非洲的花金龟，看到它身上的绿色和红色有多么鲜艳没？还有那些白色的大斑点看到没？你觉得隐翅虫怎么样？这种甲虫有橘黄色的头部和巨大的黑色上颚。"她介绍这些甲虫时，伊妮德会注视着她翻过的每一页，点点头。虽然她没有明说自己喜欢，但至少她不再哀号。

"这样很好。"伊妮德小声说。

"什么？"

"像这样，你给我介绍那些甲虫，让我觉得舒服安逸。"

因此，伊妮德接下来的举动完全出乎马格丽的预料。

距离布里斯班还有三天航程，船上的宴乐气氛发生了变化。许多乘客购买的都是十英镑的移民船票，但突然之间，人们开始焦虑地说起未来。一些谣言开始散播，关于移民营和工作机会短缺，以及多个家庭共同居住在一所尼森式活动棚屋的事情。甚至有一种说法认为，整个澳大利亚都没有抽水马桶。

当伊妮德从上铺爬下来时，马格丽正在读书。伊妮德就穿了一条衬裙，别的啥都没穿。她的脸色白得吓人。

她对马格丽说："我改变主意了。我打算待在布里斯班，一找到工作，我就把买船票的钱寄给你。我打算在澳大利亚生个孩子。"

伊妮德把手背在身后，注视着前方，清清楚楚地说出每一个字，仿佛这是一首她背得滚瓜烂熟的诗歌。

马格丽的大脑一下子超负荷了，堵塞了。她只听到"布里斯班""船票""孩子"这几个词，而剩下的则在她脑海边缘摇摇欲坠。"可是这次探险该怎么办？你的丈夫怎么办？还有，或许你忘记了，你连护照都没有。"

"我想明白了。这是最好的选择，马吉。你需要另外雇一个助手。"

就伊妮德而言，事情就这么定了。当伊妮德离开船舱去洗澡时，马格丽只是目瞪口呆地等待着。她甚至怀疑自己是不是理解错了。当伊妮德头上裹着毛巾回到船舱，在地板上留下一行湿乎乎的脚印时，她开始在那堆瓶瓶罐罐里翻来翻去。

"我敢打赌你会为我的离开感到高兴。"伊妮德笑着说。

"是因为乙醇吗？"

"因为什么？"

"是因为要杀死甲虫吗？因为你不愿那么做，伊妮德。这件事就由我来做吧，你连看都不用看。我第一次杀甲虫时也不敢看。"事实上，当时马格丽差点晕倒，但她没有说出来。

"不是因为要杀甲虫，马吉。我只是改变了主意。你可以预支一点钱给我吗？我的现金不够用。"

说完，伊妮德就去把头发吹干，开始化妆。在海上航行了一个月之后，她那些装化妆品的瓶子差不多已经空了，为了把瓶子里残余的化妆品倒出来，她只能用力在手上磕打瓶子。她扭动着身体，穿上裙子，把脚塞进那双小得荒唐的凉鞋里，然后出去找她那些朋友了。这个焕然一新的、将在布里斯班开始幸福新生活的伊妮德，简直没法跟那个成天躺在床上、为失去腹中胎儿而悲伤的女人联系起来。

马格丽气疯了，气得灵魂出窍，她有一种感觉，仿佛灵魂已经沦为愤怒的化身，而真正的自己只是旁边一堆愚蠢的肉体。她尝试就待在船舱里，但这里太狭小。她在甲板上来回踱步——"又是一个风和日丽的日子！"那个戴着帽子的快乐女人说——马格丽拼命克制自己想要踩碎什么东西的冲动。伊妮德不过是把马格丽几周前计划做的事情——自我解雇——付诸实施，但马格丽无法原谅她以如此轻松的方式放弃这次探险。她真的曾经打算去新喀里多尼亚吗？或者，她从一开始就只是在利用马格丽？现在一走了之还要反过来卖个乖？这是最恶劣的怯懦。经历了人生中的那么多波折后，伊妮德的弃之而去让马格丽承受了难以忍受的压力，就仿佛伊妮德正往她体内注射毒药，注射完胳膊再注射腿，然后将生命从她体内挤压出去。她为自己信任伊妮德而感到愚蠢，也为喜欢她而感到愚蠢。她用现金支付了自己欠伊妮德的工资，她再也不想见到这个女人了。她想结束这一切。

只要伊妮德一走进船舱，马格丽就会拿起自己的拐杖，离开船舱。她其实已经不再需要拐杖，可见到伊妮德，她就有跛脚走路的冲动，仅仅为了表明自己的态度。与此同时，伊妮德却到船上的美容厅把头发染成了冰冻柠檬果子露的颜色。她花越来越多的时间跟泰勒黏在一起。泰勒长胖了，还买了一套廉价的新西服。这个男人身上有些让人觉得荒唐的地方，但同时还有另外一些东西，有一种让马格丽感觉不舒服的傲慢。她看到伊妮德跟他在甲板的另一端聊天打发时间，他说着无聊的话，然后伊妮德哈哈大笑。伊妮德挽着他的胳膊，仿佛离了他，她就寸步难行。马格丽感到内心干涸。然后，在航程的最后一天，那个戴着帽子的女人走过来，说自己听说了伊妮德是怎样抛弃她的。

"私下里跟你说吧，她就是那种人。"她说。

他们在一个恶浪滔天的日子抵达布里斯班。马格丽度过了又一个抱着垃圾桶翻肠倒肚的夜晚——令人惊讶的是，根本看不到那个助手的影子——正当她准备换掉行李上的标签时，伊妮德步履轻盈地走进船舱。

"哦，你好！"她说。看到马格丽，她好像有些吃惊，仿佛她们只是在公交车站上偶然相遇。

她将自己的东西胡乱堆进手提箱里，为了合上箱盖而骑到箱子上。轮船的烟囱发出最后一次排烟的声音，她拖出那个红色小手提箱——箱子很轻,不知道她在里面放了什么东西。她对马格丽说:"我知道你很生气,我知道你很失望。但我必须重新开始。我想要个孩子。"

"嗯,在我看来,你选择了一条正确的道路。不过没有护照,你怎么在澳大利亚定居,这我就无法想象了。"马格丽想从她身旁走过去,但伊妮德伸出一只脚挡在路上。

"为了找到那种甲虫,你会付出什么?你会付出自己拥有的一切吗?因为对我而言就是这样,我想要孩子想得心痛。很抱歉抛弃了你,不过是你先说出那句话的。你第一次看到我就说了,说我不适合这份工作。找到那种甲虫是你毕生的事业,而对我来说,我只想要个孩子。事关我们各自的事业。如果不那么做,我们都会悲伤地死去。放弃绝不是我们的选项。"

对伊妮德来说,这一番话特别富有哲理。马格丽怀疑她是不是从某本书上学的,尽管她没有读过多少书。"事业"一词显得那么突兀,就像冬季里挂在树上的水果。

"还是朋友吧?"伊妮德说,"让我们作为朋友而分手。"她抓起马格丽的手,握得马格丽生疼也不愿松手,还用一副既脆弱如泡泡又坚硬如磐石的表情死死盯着对方。这种握手的方式,还有她的表情,都让马格丽确信伊妮德是对的:对她俩而言,那两样东西都是她们毕生的追求。除非伊妮德生下一个孩子,除非马格丽找到那种甲虫,否则她们俩都不会幸福。尽管她们各自的追求不同,但执着却是相同的。为了得到自己想要的东西,她们愿意付出一切。

以这样的方式在伊妮德身上看到自己,太沉重了。马格丽硬着心肠挣脱伊妮德的手。"再见,普雷蒂太太。"

伊妮德拎着自己的所有行李,跌跌撞撞地走出门去。她没有挥手。只是当她关上身后的房门时,马格丽听到了她的回答:"好吧,见鬼去吧,马格丽·本森,见鬼去吧。"

马格丽拿起昆虫网、头盔、手提箱和那只格莱斯顿旅行包。突然之间,这间狭小的船舱似乎膨胀开来,围着她的脑袋旋转。自从失去母亲后,她从未感觉这么孤独。

# 13

# 看到父亲，以及自然历史博物馆

说来奇怪，母亲一直让马格丽感觉不太舒服，但在她的生活中，母亲的存在是那么坚不可摧，就像一件怎么摆放都会挡路的家具。不管马格丽做什么，母亲都在那里，坐在窗边的椅子上——阳光穿过窗户，照到她柔软的头皮上，桌上放着一杯已经凉了的茶。在她去世后，马格丽感觉自己与其余的世界更加脱节。她的个头又往上蹿了一截，裙子的下摆悬挂在脚踝上方几英寸高的地方，她老是觉得很冷。有时，姑姑们会抬头瞪着她，仿佛她长这么高就是为了引人注目。

等到十八岁时，她的房间看起来就像一个疯狂的生物学家的书房。到处都放着有关昆虫的书，墙上钉着一幅幅草图，还有她的笔记和各种期刊，更别提各种各样生活在自制饲养箱和玻璃罐里的甲虫了。她给自己买了一张捕虫网当生日礼物，每天早上一醒来就出门。当她搜寻甲虫时，她不再个头高大、外表古怪。贴近地面的那一瞬间，世界变得那么微小、精致、错综复杂并且瞬息万变。手足并用地趴在地上，眼睛贴到地上，除了甲虫，她脑子里什么都不想，仿佛自己已经消失，周围的人也消失了。

接着，发生了两件事情：她看到了父亲，芭芭拉跟她说起自然历史博物馆。

姑姑们的住所附近有一个公园，公园里有一个湖和一个露天演奏台，到了夏季，这里经常举行音乐会。一天下午，马格丽来到公园，寻找Aromia moschata，也就是俗名叫"杨红颈天牛"的甲虫，这种甲虫长度超过一英寸，身体大部分为绿色，细如树枝，还有一对长长的触角，是少数散发出香味的甲虫之一。在柳树上经常可以找到这种天牛，而演奏台前面的湖边有很多柳树。她来到那里，屈膝搜寻。时间一点点地流逝，一只鸟儿叫了一声，她抬起头来看。

她看到父亲坐在湖的另一侧，一条腿向前伸着聆听音乐。在此之前，她几乎忘记了他有一条腿比较僵硬，因此总是以这样的姿势坐着。公园里的一切都被抽离，消失了。突然之间，除了湖边的马格丽和演奏台旁边的父亲，这里变得空无一物。她感觉到一种不可思议的温暖，以及幸福，真正的幸福。那一刻，她只想望着他，跟他相处，既拥有他，又没有他。直到一个小男孩闯入她的视野，给了父亲一只球，然后又来了一个女人，给了他一块三明治。她父亲和蔼地微笑着，接受了那两样东西。

仿佛体内有一条鞭子啪地抽打了一下。怒火涌入口中，是一股苦涩得令她几乎透不过气来的痛苦。多年之前，他怎么可以无所谓地从落地窗前走过、将她抛在身后？她是他的女儿，难道她对他毫无意义吗？她待在原地，用指甲抠着柳树，嘴唇扭曲着，脑袋一阵眩晕。此时，乐队在台上演奏，她父亲望着乐队，人们来来去去，那个女人给他喂三明治，小男孩依偎着他。小男孩时不时地扔出手中的球，又将球捡回来。直到音乐会结束，人们四散开来，那个女人收拾好野餐篮，小男孩收好那只球，他们扶着她父亲站起来，然后离开了。

他不是她的父亲，他是别人的父亲，一个小男孩的父亲。但那一幕景象将她击倒，让她再次看到已经忘记的往事。

每个有音乐会的日子，她都会去那个公园，在湖边屈膝等待。带着小男孩的男人再未出现。她写信给几家医院，询问父亲的下落，都没有查到他的记录。她去图书馆找旧报纸搜寻线索，同样什么都没有找到。但她确实找到了几个兄长的消息。

本森兄弟：阿奇博尔德，休，霍华德，马修，1914年战死于蒙斯，坟墓未知。

一直以来被大脑接受的东西，如今却被钉在心里。他们已经死了，当然死了。不仅如此，她父亲也死了。拒绝接受如此显而易见的事实，仿佛是为了忽略某个最糟糕的事实。她心里的缝隙进一步扩大。她从图书馆里走出来，黄昏初降，西斜的太阳将她细长的影子投到前方。望着这被拉长的、顶着远处一个小脑袋的古怪身影，惊愕与悲伤让她不堪重负，她不知道那个影子是谁，甚至不知道自己属于哪里。她只感觉到无比空虚。如果可以，她会不停地走下去，走下去，走下去，直到最后踏入泥土，消失不见。

"你应该去自然历史博物馆看看。"几个月后，芭芭拉对她说，"去吧，别再到处游荡了，从我眼皮底下走开。博物馆里有很多很多的甲虫。"

马格丽听从了芭芭拉的建议，她对芭芭拉唯命是从。芭芭拉在森尔万牌肥皂片的盒子背面画了一幅地图，马格丽捧着它，就像捧着一本祈祷书或一根古怪的占卜杖。她穿着一套有点小的裙子，戴着一顶特别的帽子，一步一步地跟着地图找去。面对那座庞大的哥特式建筑，望着高耸的深色墙壁、角塔、尖顶和数百道窗户，她几乎无法直视。太宏伟了。然后，一群学童从她身边蜂拥而过，在最后一刻，她跟着他们走了进去。

在博物馆里面，她看到了一头蓝鲸的骨骼；看到玻璃柜里的北极熊；看到一个大型鸟舍，里面陈列着五彩斑斓的鸟儿，标本悬挂在半空中，仿佛在飞行中突然凝固了。她看到了鸵鸟、狮子、几匹骆驼、一头大象，各种各样在书上读到过的动物，她做梦也没想到有机会亲眼看到。她顺着那道巨大的石阶向上攀登，沿着一条长长的走廊走去，脚步声在周围回荡。然后，她甚至没有向人求助，转过一个拐角，就来到了昆虫馆。

当霍华德·卡特开启图坦卡蒙法老的坟墓时，他是不是也有同样的感受？在那一刻，她只能闭上自己的眼睛。那么多美丽的昆虫，眼前的景象近乎亵渎。玻璃盒子里保存着一只只甲虫针插标本，还有一些在标本橱里展示，数量成千上万。银色的甲虫、黑色的甲虫、红色、黄色、金属蓝色和绿色的甲虫，还有杂色的甲虫。有多毛的甲虫，还有带有刻点、斑点、条纹和光泽的甲虫。有的触角形如念珠、胡须、雨刷和棍棒；有的触角细小如纤细卷发，或是如同坠下的小球；有的触角呈珠状、角状、锥状、梳状。有的身材瘦长，有的肥胖，或浑圆如珠子，或细长如树枝。有的腿很长，有的腿很短，有的腿上有毛，有的腿上有分叉，有的腿形如船桨或钳子。有生活在树根里的甲虫，有生活在粪便里的甲虫，有取食蔷薇花瓣的甲虫，有取食腐肉的甲虫。有的甲虫跟她的两个巴掌一样大，有的却比一个句号大不了多少。人们为什么要举目向天寻神灵？神灵存在的真正证据就在人们脚底下，或者——就此而言——就插在玻璃盒子和抽屉里，就在自然历史博物馆的昆虫馆里。她从一个展台走到另一个展台，眼花缭乱，心醉神迷，不知所措。但她找遍了整个昆虫馆，哪里都找不到父亲说过的那种新喀里多尼亚的金色甲虫。

等到闭馆的铃声响起，她才第一次抬起头来。一个身材矮小、年纪颇大的男人站在门边望着她，他肿胀的脸暗示着其下曾经隐藏着一张俊秀的面孔。

"你喜欢甲虫吗？"他问。

# 14

# 这地方不是您这种女士待的

布里斯班热得要死，感觉就像受审一般，如坐针毡。昆虫发出吱吱喳喳的声音，仿佛电流涌动。

马格丽来到轮船跳板最上方，眯起眼睛。跃动的阳光从空中倾泻而下，她从未想过太阳会如此炽烈。不管将目光转向何处，她都会看到迎接亲友的人，他们大叫着，招着手，挥舞着手提箱，指着该朝哪个方向走。她一只手拎着格莱斯顿旅行包，另一只手拎着手提箱，侧身从这个由数千人组成的人群中挤过，朝"卫生与移民大厅"走去。水面反射出点点阳光，照得她眼睛发痛。那顶头盔之下，她的脑袋里仿佛有个锤子在敲打。身后，一个女人冲着她的耳朵大声嚷嚷说，他们能活着走出来真是幸运。

在滚烫又臭烘烘的嘈杂人海中，马格丽被困了几个小时——她不停地拍打着苍蝇，竭尽全力不触碰任何人——直到一名医务人员终于叫她过去。"登陆日！"他用低沉的声音说道，然后检查她的手指甲，看是否存在因肺结核副作用导致的纵沟状指甲。他让她卷起袖子，检查她的双臂，就像查看货摊上的肉。不等她表示反对，这名医务人员又用手电筒照她的眼睛，他的嘴巴凑得太近了，差点就能亲吻对方了。等到检查护照和船票时，海关官员瞪着护照上的那张照片，仿佛照片上有世界上最复杂的谜语。

恐慌攥住她的喉咙，她跟他解释自己在伦敦为办理护照拍照时一个女人冲进了摄影亭。她说自己买了双层床的船票，但她的助手已经离开了。这位助手是个极不可靠的人，你可以说她是个撒谎的骗子，从头至尾都在撒谎。所以离开了也无所谓，她说，自己完全能够独立打理接下来的生活，她就是这么过来的。姑姑们去世后，她继承了公寓，还有一名女仆。可是随即，那名女仆就生病了，于是女仆不再是女仆……

词句不断从她嘴里喷涌而出。即使在马格丽自己听来，也觉得有些荒谬。

检查护照的海关官员再也受不了了，无奈地举起双手。"哇！"他说，"欢迎来到澳大利亚，本森小姐。希望你在这里过得舒心，女士，衷心希望。澳大利亚国土辽阔，你一定会交上新朋友。"不等她对自己的处境做出更多解释，他就叫下一个乘客上前了。

"航海酒店"是一座丑陋的黄色建筑，靠近码头。虽然如此，要抵达酒店还需要坐很久的公交车，而马格丽没法打开窗户。周围的一切都显得陌生奇怪，又过于五彩斑斓——树完全不对劲，花也莫名其妙，就连天空看起来也不对。她脑袋里似乎没有足够的空间容纳这么多与英国截然不同的东西，不停地东张西望让眼睛都酸痛起来了。更糟糕的是，这辆公交车上挤满了一群快活的人，每次车子经过一块"欢迎来到昆士兰"的牌子时，他们都非要欢呼一声不可。来到酒店，一个友好的年轻女人用美妙的声音说道："登陆日，马格丽！"

这女人好像真的认识她一般,还提出帮她按铃叫门童。不过,马格丽仍在为遭到伊妮德拒斥而懊恼,决心不仅要向自己,也要向南半球证明,她不需要任何帮助也能打理自己的事情,因此坚持自己把行李拖到位于三楼的一个房间里。这一趟弄得她汗流浃背,感觉臀部像被折叠刀捅了一刀。不管伊妮德落得什么下场,她只希望那不是什么好下场。

待在船上时,为了一个有正常的窗户和床铺,并且窗户和床不会上下颠簸的安静房间,马格丽愿意付出任何代价。可是现在呢,她终于得偿所愿,却再也不愿把门关上。她告诉自己,她不需要伊妮德·普雷蒂。"我不需要你。"她大声说,然而这句话并没有让她感觉舒服一些,于是她更坚决地说,"我能找到一名新助手。"可是寂静似乎弥漫到了房间里的每一个角落,将房间整个吞噬了。

马格丽取出牙刷和肥皂,可脑子里却只想着伊妮德那堆各式各样的瓶瓶罐罐。晚餐时,她吃了一块跟脑袋差不多大的牛排。由于长时间都没有人说话,她感觉自己有一种将物品一劈两半的冲动。一名女侍者问她是不是来布里斯班度假的,既然伊妮德不在——如果她在,她会喋喋不休地说起金色甲虫、夸女侍者漂亮的头发,然后问她有没有孩子、有没有照片,以及"噢,我的老天,他们真可爱"——以上都不存在,马格丽回答完"不是"后,女侍者就托着空荡荡的盘子到别处去了。躺在床上,马格丽打开新喀里多尼亚的旅行指南,一张纸条从书里飘落下来:"祝你好云,马吉!祝你找到那种甲虫!"窗外,树叶发出柔和的沙沙声,就像在喃喃细语,说着与她毫无关系的话题。而成百上千的昆虫暂时停止了发声,仿佛打开了静音模式,一如空袭到来之前的寂静。

那天夜里,马格丽梦见自己提着一个红色的小手提箱,里面装满了采集装备,可是她没办法把盖子合上,装备不断地从箱子里掉出来丢失不见。最后,她手里只剩下一顶毫无用处的粉色帽子。她翻了个身,继续睡觉,却又梦见了相同的情景。于是她放弃了。她躺在一张陌生的床上,在世界另一端的一个陌生的房间里,感觉如此失落而迷惘,动也不想动。窗外,虫儿们发出嘈杂的声音,接着暂停片刻,然后虫声再度响起,就好像有一名无形的指挥官。她忍不住想起那顶粉红色的帽子。

伊妮德远远算不上完美,但一个事实突然在马格丽脑子里明了起来,就像那束已经刺穿她窗户的光线一样明了。那就是:没有伊妮德的帮助,她永远无法找到父亲说的那种甲虫。虽然布里斯班很大,但还没有大到能够让伊妮德·普雷蒂藏身——要想藏住伊妮德,需要更大的地盘。在飞行艇起飞之前,她还有整整一天的时间。马格丽必须找到她。

"没有。"人们说,"抱歉,女士。我从未见过那个女人。"

马格丽翻来覆去地描述伊妮德的模样。黄色的头发,就体力来说还算强壮,总是喋喋不休地说话。没人见过她。酒店的门童问她有没有问过汽车旅馆。汽车旅馆的前台把她指引到一家为女性提供食宿的住所。随着气温升高,马格丽从一条街道跋涉到另一条街道。炽烈的阳光从天空射向大地,又从街道上反射出亮晃晃的灼热光线。戴着那顶头盔,比在头上扣一只熨斗还难受。她问了一间又一间咖啡馆、牛奶店和店铺,她发现穿着蓝色和樱桃红小礼服的女人在店铺购买一整块肉时,竟无须拿出配给票据。她曾经坐船穿过苏伊士运河,看到鱼儿跃出水面,欣赏黄昏时分出现的绿光,她曾经听人说起骆驼、西瓜和棕榈树,而现在她就在这里,独自一人游荡在世界的另一端,寻找一个满头黄发的女人——而那个女人似乎消失得无影无踪。不知何故，她曾经以为，仅仅凭借自己想要找到伊妮德的意愿，就足以召唤伊妮德自动现身。然后，一个男人问她有没有到过城外瓦科附近的美国陆军旧营地，那里是羁留移民的地方。

现在已经过了下午三点。马格丽登上一辆公交车，穿过尘土飞扬的外围郊区，来到郊区的尽头，眼前就只剩下尘土。现在，她已经在塑料椅子上化为一汪汗水，实际上，她一直在椅子里上下滑动。她面朝窗户坐着，这里广阔的空间和冷硬的自然色彩几乎刺瞎双眼。她仍然无法接受树木竟然会长成纺锤形，还挂着破布一般的叶子。终于，公交车抵达一座军营门口，营地四周围着高高的带刺铁丝网，门上挂着一块手写的牌子：瓦科东部流离失所者独立羁留营。

营地绵延数英里，是一个如同百衲衣一般的小镇，由一片片盖着波浪瓦的尼森式棚屋构成，眼前的棚屋就像是将一个巨大的罐头盒一切两半，侧扣在地上，屋顶嗞嗞地冒着热气。门口的一个卫兵把马格丽叫住，想看她的证件。当她问起伊妮德·普雷蒂时，他翻看了一下记录本，没有找到任何相关记录。万般无奈，她又拜托卫兵查了查刚刚抵达的泰勒先生和太太。他又查了一遍。是的，他们在这里。他为她指了指路——顺着主街一直走，到第四个路口向左拐，然后再向右拐。

马格丽跛着脚，从一条街道走到另一条街道，从一块阴凉地走到另一块阴凉地。空气中飘来一股炖菜的气味，这让她意识到自己多么饥饿。她的目光从开着粉红色花朵的桃树、油桃树及已经结出果实的柑橘树和柠檬树，转向一只旧汽油桶、一台坏掉的机器及一行行静静地悬挂在热浪中晾晒的衣服。在一条街道上，人们正用水管往棚屋上浇水，希望能凉快下来。另一条街道上，人们坐在门前的台阶上，扇着扇子，热得不想动。她不知道自己为什么来这里。

然后，她看到前面有一个身影，是伊妮德。

距离会产生错觉。我们彼此分开，这样我们就有可能更好地了解对方——马格丽离开伊妮德已经有一天半的时间，现在她几乎认不出眼前这个身影了。如果不是那一头金黄色的头发和装饰着绒球的凉鞋，马格丽会径直从她身边走过。伊妮德像个老太太一般步履蹒跚，后面还跟着几条脏兮兮的狗——又一个泄露身份的标志——不过当事人似乎并没有意识到那些狗的存在。她处于半梦半醒状态。

马格丽想象过自己再次与伊妮德相遇的情形，却没有料到眼前的景象会刺痛自己的心。她曾经以为自己知道该怎么做，但其实并不知道。她停下脚步，悲不自胜，等待着伊妮德转过身，主动发现自己。可伊妮德却迈着沉重的脚步继续挪动，步履迟缓，马格丽也慢慢腾腾地跟在她身后。伊妮德向左拐去——后面仍然跟着那几条狗——一直走到一座棚屋前，才停下脚步。她向身后投去惊恐的一瞥，然后就溜进屋里了。

马格丽等待着。那些狗也一样，它们全都在等待着。阳光越发炽热，她时而坐下，时而来回踱步。对面的街道上偶尔会有一个移动的影子，然后很快消失。几条狗就像沉重的机器一般气喘吁吁，爬去别处寻找阴凉地了。现在，马格丽感觉自己似乎已经被烤得半熟。在这里继续待下去，她要么会晕倒，要么会自行燃烧。她别无选择，只能彬彬有礼地去敲棚屋的门。她发现，那扇门只是绷着帆布的框子，敲门的动作变成了推门，都没来得及说一句"下午好"，她就不小心闯了进去。

如果她知道屋里正在举行派对，她会先梳梳头发，还会检查一下自己的靴子。

"我的天，是什么散发出那么可怕的臭味？"迎接她的是这么一句话。

　　似乎有上百道目光照向马格丽。她站在一个尼森式棚屋的中间，屋子里竖着一道道硬纸板，隔开若干临时床铺。屋里热得就像个火炉。有十个人正直勾勾地盯着她。没有一个戴着木髓遮阳帽，没有一个穿着紫色的裙子。那股可怕的臭味是从马格丽身上散发出的，混合着臭汗和一泡狗屎，她不用检查都知道狗屎沾在自己的鞋底上。一看到她，伊妮德惊讶得张大了嘴。

　　"马吉？"

　　"这是谁啊？"她的一个新朋友问道。

　　马格丽眼中只有伊妮德的面孔。尽管化了妆，但那张脸看起来油乎乎的，显得有些扁平。她说："我需要跟你单独说几句话，伊妮德。"

　　泰勒从人群中挤过来，站在她们俩中间。他浑身冒汗。"不管你要说什么，对我说就好了。"他一边说着，一边用拳头反复捶着另一只手的掌心，指关节与手掌相撞，发出湿漉漉的噗噗声。马格丽突然意识到，自己不单不喜欢这个男人，还很讨厌他。一个站在后面的女人大笑起来，问马格丽最近有没有看见什么狮子。

　　马格丽问道："你说什么？"一个愚蠢的问题。通常她从不问"你说什么？"，但借用伊妮德的口头禅就像抓住一道栏杆。

　　"马吉，你在这里做什么？"伊妮德说。

　　"你没听见吗？她在寻找狮子。"那个令人不快的女人从后面尖声尖气地说。

　　马格丽别无选择，只能当着整个房间的人说出那些本该私下里说的话："伊妮德，我欠你一声道歉。我的行为举止粗鲁无礼。我让你失望了。但如果你不跟我一起去，我永远都找不到那种甲虫。"

"甲虫？"那个令人不快的女人笑道，"现在你又把自己的甲虫弄丢了吗，女士？"

"说得对，"泰勒笑着说，"这个怪人认为自己要去寻找一种金色甲虫。"

迄今为止，马格丽从未遇到比这些嘲笑声更可怕的东西，她臭气熏天，浑身湿乎乎的，又羞又怒，而这一切都怪不着别人，只能怪她自己。伊妮德埋着头，只有她没有笑话马格丽。

"你最好离开，本森小姐，"泰勒说，"送她到大门那儿去，伊妮德，然后乖乖地回到这里来。"

伊妮德走上前一步，打开那扇帆布门。屋里顿时充溢炽热的白光。"来吧，马吉。这里不是您这种女士待的地方。"

来到外面，她捡起一块玻璃，刮掉马格丽靴子底的狗屎。马格丽用一条腿站立，无助地等待着。现在她们俩单独待在一起了，马格丽确信伊妮德会说自己已经改变主意，但是她没有，她只是忙着清理靴子，飞快地说着她在羁留营里碰到的这些可爱的人。现在已经接近傍晚，可太阳仍然没有下山的意思。天空中飘浮着一朵初生的云朵，看起来似乎有些失落，仿佛被抛弃了一般。

"好了，谢谢你来看我！"她们开始朝大门走去时，伊妮德说。听起来不像是身陷羁留营的女人，更像是一场鸡尾酒会的女主人。

"伊妮德，我知道我很荒谬。我知道。"

一只巨大的鸟儿从空中飞过，落到一棵纺锤形的树上，在树枝上跳动。

"我没法跟你去新喀里多尼亚，马吉。在船上我已经跟你说了。"

现在应该是马格丽开诚布公的时刻，但她讲不出口，也不知道怎样让伊妮德接受。她在一个全是女人的房子里长大，在避免说起某件难以启齿的事情上,她们拥有近乎专业的技巧。事实变得如此令人难以捉摸,还不如谈论她骑骡子的感受来得容易。于是,她说起甲虫拥有两对翅膀。这个话题不合适,但这是她能想出的最好的话题。

"有一对翅膀叫鞘翅,就像盾牌一样盖在第二对翅膀上。当甲虫需要飞行时,第一对翅膀就会打开,抬起来,然后第二对翅膀——非常薄,就像薄膜一般——就会展开。再没有什么能像甲虫的翅膀那样紧紧折叠在一起了。"

"你知道得真多,马吉。"

"甲虫没法用一对翅膀飞行,两对都是必需的。它需要借助坚硬的鞘翅保护纤弱的那对翅膀。蝴蝶要飞起来就要容易些。"

伊妮德发出一声长叹,但那叹息声似乎并不会变成任何词语。然后她说:"您瞧,我很抱歉。您只能另外找一个助手。"

"你已经来到世界的另一端,难道就为了待在这里?"马格丽指着尼森式棚屋和闷热的街道。又一条伤痕累累的狗儿跛着脚路过。

但伊妮德不愿听到这些,她已经完全想明白了。泰勒能在她头顶上撑起一把保护伞。只要等到能证明泰勒身份的文件,他们就会离开羁留营。

"这就是你的生活?这就像跟比尔·赛克斯[①]躲藏在一起。"

"谁?马吉。"

"书里的男人,伊妮德。不是个好人。"

她们从一大群坐在椅子上的女人附近经过。那些女人将裙子拎到膝盖上面,把脚泡在巨大的共用水槽里,说说笑笑地谈论着什么。一看到伊妮德,她们就挥挥手,叫道:"真是个大热天啊,伊妮德!"

---

① 查尔斯·狄更斯小说《雾都孤儿》里的一个恶棍。

她也向她们挥挥手,说这是她的朋友马吉,来自自然历史博物馆。那些女人叫道:"你好,来自自然历史博物馆的马吉!"然后她们俩继续费力地向前走去。

"伊妮德,"马格丽说,"关于那个——"

伊妮德打断了她的话:"你想知道我在蒂尔伯里是怎么混上船的?我把几张钞票塞到了内衣下面。就是这样。"

尽管路上很热,马格丽却不得不再次停下脚步。她不知道哪个更糟——是伊妮德的做法,还是这种做法可以被当作英国护照的替代品。"为什么?"她说,"为什么告诉我?"

"因为我不是你需要的那种女人。如果我跟你一起去,你只会惹上更多的麻烦。忘掉我吧,马吉。你需要重新结伴上路。"

她们已经差不多走到大门了,高高的铁丝网就在前面。马格丽从笔记本上撕下一页纸,写下码头的地址。"飞行艇明天早上八点出发,但必须早点去称重。我觉得你带上所有行李箱也没事——你个子小,最大重量限制是二百二十一磅——不过说实话,你倒是可以扔掉那件裘皮大衣。"

伊妮德接过那张纸,凝视着,仿佛在认真考虑是否该改变主意。然后她说:"我该回去了。泰勒不喜欢我逛来逛去。"

"那你丈夫呢?"

这次,当伊妮德看着马格丽时,她的脸像被耙过一样扭曲起来。"太晚了,马吉。而且,泰勒有枪。他不是那种你能甩掉的男人。"

沉重的感觉再次袭上心头,马格丽身体里好像满是淤泥。她们默默走完剩余的路程,再没说一个字。那支枪把她们的谈话置到一个全新的境地,她想不出什么足以挽回伊妮德的理由。来到大门旁,她们像陌生人一样彬彬有礼地握手。然后,马格丽打开手提包,递给她一小捆旅行支票。

"给你，"她说，"拿着这个。"

"你已经付我工资了，马吉。"

"伊妮德，千万别做一个手头没钱的女人。把钱拿着。"

伊妮德打算再次拒绝，但马格丽已经朝大门走去。她刚走到铁丝网的另一侧，就听到伊妮德在叫自己的名字。

"马吉！谢谢你！不敢相信你会来找我！再没有其他人会这么做了！祝你好运！祝你找到那种甲虫！"

伊妮德扒着铁丝网，大笑着向她飞吻。马格丽觉得心里一阵难过，而且天气实在太热，她迈着沉重的步伐走开，都没有再回头看一眼。她一路迢迢地来向伊妮德求助，不过更应该做的却是相反的事情——她本应该把伊妮德救出来。是的，她给她钱了，但这并不是关键。在这样的环境下，她需要做更多的事情。她想起伊妮德流产的那天早上，自己是怎样看了伊妮德一眼就逃之夭夭。她感觉自己一直都是通过一堵玻璃墙看待人生，可墙上总有一些气泡和裂痕，因此她从未完全看清楚墙的另一边都有什么，就算她看清楚了，也为时晚矣。然后她想起那群把脚泡到大水槽里的女人，她们是多么轻松地坐到一起，仿佛彼此之间没有秘密。马格丽突然觉得内心隐隐作痛，因为她意识到自己绝不会成为那样的女人，她将永远是一个局外人。

公交车出现了，搅起阵阵尘土，她攀上车子。司机向马格丽问好，但她没有表示感谢，她只是买了张车票，然后找座位坐下。伊妮德闯入她的生活，却只是将她的生活搅乱；如今她离开了，马格丽觉得自己的人生不仅比以前更渺小、更空虚，还变得残破平庸。她推了推车窗，这一次还是打不开，于是她就坐在那里，越来越热。

孤独包围着她，比她的四肢更触手可及。

# 15

# 靠近

他离她那么近,几乎能摸到她,伸出手就能咚咚咚地敲敲她的头盔顶部。

小时候,他似乎从不在意规则,或者说,至少是其他孩子知道的那些规则。打架的时候他会推搡一个男孩,接着再进一步,踢对方一脚,然后所有人就都加入斗殴,对蒙迪克发动猛烈攻击。听别人讲笑话时,其他人笑完很久之后,他才哈哈大笑起来。于是他们嘲笑他,叫他"智障"。就像有人撞开了一个开关,他心里的种种愤怒喷射而出,可他却不知道如何关闭。

从前,看到他身上青一块紫一块的,他母亲经常哭。她感到心碎。他是个特别的男孩。每次伤在他身上,疼在她心里,而他不想伤害她。她说他心里有一团火焰,但不是每个人都能理解,所以他必须用盖子将它隐藏起来,做个好孩子,不然有一天他就会陷入真正的麻烦。可是有时候不等他察觉到,那团火焰就已经在熊熊燃烧了。

在轮船抵达布里斯班之前,他一切都好。他在邮轮"俄里翁号"上有一间小船舱和床。那次,他发现本森小姐独自一人待在甲板上,又救了她一命。他把所有这些事实都写在他的"本森小姐行踪录"里,这样就不会犯糊涂了。然后他注意到,那个金发女郎跟一个新认识的家伙待在一起。他跟踪他们,听他们说起布里斯班。他知道事情会出现转机,因为本森小姐需要其他人来领她探险,而他恰好就在这里。他有那张地图和其他一切。他已经准备好了。可是后来,他却在移民大厅的人群中跟丢了。那位医生看了他一眼,把他带到一边问话,蒙迪克只好编造出一整套谎言,说他驻扎在法国,从未患过热带病。等他脱身时,只看到那个金发女郎,于是他跟着坐上巴士,一路来到羁留营,却没有看到本森小姐的影子。

之后,他就遇到麻烦了。那些棚屋和铁丝网,让他回到了过去。他发现自己迎面撞上一队卫兵。"你在干吗呢,英国佬?"他们问道。他没有像母亲教他的那样静静地躲到一边去,而是挥起一个拳头,然后就感觉拳头碰到了柔软湿润的嘴巴,接着又一拳击中另一个人的眼睛,直到他们将他抓住一通乱踢,而他就那么躺在地上任由摆布,直到他们踢够了为止。嘴里和手上都有血,但他感觉不到。他待在原处,感觉浑身疼痛,疼得就仿佛内心已经平静下来,静如止水,这样,他就能睡着了。

今天,他又回来跟踪那个金发女郎。运气好到令人难以置信,因为本森小姐也在,她也在跟踪金发女郎。一瞬间,他们全都在互相跟踪。

真是好笑。

他想在笔记本里记下,但他不能,因为她们在移动,他不想再次把她跟丢了。

金发女郎走进棚屋,他望着本森小姐待在外面,她看起来那么高大,大汗淋漓。他又一次想要哈哈大笑。她走进棚屋时,他在外面等着。她们出来后,他再次跟上,他看见本森小姐给了金发女郎一笔钱,然后步伐沉重地独自走开了。

此刻,他们俩待在同一辆车上。他坐在她后面,差点说了句"嘿!是我!"并且敲敲她的头盔。接着,他意识到自己先前被打得有多惨,觉得最好先洗个澡。巴士在航海酒店前面停下,她下了车,慢慢地走着,好像她是用铅做的。

很快他们就会出发了。金发女郎已经离开,现在换他来领导这次探险了。

## 16

# 伦敦，1950年11月

一位叫克拉克太太的邻居报了警。路对面那对夫妇的房子变得安静，窗帘一连五个星期都没拉开过，门前堆了一大沓信件，还有那么多牛奶瓶，送牛奶的人都已经不来了。克拉克太太的丈夫克拉克先生说，他曾经看到住对面的那个女人一大早带着几个行李箱离开，不过，他的眼睛在凡尔登毒气弹攻击中被熏过，视力不是太好，所以他也拿不太准。可以肯定的是，对面那所房子已经有五个星期没有生命迹象。克拉克太太去敲过几次门，还围着房子查看了一番，不过，说实话，那家的女主人从来都不太关注花园之类的事情，她甚至懒得把前门的台阶刷一刷。但她是个可爱的年轻女人，克拉克太太说，有颗金子般的心。那个丈夫有点……"你们也知道，"她一边说一边扭着手指，仿佛在用一根棍子将空气卷起来，"他的日子不好过。"因为战争。他年纪太大了，但还是签字入伍，在训练中失去了一条腿，甚至都没能到海外去。有时妻子在晾衣服时会把他推到花园里，只是为了让他晒晒太阳。

"可爱的女人，"她又说了一遍，"她晚上工作。"

警察还没把门卸下来，一股臭气就向他们袭来。不是杀人造成的，更像是某种东西腐烂了。（他们果然猜对了，是厨房里的一瓶花烂掉了。没有尸体的气味，因为房子里非常冷。）起初，他们以为他睡着了，可是当警察们揭开毯子时，一名年轻的警官当场就吐了。床就像血洗了一般。克拉克太太跟着他们爬上楼梯，看到那些被单，尖叫起来。

他们用嗅盐让她平静下来。"把她的名字告诉我们就行，"主管这件案子的警官说，"你需要把她的名字给我们。"

她大口大口地吸着空气，仿佛那是药。一口，两口，三口。

"南，"她终于说出话来，"可爱的女人。南茜·柯莱特。哦，愿上帝保佑她。她都做了什么？"

两天之内，《泰晤士报》上发布了一条通告：

通缉：南茜·柯莱特，任何与她有关的消息。10月19日，她最后一次露面，带着一只红色小手提箱。

# 17

## 两对翅膀

　　黎明将至。马格丽带着行李箱和格莱斯顿旅行包,在港口排队等待称重。她的心怦怦直跳。

　　前面,几个穿制服的官员要求乘客一个接一个踏上称重的巨大机器。规定对每个人都一视同仁,你需要带着所有随行物品站上去:二百二十一磅的重量限制包括乘客和行李。等待的时间越长,她就越焦虑。突然之间,每个人都显得矮小精悍,就连那些男人也是,而他们没有一个人带着昆虫网,更别提木髓太阳帽了。她在上船后头一个月体重大跌,但随后又长了回来。如果有什么区别的话,那就是她比以前更重了。

　　出于某种原因,她忍不住想起史密斯教授。这么多年来,她努力不去想他。读到他讣告的那一天,她坐在教员办公室里无法动弹,仿佛生活又被抹去了一部分。不过,也许她现在想起他来是不可避免的,毕竟,正是史密斯教授在昆虫馆里对她微笑,并且在之后的十多年里,把自己知道的一切都教给了她。他介绍她参观了他负责的私人档案馆,甚至允许她在工作中帮忙。她会像拉抽屉一样拉出展览柜——她喜欢那些柜子。她喜欢一排排昆虫标本摆放得整齐有序，喜欢小小的昆虫针，喜欢防腐液的气味，喜欢每个标本上贴着的白色标签，以及上面如蜘蛛网般密密麻麻的文字——标注着每一只标本的拉丁文学名、采集日期和地点。

此刻，在等着称重时，她不禁想起他第一次向她示范如何杀死昆虫的情景。她将一块正方形的皮棉放进玻璃罐底部，滴上几滴乙醇，就像他教的那样，然后用针孔镊子夹起甲虫，小心翼翼地放进玻璃罐里，以免弄坏。她把盖子拧紧，但那只甲虫没有像她期望的那样迅速死去。它来回摆动着，吸着那灼热的空气，抬起触角，用腿扒着玻璃，叫她住手——至少她是这么想象的。在她那么小心翼翼、轻手轻脚地用镊子把它夹起来后，它却为她做的事情感到惊恐。最后，她不得不把目光转向别处，直到那只甲虫仰卧在瓶底，六腿朝天，翅膀紧紧地闭合在一起，仿佛从未活生生地存在过。她的脸色如此苍白，史密斯教授只好带她到茶馆，让她恢复过来。

"小姐！小姐！"

排在她前面的男人已经称完重量，隔着栅栏挥手。现在轮到马格丽了。那名官员示意她往前走，仿佛她是一头危险的动物。

"小姐，请往这边走！"

她带着所有行李站上去，不过那一级台阶比她以为的更高，必须有人在后面推一把，她才上得去。秤上的细针晃动得越来越慢——即使已经站定，她的体重似乎也在不断增加。或许，那台秤也称出了她沉重的心情。

她的总重量被一个耳朵上沾着剃须肥皂沫的官员记录在一张粉红色的纸上。他把记录拿给另一个戴着假发的人看了看。假发男摇了摇头。

"不行。"假发男说。

"不行？"她重复了一遍。

"太重了。你不能上飞机。"

太荒谬了。她忍受了几个星期的晕船，失去了助手，就在新喀里多尼亚即将进入她的视野时，她却被戴着劣质假发、沾着剃须肥皂沫的两个官员逼进了死胡同。

"那个包是我的！"人群的后面传来一个声音，"让我过去！"

马格丽差点激动得手舞足蹈起来。眼前出现了一套粉红色的旅行套装、一顶扬扬自得的帽子、一头金黄如闪亮灯泡的头发、三件行李，外加那只红色的小手提箱。除此之外，还有一副巨大的太阳镜，似乎是为了防止伊妮德沿直线奔跑。

"两对翅膀！"她大叫着。

马格丽没时间问她是如何逃出来的，或者她把泰勒的枪怎样了，更别提有关她的婚姻和她那个丈夫的实情了。伊妮德跳上秤，在她自己和马格丽的行李的重压下而摇摇摆摆。那位沾着剃须肥皂沫的先生快活地挥挥手，让她通过了，都没有查看她的重量，也没在粉红色的纸上写什么，就催促她放下那些沉重的行李，因为对一位这么可爱的女士来说，行李太重了，应该单独送到飞机上。不等马格丽反对，伊妮德就抓住她的胳膊，拖着她朝查验护照的地方走去。在那里，她拿出钱包，解开衣领上的几颗扣子，朝那名官员使了个眼色，同时对马格丽说："我需要跟这伙计快速交涉一下。"而马格丽无法忍受伊妮德向官员露内衣的想法，就拿出自己的护照，指着照片，咬定伊妮德就是背景中那个棕色头发的女人。而伊妮德也收起钱包，扣好衣服上的扣子，为马格丽提供支援，至少是提供了一道烟幕，滔滔不绝地说起染发的奇迹、夸赞那个男人是个大好人、她多么喜欢他笔挺的制服，以及她为自己跟朋友踏上这次惊心动魄的冒险之旅感到多么兴奋。

男人将自己的脸别了过去。"走吧!走吧!"他叫道,看起来就像一个同时受到亲吻和责备的人。

她们成功了,她们通过了这道关卡。

一艘摩托艇载着马格丽和伊妮德前往那架飞行艇。舱内灯火通明,灯光透过舷窗倒映在水中,像是揉碎的珠宝。驾驶员熄灭引擎,飞行艇借着宽阔的机翼在空中飘行。飞行艇里面,机身被分隔成若干舱室,里面有舒适的座位和桌子,油脂和石蜡散发出浓烈的气味。一位和善的女乘务员带她们找到座位,递给她们一份画满示意图的空中旅行指南。一名男乘务员则为她们提供了麦芽糖来防止耳膜胀痛,不过,伊妮德因为太过兴奋,直接把自己那份麦芽糖吞了下去,现在只能猛靠在椅背上驱散那种痛感。

"我直话直说吧,"她说,"这玩意儿能离开海面飞起来?"

引擎一个接一个启动。慢慢地,飞行艇开始向前移动,左扭右拐,在水面上激起一道"之"字形的泡沫,当机翼向右舷倾斜时,左舷升高了几英寸。伊妮德尖叫着,紧紧抓住马格丽的手,害得马格丽的手臂从胳膊肘往下都失去了知觉。随着海浪从两侧拍打着机身,行驶速度越来越快,水沫涌上舷窗,狭小的机舱内弥漫着绿光。伊妮德的惊恐转瞬变成了狂喜。"好,好,好!"她尖叫着。飞机的前端开始上扬,海平面从窗外降下,窗户上留下一颗颗珍珠般的水珠。随着一声低沉的刮擦声,飞机终于从水面腾空而起,笨拙地升入清晨的天空中。为了接受舱内的气压变化,马格丽身上每块肌肉都绷得紧紧的,脚上的肌肉也不例外。

飞机不断向上爬升、爬升,颤抖着,摇晃着。一声难以置信的轰鸣传来,马格丽感觉双耳内一阵胀痛。那一声轰鸣似乎在她胸腔里滞留下来。别往下看,她告诉自己,别往下看——

"快看下面,马吉!"伊妮德大叫道,用力拉扯着她的脖子。于是马格丽别无选择,只好向下看去。

飞机的影子在下方地面上飞驰,像一只黑色的甲虫。地上的一切已经变得很小很小,房屋缩小到跟棉线轴差不多大,道路细如线绳,车辆小若黑点。一切看起来都是那么脆弱——她甚至可以把万物捡起来放在手掌里。现在云朵出现了,那是一团团蓬松的小云团。而在遥远的下方,海面如同一块锡板。

一阵刺痛如电击一般从脚趾向上蔓延。如果这个世界美妙得足以容下飞跃的鱼儿、日落时的绿光,以及这一簇簇的云彩——甚至狂热、疯狂的金发女人——那就肯定容得下金色的甲虫……还有别的什么呢?外面还有多少美妙之物,在等待着世人的发现?乘务员用龙虾和香槟款待乘客,还有冰激凌和装在白色小杯子里的咖啡,可马格丽无法将目光从窗外收回。现在,出现在眼前的是一望无际的太平洋,钴蓝色,上面点缀着一个个小岛,像宝石一样漂浮在水面上。跟"俄里翁号"邮轮差不多大的轮船此刻看起来比蚂蚁大不了多少。然后,新喀里多尼亚群岛终于出现了:翠绿的岛屿镶着由珊瑚构成的苍白褶边,仿佛一个孩子在岛屿周围用粉笔画了一个个圆圈。接着,她终于看到那个形如擀面杖的长条形岛屿。

随着飞机缓缓下降,那片翠绿变成了由幽暗树木构成的拼缀物,那些树都顶着蘑菇状的巨大树冠。苍白的灌木丛地带,海水清澈的潟湖,一个心形的绿色沼泽,手指状的白色沙滩,而横亘岛屿的是一条红色的山脊,仿佛一道参差不齐的脊梁骨。

马格丽被眼前的景象攫住了,喘不过气来。这一次,就连伊妮德也震惊得说不出话来。英国、配给制和阴雨连绵的天气似乎属于另一颗星球。

"伊妮德,我必须告诉你,我不是来自自然历史博物馆的探险家。我是一名教师,教了二十年的家政课。"

伊妮德只是耸了耸肩:"那没啥。我也不会说法语,我只会说'你好'这个词。"

跟伊妮德肩并肩地坐在一起,飘浮在蓝色的天穹之中,除了下面的岛屿,马格丽哪里都不想去。

新喀里多尼亚，1950年11月
搜索！

# 18

## 这个美丽的岛屿：
## 贺拉斯·布莱克牧师对群岛历史的简短介绍

欢迎来到人间乐园！新喀里多尼亚，一片由棕榈树和珊瑚礁构成的土地，卡纳克人的家园，鹭鹤啼鸣的地方！

1774年，库克船长成为第一个发现该岛的欧洲人。这座岛屿让他想起自己的故乡苏格兰，故称之为"New Caledonia"。一百年后，拿破仑下令吞并这些岛屿，以此作为一个流放犯人的殖民地，并把群岛更名为"Nouvelle-Calédonie"，即"New Caledonia"的法语表述。（参见第5章，实用法语短语。）

这个岛屿的历史并不令人愉快。在19世纪初期，白种人中最恶劣的败类——捕鲸人、采集檀香木的人、寻找奴隶的黑奴船和普通的海盗——来到这个原始的美丽岛屿，并以罪恶、酗酒、弹药和疾病的形式，留下了白人的诅咒。本土的卡纳克人——英俊，好客，因为丰饶的大自然满足了一切需求而快乐——基本从岛上被扫除殆尽。

这些岛屿富饶又美丽，拥有大量的森林和欢腾的瀑布。

如今，岛上也有欧洲人（主要是法国人）、具有印尼和越南血统的东南亚人居住。卡纳克人居住在一个个部落中，拥有自己的习俗。他们是一个随遇而安的族群。称男子为"伙计"是完全没问题的！这是一个广泛使用的词语。他们会微笑挥手，以示回应。

马格丽带着贺拉斯·布莱克牧师这本带有插图的袖珍指南，坐在一棵香蕉树下。这本指南根本就没什么实际作用。

杂乱无章的努美阿地势险要：一边是金色、白色相间的沙滩，另一边是树冠宛如羽毛帽子的棕榈树，后面就是那条延伸的山脊。头天晚上下过雨，水滴像丝带一般从树叶上垂落下来，周围的一切都弥漫着松树和鸡蛋花的气味。随着太阳逐渐升高，天空被一道道鲜艳的色彩照亮。绿灯一般的绿色，生日蛋糕上蜡烛一般的粉色，蛋黄一般的黄色，邮筒一般的红色，群山也暂时染上了这些色彩。

这条山脉……她从未见过这样的山。它似乎不断延伸，永无尽头。光线在山间摇曳，恍若人脸上的表情。黎明时分，它好似粉红色的庞然大物；中午是绿色，云朵投下的阴影如同地毯铺在山顶，要么就像是山顶被一层薄雾切掉；到了黄昏，山又变成蓝色；而在夜里，大山变得如许黢黑，比天空更黑。她看到一座三角形的山峰，另一座山峰像助理牧师的帽子，还有一座像沉睡的大象，但她并没有找到那座形如钝平智齿的山峰。

如愿以偿会让人感到惊恐，她们必须行动起来——一如既往。助手回到身边，马格丽终于来到了新喀里多尼亚。她们在港口旁边的旅馆里待了差不多一个星期。在岛屿的最北端，她找到一座设施齐全、带有走廊的平房，她称之为"终末之所"，并且预付了半年的房租。

她买了一份新地图，找到一辆每周两次往返北部的巴士。她已经看到了法式殖民地建筑，狭窄的街道及其两侧刷成黄色、粉色和蓝色的房屋；她看到了法式咖啡馆、酒吧、面包店，以及带有棕榈树和喷泉的广场；她看到各种颜色的水果、大小不一的鱼、巨大的贝壳杉、树干毛茸茸的棕榈树、叶子大如船桨的蕨类，以及大如灯笼的花朵。这里的人穿着各式各样的服装，有些人穿着淡色的欧式服装。而孩子们赤身裸体，男人穿着裙子，女人袒胸露乳。还有一些人穿着传教士的袍子，下摆几乎和脚踝平齐。还有昆虫，到处都是昆虫。不单有甲虫，还有蝇类、蚊类、蚂蚱、蛾子……一切都那么新鲜，那么陌生，那么奇妙。然而，当马格丽准备好探险时，她却完全陷入了进退维谷的境地。

第一个问题是行政事务。她需要到相关的法国政府部门给许可证盖章，还要给签证办理延期。没有官方许可，她不能将那种甲虫呈送给自然历史博物馆；而没有签证，她顶多只能在新喀里多尼亚待一个月。但这里有二十三个政府部门需要拜访，开放时间各不相同。"法属新喀里多尼亚的人跟英国人不同，"贺拉斯·布莱克牧师写道，"他们喜欢交际，享受钓鱼和板球。"书里一幅插图上画着一个举着板球拍的卡纳克男人，另外一幅画画着一个正在钓鱼的白人男子。但贺拉斯·布莱克牧师没有在书里提到法国人会一连几个星期不在办公室，也没有提到有时办公室会暂停服务，改作其他用途。例如，办证中心现在就是一家出售奶昔和汉堡包的餐馆。马格丽两次给英国领事写信求助，却没有收到答复。每天她都会和伊妮德出门，顺着一条条大街款款而行，拐入烈日炎炎下的广场，然后是小巷和石阶，那里晾晒着色彩艳丽的衣物，像一面面旗帜悬挂在头顶上，而孩子们会带着一筐筐的鸡蛋或木瓜，有一次还牵着一头小猪。到目前为止，她们只找到其中四个部门。结果她们发现，有几个部门根本就不在这里，还有一些可能压根就不存在。

　　法语是另一个问题。无论走到哪里，她都会听到自己无法理解的词语和声音。元音听起来就像小型发动机，舌头发出颤音，几个带有爆破音的辅音会组合到一起。她试着使用指南里提供的日常用语交流，但是没有人明白她在说什么。不过人人看起来都一副关切的模样。可惜她不知道该怎么把话说对。

　　幸运的是，伊妮德有使用外语交流的本领，这让所有人都大吃一惊，包括说其他语言的人。她根本不关心正确的语法，只掌握了一些基本词汇，例如fromage（奶酪）、café au lait（牛奶咖啡），还有表示甲虫的scarabée，如果谈话中途卡住了，就比画着说一句"Bon shoor!"（你好），然后大叫："你见过一种金色的scarabée吗？"或者，她还会夹杂着法语冠词问"你知道一座形状像智齿的山吗？"。她像挥舞翅膀一样挥舞胳膊，假装自己有一个跟巨型甲虫差不多的肚子，甚至还把口腔深处的臼齿露出来给别人看。

　　伊妮德的询问会吸引来一小群人，人们欢快地大笑，送给她一些她可能喜欢的礼物，例如水果、椰汁，还有人送她旧的棒球帽。此外，她还吸引了一条臭烘烘的流浪狗的注意，它的外表介于白色的兔子和海豹幼崽之间。伊妮德喜欢这条狗，给它起了个名字，叫"罗林斯先生"。在马格丽看来，这是她见过的最没用的狗，但它像影子一样跟着伊妮德。她会在以为马格丽没有看到的时候，喂一些残羹冷炙给它吃，还把它偷偷带进那所提供食宿的房子里，这样晚上它就能睡在她的床上了。

　　第三个问题涉及马格丽的行李，那只装着食品供给的茶叶箱子和那些露营装备送到了。伊妮德的所有行李也送来了，甚至那只红色的小手提箱——她飞快地塞到床底下，动作快如闪电。可是，马格丽的手提箱却无影无踪，那个装着珍贵采集装备的格莱斯顿旅行包也同样踪影全无。"你确定贴了标签?"伊妮德问。马格丽对这个问题避而不答。当"俄里翁号"抵达布里斯班,她正准备贴标签时,伊妮德轻飘飘地走进了船舱。在那之后,她的注意力就放到别的事情上了。尽管如此,她们还是每天早上都到航空公司打听行李的下落。而工作人员告诉她们不要担心,弄丢的行李下午抵达,就在午休之后。可时间一天天过去了,行李还是没有送来。

(午休,另一件神秘之事。谁能料到,一到中午,所有人就都丢下手里的事情,昏昏入睡呢?不用说,伊妮德就像鸭子下水一样接受了午休。)

最后一个问题,仍然很难解释清楚。马格丽已经来到这里,她却感觉不知所措。不仅仅是因为这个岛屿的美丽——那丰富的色彩、气味和令人目眩的光线,也不是因为那些手续和弄丢了的行李。她其实并不知道接下来该做些什么。毋庸置疑,她来新喀里多尼亚是为了寻找一种甲虫,可是,在一个遥不可及的地方考虑这件事,比真正动身去找轻松得多。

她无法向伊妮德承认这一点,甚至也很难向自己承认这个事实。于是,她抓住那些手续不放,仿佛那是一条生死线。她需要把手续办好,绝对需要。因为一旦她办好了续签的问题,且在许可证上盖满二十三个章,其他的一切就会自然而然地出现——包括她的行李和装备,还有最重要的:她对自己判断力的信心。她对此深信不疑。

阴影里,一对眼睛闪着光,像一只狗一样大小的绿色蜥蜴冒了出来。它笨拙地爬向她,却停下脚步,吃掉了一只蚂蚁。她不敢相信它居然花了那么久才吃下蚂蚁。那小小的下颚,一闪一闪的舌头,肩膀下方肌肉里如水波一般跳动的脉搏。吃掉蚂蚁后,它转过身,用尾巴戳了一下她,然后鬼鬼祟祟地爬走了。

她叫醒了伊妮德。

# 19

## 麻烦就在于你以为我们有时间

"我就是无法理解,我们为什么会被困在努美阿?"伊妮德说,"我以为你担心其他人找到那种甲虫呢。"

"我们待在这里是因为手续还没办好,"马格丽说,"而且,行李也没有拿到。"

"为啥我们非要那些东西才能去呢?"

"因为我不能穿我最好的裙子爬山,伊妮德。而且,没有装备就没法找甲虫。你连一双像样的靴子都没有。此外,如果没有签证,我们可能会被抓起来。等我把这些问题全都解决好,就能去那座房子了。每隔两天就有一班巴士。"

"巴士?"伊妮德把这个词重复了一遍,"我们坐飞行艇来到这里,现在却要靠巴士完成平生最重要的探险?"

"只有巴士可以去。"

"骡子怎么样?"

"不,伊妮德,我们绝不会骑骡子去。没那个必要。"

她们正在柠檬海湾边上的一家迷人的法式咖啡馆里吃法式早餐。

伊妮德被叫醒时情绪不太好，此刻正翻着《泰晤士报》，但其实并没有在读，也不需要读。那份报纸是一九五〇年八月的——当她们还在国内的时候，上面报道的一切就已经发生了。显然，英国报纸只是断断续续地被送到新喀里多尼亚——今天的新报纸可能要到圣诞节才会送来。而且，就算伊妮德不断尝试，她的收音机也收不到任何信号——都是那座山的缘故。与此同时，她仍然对泰勒的事只字不提，也不说她是怎么躲过他那支枪的。马格丽问起珀西，她也只是摇摇头。在外面的海湾里，白色的海浪轻轻拍打着珊瑚礁，更远处是深蓝色的外海。在形状不规则的弧形珊瑚礁内，海水呈现出深浅不一的蓝色，外加朦胧的绿色和紫色，如湖水一样平静。几个男人在沙滩上为渔船卸货，一个女人蹲在他们旁边，挖掉鱼的内脏，把它们抛进一个小桶里。一些鸟儿围着她跳来跳去。

"鹭鹤。"马格丽说着，又吃掉一个羊角面包。

"鹭啥？"伊妮德问。

"那种巨大的白色鸟儿，长着细长的红色腿，它们是新喀里多尼亚的本土鸟类，不会飞行。"

"哦，"伊妮德说，显然不以为意，"这或许就是它们成为新喀里多尼亚本土鸟类的原因。"她推开报纸，左顾右盼，仿佛在寻找谁，"太荒唐了。我们应该离开。就算没有手续又有什么差别呢？"

"如果你一定要问出个所以然，我要承认曾经犯下的一个错误。我不想再犯那样的错误了。"

"什么错误？"

马格丽把嘴唇噘成李子的形状。"如果你一定要问出个所以然，"她重复了一遍，因为重复旧的东西感觉比接下来要说的更安全，"我偷了一双靴子。"

"你偷了什么?从哪里?"

"从我上班的那所学校。"

"你的靴子是从学校里偷的?"

"是的,伊妮德。这不是什么可笑的事情。现在这个案子已经被交到英国警察手里。"

不过,对伊妮德来说,这是一件可笑的事情。她笑得前仰后合。"简直不敢相信,你的靴子居然是偷的。你吃错药了吗,马吉?"

"我也不知道。"这个问题她至今仍在问自己,可是却说不出任何让自己信服的答案,"关键是,我们不能一走了之。我还在等英国领事的消息。估计回信会随时送来。"

"为什么?"

"因为我们是英国人。这涉及各种关系,伊妮德,要看你认识谁。英国领事会帮助我们,他能够解决我的签证问题。"

伊妮德从口袋里掏出一支香烟点燃。一股烟从她嘴巴的一侧冒出来,好像她着火了一样。她说:"还是有人在跟踪我。"

"没人跟踪你。或者,更准确地说,人人都会跟着你,只不过你刚刚才意识到。就连流浪狗都跟着你。"

伊妮德没有理睬马格丽那句话,只是拍拍罗林斯先生,拿了半个羊角面包喂它。她说:"他在船上就跟着我,记得吗?他在亚丁跟着我。我敢肯定他也跟到了瓦科的羁留营。"

"他是谁?"

"我不知道。我从来没有真正看到他。我想他没有头发。"

"可他为什么要跟着你呢?"

伊妮德耸耸肩,或者,她哆嗦了一下。"麻烦就在于,你觉得我们有的是时间,可是我们没有,马吉。我们需要离开这个地方,搜寻那种甲虫。"

让伊妮德如释重负的是,那天下午,马格丽丢失的行李送到了她们寄宿的地方,只是,还有一个障碍。

"这不是她的行李。"伊妮德说,"而且她的格莱斯顿旅行包还没有找到。"

那个送东西的法国男孩说(用法语),这件行李看起来像是马格丽的。他穿着白色的衣服,搭配一双帆布鞋。他衬衣的肩膀上缝着一道锦缎镶边——很可能是他母亲缝的,因为他看起来顶多只有十二岁。他金黄色的皮肤毛茸茸的,像极了一只桃子。

"你怎么知道她的行李长什么样?"伊妮德说,"你从来没见过。"(她这段话是用英语说的,但比画着一个人提手提箱寻找东西的样子。送东西的男孩被逗乐了,他坐下来看着她。)

"我的设备在哪里?"马格丽说。

作为回答,送东西的男孩再次指了指他送来的那只手提箱。不管他指多少次,那仍然不是马格丽的箱子。首先,这是一只崭新的手提箱,伊妮德说,她们应该检查一下这个箱子,可是,当她试着打开时,那只锁纹丝不动。马格丽正要给航空公司打紧急电话,伊妮德想出了一个更好的点子——撬开手提箱的锁,看看里面是什么。她们居然看都不看一眼,就把一只不属于她们的箱子退回去,这简直让伊妮德无法想象。

马格丽还指望那只锁会难住伊妮德,然而事实证明,她还不如打个赌说伊妮德的话题会耗尽。伊妮德眯着眼睛贴在锁孔上检查,然后拿来一只柯尔比发卡,三下两下就打开了那东西。她从箱子里扒出各式各样的东西:百慕大短裤、短袖衬衣——有些很朴素,有些带有花朵图案——还有短袜、吊袜带和一件带有口袋的肥大短上衣。

"你是白痴吗?"伊妮德叫道,"这些东西当然不是她的。你知道这位女士是什么人吗?"

送东西的男孩摇摇头,他为一位性感的女士和她性情多变的朋友带来一整套男式旅行装,却乐观得令人吃惊。

"她是一位著名的探险家,"伊妮德说,"就是她。她要去寻找一种甲虫,然后带回到自然历史博物馆。"

"我的装备呢?"马格丽再次问道。那只格莱斯顿旅行包里装着她需要的一切,她感觉心情沉重,"行李在哪里?"

到这时伊妮德取得了主导地位。她觉察到大祸临头的气氛,给了那男孩一点小费,把他送出房间。她给马格丽找来一把椅子,按着她坐下。"马吉,我需要你保持冷静。你告诉我,你到底丢了什么东西?"

"一只毒瓶,一根吸虫管。哦,不,我没有乙醇了——"

"马吉,你这样可不是冷静,而是心神不宁。告诉我那些东西是拿来做什么的。"

可是马格丽已经很难直线思考了。没有了采集装备,她们就无法继续。"我们还不如减少损失,回国算了。我会努力另找一份教书的工作。"说出这些话时,她的嗓子已经嘶哑。她再也想不出还有什么事情比这更凄凉。

"不!"伊妮德几乎是大吼了一声。她扭着手,来回踱步,罗林斯先生紧跟在她身后。"肯定有办法绕过这个问题。我们可以重新买一套吗?"

"上哪儿买?而且,我也买不起。"

"好吧,好吧,吸虫管是什么东西?"

"吸虫管是什么东西?"

"是的,马吉。它看起来是什么样子?别在我面前脑子一片空白。快想想。"

慢慢地,马格丽吞吞吐吐地给伊妮德解释,吸虫管是一种小型的吸气式采集工具,里面插着两根橡胶管,可以把其中一根放到甲虫上,用另一根吸气。伊妮德不再踱步,停下来听马格丽解释。

"管子有多长?"

"大概十八英寸。"

"就像化学用具?"

"我想它有点像化学用具。是的。"

"好吧,"伊妮德说,"别的还有啥?"

"萘球。"

"萘球是什么?"

"是用来防止其他昆虫吃掉标本的。"

"好吧。萘球,明白了。还有什么?"

"昆虫针。我需要昆虫针。"

"和普通的针类似吗?缝纫针?"

"是的,缝纫针也可以将就,必须非常细才行。"

"还有什么?"

还有镊子,小钳子,陷阱诱捕器,一把锋利的小刀,一把刷子。不用说,还有吸墨纸、墨水和笔。她开始觉得天旋地转了,比在船上晕船还糟糕。

"我知道要点了,"伊妮德说,"我需要咨询一下别人,不过很快就会回来。"不等马格丽再说什么,她已经走出门去。

马格丽不知道伊妮德在努美阿能向谁咨询。不错,她经常到处乱逛,还能在市场里找到些什么东西:一袋杧果,一幅画着圣婴耶稣的糟糕绘画，一块色彩鲜艳的布料。而且她总是讲到自己在回来的途中跟一个悲伤的可怜人交上朋友。但她没讲过自己见到任何正常人，更别提一个拥有昆虫采集装备的人了。

十分钟后，伊妮德回来了。在经过咨询后，她跟咨询前一样含糊其词。

"怎么样？"马格丽说。

"全都解决了。"

"那是什么意思？"

"我的意思是，把事情交给我吧。"伊妮德换上一条家常裤，戴上手套和她那顶棒球帽。马格丽开始表示反对，不管伊妮德打算跟谁见面，她也应该跟着去，可是伊妮德把她拦住了。马格丽没有什么可穿的，除了一堆大号的衣服——属于某个她们从未谋面的大个子男人。她要么穿那些东西，要么穿自己最好的裙子。"而且我很抱歉，我们有求于人就得跟人家甜言蜜语，而不是笨嘴拙舌地把人吓跑。"她亲了亲罗林斯先生，告诉马格丽别担心。当马格丽想给她钱时，她说她还有那些旅行支票，已经够用了。

马格丽从来没觉得时间过得这么慢。伊妮德出去了整整一个傍晚。夕阳西下，远处，群山就像粉红色的鲸鱼一样闪着微光。马格丽在棕榈树下遛了遛罗林斯先生，不过，它是如此心烦意乱，不断把爪子靠在脑袋上，发出一声声叹息，那声音似乎抽出了它体内的空气。它真的是世界上最没用的狗。邮差送来了当天最后一批信件——有一封是给马格丽的——但仍然没有伊妮德的踪影。等到她终于出现时，天已经黑了。天上挂着一轮苍白的满月，地平线上方堆积着一些低矮的紫色云朵。伊妮德把门踢开，抱着一大盒东西进来。那个盒子如此之大，把她的躯干都遮挡住了，只露出两条细细的腿和一个戴着棒球帽的脑袋。她的脸上洋溢着喜悦。

盒子里有两瓶乙醇、三瓶萘球、几只保鲜用的大玻璃罐、防水胶布和绷带、很长的橡胶管、装标本的玻璃罐、安全别针、一盒图钉、一根扫帚柄、若干手术刀和刀片、剪刀、小钳子、绝缘胶带、几只小小的空铁盒,还有一双旧足球靴——

"伊妮德,你怎么弄到这么多东西?从哪里弄来的?"

伊妮德咕哝着说起一位好心的医生,他喜欢帮助别人。然后她一下子瘫倒在床上,就像一个孩子躺在雪地里。"你现在有装备了,我也有靴子了。现在我们能行动起来了吗?我们能离开这里了吗?"

马格丽兴奋得两眼放光,她束着腰带、穿着长袜站在那里,显得比以前更高了。"我也有一个好消息,伊妮德。我的努力没有白费,傍晚邮差送来一份来自英国领事的请帖。我们将去参加明天下午六点举行的一场花园派对。"

# 20

# 布里斯班

他被困在了布里斯班。她离开了航海酒店,登上一架飞往新喀里多尼亚的飞行艇,没有带他。他第一次得知此事,是当他走向前台,说要为一次探险见见本森小姐时。

前台服务员用奇怪的眼神看着他,仿佛他很脏似的。"你不知道她已经走了吗?"她说。

他猛拍了一下桌子,吓得服务员从椅子上飞了出去。接下来,他被两个戴着门童帽子的大块头送出了那座大楼。

整个星期,蒙迪克都在港口盘桓。没有票,他就没法登上旅游蒸汽船,而票的价格比一个大男人一个月挣的还多。他成功地航行到了世界的另一端,却在当他想要登上一只开往一个小岛的小船时,连那道栅栏都无法通过。

码头上,一艘精疲力竭的旧货船靠岸了,它要驶往新喀里多尼亚。在统舱的乘客上船之前,船员们得先往船上装板条箱。他来到甲板上,问这艘货船需要多长时间才能到新喀里多尼亚,他们说要一个月。他问能否让他上船看看,他们叫喊着让他走开。

他怀念"俄里翁号"。布里斯班这么拥挤,一边是令人目眩的大海,另一边是一台台起重机,所有人都大喊大叫,闻起来一股汗臭味。而且,如果你仔细倾听,在各种嘈杂声、色彩、炎热和薄雾的混合中,还会听到远处传来人们吃饭和大笑的声音。这让他感到困惑,有时他想不起自己究竟身在何处,甚至以为自己还在缅甸。此外,他的脚开始疼痛,他担心自己的脚气病又犯了。他是在战俘营得上这个病的,当时他们除了一碗米饭,什么吃的都没有,他变得非常虚弱,喘不过气来,会翻肠倒肚地呕吐,感觉腿就像纸做的。曾经有好几次,他不得不用一段藤蔓从大脚趾缠到膝盖,才能继续行进——他看到一些人无法再迈出一步,倒下死去,就在自己旁边。现在,他只想去新喀里多尼亚。

在布里斯班失去本森小姐的行踪后,他就睡在长椅上了。他会在码头周围转悠,试图待在没人找他麻烦的地方。他好像已经失去了所有方向。他把护照妥妥地放在口袋里,不时拿出来对自己说:"我是一个自由人。"但他没有在笔记本上写任何东西,没这个必要。

前方,那条货船已经装好货物,开始让第一批乘客上船了。他扫视着人群,寻找容易得手的目标。

货船推迟了离开港口的时间。码头上有个女人手忙脚乱地大叫票被人偷走了,有人偷了她的钱包。没有票,船长就不让她上船,她说不是她的错,而她的一个孩子一直哭个不停。她变得歇斯底里起来。船长在广播里发布了一个公告,问是否有人看到这个女人的钱包。蒙迪克在船的前排给自己找了个座位,安安静静地坐下。他看到旁边的男人一脸惊恐,张大了嘴巴,于是蒙迪克也摆出同样的表情,仿佛他也被吓坏了。

船离开了码头,那个带着孩子的女人留在了岸上。现在,他手里有她的钱包,可以买吃的了。

再过一个月,他就会踏上新喀里多尼亚的土地了。

## 21

## 该去北部了

英国领事从未听说过金色甲虫的事。当马格丽就签证的事情向他求助时，他以为她在开玩笑。"恐怕我对此爱莫能助！"他笑着说，"法国那些官僚机构！"然后又说了句"见到你真是太好了，玛丽"就走开了。

他的住所位于科芬山上，是一座巨大的法式别墅，可以俯瞰下面的小海湾和大副礁，后者是一块位于大海中间的小礁石，看起来像一个毛茸茸的疙瘩。领事馆的花园被打理得很漂亮，草地就像英式草坪一样绿，顺着山坡一直延伸到下面的一片灌木丛；那里长着无花果、香蕉和花瓣如纸的红色芙蓉，有人在此悬挂了一面自制的英国国旗。这里正在举办一场小型派对：男人们穿着热带套装，打着旧式领带，用手绢轻轻地拍着脖子，就好像脖子上有一些小伤口；而太太们穿着伞状鸡尾酒连衣裙，裙子从腰部向外伸展，看起来就像灯罩一般。肤色黝黑的服务员打扮成英国侍者的模样——戴着白色的手套，浓密的头发上顶着帽子——在客人间穿梭。

"这些人居然有奴隶。"伊妮德悄声说道。尽管她不愿参加派对，但还是喷了很多发胶，直到头发都竖起来。她还穿了一件带有斑点的紧身衣，让身材一览无余。与此同时，马格丽也把自己最好的裙子洗干净穿上，也就这样了。

"他们不是奴隶，伊妮德。他们是服务员[①]。"

"我不喜欢这个地方，马吉。真糟糕。"

一名侍者为她们端来饮料，装在对半剖开的椰子壳里，还插着吸管和伞状搅拌棒。伊妮德将自己的那份一饮而尽，然后又要了一份。"我们不属于这里。"她又说了一句。

"实际上，我们属于这里。我们是英国人。"

"如果这也算英国人，我宁愿属于别的国家。"

"比如说？你还能属于哪个国家？"

"好吧，我也不知道，"伊妮德说，"但不是眼前这个。我不喜欢这里。"

领事夫人打断了她们的对话，介绍说她是波普太太。波普太太整洁、瘦小，让马格丽显得高大如树。为了让自己显得矮小一些，马格丽只好弓着身体。现在，她看起来像个驼背。就在这时，伊妮德说她要出去看看罗林斯先生怎么样了。她把它留在了大门口，它茫然不知所措。马格丽暗暗松了口气。没有伊妮德莽撞地说起婴儿，她可以更轻松地跟波普太太谈论甲虫和北上去普姆的事儿。虽然她没有直说，可是当波普太太问起她是否来自自然历史博物馆时，马格丽点了点头，仿佛自己真的来自那里。

得知来新喀里多尼亚是马格丽毕生的梦想时，波普太太笑了。"哦，但这里是个地狱般的地方，"她说，"什么新鲜事都没有。北

---

[①] 伊妮德错把"服务员"（staff）当成了"奴隶"（slave）。

部更糟,你走上好几英里都看不到一个白人。难道你就不想去别的地方吗?"她将马格丽介绍给一群女人,她们全像是波普太太的变体。整洁、完美无瑕,身上散发出甜香,而且全都是金发——就像伊妮德,只是没用那些化学品。

"本森小姐是昆虫采集者。"波普太太说。

"天哪!"那些女人齐声赞叹。

"她为自然历史博物馆工作。"

"天哪!"

"她将到北部去寻找一种金色甲虫。她准备去普姆。"

"天哪!"

"我只是在等丢失的行李,以及办理一些手续。"马格丽说。

那些女人都认为新喀里多尼亚是个可怕的地方,热得要死,有好多讨厌的虫子,而且离家那么远——接连过上几个月都听不到一点点国内的新闻。她们的丈夫是来这里管理镍矿的。她们急不可耐地想要离开,几位太太已经走了。("情感困境。"波普太太敲着鼻子的一侧说。)

"你应该跟我丈夫联系。"一个声音如同小女孩的女人说。她的裙子上覆盖着白色的荷叶边,跟她说话就像在对着一只婚礼蛋糕聊天,"彼得在北部管理一个矿。他会回家过圣诞节。"她在一张纸的顶端写下他们的姓名——彼得·维格斯夫妇。

马格丽不打算拜访他们,不过出于礼貌,她还是把那张纸放进手提包里。

女人们不顾一切地打听国内的最新消息。("我看到的最新一期英国报纸还是夏天出的。"波普太太说。)国内的情况真的还跟战时一样艰难吗?配给制仍然存在?马格丽对杀人犯诺曼·斯金纳知道些什么？绞刑吏真的在行刑时笨手笨脚，不得不两次行刑？她们滔滔不绝地列出一长串自己错过的消息。排队，灰蒙蒙的毛毛雨，货物摆放得整整齐齐的商店，布兰斯顿腌菜，英国土地。还有明年五月的"英国节"博览会①，马格丽会及时赶回来参加吗？她是不是兴奋坏了？

虽然马格丽从来都没有真正喜欢过那些事情，但在被团团围住、轮番轰炸时，她还是说："是的！是的！"等不及参加"英国节"博览会了，她说。

"你应该跟我们一起喝咖啡，"波普太太说，"我们每周五聚会。"

"只有太太们，"彼得·维格斯太太说，"我们会做手工，是吧，波普太太？我们制作各种各样的东西。"

"我们会在标志着节日季结束的一月六日举办三王节派对，你必须来。"

"我们全都会装扮成国王！"彼得·维格斯太太说，"非常有趣！"

"你在这里待多久，本森小姐？"

"只待两个多月。"

"哦，你真幸运！"女人们异口同声地说，"二月就回国了！"一名侍者送来一盘小三明治，她们全都举起戴着手套的手，"不用，伙计！我吃不下！我吃不下！"

马格丽希望自己也跟她们一样，可是她饥肠辘辘。那些三明治只有邮票那么大，于是她说"我要一份，劳驾"，然后取了一块。

不幸的是，这些三明治并不像看起来那么小，也不像邮票那么薄。当她把三明治的一端塞进嘴里时，里面夹的馅料从另一端喷射而出，而她没有餐巾。与此同时，波普太太还在说："我想你们都听说

---

① 指1951年的"英国节"（the Festival of Britain）博览会。

那个可怕的消息了吧,女士们?"

可能是出于礼貌,波普太太对马格丽说话时,所有人都注视着她。她设法说出"没有啊",然而满嘴的面包和一大堆鸡蛋馅,让她很难在不把三明治喷得四处飞溅的同时对这个话题表达更多兴趣。她一脸窘态。

"昨晚天主教学校发生了入室盗窃。有人从化学教研室偷走了一些物品,以及各种各样的设备。"

那一刻,世界仿佛陷入停滞,但旋即以各不相同的速度重新活跃起来。女人们发出愤慨的叹息声。

"他们抓住窃贼了吗?"彼得·维格斯太太说。

"还没有呢,多莉。不过很快就会抓到的。应该是某个本地人干的。那些美国兵将本地人引入各行各业,本森小姐。大战以来,岛上的日子就不复从前了。"

"等你离开努美阿,情况会更糟。北部一点都不安全。"

"有人失踪了,"彼得·维格斯太太说,"他们去了北部就再没回来。你不担心飓风吗?整个岛屿都会停运。"

"我想你应该带了男士一起来吧?"

马格丽没能回答那个问题,她眼里只有她的助手——此刻正在草坪的另一端,像一只灰白色车轮中间那个色彩鲜艳的轴心,被那些女人的丈夫围着。伊妮德正在讲述什么欢闹的事情。英国领事大笑不止,他的手放在她的屁股上。

马格丽转身对着波普太太,可是已经太迟了。所有人都顺着她的目光看过去,现在她们全都瞪着伊妮德。波普太太一脸惊骇,张大了嘴。就在这时,伊妮德发出一声大笑,马格丽真希望她没有——事实上,那声大笑让她暴露无遗的乳沟露出了更多。那只是片刻之间的事，但人们会在眨眼之间做出评判，尤其是恶意的评判，马格丽知道伊妮德已经被当作局外人和麻烦事了。

"那人到底是谁？"波普太太问。

那些女人都说不知道，马格丽竭尽全力装作自己正在欣赏花朵。

"你早先是不是同她说过话，本森小姐？"

"哦！"她漫不经心地说，仿佛她刚刚才想起这件小事。

"普雷蒂太太在协助我做研究。"

"你是说你认识她？"

"只是在职业方面。我们并不是朋友或别的什么。"

一名侍者捧着更多三明治过来，可马格丽还在努力对付第一块三明治。此外，伊妮德也从花园里消失了。

马格丽在房子后面找到她。她正在跟那些侍者一起抽烟，并将人们吃剩的点心塞进包里，准备给罗林斯先生带回去。

"已经结束了？"伊妮德说着打了个哈欠，没有费力遮住嘴巴。

"我们走吧，"马格丽说，"现在就走。"

夕阳西下，西方的天空中堆积着一团团玫瑰色的云，就像另一条山脊，把一切都镀上一层火烈鸟那样明亮的粉红色，就连罗林斯先生和伊妮德的头发也变得粉红。她们顺着柠檬海湾走回去，沿街的咖啡馆和店铺都因为夜幕降临而打烊，街道上亮着一串串红色和绿色的电灯。下方的海滩上，渔夫正在修补渔网。海水轻柔地拍打着船的龙骨，翻卷的海浪闪着荧光。远处，闪电在天空中颤动，一场风暴即将到来。

有那么一阵子，她们默默地走着。或者，不如说马格丽是在大步流星地向前走；伊妮德尽管为了走路方便而把裙子提到膝盖上面，却主要是在蹦蹦跳跳。她们每走一步，蚊子都会飞起来，就像粉红色的尘埃一般微微闪光。终于，沉默让人无法忍受，马格丽说："昨晚当地学校发生了入室盗窃，不过我想你知道这事。"

伊妮德什么都没说。

"你以为我是白痴？我从没觉得这么羞耻。"

"我不过是想帮忙！"伊妮德飞快地转身，罗林斯先生一下子撞到她身上，"不过是给你提供一点善意的帮助！你以为我是怎么弄到那堆东西的呢？你以为我跟一个医生睡觉了？"

马格丽气得怒发冲冠，她从未听过女人说话这么粗鲁。现在她仍然不习惯伊妮德说话的方式，而且，她当时还真是那么想的，不过她已经决定不再深究，毕竟她拥有了装备。

"不管怎样，"伊妮德说，"你的靴子也是你偷来的。"

在那一刻，马格丽觉得脸上就像被人踢了一脚。她有些摇摇晃晃，但很快振作起来。"那不一样。至少我试过把靴子还回去。"

"所以你就是对的，而我那么做就不对了？"

"明天你必须把所有东西送回学校，必须给他们道歉并做出解释。"

"然后呢？"

马格丽正准备回答，伊妮德打断了她的话。为什么她们要等着给那些文件盖章？她们到底在英国领事馆做什么？马格丽已经订好了二月中旬回国的船票，她们只有不到三个月的时间。"三个月！"她喊道，"就这么点时间！我们已经浪费了整整一个星期！"马格丽找不到那种甲虫的，因为需要在二十三份文件上盖章。她找不到的，因为忙着跟一堆外派人员推杯换盏。她当然找不到，因为她穿着正装。要找到它，她需要爬到山上，四肢着地，趴在地上，掀开每一块石头，祈祷上天开恩。伊妮德的音调升高了八度，如金属丝一般尖细。而且她说话时动作那么激烈，为了强调每一个词，她把整个身体都调动了起来，就连她的头发看起来都发怒了。

还有祈祷，她刚才是不是说到祈祷？马格丽从童年时代开始就不再祈祷。姑姑们做了那么多祈祷，她觉得自己用不着做了。此外，在意识到父亲到底发生了什么事情后，她已经放弃了上帝。或者，毋宁说她已经背弃了上帝。不过，这不是思考她究竟是无神论者还是不可知论者的时候。伊妮德仍在大喊大叫。

"你知道你有什么毛病吗，马吉？"

"不知道，不过我感觉你就要告诉我了。"

"你是个势利眼，你是个彻头彻尾的势利眼。你以为照着书本循规蹈矩就可以，却只是徒劳。哼，我才不管你那些手续呢。现在已经是十二月一日了，明天我就去北部。"

"可是你要怎么去？巴士要过两天才有。"

伊妮德没有回答。她气冲冲地向前走，把芙蓉花都碰断了，还因为她那双凉鞋把自己绊了一下，而罗林斯先生就跟在她身后。回到住处，她一把脱掉衣服，钻到床上，都懒得挂上蚊帐。几秒钟之后她就睡着了，那条狗也是一样。

马格丽坐在属于自己的那半个房间里，感觉热得受不了，而且每过一秒钟，她就更加讨厌伊妮德。闪电频繁地掠过天空，但雨还没有下起来。更糟的是，她似乎跟一只听起来如同飞行摩托车的昆虫困在了一起。空气仿佛被压缩成一团。

如果不是因为伊妮德，她现在还在鸡尾酒会上。伊妮德怎么敢那样做？她怎么敢说马格丽是势利眼？有问题的是伊妮德。至少马格丽没有把自己打扮得像个应召女郎。至少有人教马格丽吃东西要闭着嘴，教她怎样用刀叉。那不是势利。那只是言谈举止有教养。伊妮德喝茶时翘着小指头，像雷达天线一样，那算怎么回事呢？那算多势利？她几乎忍不住想把伊妮德叫醒，向她指出这一切。可是马格丽忍住了，她真的忍住了。因为，尽管她想出了种种反驳的话，但在内心深处，她意识到伊妮德或许说到了点子上。马格丽本人想参加英国领事的派对，是因为她想获得权威的肯定，就跟她想给所有文件都正儿八经地盖上章一样。她想把所有事情都弄好，她想取悦英国领事。可事实上，他几乎没有注意到马格丽。恰恰相反，他把她当作笑话来对待。

至于徒劳？如果伊妮德真是那么想的，那她在这里做什么？

伊妮德四仰八叉地躺在床上呼呼大睡，张大了嘴，打着呼噜。马格丽拿起伊妮德的裙子，挂在衣架上。裙子闻起来有股伊妮德的气味——那种浓得不可思议的甜香，领子上有一点粉红色的粉末，她把它擦掉。她突然意识到，一件衣物毫无意义，除非你认识穿衣服的人，在此之后，衣服就会变成一个独立的物品。看着伊妮德这件带有圆点图案的裙子，她突然意识到：这是自己见过的最大胆的东西。她把裙子挂在衣架上抚平了，然后给伊妮德拉上蚊帐，检查有没有缝隙。她甚至轻轻拍了拍罗林斯先生。

她爬到床上，却无法入睡。现在让她烦躁的不是湿气，也不是如同摩托车一般的蚊子，甚至也不是从学校偷东西的事，而是波普太太和她的朋友们瞪着伊妮德的方式，仿佛她们要将伊妮德切成碎片，而自己居然一声不吭。她就在那里奉承波普太太，可对她真心实意的人却是伊妮德。她再次体验到自己在瓦科羁留营外产生的那种强烈感觉，仿佛自己总是站在一堵有瑕疵的玻璃墙外，等到自己看清真相，已经太迟了。

马格丽的文件上只盖了五个章，她的行李箱仍然没有下落，签证也没有获得续签。但伊妮德是对的，她应该停止循规蹈矩地办事，到北部去。一道闪电在头顶上炸裂，雨终于下起来了。

## 22
## 1950年12月，伦敦

警方在《泰晤士报》上刊登消息后，仅仅过了一个星期，就收到二十多条目击南茜·柯莱特的报告。这个女人的行踪一目了然，简直像是她自己铺出来的。

新闻发布会上挤满了人，记者、警察跟一些业余人士和地方小报，推推挤挤，在包厢里争夺一席之地。案子已经启动，这种高关注度不单是因为谋杀案本身，或者受害者是一位失去一条腿的战争英雄，而是因为凶手是他太太。还有南茜·柯莱特是个名声靠不住的人，她衣着暴露，还染发。另外，她属于底层阶级，虽然这一点没有说得很明确。前面的黑板上写着"心肠冷酷，工于心计，精明狡诈"等词语，以及"荡妇"。

"在遇到死者之前，"警司宣布，"南茜·柯莱特在本地一家夜总会兼职当舞女。"

人们忙着在本子上涂写，这条信息很有料。

"她丈夫比她大十岁，战前曾担任初级律师。他们已经结婚七年，没有子女。"

少数人草草记录下这些细节。

"现在已经弄清楚,南茜·柯莱特逃跑之前,曾经与死者的尸体一起待了几天。"

警司就说了这些,他知道的也只有这些,但他停顿了足够长的时间,让人们能够用自己的想法填补那些空白。一支支笔在疯狂地忙碌着。

"十月十九日一大早,一个邻居看到她离开与珀西瓦尔·柯莱特共同居住的房子,带着三只行李箱,以及一只红色的小手提箱。"

负责用粉笔在黑板上写字的警官现在打开了放映机,给大家看一只红色小手提箱的幻灯片,以免人们拿不准究竟什么样。

警司说,这只红色小手提箱引起了警察的兴趣,里面很可能装着来自犯罪现场的关键证据。

接着,警察又放了另一张幻灯片:那所房子的内部构造图,并用一个叉标明了死者所处的地点——那张床。

"死者有窒息而死的迹象,也有事先遭受手术刀或普通刀具等利器恶意攻击的痕迹。"

人们再次倒吸一口冷气,幸好这次警方没放幻灯片。

"我们相信柯莱特太太去了芬彻奇大街火车站,有若干目击者看到她在那里等人。在车站里,她向一名行李搬运工寻求帮助,但拒绝让对方搬运那只红色小手提箱。她随后登上一列开往蒂尔伯里的火车,去搭乘一艘开往澳大利亚的邮轮,但她的护照有问题,被拦下来接受问讯。我们得知她在当天下午登上了那艘船,因为她向几名工作人员提出了下流且很不得体的建议,那时,她仍然拎着那只红色小手提箱。"

得知她已经逃离英国,上层包厢里传来一阵讥笑声。男人们觉得自己被这个女人愚弄了，他们不喜欢这样。前排，几位上了年纪的小报撰稿人准备离开。"结束了，"其中一个说，"如果她已经抵达澳洲。"

然后警司说："现在，让我们无法理解的，是她那位女性同伙所扮演的角色。"

那些已经收起笔记本的媒体记者又拿出笔记本来。

有目击者在芬彻奇大街火车站看到南茜·柯莱特和另一个女人打招呼。放映机上放出一个没有头部的大个子女人的幻灯片。警司解释说，到目前为止，他们还没找到这名嫌疑人的全身照。警察已经搜查了她住的公寓，看起来她已经抢先了一步。（他并不想说双关语，但还是获得一阵哄堂大笑。[①]）媒体记者举起相机拍照，周围亮起一片闪光灯。

"你的意思是，"一个年纪比较大的家伙尖声问道，"你们在寻找一个荡妇和一个没有脑袋的胖女人吗？"

"是的，"警司说，"大差不差。"

"该死！"前排的一个家伙说，"这比诺曼·斯金纳的案子还要轰动。"

晨间报纸上写满了这些消息。

---

[①] "抢先一步"原文one step ahead中的ahead与"头部"（a head）双关。

## 23

## 你有两条漂亮的腿

伊妮德不过是出去买个西瓜当早餐吃,却驾驶着一辆美军旧吉普车回来了。她驾着车飞快地拐过街角,伴随着响亮的急刹车声,在一股红色尘土中现身。当她关掉引擎,从车上跳出来时——那辆吉普车似乎没有车顶——她已经变成鲜艳的橘红色。那条狗也是同样,牙齿和耳朵也沾上了尘土。一小群人聚拢过来围观,包括一个头上顶着锅子的女人和几个没有牙齿的老渔夫。

马格丽惊讶得几乎说不出话来。"伊妮德,你是怎么弄到这辆车的?"

"我看到一个牌子,低价售卖。"

"我都不知道你会开车。"

"嗯,那个,我曾经开过一阵儿救护车。"

"真的吗?"

"在战争期间。我以前经常上夜班,还曾经以五十英里的时速驶过蓓尔美尔街。"

她们在吉普车里装满东西,直到车尾下沉。新弄到的采集装备、那个装满供给的茶叶箱,还有露营装备,以及伊妮德弄来的其他杂七杂八的东西,例如她的"美腿小姐"奖杯、一幅有关圣婴耶稣的画、那台电池收音机。她似乎有些匆忙,最后把那只红色小手提箱藏在一件上衣和一把铁铲下,跟两块能够帮助她轻松驶过泥坑的短木板放在一起。

"伊妮德,"马格丽一边装上最后几件行李一边说,"你有没有注意到什么不一样的地方?关于我。"

马格丽等着伊妮德停下手里的活儿,看自己一眼。等伊妮德终于看过来,她只是耸耸肩,然后继续忙着塞东西了。"没看出来呀。"

"我穿着男人的衣服。"马格丽指着那条百慕大短裤、花衬衣以及木髓遮阳帽和靴子说。事实上,一旦她克服了将一只脚伸入一条裤腿中的羞耻感又伸进去另一只脚,一旦她拉上拉链,扣上裤腰上的纽扣,发现不松也不紧,一旦她将胳膊伸进那件五彩缤纷的漂亮衬衣,发现袖子颇为宽松,她就长长地松了口气,就仿佛刚从地底下的一个洞里钻出来,终于能够畅快地呼吸了。她将双手揣进口袋里,发现口袋居然不是小得连一枚顶针都装不下,而是有足够的空间放一个指南针、一个细线球。此外,穿着男人的衣服也并没那么怪异,不过像是回到少女时代,穿哥哥们的旧衣服罢了。她连长袜都没穿。"你会不会觉得,"她的脸开始变红了,"你会不会觉得我看起来很怪?"

"不会。"

"别人会笑话我吗?"

"马吉,你都来到世界另一端去寻找一只金色甲虫了,不觉得人们已经在笑话你了吗?而且,新喀里多尼亚有一半的男人都穿衬衣。现在,我们是要站在这里讨论时尚还是离开?"她吹了一声口哨呼唤罗林斯先生,把它一把搂到自己怀里。

马格丽再次犹豫不决起来。"把狗也带上吗?伊妮德,这条狗?"

"当然了。如果碰到什么危险,它能够嗅出来。"

除了夹着火腿的棍子面包,马格丽从未看见罗林斯先生嗅出别的什么,不过她没有提这事。"你不能带着宠物去探险。这不公平。"

伊妮德连眼皮都没有抬一下。她将狗放到后排座椅上后,从不存在的车顶跳进车里。"要么带上我和罗林斯先生,要么你自己去。"

对一个曾经驾驶救护车的女人来说,伊妮德开车的速度快得可怕。就算人们上救护车的时候感觉还好,等到下车时必定会感觉不适。而伊妮德边开车边说话就更糟了:她似乎忘了自己正在驾车。马格丽想制止她,嘴里却刮进一团沙砾和尘土。与此同时,罗林斯先生从后排座椅爬到她怀里,因为刚才那趟旅行,它身上仍然沾着橘红色的尘土,它感到非常紧张,此刻正不由自主地颤抖着。

"伊妮德,"她设法挤出几个词来,"伊妮德,你开得太快了。"

"你应该闭上眼睛!"伊妮德吼道,"休息一下!"

就算被人下了迷药,此刻马格丽也无法闭上眼睛。这座城市的一部分以令人目眩的速度从眼前闪过,就像传送带上的物品。椰子广场——一个优雅的法式广场,带有喷泉、栽有凤凰木——伴随着一道红光来了又去。椰子树变成了絮毛状的模糊影子。吉普车从市场上轰鸣而过,激起更多尘土,然后滑过一块街边石,差点撞上一个卖鸡的摊贩——摊子的一根柱子上倒挂着一些被绑住脚的鸡。她们抵达港口,猛冲过城边上的棚屋区。这里的香蕉树硕果累累,在道路上方被压弯了腰。在那之后,车子向上爬升,四周除了森林再无他物。松树、杧果树和巨大的菩提树上缠绕着九重葛,它们上方耸立着锯齿状的玄武岩,就像黑色的蕾丝花边。据贺拉斯·布莱克牧师那本书里的说法,她们应该走那条顺着岛屿西缘延伸的海岸公路,在大海和群山之间蜿蜒,"可为好奇的旅客提供一次令人欣喜的机会,体验那些迷人的原住民村庄、五颜六色的餐厅和酒吧。"书里画着穿着草裙在火上烹饪食物的女人和几名酋长的插图。

一直到大约二十英里外的帕伊塔,路况尚可接受,但沿途并没有迷人的村子,没有色彩缤纷的餐厅,也没有女人在火上烹饪食品,更没有地方加油。从帕伊塔到布卢帕里有三十英里,道路残破而危险。有时所谓的路只是一道隐约可见的印子,或者是一片石子儿,跟山上的其余碎石没有多少差别,甚至干脆完全消失,有好几次直接变成了一条小河。

在布卢帕里,伊妮德瞥见一家临时商店,打着出售食品和汽油的广告,于是猛踩一脚刹车。她从吉普车上跳下来,抱起罗林斯先生。她的头发像羽毛一般支棱着,粉色的嘴唇张开时,显得格外鲜艳。

"一起来吗?"

马格丽惊恐地坐在车上。尽管吉普车已经停了下来,她的身体似乎仍然在动。她吃力地从车上挤了下来。

在习惯了路上明晃晃的光线后,那家商店显得非常阴暗。伊妮德在店里寻找英国报纸,却一无所获。最终,她买了一份法国的时尚杂志。

"有什么食物卖?"她问老板,并模仿一个饿得狼吞虎咽的人。她买了汽油,从菜单上点了煎蛋卷和牡蛎。

她们来到外面吃饭。路对面有几座泥巴棚屋,一些孩子来到屋外,冲伊妮德招手,指指她的头发。周围是颜色深浅不一的绿树——从鲜艳的黄绿色到近乎墨绿都有,天空则是炎热的蓝色。可是仍然看不到任何像钝平智齿的山。

"伊妮德,"马格丽说,"有必要把车开那么快吗?"

"我只是有些兴奋,想早点抵达那里。"伊妮德从一只牡蛎壳里吸出肉来,连叉子都没用,"至少我们现在没有危险了。"

"什么危险?"

伊妮德没有回答,吃了一大口煎蛋。

"对我这身打扮,"马格丽说,"你确定可以接受吗?有没有觉得人们在瞪着我看?"

"你已经来到地球的另一端,为何要在乎别人怎么想呢?你想怎样就怎样。而且,你穿百慕大短裤比穿裙子好看得多。没有冒犯的意思,马吉——"

"没关系,伊妮德,你说吧。"

"——穿那套裙子,你看起来就像一头搁浅的鲸鱼。"

"我明白了,嗯,谢谢你。"

"在英国领事的派对上,我看到了那些女人是怎么嘲笑你的。"

"她们嘲笑我了吗?什么时候?"

"她们那样让我觉得恶心,所以我只好走开了。"

马格丽停住了。突然之间,她脑子里出现了学校里女学生们画的讽刺画——有时候就是这样,你以为早已忘得一干二净的事情会突然冒出来。她想起自己像只刺猬一般摇摇晃晃地穿过走廊,几乎喘不过气。然后她看看自己的双臂,藏在男人的衬衣里,此刻非常放松。回忆起那一天,她仍然觉得伤心;想到英国领事馆里那些女人的嘲笑,她也觉得伤心。但伊妮德没有嘲笑她,而是撕下一大块蛋卷,喂给桌子下的罗林斯先生。马格丽感到的痛苦不是什么大不了的事情,就像一块瘀青已经变成黄色,尚可忍受。

"还有就是,"伊妮德说,"你有两条非常漂亮的腿,应该经常把它们露出来,你才是应该获得'美腿小姐'奖杯的人。"

从布卢帕里开始，路况变得更差了。周围的风景没有什么变化：右边是连绵不断的群山，左边是一望无垠的大海，不过，公路与大海之间是令人眩晕的悬崖。公路继续向上攀升，就像螺栓上的纹路一样弯曲盘绕。薄雾紧贴在山坡低处。突然之间，她们已经来到树林上方，可以俯瞰南洋杉尖细的树梢、一团团火红的凤凰木、一片片椰子林，以及屋顶满是装饰的茅屋；而在左侧，迎接她们的是太平洋，如鸢尾花一样蓝。

她们驶过几辆大型卡车，男人们摁着喇叭，挥手让伊妮德把车靠到路边去，可能是周围有矿山。随后，眼前的土地变成一片单调的灌木丛。为了给种植园腾出土地，森林遭到砍伐和焚烧。在一路绵延的树木之后，这一幕让人惊骇，气味也很难闻。伊妮德瞥了一眼后视镜，一下子睁大了眼睛。

"出什么问题了吗？"

"没事，马吉。"

不对，肯定有事。马格丽扭头看去，发现一辆警车从她们后面冒了出来。眼前的地势仍然开阔而平坦，但伊妮德没有像普通司机那样放慢车速，而是猛踩一脚油门。马格丽感觉心里一沉。

"伊妮德，后面有一辆警车，我们必须放慢车速。"

显然没有减速。伊妮德的想法似乎恰恰相反。她的面部表情就像夹子一样坚定，头发被吹得乱蓬蓬的。警车打开了蓝色的警灯，伊妮德开得更快了。这辆吉普车哐当哐当地跳过路面上的一个个坑洞。警察紧跟其后，也跳过路面上的一个个坑洞。伊妮德猛地转弯，一只车轮腾空。警车拉响警笛，也来了一个急转弯。伊妮德越开越快，那辆警车也是如此。一棵树出现了，然后是更多的石头，以及一群山羊。伊妮德猛踩刹车，轮胎发出刺耳的声音，车子从这些障碍旁边飞驰而过,差一点点就撞上它们。

"伊妮德!伊妮德!"

马格丽再也受不了了,伊妮德似乎失去了理智。虽然这辈子从未开过汽车,马格丽还是一把抓住方向盘,猛地一拽。吉普车突然转向,冲向一道悬崖。大海在悬崖下方闪现,海上面点缀着轮船和渔船。伊妮德尖叫一声,拼命转动方向盘,及时将吉普车驶回公路上,在一团尘土中滑行着停了下来。"搞什么鬼?"她叫道,"你差点害死我们。"她们没有时间争吵,尘埃散去,警车靠拢过来,然后从车上走下一名警察。这时,就连吵闹的昆虫也安静下来。

那名警察步履迟缓,就像一座移动的房屋。他费了好长时间才走到吉普车旁,敲敲伊妮德那一侧的车窗。这样的开头毫无必要,因为这辆吉普车根本没有车篷。她把车窗摇下几英寸,同样没有必要。警察彬彬有礼地靠到车窗上。

"你好!"[①]伊妮德问候道,露出灿烂的笑容,面颊上出现一对酒窝。老实说,马格丽以前从没见过她脸上有酒窝。

警察用法语回了一句话。

"他说什么?"马格丽问。

"我不知道。保持微笑。"

警察用手指掏了掏耳朵,然后看自己掏出了什么。他的注意力似乎被分散了。

可马格丽没有,她感觉自己像是铁丝做的,心里扎得慌。她低声说道:"证件。"

"什么?"

---

① 此处为法语。

"伊妮德,我们没有什么证件。"

"马吉,你能别自己吓自己吗?微笑就行。"

那名警察已经检查完了耳朵,把全部注意力集中到伊妮德身上。

"你好!"她重复了一遍,声音甜美得令人难以置信。

他又用法语说了些什么。

马格丽在手提包里摸索着,抽出那本指南,翻到贺拉斯·布莱克牧师的"实用短语",那些短语包括"伙计,你能告诉我到最近的灯塔怎么走吗?",还有"救命!救命!我要被淹死了!",以及"我要到旁边的村子卖我奶奶养的鸡!"。她放弃了布莱克牧师的书,拿出护照,开始用非常清楚的英语解释,伊妮德就是照片里那个棕色头发的女人,可是警察对此毫无兴趣。他拍拍吉普车的引擎盖,就仿佛那是伊妮德身体的一部分。他问:"车子?"①

马格丽偷偷缩了缩身体。"是因为我的衣服,"她绝望地说,"他把我们拦下来是因为我穿得像个男人。"

"马吉,跟你的外表毫无关系,是因为我们没有车牌。"

"为什么我们没有车牌?"

"因为我把车牌卸掉了,在偷车的时候。"

"这辆吉普车是你偷的?"

"马吉,别一惊一乍的好吗?是的,吉普车是偷的,你以为我会花钱买车吗?"

马格丽感觉心脏被提到了嗓子眼,此刻正在喉咙里疯狂地乱跳。事情似乎有些复杂,她们不仅被警察拦了下来——她没有证件,签证没有续签,她还穿得像个男人——而且她刚刚发现自己坐在一辆偷来

---

① 此处为法语。

的车子里旅行。"钱!"伊妮德悄声说,脸上仍然是甜甜的微笑,"给他一点钱试试。"

"你是说让我贿赂一名法国警察?"

"是的,马吉,这就是我的建议。是你让吉普车停下来的。如果不是你,我本来能把他甩掉。"她扭过头,继续微笑着望向警察。为了让警察分心,她整理了一下自己的上衣。这个办法奏效了,他直勾勾地盯着她的乳沟,心花怒放。

马格丽掏出钱包,找到一些零钱。她的手在哆嗦。她握着那把硬币,把胳膊伸到伊妮德的胸部和那名警察之间,感觉像是在给秃鹰献上一块点心。

"你开玩笑吧?"伊妮德说,"我们在向他行贿,不是给他几个小钱让他坐巴士回家。"说着,她夺过那个钱包。

她递给他十张钞票。他庄严地点数着每一张钞票,还舔了舔那些钱。终于,他满意了。伊妮德倒车时,他挥手示意她们把车开走,男人经常这么做,就仿佛女人没法正确地操纵一辆交通工具,除非有人冲着她疯狂地打手势。然而与此同时,他恰恰站在她需要驶过的地方。不过,他尽可以随心所欲地打手势,反正她们已经自由了。

"好吧,事情还算顺利。"伊妮德说,"下一站,普姆!"

她说得对,当然,她们平安无事。但马格丽还是过了好几分钟才恢复说话的能力。即便如此,她说起话来仍然慌慌张张,语序乱作一团。她告诉伊妮德这么做太过分了:她们不能再偷东西,也不能再行贿了。"我是个业余甲虫采集者,伊妮德,我做的已经超出自己的能力了。"作为回应,伊妮德说她非常抱歉,再也不会那么做了,不过好的一方面是,她们很快就可以自由自在地寻找那种金色甲虫了。当车子驶过另一个拐弯处，她紧紧抓住方向盘。"你说你会不遗余力，记得吗？你告诉我说为了找到自己想要的东西，你会不顾一切。"

这是事实，不过马格丽开始渐渐明白，她说的"一切"跟伊妮德想的不一样。当她决定不再循规蹈矩时，她的意思并不是"踏上犯罪之路"。

"不管怎样，"伊妮德继续说道，"我们可以把吉普车藏起来。一旦来到北部，我们就用不上它了。现在，找找你说的那座山怎么样？"

马格丽将目光锁定到地平线上——目光所及，群山起伏如波浪，很多都像是刀削斧劈出来一般，可她仍然没看到任何形如智齿的山，不管是钝平、尖锐还是其他形状。夕阳西下，整条山脉都镀上了最后一抹鲜艳的金光，天空转瞬变成黑莓的颜色，夜晚降临得那么快，仿佛有人把电灯的开关关上了。吉普车的前灯穿透黑暗。在她们上方，天穹中挤满了群星，偶尔被远处的一道道闪电撕裂。伊妮德放慢车速。即使身处黑暗之中，马格丽也能感觉到自己的兴奋，虽然看不到山脉，却能够感觉到大山就在四周，山坡陡峭，尖峰耸峙，壁立千仞，比任何生命都更加古老。

"看那里，看看吧，马吉。你见过比这儿更美的地方吗？"

她们抵达普姆时已经是晚上九点多了。"欢快的普姆，"贺拉斯·布莱克牧师写道，"在这里，原住民的房屋矗立在一根根支柱之上，卡纳克人用矛捕捉热带鱼，在篝火旁快乐地跳舞。"

马格丽开始怀疑他是否真的来过新喀里多尼亚。普姆那么小，连小镇都算不上，只有若干摇摇欲坠的棚屋、一些老年人和大群山羊。她们要到一家咖啡馆取平房的钥匙，可是那家咖啡馆已经关门，于是她们只好罩着一张蚊帐睡在吉普车里，偶尔被几只蚊子、海浪的声音以及醉汉大笑时发出的奇怪咕哝声打断睡梦。

天亮后，她们打开广场上的水龙头，用浑黄的水洗了洗脸，一群老年人——既有卡纳克人，也有一些孤独的欧洲人——聚集在她们周围。伊妮德走进这里唯一的店铺，店里只有两个货架，出售鸡蛋、谷物、番石榴、甜甜的小凤梨和绿色的香蕉，还有食盐、五金器具、电池和一些外面贴着鱼类图案的旧罐头。马格丽买了一些水果。

既然咖啡馆还没开门，她们便走到太平洋与珊瑚海交界的海边，巨大的海浪是她们前所未见的，浪头撞击着岩石，溅起一团团高耸的水沫。前方，一座座岛屿从大海里冒出来，就像一块块碎片漂向天边，越来越小。这里真的是天涯海角了。

伊妮德爬上一处木头搭建的码头，在脱落的木板之间跳来跳去，微风吹着她的头发轻轻飘舞。英国的生活似乎属于另一个世界。她们不仅远离家乡，马格丽想，而且已不再是她们相遇时的样子了。

伊妮德肯定也在想着类似的事情，她从码头上跳下来时，笑逐颜开。

然后，她们转过身，背对大海，面朝大山。山脉看起来近在咫尺，顶峰处一片荒芜，只有红色的岩石，而峰顶——正如那位传教士描述的那样——钝平如智齿。伊妮德伸出手去，仿佛能够摸到它。

"你会找到那种甲虫的，"她说，"而我会生下一个宝宝。我从心底里知道。"

她们迈开大步，去拿那座平房的钥匙。

## 24

## 回归正轨

每过一天,他都会又靠近新喀里多尼亚一点点。这次他不用躲躲藏藏了。他坐在货船前部,能够看到海平线,那双巨大的手盖住双膝。他让身体变得僵直,每一块肌肉都绷得紧紧的,也不跟任何人说话,就只是默默地坐在那里,等待着。

蒙迪克戴上巴拿马草帽和墨镜,在笔记本上写下当天的天气状况、自己吃了什么、看到了什么——例如那些鱼。有时他会望着其他人,这样他就能想起他们的名字,然后写进他那本"本森小姐行踪录"。他听到他们的说话声和海浪拍打船侧的声音,有时会闻到从轮机舱飘来的柴油味,或者半干的椰子散发出的腐臭味,但他会任凭这气味吹拂着自己,全然无动于衷。下面的船舱里有一个床位,但住的都是荷兰人,从事檀香木贸易,因此,蒙迪克待在甲板上。夜里,他蜷缩在长椅下睡觉。

每天早上都有一名船员出来读信。他会从口袋里掏出信,读一遍,擦擦眼睛,然后把信仔仔细细地叠好,放回外衣口袋。

望着他,蒙迪克想起战俘营里送来红十字会的包裹时,那些家伙读家信时的脸。他们聊起自己的情人或妻子，或者孩子们。蒙迪克很庆幸自己没收到信。当你夜里睡在一个棚屋里，上面连像样的屋顶都没有，而老鼠会从你脸上跑过，周围的人像牛一样奄奄一息地挤在一起时，英国的一切都显得那么无关紧要。

有时，一名甲板水手会坐下来吹口琴，蒙迪克也会联想起战俘营。他的脑海里浮现出那些努力保持自身教养的笨蛋的身影，他们演奏音乐，阅读书籍，觉得自己很聪明似的。可是，如果一个日本人正用棍子抽打你，你再聪明都没啥用处。

然后，蒙迪克会迷失在回忆中，种种往事就会再次发生，让他分不清过去和现在。他分不清自己究竟是在一条船上，还是仍然待在战俘营里并梦见了一条船。他分不清那些欢笑的人是日本人还是从事檀香木贸易的荷兰人。在他心中燃起熊熊怒火、对别人发起猛烈攻击之前，他只能撞击自己的脑袋，然后掏出护照，对自己说："我是一个自由人，我是一个自由人。"

此刻，他一动不动地坐在船上，等待着那些回忆消失。他没有把它们记录下来，他只记录事实。他会记下大海是蓝色的，他看到了一只白色的鸟儿。他不会有事的，让自己的思绪停留在当下就好。

# 25

# 终末之所

史密斯教授曾经告诉她,为了找到一种新的甲虫,你需要三样东西。首先是知识,你能够接触到的所有知识;其次,要到你认为有那种甲虫生活的地方去;最后,你需要勇气。

望着那座平房,马格丽感觉自己的勇气正在一点点蒸发。

"哦,伊妮德。"她说。

"该死——"伊妮德说。

线索就藏在这所房子的名字里。"终末之所"不单单是这条路上的最后一座平房,也是人们最不希望居住的地方。她们从普姆那家咖啡馆里取来钥匙——咖啡馆的老板可能是马格丽见过的个头最大的男人,头发也最浓密。他一把将伊妮德和马格丽抱在怀里,仿佛她们是他失散多年的女儿,又用洋泾浜法语[①]咆哮着什么。她们俩都听不懂,结果发现他只是坚持让她们吃点东西。他端来一大盘煮好的对虾和龙虾,然后给她们指了路。之后,她们顺着一条土路驶过一座

---

① 指带有本土语言色彩的法语。

棚屋小镇,一大帮小男孩追着吉普车飞奔。他们衣衫褴褛,疯狂地挥着手,疯狂地叫喊着,还举着一只只精心挑选的家养动物——主要是家禽,似乎想要卖给她们。又行驶了几英里之后,那条土路完全消失了,眼前除了那座平房,什么都没有。房子周围是高大稠密的象草和高耸入云的贝壳杉。那座叉状山峰就矗立在后面。

伊妮德关掉引擎,除了不计其数的昆虫叫声,再没有其他声音。

这可不是带有走廊的平房,起码英国的平房不长这样。这是一座木头棚屋,矗立在离地面六英尺高的柱子上。破破烂烂的台阶通往一条环绕房子的游廊,游廊也同样破破烂烂。屋顶是用瓦片、防水布和香蕉叶子混合搭建的,门则用一把破损的挂锁勉强锁住。马格丽手提包里的钥匙是一只红色的鲱鱼。

伊妮德从吉普车上跳下来,走在前面,一只手握着栏杆,另一只手抱着罗林斯先生。马格丽步履沉重地跟在后面。

房子内部的建筑状况稍微好些,不过里面堆满垃圾,臭气熏天。顺着游廊,她们来到一间长长的屋子,旁边是一个碗橱大小的房间。在那后面,顺着一条狭窄的过道,她们找到三个更小的房间,每个房间里都有一张霉痕斑斑的床和一扇窗户。"自来水"也算名副其实,就是从屋顶的裂缝收集的雨水,要不就是从一些摇摇晃晃的水管流出来的水。卫生间等同于连着另一根管子的马桶,那条管子直接通往花园里的一个坑。

"我见过条件更差的,"伊妮德说,"嗯,我见过更差的。"

"什么时候,伊妮德?你什么时候见过比这儿条件更差的?"

"战争期间,马吉,我见过很多比这儿更差的。起码房子还好,也很私密。而且远离大路。"

"远离大路?就算隐士也会避开这种地方。这里已经好多年没有住人了。"

不对。显然有大量活物居住在这里，只是没有一个人类而已。马格丽踩到一只罐头盒，一大群蟑螂从里面涌了出来。死去的昆虫遍地都是，已经化为一堆堆齑粉。墙上的壁纸一块块脱落，其中一半都被虫子吃掉了。一个巨大的蜘蛛网填满了整个屋角，上面粘满了各种飞虫，这间屋子就像一只连环杀手蜘蛛的食品储藏室。蜘蛛网上甚至还挂着一只鸟的下半截身体。

"没关系的，马吉。我们又不住在这里，我们住在山上搭建的帐篷里。"

"可这里是我们的大本营，我们采集的甲虫就存放在这里，这里也是我们每个星期洗澡、洗衣、补充供给的地方。"

终有一日，马格丽会喜欢上这个地方，在经历了又一个星期的努力工作后，她会喜欢跟伊妮德坐在游廊上看到的风景。夕阳西下，漫天红霞，仿佛铺满天竺葵，给树木打上马赛克一般的斑驳光影。空中满是蝴蝶，恍如片片飞雪。她会给伊妮德煎鸡蛋，端来一盆水让伊妮德洗脚，然后她们会一起坐下来，看着天空逐渐变成紫色。后来，随着丝丝云彩给月亮镶上蕾丝花边，伊妮德会大叫一声："看啊，马吉！那片云活像甲虫，许个愿吧！"

不过，此刻马格丽痛恨这所房子。她为自己把事情搞砸了而恼怒，为这个肮脏的陋室不是中规中矩的带有走廊的平房而恼怒。她甚至踢了它一脚，这样做很愚蠢，真的，因为她一脚踢穿了地板，弄出了一个距离地面六英尺高的洞——这不过是她们需要处理的另一个麻烦。

外面，一只鸟儿发出"咔咔"的尖叫声，仿佛有个人正在被慢慢勒死。

伊妮德就跟变了个人似的，真的。她脱掉裙子，不一会儿就穿上一件豹纹比基尼，腰上系着围裙，跑来跑去。她就像一个动力十足的"美腿小姐"。（"你不觉得应该多穿点衣服吗？"马格丽说。"马吉，"伊妮德回答，"放松一点，没人会看到的。"）她从房子另一边的小溪里拎来一壶壶水，罗林斯先生跟在她后面。她从吉普车里拖出一切可用作清洁工具的东西。下午，她已经用水和粉红色的肥皂将平房里的每一英寸都擦洗了一遍，甚至没停下来躺着休息一下，连话都没怎么说。她清理掉一片片废铁，又把一台老旧的洗衣机推到游廊上。她收拢一堆烟头和色情杂志，在花园里付之一炬，然后再次把房子擦洗一遍，直到整个房屋散发出粉红色肥皂的气味。她用网子抓住一窝蜥蜴，带到马路对面放掉，却发现蜥蜴因过于顺从或害怕而不敢跨过马路。（结果它们直接跟着她回去了。）

在花园里，她找到两张旧藤椅，把它们搬到游廊上。来吧，她说，现在可以坐在椅子上轻轻摇着欣赏风景了，但不是因为摇椅可以摇，而是因为椅子腿不太牢固。她将两张床垫拽到阳台上，抖掉上面的灰尘和霉斑，然后从吉普车里拿出床单和蚊帐，铺好两张床。现在，房子已经打扫得差不多，也不像一开始那么可怕了。她说这里可以放一张桌子，那里可以挂一盏马灯，或许还可以放几个书架。经历了伊妮德的一通拍打和擦洗，这所房子仿佛又恢复了生机。而在这一天的大多数时候，马格丽只能拿着一把扫帚跟着伊妮德，完全帮不上什么忙，她还试着用山药做出点吃的来，结果难吃得连虫子都不愿碰。此刻，她正忙着从吉普车上将比较重的东西搬下来。在这场大扫除中，她成了伊妮德的助手，也就是自己的助手的助手。

伊妮德开车去普姆买了一些钉子和火柴，结果从那座棚屋小镇带回了一群男孩（"他们想坐车玩儿。"）和一张旧地毯。男孩们走进房子，把她们的露营装备彻底查看了一遍。他们摸摸帐篷、吊床、普利姆斯汽化炉和锅碗瓢盆。伊妮德给他们发了一些口香糖，将他们赶走，不过稍后他们又回到这里，想将一头山羊卖给她。伊妮德拒绝了山羊，但惟妙惟肖地跟他们比画那种金色甲虫的模样，孩子们被逗乐了。然后他们再次回到这里，带着一大帮朋友和各式各样的阎甲，还有一只巨大的蚱蜢，足有她的手掌那么大。她只好用更多的口香糖打发他们。她把"美腿小姐"奖杯摆放好，又把圣婴耶稣的画像钉到墙上。画中的婴儿有肥肥的腿和脚，脸上是令人愉快的甜蜜表情，仿佛吃了满满一肚子奶水。

这就是伊妮德，曾经在邮轮"俄里翁号"上随随便便、马马虎虎的伊妮德，如今却对自己与马格丽共同居住的这座简陋房子充满热情。那一天结束时，房子后面已经有两间勉强可以住人的卧室、一间临时的厨房，花园里还拉上了一根晾衣绳。她还在平房底下找到一块旧的硬纸板，修补了马格丽在地板上踢出的洞，不过那个地方始终容易损坏。为了避免意外事故，她将那张旧地毯铺到上面，作为警示。

"瞧瞧！"她说。她身上布满蚊虫叮咬的痕迹，整个后背都是斑点，"瞧瞧我给你布置了什么！一间书房！"她跳进前面的小屋子，一边走一边四处拍打。

平生第一次，马格丽站在属于自己的书房里。透过窗户，树木一般大小的蕨类植物弯下腰，仿佛在对她表示欢迎，天空的边缘镶嵌着一片片松树。伊妮德已经打开了那些茶球和储存标本的木盘，以及马格丽的书。她甚至还献出了自己那些空的瓶瓶罐罐。

"你喜欢吗？"她问。

马格丽喜不自胜，或许这是别人为她做过的最友善的事情，她都拿不准自己是否配得上这样的好意。不知道是不是因为自己像男人一样穿着短裤，马格丽望着眼前的景致，产生了一种奇怪的感觉，仿佛自己想要的一切都在前面等着她，只要她拥有足够的勇气去索取，就一定能得到。然后她想到，不，这不是因为我穿得像个男人，而是因为我是一个准备探险的女人。我来到这里并非因为我是某人的妻子或姐妹。我来到这里是因为这就是我想要的生活，现在我有一个属于自己的工作场所了。

她对伊妮德说："我很喜欢。谢谢你，伊妮德，我很喜欢这里。"

夜里，她久久难以入眠，为明天感到紧张。黑暗之中，这间屋子让人感觉更加陌生，她不得不将床垫挪个位置，因为有什么东西就在她脑袋上方啃着屋顶。显然这还不足以让她担忧：她躺在床上辗转反侧，忧心忡忡，因为被心事困扰。但最后她肯定还是迷迷糊糊睡着了，因为后来她被伊妮德叫醒，问她有没有睡着。

"我做了个噩梦，马吉。"

马格丽挣扎着打开手电筒。翅膀如同螺纹披巾的蛾子不知道从哪里飞来，徒劳地撞击着墙壁。蓝色的月光从窗户里倾泻而入，照到伊妮德身上，此刻的她像是一个幽灵。夜晚如此静谧。

"你做了什么噩梦，伊妮德？"

"我梦见自己只能再活一年，真可怕。"

"只是一个梦，不是真的。"

"也许不单单是梦呢？也许是冥冥之中注定的？"

"一个预兆？"

"是的。也许我的脑子知道某些我没有意识到的事。"伊妮德扑通一声坐到床脚，曲起膝盖抵住下巴，可她的一只脚仍在抽动。即使保持安静，她也充满动感。

"我不明白梦怎么会变成预兆,伊妮德。我不明白你的脑子怎么会知道那样的事情。"

"唉,这个梦让我感到害怕,马吉。如果我只能再活一年,又怎么能生下一个宝宝呢?"

"可是你的寿命不止一年,伊妮德。你还年轻。"伊妮德是马格丽碰到过的最活泼的人,活泼得仿佛她抓住了电流一般。

"我二十六岁了,马吉。"

"可不是嘛,伊妮德。"

"我的时间就要耗尽了。你二十六岁的时候在做什么?"

"无所事事,真的。只是做了点研究。"

"说得对啊,你在履行自己的使命。"

"你的梦不是预兆,伊妮德。你只是为我们明天即将开始探索而感到紧张。我也紧张,这很自然。"

"如果你只有一年的寿命,你会做什么?还会继续寻找那种甲虫吗?"

"当然了。你难道不想当个妈妈?"

"可是如果我只剩下一年的寿命,我怎么照顾我的孩子?等我离开之后谁来爱护她?"伊妮德缩着脚趾,她盯着它们,仿佛以前从未见过这些脚趾,"如果你只有一个月的生命了呢?你仍然会继续寻找吗?"

"是的。"

"如果只有一天呢?"

"什么?"

"如果你只有一天的生命,难道不想放弃吗?"

马格丽摇摇头,她连想都没想。可是伊妮德叹了口气:"如果剩下一天生命,我会放弃梦想,只想抓住别人的手。"

马格丽瞪着她,伊妮德说出了事实。月光仍然照在她身上,她继续摇晃着自己的脚趾,头发几乎变成了白色,她的胳膊被汗水润湿,显得那么光滑。远处传来隆隆的雷声,一道闪电从屋顶闪过。尽管空气有些闷热,马格丽身上还是起了一层鸡皮疙瘩,因为她看得出来,伊妮德远比马格丽更了解她自己。事实上,如果这是马格丽在人世间的最后一天,她根本不知道自己该做什么。也许给自己挖个坟坑,等着生命终结,希望那一刻不要太痛苦。而且,说自己在二十六岁时正在履行使命并不完全是事实。

马格丽说:"我们该睡了,明天是个重要的日子。"

"我可以跟你一起睡吗?我讨厌这样孤孤零零的。"

"随你的便。"

"你能给我讲讲那些甲虫吗?就像你在船上那样。"

于是马格丽就给她讲起非洲的大角金龟,个头跟手掌一般大;还有失去飞行能力的黑蜣;蓝色的异斑单跗甲,小得能从针眼穿过去。几分钟后,伊妮德已经打起呼噜了。

可是现在马格丽睡不着了。她从床上坐起来,低着头。她脑子里只想起一个人,史密斯教授。

## 26

## 杀死你的所爱

　　她知道的一切都是他教的,那个年龄跟她父亲相仿的男人,他们一起谈论甲虫、甲虫、甲虫。一切都从他在昆虫馆里对她微笑那一刻开始,之后他就邀请她去喝茶。从来没有男人给她买过茶和蛋糕,从来没有男人问过她那么多问题。她住在哪里?她的父母是否健在?她是什么时候开始对昆虫学感兴趣的?她不停地狼吞虎咽,双手抖动,拿不准该怎样在闭着嘴吃蛋糕的同时张开嘴回答问题。随后的那个星期,以及之后的又一个星期,他们都见面了,这成为他们的惯例。跟他在一起,日子似乎以每小时三十英里的速度飞驰,五光十色,让她喘不过气来。一切都很美,就连他挂外套的衣帽钩也很美。他或许已经年近五十了,不过她不是很确定。他为自己的工作而活,一想到他孤独的生活,她的心里就一紧,仿佛有只无形的手在挤压她的心。

　　他解释,发现新物种的速度在增加,但已知和未知物种消失的速度也在增加。有些物种在人类发现之前就消失了。科学家们为了弄清楚人类失去了什么、原因何在,就需要先明白自己得到了什么。这是与时间赛跑。他给她看一些她只在书里读到过的甲虫,教给她成千上万个将它们区分开来的细小特征。当她终于鼓起勇气,提到新喀里多尼亚那种尚未发现的金色甲虫时,他没有嘲笑她,也没有表示否定,而是答应去做一些调查。在那一刻,她的人生像一只气球那样鼓足了气,因为眼下充满了可能性:在父亲第一次给她看那本有关奇异生物的书时,她想象到的那种荣耀并非幻想或白日梦,而是在她能力所及的范围之内。她强忍着没给他一个大大的拥抱。

史密斯教授给伯利兹的一位同行写了信。他的同行也回了信。和马格丽见面的时候,他兴奋得忘记摘掉帽子。"我们知道存在金色的金龟,我们知道存在金色的步甲、金色的象甲,当然还有金色的龟甲。但据我们所知,目前还没人发现过金色的拟花萤。找到这种甲虫是一件很特别的事情,而且也很重要,对这家博物馆非常重要。"

她笑了起来,他也笑了。看到他那么快乐,她知道他的快乐至少有一部分是因为自己,这是件多么奇妙的事情。她感觉到自己心花怒放,就像一朵刚刚张开花瓣的花朵。

"现在你该去寻找证据了。"

于是她就去了,而且找到了证据。她的人生突然有了目标。他为她弄到一张通行证,她每天都泡在大英图书馆。她发现了达尔文写给华莱士的私人信件、那位传教士的日志,以及那位稀有兰花采集者的记录。她了解到其他一些曾经在新喀里多尼亚采集的昆虫学家——例如法国牧师扎维耶·蒙特罗泽耶,他从一八五三年就开始在那座岛上生活,直到一八九七年去世;还有埃米尔·德普朗什,他曾在一八五八年至一八六〇年,与船上的药剂师巴韦先生一起,两度前往新喀里多尼亚。还有亚历克西·萨维斯、戈达尔先生和阿特金森先生,以及之后的几名美国兵,他们在驻扎于岛上的期间对甲虫产生了兴趣。她仔细查阅了他们的笔记本、日志和书信。有几个人听说过那种金色甲虫,但没有人将它与那种白色的兰花联系起来。

"调查一下为什么那种甲虫会生活在那里,而非别处。"他说。

她也照做了,这就像拼出一个谜底。她追踪每一条线索,如果碰到死胡同,她并不放弃,而是退回几步,重新开始。如果那位兰花采集者是对的,那么这种甲虫的雄性很可能吸食那种稀有的白色兰花的花蜜,雌性可能会将卵产在周围湿润的叶子里,因此幼虫很可能猎捕那些取食白色兰花种子的无脊椎动物。

最后,她向他呈上一系列的笔记。"真神奇,那种白色兰花需要这种金色甲虫,正如金色甲虫需要白色兰花。"她兴奋得几乎无法呼吸。

"做得好,非常好。"他不小心拂过她的胳膊,她的脸上泛起红晕,"现在,寻找更多有关那种兰花的线索吧。"

她花了几个月的时间研究全世界的兰花。有一种小小的白色兰花,生长在新喀里多尼亚一座山的高海拔地区,但人们也仅是见过而已。

"非常好,那么这座山在哪里呢?"

她发现岛屿最偏僻的北部地区有一座无名山峰,形似钝平的智齿。从没有欧洲采集者去过那么远的地方,要么就是尝试过但被野人吃掉了。

"幸运的是,现在食人族已经不构成问题了。"史密斯教授说。他很幽默,她哈哈大笑,接着就开始呃逆了。他把自己的手帕递给她,手帕上有他的气味,一种令人惊讶的阴柔气味。她留下了那块手帕。

"你必须到新喀里多尼亚去,找到这种甲虫。"

"跟你一起去?"她想问,但没有问出口。在脑子里,她已经描绘出他骑着一头骡子走在前面的图景；而她紧跟其后，没有骑骡子，而是非常快乐地步行，背着锅碗瓢盆、各种装备，以及他需要的其他东西。

"当然，你还得杀死它。我知道你不愿意，但你不得不那么做，马格丽。"

她不想听到这句话，不过他还是讲了出来。如果新喀里多尼亚真有那种金色甲虫，那么她的工作就是尽可能多地了解它。仅仅观察它食用叶子的动作，你无法弄清楚需要了解的一切。你需要在显微镜下研究它，还需要研究它的内部构造。她必须带回三对甲虫。此外，甲虫繁殖得很快，三对甲虫算不得什么。

她点点头。尽管他已经把这句话重复了那么多遍，每个字她都烂熟于心了，但她还是没有打断他。即使只有他在说话，而她一言不发，这仍然算是一种交谈。

"昆虫学家不是杀戮甲虫的凶手。这是为了保存整个物种而杀死自己所爱的东西。"

爱，这个词让她的脸微微发红。她不再每周只去昆虫馆一次了，而是每周至少去两三次。姑姑们偶尔会说她回家太晚，没赶上吃饭的时间，要么就说她上楼时跑得太快，但从未问过她整天都在忙些什么。很可能她们并不想知道。她陪史密斯教授来到昆虫馆的私人档案室，为他做笔记。她给新的标本扎上昆虫针，像他教的那样撰写简介。虽然这不是一份正式的工作，但她知道自己已经很幸运了。在博物馆里，从事幕后工作的大多数女性要么洗锅，要么打扫卫生。

她爱上了一个献身事业的中年男人，没有人知道这件事。她的姑姑们不知道，他当然也不知道。芭芭拉就算知道，也只是含蓄地提一提。有一次，马格丽的床上出现了一本平装版指南——《家庭主妇读本》，有些章节讲述了怎样为丈夫烹饪一顿美食，怎样在他下班回家时让自己显得富于魅力。马格丽把这本书从头到尾读了一遍，发现自己要变得更风趣，还要抹口红。但她真的没可能成为他的妻子——他太聪明了，不适合婚姻。她决定保守秘密，不管发生了什么，绝不能让他知道自己的真实情感，绝不能让他意识到她是多么傻里傻气。她默不作声，全身心地爱着他低沉的嗓音、灵活的头脑，以及他为了掩饰稀疏的头发而采取的梳头方式。有一天，当他的手伸到茶桌底下摸她的腿时，她一动不动地坐着，确信那只是误会，但由于她过分拘泥于礼节，没好意思向他指出。如果为了让他不尴尬而必须切断自己的腿，她也会愿意那么做。

然而，他的手似乎不断犯下这样的错误。有了第一次之后，他就总是伸手到茶桌底下摸她的腿，有时还会轻轻摩挲，捏她。

马格丽什么都没说。如果能留在他身边，协助他工作，她会愉快地让他摸着自己的膝盖度过余生。

## 27

## 雾，不要雾

她被窗外白茫茫的大雾惊醒，看不到树木，看不到天空，连一座山都看不到。这个世界在夜里消失了。她冲向门口。

厚如毛毡的浓浓大雾从四面八方挤压着这座平房，吸掉了万事万物的声音，连昆虫的吵闹声也听不到。空气里有股软泥的气味，而且很冷，游廊的台阶除了头两级之外全部消失了。一瞬间，她以为这座房子被拦腰切断，飘进了云里。她们跨过大半个地球，来这里寻找一种甲虫，可是突然之间，她们连自己的双脚都很难看到。

周围的世界就这样在白茫茫的大雾中消失了三天，她们根本没办法开启探险。伊妮德试着开车去普姆，却撞上一棵树，于是决定步行过去。马格丽坐在书房里，身上盖着毯子，在日志上做笔记，可是除了被大雾困住，她并没有什么可记录的。她的表也停止运转了。伊妮德从普姆为收音机买回一副新电池，她身后跟着更多来自那个棚屋小镇的男孩，他们利用大雾的掩护，爬到平房上，朝窗户里窥看。马格丽发现六对眼睛正望着自己，不由得发出尖叫。伊妮德想搜到收音机信号，但失败了。无聊中，她将那些罐头食品堆成塔状，一共五堆。

她们复习了一遍怎样辨认那种兰花和甲虫——马格丽给伊妮德画了一幅标本图,那种甲虫椭圆形的身体上有长长的触角。伊妮德还用吸虫管练习了一下。但是,这样的等待是最糟糕的。她们失去了方向,哪里都去不成。

然后,大雾就像降临时一样突然消失了。山峰重新露了出来,还有树木和无边无际的蓝天。马格丽看到了自己从未见过的东西:一朵红色的花,形状就像两只交握在一起做祷告的手;一棵跟人一样高的仙人掌。但这也给了她一个教训:天气比她更强大,她必须谨慎对待。跟马格丽不一样,天气会在转瞬之间发生变化。她们收拾好帆布背包,早早就上床睡觉了。

天亮了,又是一个早上。眼前是一个全新的世界:山峰包裹在不断变化的幽深光线之中,到处都散发出果实成熟的气息,昆虫发出拉锯一般低沉的声音。

伊妮德穿着橘黄色的短裤和鲜艳的粉色上衣,在游廊上踱步,头上戴着那顶棒球帽,脚上穿着靴子,腰带上别着一把割灌木的刀。你都能在一英里外看到她。让人担忧的是那条狗,她们还没有离开,它就把舌头挂在嘴边。马格丽还没机会发话,伊妮德就将它抱了起来。

"它跟我们一起去,"她说,"它会带来好运。"

"那条狗不会带来好运,伊妮德,我敢打赌。"

伊妮德没有理睬马格丽,伸手抓起自己的帆布背包,甩到背上。马格丽再次检查她们携带的物品:两张吊床、一顶帐篷、马灯、备用的煤油、毛巾、蚊帐、足够维持一个星期的罐头食品和燕麦片,以及装在扁平容器里的水、急救包、烹饪锅、盘子、日志、铅笔、标本瓶和毒瓶。她们慢慢地走下台阶。

棚屋小镇的男孩们已经在等她们了,有的还爬到了树上。这一次,他们没有挥手、玩后空翻,也没有抽打那些半死不活的动物。他们睁大眼睛,有些紧张,瞪着马格丽和伊妮德,仿佛她们是即将被处决的囚犯。

"我们要把门锁上吗?"马格丽问。在一片寂静中,她的声音响得有些不自然,仿佛她在通过一个扩音器跟伊妮德说话。

"锁门?为什么?"

"因为我们所有的东西都在房子里。"

"如果那些孩子想闯进去,他们能一脚踢穿墙壁。"

"如果他们跟着我们咋办?"

"不会。他们认为山上有鬼,都不愿靠近那座山。"

她们费力地穿过房子后面的象草和蕨类,在一人多高的枝干和粗壮蕨叶中扒出一条通道。这花了她们很长时间。伊妮德说得对,棚屋小镇的男孩没有跟着她们。在她们前面,森林茂密如墙,偶尔会传出一些奇怪的声音。四周光线幽暗,丝毫没有道路的痕迹。

"祝你好运,马吉。"

"谢谢你,伊妮德。"

"说不定我们今天就能找到。"

"不会的。"

"但仍然有可能,只要我们抱着积极的想法。真是令人兴奋,你说是不是?我很兴奋。"

"伊妮德,抱着积极的想法未必就能找到它,我们会找到,是因为我们将攀上顶峰。"

"你知道你有什么毛病吗?"

"不知道,伊妮德。"

"你太悲观了。你会认为杯子有一半是空的,虽然实际上四分之三都装满了。"

"只有一半装满了。"

"你说什么?"

"那句俗语说的是一半装满了。而且,科学跟积极的想法毫无关系,只会跟确凿无疑的证据有关系。现在我们可以开始了吗?"

"是的,马吉。"

"从现在开始,我需要你保持安静。"

"好吧,马吉。"

"我需要全神贯注地登山,你得停止说话。你能做到吗?"

"我可以试试。"

马格丽提醒她,她们的计划是开辟出一条向上攀升的路,直到树木逐渐消失,然后她们就可以着手寻找那种白色兰花了。她们会在途中停下来采集其他标本,设置陷阱,搜寻朽木。但如果伊妮德看见一只金色的甲虫,或者看到任何相似的东西,她都必须保持绝对静止,只能举起一只手,绝不能叫喊或挥舞胳膊,也不能有丝毫她平时的举动。她必须等着马格丽拿着捕虫网和毒瓶过来。最重要的是,她绝不能冲到前面去。

伊妮德点点头:"然后我们在一个星期之后回到那所房子去?"

"是的,如果运气好,我们会找到一些甲虫,有可能在圣诞节之前就抵达顶峰。"

一听到"运气"这个词,伊妮德就猛地用手抓住自己的领子,这是她迷信的另一个反应。她会一直抓住领子,直到马格丽说出特别口令。

"白象,白象,白象。"

"谢谢你,马吉。"

她们开始了,马格丽走在前面,伊妮德——外加那条狗——跟在后面。她们放下帆布背包,拿出砍灌木的砍刀。她们砍上一阵子,退回去取装备,然后再继续砍。四面八方都是密密实实的树木,直到树林消失在远处潮湿的绿色薄暮中。垂落的藤本植物如同厚实、纠缠的帘幕,攀缘植物招摇地开出巨大的红色花朵。在她们的脚下,到处都有纠缠如电缆的树根。从高如帆柱的树干一直到树冠,都开着淡色的花朵。

太可怕了,比马格丽设想中可能出现的情况糟糕得多。过了十分钟,她就气喘吁吁、汗流浃背,手指肿胀起来。就连她腰带上的皮革也膨胀了,尽管脖子上系着领巾,蚂蚁还是滑进她的领子,钻到衬衣里面。她推开一根藤蔓,它却直接荡了回来,差点将她撞倒在地。马格丽停下来观察棚屋小镇的男孩是否跟着她们,却发现自己朝后面滚去。

砍刀很快就变钝了,她们还不如用木头勺子劈砍。庞然大物一般的树干上缠绕着蔓须与盘卷的藤条。凤梨科植物足有水壶那么大。巨大的菩提树上悬垂着一条条气生根,树枝彼此缠绕如辫子,形成一个个突出的节瘤,那辫子编得如此精致,追寻它们的脉络几乎弄得她眼花缭乱。各种各样的藤本植物粗细不一,从几英尺粗到细如发丝。有时只有把它们彼此分开才能继续前进。

成群结队的昆虫如同云团一般,在闷热的空气中尾随着她们。树枝上有一只闪烁的蓝色眼睛,结果是一只壁虎。一阵微风吹过,她们会停下来,张开手臂和嘴巴,像喝水一样将风吸入体内。

有那么一会儿,伊妮德设法保持了沉默,不过她唉声叹气制造的噪声比喋喋不休更夸张。也许是因为神经紧张,在用这种嘈杂的方式沉默了半个小时后,她终于打破沉默,问马格丽是否养过宠物。

"宠物?"马格丽从脖子上抹去汗水,她的衬衣已经沾在后背上。

"抱歉,我刚刚只是在心里琢磨,肯定是不小心说出来的。不过我还是想知道你养过没有。"

"养过什么?"

"宠物。你可以回答是或否。然后我就不用继续想这事儿了。"

"伊妮德,我没养过宠物,家里不让。"

"家里不让你养宠物?"

"姑姑们对我非常严格。"

"真是太遗憾了,马吉。"

"是的,好吧,我忍过去了。我们可以继续了吗?"

"那么甲虫呢?"

"关甲虫什么事?"

"你养过甲虫,它们不是宠物吗?"

"它们是标本。"

"你是说你把它们杀死了?"

"没有,是它们自己死掉的。它们活不了很久。"

"那么那种金色甲虫呢?你会杀死它吗?"

"伊妮德,为了把它带回国交给博物馆,我必须整理好。我们已经讨论过这个问题了,但你不用在旁边看着,我会自己做这些事的。"

伊妮德咽了一口唾液。她点点头说:"我只是在放空大脑。"

"我明白。"

"要不然脑子里的念头会阻碍我工作。"

"现在你的大脑已经完全放空了吗?"

"还没有呢。我养过两只老鼠,老鼠太太死了,老鼠先生很悲伤,我的心都碎了。动物不应该孤孤单单的。后来我又养了一只猫——"

"伊妮德,这是一场正儿八经的对话了。"

"你说得对,马吉。我已经说完了。"

她们继续缓缓推进。在她们头顶上,森林遮天蔽日,就像水一样无径可寻。默默地待在伊妮德旁边,简直比等待一个休眠火山爆发还要可怕。她开始哼唱起来,只是压低声音悄悄地哼,仿佛在提醒别人她还活着。对伊妮德来说,最残忍的事情就是忽略她的存在。

又过了两个小时,情况越来越糟。她们不停地砍削,清理杂草灌木,攀登,向前迈进一步又一步。为什么她要把自己这辈子一直想做的事情留到这么晚才做?所有能够叮咬人类的虫子都略过伊妮德,直接飞向马格丽,包括那些看起来极小的昆虫,它们小得都无法离开妈妈,竟然还想麻痹一只胳膊。她蹲下来小便,但动作不够快,只能不顾一切地盖住自己的臀部。另一桩水火之急的事情就更糟糕了:一头野猪出现了,不是小猪,而是长满鬃毛的大家伙,像坦克一样强壮地站在那里等着她费尽力气想要排泄出来的东西,即使她大吼大叫、扔石头,它也不走。与此同时,稠密的森林让光线无法射入——伊妮德变成了暗绿色,狗也是如此。一只鹦鹉从灌木丛中突然飞出来,它呱呱大叫,拍打翅膀,叫声在整个森林里回荡。

中午,她们停下来吃饭。马格丽给她们俩分别撬开一听斯帕姆午餐肉,为了赶走苍蝇,伊妮德往罐头里加了些咖喱粉,搅拌起来。那或许是马格丽吃过的最糟糕的食物了,而此时她们才走到距离房子不到半英里远的地方。

伊妮德问,既然她们此刻在休息,是否可以继续那场中断的谈话。她说她整个上午都在想自己失去的那些胎儿,她也在想自己那个生下来就是死胎的双胞胎姐妹。她的声音抑扬顿挫,仿佛唱歌一般。

"每次看到一只蝴蝶,我都对自己说'那就是她'。我知道我的姐妹在这里，我的宝宝们也是。他们全都跟我在一起。"

伊妮德指着一只蓝色的蝴蝶，它正在一片叶子上扇动翅膀。如果马格丽那天上午看到过一只，那么伊妮德已经看到几百只了。马格丽试着把哥哥们想象成蝴蝶，这就跟说他们一直活着一样荒谬。如果她想他们想得太久，或者过于努力地尝试，那么她就几乎看不见他们的脸。可是天气热得让她不愿意思考，热得让她不愿意听人说话。她不想跟伊妮德实话实说：大多数蝴蝶羽化后仅仅过几个星期就会死去，就连那些巨大的蓝色蝴蝶也是如此。

那天下午，在剩下的时间里，她们顺着一道陡峭的山脊劈砍出一条路来，结果发现上面是一片小小的高原。马格丽的帆布背包变得那么沉，仿佛是背着一个死人，她的衣服也因为浸透汗水、沾满尘土而变厚，擦得皮肤发疼。她的髋部开始失灵，但她什么都没对伊妮德说——伊妮德已经赶上她，正在前面砍路，每次看到一只昆虫都要大喊。马格丽落下的距离越来越大，罗林斯先生回头看她。更糟糕的是，水已经喝完了，而她此刻只想喝水。她的喉咙干得仿佛被割开了，嘴里满是白色的黏液。然后，树木暂时消失了，那座山峰直接耸立在她们面前，如同一颗钝平的智齿，有两个分叉。

山还是跟早上看起来一样高。如果说有什么不同的话，它似乎长得更高了。按照这个速度，到明年二月她们都无法抵达顶峰，更别提搜寻那种金色甲虫了。

伊妮德伸长脖子喊道："水！"说完飞快地推开灌木钻了过去，马格丽几乎跟不上。

不过，她是对的。马格丽在看到水之前就已经听到了水声。那种"嗞嗞"声就像煎锅里的油一样。伊妮德兴高采烈地拉着马格丽爬到一块巨石上——她感觉自己的髋部像被撕成了两半。不过，石头下面露出一道白光。树木在这个地方分开了,阳光照到一池幽深的碧波之上,那么清澈,她都能看到底部。一条瀑布按照交叉往复的路线,从一块峻峭的岩石表面飞跃而下,溅起一片水沫构成的薄雾,反射出彩虹那样的光芒。她们小心翼翼地爬下岩石,不过伊妮德厌倦了这种谨小慎微,在最后那一段,干脆坐在石头上一下子滑了下去。她们攀爬到水边,很快就在阳光里屈膝跪下,用手掬起水来痛饮。这里的水尝起来有股石头的味道,这可能是马格丽喝过的最凉的水了。然后伊妮德脱下衣服,摘掉帽子,不等马格丽表示反对,她已经光溜溜地跳进浅水中,尖叫着,欢笑着:"呀呼!"就仿佛她刚从一本有关狂野西部的书里跳出来。在曾经被衣物遮住的地方,她的皮肤白皙,胸部丰满,甚至能看到胸上蓝色的静脉,她的两条腿之间有一小片黑色。从外表看,她其实长胖了一些。

"呀呼!真美啊!来吧,马吉!到水里来!"

马格丽这辈子就没游过泳,她甚至都没玩过水。"我不下去了,伊妮德。"

"来吧,马格丽!"伊妮德用拳头拍打着水,大声喊叫着,周围传来她的回声,"呀呼!我还活着!"然后她钻进水里,头发像海葵一样在水里移动。

罗林斯先生抬头看看马格丽,她也低头看看它。它闭上了嘴,不再喘气,就仿佛它在等着她说点什么。

"你先请。"她说。

它继续凝视着她,显然不打算把自己弄湿,她也同样。不过它是一条狗,一条没用的狗,而她是一个人。为了证明自己属于更优越的物种,她脱掉靴子和短裤,不过她在脱掉自己的上衣——其实是内衣——时有所保留。水冰凉冰凉的,感觉就像被咬了一口,咬到了她的骨头上。她抓住一条垂落的树枝，结果树枝在她手里断掉，她一下子失去平衡。突然之间，水不再是齐膝深，而是齐胸深，冰凉的水淹到她的下巴，流进她的嘴里，然后她的脑袋没入水里。她伸出手臂，狂乱地拍打。虽然还没能游动起来，但起码不再下沉。有一次她被水呛到，再次沉入水中，但她继续往前游去。她游到了水池的对面，在这里，她能够摸到池子底部，但她没有从水里钻出来，而在水里抬头凝望着咆哮的水流和一丛丛暗绿色的松树。上方，天空如玻璃般湛蓝。

仅仅有那么一刻，她发誓自己听到了内心的声音，那是愉快的叹息和低语："哦，马格丽·本森，你都干了些什么呀？那么美妙而又疯狂。"

## 28

## 至于枪,那就算了吧

黄昏很快降临,或者毋宁说,白昼消逝了。一分钟之前,偶尔还有如针的光线透过树木照进来,一分钟之后,这里便被黑暗淹没。伊妮德冲过去找到那盏马灯,甫一点亮,它就像小月亮一般放射出光芒。

"让我无法理解的是,"她说,"为什么你以前从未试过搭起这顶帐篷。"

"那是因为,"马格丽回答说,"我不需要搭。我住在公寓里。"

"可你教了二十年的家政。"

"这并不意味着我会搭帐篷。我教女孩如何为男人熨烫衬衣和烹煮蔬菜。"

"就那些?"伊妮德说,"你就教她们那些?"

她们已经给那些扁平的容器灌满水,离开了水池。森林又变得密不透风,昆虫就是这样生活的。尽管带了毛巾,湿气却渗入身体,她们全身都湿透了。马格丽在水池里感觉到的心旷神怡已经消失,此刻她只觉得浑身湿漉漉的。与此同时,A型帐篷单独的组件在她脚下铺展开。事实上,她此前从未摆弄过这顶帐篷,因为她不知道怎么搭,所以,这成了她分配给助手的工作——至少她是这么认为的。可是她的助手这会儿正忙着打开吊床,研究绳子和钩子。

"我本来以为,"伊妮德继续说,"你至少试过这顶帐篷呢。"

"你或许想象不到,伊妮德,可我的公寓里塞满了罐头食品和装备。在房间里几乎无法移动。"

马格丽将杆子拼接起来,穿过帐篷的顶部。现在她手里这块挂在杆子上的帆布,更像是一面巨大的旗帜而非栖身之所。马格丽拆开又尝试了一次。她用力地将杆子穿过帐篷的侧面,试着将绳子钉到地面上,让帐篷保持直立。罗林斯先生从旁边擦过,帐篷倾倒在地。

"你以前干过这事吗?"伊妮德说,"你搭过帐篷吗?"

"没有。"

"没有?"伊妮德停顿片刻,"可是你领导过一支探险队啊。"

"没有。"

"但你参加过探险吧?"

"根本没有。"

"你从未参加过探险?"伊妮德把这句话重复一遍。用那么重的语气一字一顿地说出来,还不如在马格丽忙着搭帐篷时敲她的脑袋。"什么?从来没有?"

"是的,伊妮德,我从未参加过探险。我告诉过你,我以前是老师。"

"笨蛋。"她说,然后用更慢的语速加了句,"好——吧。"

她舔着一条发辫的发尾说:"既然如此,我们也许应该减少损失,今晚回房子里过夜。"

"拖着疲惫的身躯再多走一步"的想法让马格丽不寒而栗。而且如果下山,她也无法确定自己还能否回到这里。"不行,"她咆哮着,"我们不能回去。必须不断向前,这才是关键。"

伊妮德举起双手,仿佛要阻止来往的车流。"无所谓了,我就坐在这里看你搭帐篷,非常有趣。"

"伊妮德,你可以做点有用的事情,把吊床搭好。"

"马吉,我不想让你感到心烦。可是,吊床不是应该搭在帐篷里面吗?"

"伊妮德,你就不能琢磨一下怎么搭吊床吗?"

于是伊妮德照做了,几分钟之后,她把吊床稳稳当当地挂好了。两张完美的吊床悬挂在几棵树之间,她熟练得仿佛一辈子都在热带雨林里扎营。她甚至还给吊床挂上了蚊帐。之后,她带着罗林斯先生,用扁平容器从水池运来更多的水,又捡来一些乒乓球大小的石头,用它们围成一个生火的坑,在上面架上一些干枯的棕榈树叶子。可是,她浪费了一根又一根火柴,火就是生不起来。既然没有火,她们只好把干的燕麦片与凉水混合起来,燕麦片如锯末一般漂在碗里。之后,她们吃了一些斯帕姆午餐肉,在里面加上更多的咖喱粉调味。偶尔,伊妮德会擦燃一根火柴,一片叶子燃起火花,头顶上巨大的松树和蕨类在火光中闪烁着,斑斑点点的阴影很快划过,但火光就是不能持续下来。

马格丽累得一塌糊涂,除了一段有关地形的简短描述,她在日志里什么都没写。一阵阵的疼痛让她拧紧了眉头,此外,她那个笔记本的纸张已经浸湿,笔在上面只会划出一个个的洞。与此同时,尽管她竭尽全力,也只把那顶帐篷搭得形如棺材。她们要么只能睡在伊妮德搭在露天里的那两张完美的吊床上,要么硬挤在一堆帆布下面,而且帆布上已经爬满了红色的蚂蚁。

马格丽脱掉靴子，她的脚热得不行，而且黏黏糊糊的，恶臭难闻，就像什么东西在黑暗里闷了太久。她给脚抹上滑石粉。

"你也需要抹点这东西，"说着，她将那桶滑石粉递给伊妮德，"如果你不想让脚烂掉。"

伊妮德的脚发红，脚跟上磨出了几个水疱。她给脚抹了好多滑石粉，看起来就像穿上了短袜。

"你想知道我是怎么离开泰勒的吗？"她缓缓说道，同时又划燃了一根火柴，"我在他睡着后离开的。"

马格丽点点头。合情合理，泰勒这样的男人，你不可能在他醒着的时候离开。

"你说得对，马吉，他不是个好人。这都成了我的习惯了。"

"什么习惯？"

"爱上坏男人，我每次都这样，仿佛不能自拔。"

"你丈夫也那样吗？"

"不是。"伊妮德用力地把手握成拳头，手指关节都发白了，仿佛都能直接看到里面的骨头，"如果不是你找到我，我都不知道该怎么办。我把自己搞得一团糟。不，泰勒不是个好男人，他把我的钱全拿走了。最终我只能跳窗逃走，不过至少我弄到了他的枪。"

在那一刻，整个森林都天翻地覆。马格丽觉得自己需要坐起来，然后意识到自己已经是坐着的了，她需要的也许是躺下。"伊妮德，你偷走了他的枪？"

"就在我的帆布背包里。"

"你是说你带着枪？"

"我觉得我们说不定用得上它。"

"不，伊妮德。我们不需要枪。永远都不需要。一辆偷来的吉普车我还能应付,至于枪,还是算了吧。"

马格丽语气强烈得把她自己都吓坏了。而且,仿佛还不够似的,她又……不是淌眼抹泪,而是发出噎得透不过气来的声音,就好像她溺水了一般。此刻,她脑子里只有她父亲书房里那道敞开的落地窗。

伊妮德张开双臂,搂住她,抱着马格丽的脑袋,紧贴着自己的胸部。这既有些痛苦,又有一种奇怪的慰藉感,仿佛马格丽变成了一只足球。她能听到伊妮德的心狂乱跳动的怦怦声。

"抱歉,抱歉,我并不是有意让你心烦,给。"伊妮德递给她什么不常见的东西,结果她发现那是一块手帕,小得几乎连一个鼻孔都盖不住。"擤擤鼻子吧。"

马格丽照做了,她尽可能小声地擤了一下鼻子,不过实际上她也没啥可擤的,她只是有点控制不住情绪而已。

"现在感觉好点了吗,马吉?"

"是的。"

"我们会处理掉那支枪的。"

"谢谢你,伊妮德。"

"早上就把它埋起来。"

"谢谢你。"

"还有一件事我需要说一下。"

"这件事就跟枪一样糟糕吗?"

"马吉,这事跟我丈夫有关——"

不过马格丽打断了她的话。在一个可怕的瞬间,她确信伊妮德就要向她承认自己还有其他武器。"哦,伊妮德,我已经琢磨出来了。"

"真的吗?"

"我早就琢磨出来了。"

"是吗?"

"嗯,你肯定是离婚了,你连戒指都没戴。我不知道你为什么想掩盖这件事。"

伊妮德一言不发,擦燃另一根火柴,火光中的她看起来有些陌生。她的眼睛闪着光,就像被打碎的玻璃。

"伊妮德,不管发生了什么,我们都不需要枪。"

"你真的这么认为?"

"是的。"

"嗯。"伊妮德说,就那么吭了一声。

"来吧,我们该睡觉了。"

一个从未用过吊床的女人,该怎么钻到吊床上去呢?伊妮德问她是否需要帮助,可是马格丽仍然为帐篷的事儿,以及坦承自己以前从未参加探险队,感到自尊受损,坚持说自己能够应付。伊妮德似乎没费什么劲儿就爬到了吊床上,刚刚还站在地上,此刻已经躺到吊床里了。她甚至把罗林斯先生也弄了上去,它的耳朵在黑暗中微微闪亮。

"祝你睡个好觉,马吉!"

马格丽的吊床不是那么听话。她试着先把一条腿放上去。吊床摇摇晃晃的,她的一小部分身体爬了上去,大部分身体还在外面。她试着来一次突袭,突然一下子骑上去。吊床接受了她的体重,接着朝侧面一翻,将她抛了出去,摔到一堆尖刺上。最终她跳了一下,把自己扔到吊床上。她脸朝下落到吊床里,嘴压着帆布,猛烈地摇晃着,但不管怎么说,她还是上去了。从技术的角度看,她确实在吊床里,没人能否定,不过,她几乎不敢动弹一下,唯恐自己又掉到地面上。她费了好大的劲儿才翻过身来，将蚊帐罩到自己身上。

可是睡觉？她怎么可能睡着？就算只是把眼睛闭上，哪个头脑正常的人能做到？那座平房至少表面上还是有屋顶和墙壁的。睡在这里就非常可怕了，她的感官像铅笔一样被削尖——那支手电筒就跟大海里的一条桨船一样没有多少用处。她听见动物发出的哨音和叫声，那些动物是她做噩梦也不会梦见的，更别提亲耳听到它们的叫声了。沙哑如鸦叫的声音、疯狂的啕啕声，有一次还传来雁鹤般的唳叫声。当一个苍白的身影显露出来时，她像一道活板门那样紧绷绷地躺在吊床上，眼睛睁得那么大，似乎眼珠子都要迸出来了，直到那个影子发出呼哧呼哧声，她才发现它是一头野猪。随后是更多的哨音、更多的抽搐声。又一只动物尖叫起来，仿佛它正在被生吞活剥。她想起伊妮德，以及那支枪。接着什么东西落到她脸上。

或许它并不想伤害她，或许它误以为她是某种友好的动物，至少是没有生命的物体。但马格丽不觉得它友好，也不觉得它没有生命。她的第一个本能是拍它一下——很不明智的举动。它被蚊帐的网眼挂住，拍打着翅膀，发出吱吱的尖叫，原来是一只蝙蝠，她拍了一只蝙蝠。现在马格丽惊慌失措起来，那只蝙蝠也惊慌失措了。什么东西掉到她嘴里，但不是蝙蝠，而是她的蚊帐。尽管蝙蝠摆脱蚊帐飞走了，可她却在吊床上猛烈地摇晃起来——来来回回，上上下下，就好像在游乐场里玩可怕的过山车类娱乐项目，同时，上百只蚊子也嗡嗡嗡地飞进来叮咬她了。

黎明的合唱在黎明尚未降临前就早已开始，其实那会儿还是午夜。新喀里多尼亚的每一只鸟儿都早早醒来，决定歌唱着黎明的到来。然后蝉加入了合唱，与其说是"知了，知了"的声音，不如说是沉重的步伐声。渐渐地，银光渗入黑暗，各种形状的东西重新变得栩栩如生，这边是一棵香蕉树，那边是一块岩石。鸟儿们回去睡觉了，蝉儿平静下来。她告诉自己，如果真有什么动物想要吃她，它现在肯定已经开始了，她这才敢把眼睛闭上。她设法睡了三十分钟，然后再次醒来，被洒落到身上的滴滴雨点浇醒。

这是她一生中最可怕的夜晚。计划与行动之间其实有一道难以逾越的鸿沟，史密斯教授并没有把这一点教给她，让她为此做好准备；她读的那些书也没有让她为此做好准备。她身上布满了蚊虫叮咬的伤痕——虫子甚至飞进她的耳朵里。她被雨淋得湿透了，也许身体正在腐烂，而且还因睡眠不足而疲惫不堪。更糟糕的是，她的身体仿佛被卡住一般，动弹不得。要从吊床里下来，只能像尺子一样将自己一段一段地伸展开。她都不知道怎样才能再走一步路，只知道自己似乎被困在了某种并非由血肉构成的东西里面。

她想起在领事馆的派对上，那些英国太太将自己怀念的故国物事一一列出：布兰斯顿腌菜、灰蒙蒙的细雨、完美的英式草坪。她们是对的，面对雨林，她感觉凄凉孤寂。在英国，她有一套公寓，里面有一张床，床上有干净的被单，旁边还有一盏漂亮的床头灯。她怀念那些街灯、窗户、窗帘、拥有体面名称的街道。就算配给制也比这里强。尽管姑姑们告诉她哭泣是错误的，尽管她在母亲的葬礼上都没哭，但似乎有无数的微粒刺激着她的鼻子，终于一股咸咸的泪水涌出眼睛。她搞不懂自己怎么会躺在世界另一端的一张吊床里，身体已经半残，还要寻找一种从未有人找到过的甲虫——她可能会死在这荒山野岭中，在异国的星辰之下，却无人知晓。她想起父亲、母亲、哥哥们。她想起那位教授、芭芭拉和姑姑们。她越想自己失去的那些亲友，就越希望他们重返人世。她哭泣的原因不再是想家，也不是布兰斯顿腌菜，或者茵茵绿草，以及带有体面名称的街道，而是别的什么东西。自从她父亲走过那道落地窗、将她抛在身后的那一刻起,那种东西就与她同在。就算你迢迢万里来到世界的另一端,最终也没有什么差别:内心深处那种令人崩溃的悲戚之感到底还是无从躲避。

马格丽躺在那张糟糕的吊床上,抽抽噎噎。

## 29

## 做纸艺的太太们

在天气变得太热之前,努美阿的英国主妇们周五聚集在波普太太家做手工活儿。聚会让她们有点盼头,尤其是在飓风季节,那时,天气会毫无预警地发生变化,让人猝不及防。对国内圣诞节的怀念会让情绪膨胀成失望,难怪有些主妇已经被送走了。

每周在一起喝喝咖啡,她们就有机会炫耀自己的新裙子,或者交换食谱,分享某项活动。她们的最新项目是为本地孤儿院编织太空火箭,结果那些火箭看起来就像羊毛编的安全套。这些女人已经成为笑柄,就连澳大利亚人也笑话她们,波普太太一直无法释怀。她丈夫曾经建议她邀请其他国家的主妇,例如新西兰人与荷兰人,毕竟,她们也说英语。但波普太太拒绝了,会说英语不等于她们就是英国人。此外,她们这群人只是少数人,当你属于少数派时,你就必须和群体里的人团结起来。

由于已经临近圣诞节,她们正在剪纸艺拉花,为波普太太的三王节派对装饰英国领事馆。她们谈论自己的化装舞会服装——今年波普太太会穿金色衣服——以及来自国内的新闻。不过她们拿到的最新报纸仍然是十月的,因此严格来说这些新闻已经不新了,不过是已经听说的更多旧闻而已,例如配给制、"英国节"博览会、诺曼·斯金纳审判,然后重新聊回本地的事情。显然,天主教学校失窃案已经有了进展,法国警察找到一条新线索。

"不会吧!"女人们惊呼。

"是真的!"说着,波普太太剪出一颗纸星星,她知道怎样营造气氛。

"一定要跟我们讲讲!"女人们异口同声地说。

波普太太放下剪刀,身体前倾,压低声音说:"莫里斯说,他们认为疑犯是英国人。"

"英国人?"实在无法相信,因此她们又重复一遍,"英国人?"

"不敢相信他们居然认为是英国人干的,"彼得·维格斯太太说,"我认为疑犯是本地人。"

"似乎不是的。"波普太太说,"当然,这事尴尬得可怕。"

女人们同意整个局面既尴尬又可怕,仿佛整个英国都受到盗窃的指控。

"法国警察打算怎么办?他们会审问我们吗?"

彼得·维格斯太太也被叫作多莉,是波普太太的左膀右臂。她是个可爱的人,但她的智慧仅在特殊场合才会显露出来。

"不,多莉。他们不会审问我们,除非我们表现可疑,而我们没有。因为我们是英国公民,我们没有犯罪。不过我听说,对那些刚来岛上的人,警察在查看他们的证件。"

"似乎有一大堆麻烦,"多莉说,"仅仅因为一个盗窃案。"

"这是原则,多莉。此外,法国人一直厌恶我们。"她给自己那颗用纸剪成的星星抹上胶水和闪亮的东西,"要让我说,他们从未跨过滑铁卢那道坎。"

"那两个好女人怎么样?来自自然历史博物馆的那两个。"

"什么怎么样?多莉。"

"希望没被列为嫌疑人。她们看起来可是大好人。"

"大好人?"波普太太重复了一遍,"你没看见那个助手吗?简直就是个应召女郎。"

"我喜欢她的头发。"多莉说。

女仆端着一盘肉馅饼过来,但波普太太挥挥手让她拿走。馅饼黏糊糊的,女仆误解了波普太太的意思,在里面包了炖山羊肉而非木瓜。

波普太太说:"那两个女人在北部待不了多久的,圣诞节之前她们就会回来。记住我的话。"然后她又说:"我很想弄清楚闯入天主教学校行窃的究竟是谁。"这两个念头仿佛突然之间联系起来了。

桌子对面,一只奇怪的昆虫长着长长的口器,两侧都有触须。它正用喙拖着另一只昆虫,就像盲人一样探路。波普太太凝视了片刻,然后拿起一份旧报纸,将那虫子拍扁了。

# 30

# 每天都在攀登

"早上好,马吉!快快起床,神采飞扬!"

被困在世界另一端的雨林里已经够糟了,只有一件事比这更糟,那就是跟伊妮德·普雷蒂一起被困在这里。伊妮德刚刚享受了这辈子睡得最安逸的一个夜晚,她喜欢睡在外面,甚至都没注意到下雨。现在雨已经停了,阳光照进森林,树木间飘浮着丝丝轻霭,到处都悬挂着银鱼般闪烁的雨滴。

"需要我帮你从吊床上下来吗?"

"不了,谢谢你。我很好。"

"只是你看起来好像被困住了。"

"我在欣赏热带风景,伊妮德。"

"你在哭吗?"此刻伊妮德正抱着那条睡了美美一觉的狗,扒在马格丽吊床的边缘窥看,她脑袋上那一圈蓬蓬乱发就像光环一般。

"当然没有。"

"我想我或许该到水池里舒舒服服地晨游几圈,让自己精神更加饱满。你需要什么吗?"

"说具体一点，比如说一碗燕麦片？"

伊妮德大笑不已，她的狗摇着尾巴。"一会儿见，马吉。"

伊妮德一离开，马格丽就冒着危险，想办法将自己从吊床上弄下来。唯一的办法是摇！摇！摇！接着朝外一翻，她整个人落到地上，这一下摔得生疼。然后她从地上爬起来。关于自己的髋部，她说得很对：切掉腿比用腿走路更轻松。大哭一场之后，她的眼睛摸起来就像红宝石。她从帆布背包里翻出一件干净的湿衬衫，抓起一颗扣子扣进一只扣眼；拉上短裤的拉链，将衬衫披到短裤里面；然后甩掉短袜上的蚂蚁，将靴子里的昆虫倒出来，把脚塞进靴子里。她试图将注意力集中到这些琐事上，同时也知道自己心里埋藏着什么巨大的东西，而那个巨大的东西告诉她："没用的，马格丽·本森，你没办法继续下去。"

游泳之后，伊妮德带着一把绿色的香蕉回来了。比昨晚运气好，她点燃了篝火，烧开足够多的水煮了一壶咖啡。咖啡的劲头很足，马格丽感觉自己跟吃了咖啡粉似的。显然，某种带有尖牙利齿的动物，把帐篷里所有未装入罐头盒的物品都咬出了洞，于是她们的早餐菜单上只剩下斯帕姆午餐肉了。伊妮德将罐头跟香蕉放在一起捣烂，味道比之前的午餐和茶还要糟糕。马格丽的胃部一阵阵痉挛。

"没想到斯帕姆午餐肉的用途这么广，"伊妮德快乐地用勺子挖出一团食物，说道，"我觉得，就算这辈子剩下的时间一直吃斯帕姆午餐肉，我也不会感到厌倦。不过还有一个问题，关于我们的厕纸储备。"

马格丽心头一沉，也可能是她的胃，很难判断。自从喝过伊妮德的咖啡后，她的五脏六腑就开始错位了。"厕纸怎么了？"

"也被咬了，到处是洞。我们只能用树叶解决问题了。"

"树叶？"

伊妮德泰然自若，对着化妆镜梳好头发，化好妆。她开始滔滔不绝、自言自语地聊起在马戏团看到的一个男人。他能够举着一把伞，抱着一头狮子幼崽，骑在一匹小马上。这些话跟什么事都不相干，很可能都不是真的。"你的脸怎么了？肿得跟沙袋似的，看起来你全身都被虫子咬了。"

"我就是全身都被咬了呀。"

"哦，"伊妮德说，"至少今天天气不错，我们很安全。"她抬头看看头顶上那些树木和藤本植物，它们彼此纠缠交叉，如编织物一般。一片巨大的树叶慢慢掉落下来，就像一头被箭射中的翼龙。

"安全？你怎么能把眼下的情况称为安全？"

来不及等伊妮德回答，马格丽突然内急难耐，似乎要爆炸了。她只能跑进灌木丛中。

等她回来的时候，已经卸掉了大量重负。糟糕的是，她闻起来就像山羊一样臭。伊妮德已经收起了吊床、帐篷和剩余那些还能回收的必需品。她上上下下地打量着马格丽，就像汽车机械师打量一辆老破车，然后就会把它送进垃圾堆。"你没事吧，马吉？"

"还好，谢谢关心。"

"你看起来糟透了。"

"没事，我很好。"

"你知道吗，我们并不是非要把泰勒的枪埋起来不可。也许留着，你会感觉更安全。"

太过分了，这简直就是压倒骆驼的最后一根稻草。马格丽曾以为那张吊床是最后一根稻草，还有那只蝙蝠、那个可怕的夜晚，以及哭泣，然后可能是斯帕姆午餐肉、腹泻，但以上都不是，以上只是一连串倒数的第N根稻草。空气稠闷得让她再也无法呼吸，她声音颤抖着说:"伊妮德,我不希望有一支枪在我近旁,枪是个可怕的东西。我不希望老是想着它,也不想看到它。你就不明白吗?这辈子我都不需要枪。"

伊妮德挺直身体,凝视着马格丽,那目光仿佛穿透了虫子在马格丽皮肤上留下的叮咬痕迹,穿透了皮肤,仿佛她完全看透了马格丽,能够看到马格丽的心。伊妮德慢慢说道:"你失去了某个亲人,马吉。因为枪,你失去了某个亲人。这就是你晕血的原因。"

"我们可不可以放弃这个话题?拜托,能不能请你别讨论这件事?我们能不能继续探索就好?"

伊妮德点点头,把咖啡渣倒在地上,平静地说:"当然可以,马吉,我理解。我会把枪埋起来的。"

她真那么做了。她拿着枪离开,迅速找了个地方把它埋掉。等她回来时,她的手上是空的。

"没有枪了,"她说,"这下好了吧,马吉?"

她们继续前进。马格丽在被咬伤的地方抹上一些金缕梅酊剂。她用力地搓着双腿,似乎都能搓出电来。然后她戴上头盔。出发。这是探险之旅的第二天。

"也许今天我们会找到它!"伊妮德轻快地说。

一个又一个钟头,她们继续砍路,继续攀登。马格丽汗流浃背,好像永远在冲淋。她的髋关节在尖叫,一只靴子被严重擦破。她的脑袋发沉,热得不行。胃一阵阵痉挛,臀部就像水龙头一样滴汗,手上起了水疱,还被割伤了。目光所及之处,全是树,树根就像结成网的大脚,树枝上悬挂着密密麻麻的藤本植物。闷热的空气笼罩着这一切。

与此同时，伊妮德没被虫子叮，没被虫子咬，也没流那么多汗。她正享受着快乐时光，戴着那顶棒球帽，跟她的狗一起向前推进，就像绿色华盖上一条快乐的荧光条纹。她攀上一块块石头，在溪谷中上下探索，水花四溅地穿过溪水，不时叫着"往这边走，马吉！"或者"快点！快点！马吉，我在这里！"。她就像个着了魔的女人。她看见一些金色的甲虫，结果发现不过是闪烁的阳光。在没有看到那些不存在的甲虫、没有向蝴蝶问好时，她会跳过溪流，在藤本植物上荡秋千，要么就敲开椰子的顶部，畅饮椰汁。马格丽跟在后面慢慢蠕动，落下的距离越来越大。她搬开每一块石头，窥视着每一片叶子的背面。每走一步，她都痛苦不堪。她把注意力集中到每一个步伐上，就像她曾经把注意力集中到衬衣上的每一颗纽扣上。只有看着面前那些细小的东西，她才能够继续向前。

伊妮德出主意说，她们应该在夜幕开始降临之前就搭好吊床。她设法点燃一堆火，火苗蹿了起来。她找到一块平整的石头，供马格丽在上面写日志。她甚至吹着日志里的纸张，好让它们快点干。不过，被水浸湿后，纸张摸起来就像印《圣经》的纸一样薄。马格丽爬上吊床时，伊妮德坚持要帮她，还给她挂好蚊帐。然后，仿佛这一切还不够似的，伊妮德开始喋喋不休地谈论脑子里冒出来的任何事情，直到马格丽再也无法忍受而昏睡过去。

她睡着了，而且一觉睡到大天亮。老鼠或许曾在她身上跑来跑去，蝙蝠或许曾落到她身上，蚊子或许从她身上吸了足以装满一个大杯子的血，但她毫无知觉。早上，伊妮德又找到一个地方游泳，然后回来煮了一壶劲头特别猛的咖啡，猛得能让一匹死马起死回生。关于枪，她只是拐弯抹角地提了一下。

"我理解你有自己的秘密，马吉。没事的，我们全都有自己的秘密。但我认为你不应该停止寻找那种甲虫。如果你放弃自己的事业,你将永远无法原谅自己。"

她们继续前进,一天接一天。红色的尘土混合着汗水,在她们的皮肤上结成了痂。身上永远湿漉漉的,全身都被虫子叮遍了、咬遍了。野猪跟着她们,蜥蜴跟着她们,老鼠跟着她们。胃依然痉挛,脚烂了,还有腹泻。下雨的时候,倾盆大雨铺天盖地。大雾笼罩时,她们寸步难行。伊妮德说,为了找到那种甲虫,她们应该像甲虫那样思考。马格丽说,为了找到那种甲虫,她们应该保持目光锐利,不要说那么多话。

但她们也有快乐的时光。即使生活糟得不能再糟,也总会有这样的时刻。第四天后,她们在一片空旷地带睡了一整晚,烧开了一大锅水,喝了些热乎乎的咖啡,在清晨的第一缕阳光中轻声交谈。("你最喜欢什么颜色的指甲油,马吉?"

"我不抹指甲油,伊妮德。"

"可是,如果你抹的话,你喜欢什么颜色呢?"

"我不知道,这不是我考虑的事情。"

"喜欢红色吗?"

"不喜欢。"

"你说得对。红色不适合你,你更适合用粉色。"

"粉色?我可不那么认为。"

"我的意思不是肉冻那样的粉色。我的意思是那种粉色。"她指指初升的太阳,它跟伊妮德的旅行外套一个颜色。

"好吧,伊妮德。是的,我想我会喜欢那种粉色的。"

"看吧,我就说你会喜欢指甲油的。你从没做过某件事,并不意味着你不会去做。总有一天会给你弄到那种粉色的。")

有一次,成百上千的蓝色鸟儿突然从树林里飞出来,像一块纱巾飘过天空,两个女人呆呆地望着,望着。之后,马格丽找到一根蓝色的羽毛,把它送给伊妮德,伊妮德将羽毛插到口袋里说:"哦,马吉,真的是送给我的吗?这是世界上最幸运的羽毛,这辈子我都会留着它。"

一天晚上,她们并肩躺在各自的吊床里,望着一颗彗星一闪而过,穿过满天星辰。伊妮德说:"这是一个好兆头,马吉。它预示着我们将找到那种甲虫。"

到那个星期的末尾,她们回到那所房子里,两手空空,迫切需要补盐。马格丽必须鼓起全部勇气才能继续。但不管多么憎恨这样的生活,她都没有放弃:她一直瘸着腿跟在伊妮德和那条狗后面。虽然可被她称为愉快的片刻很少,但她意识到自己的耐力超乎自己的想象。不出所料,来自棚屋小镇的男孩们在她们离开后闯入房子,他们并没有拿走什么东西,只不过房子里的一切都被重新摆放过,有几处甚至还被整理过。马格丽查看了她存放护照和钱的地方:什么都没丢。两个女人把衣服洗了,补充了一些必需品。马格丽睡了十五个小时,伊妮德开车到普姆,买了些盐、鸡蛋、山药、西瓜和法式点心。她们吃了很多东西,居然在游廊上晒着太阳睡着了。

然后,伊妮德说:"准备好了吗,马吉?"

"是的,伊妮德。"

"戴上你的头盔了吗?拿上你的网子没有?"

"是的,伊妮德。"

又一个上山探索的星期开始了。

这一次她们更认真了,不单砍出一条小路,还设置了捕捉昆虫的陷阱。她们检查落叶、枯枝、朽木和野猪粪便。马格丽向伊妮德演示怎样使用吸虫管,伊妮德在满腔热情的实践中,不断误吞昆虫,不得不把手指伸到喉咙里把它们弄出来。她们把一个个区域围起来,手足并用地搜索;又猛敲树枝,捕捉落到防水布上的虫子。天黑后,她们点亮马灯,把那些嗡嗡扑向火光的昆虫也抓住。现在,她们已经抓到十种阎甲,以及极为稀有的红斑姬龙虱,这种龙虱跟黑豆大小差不多,身上有淡红色的斑纹。马格丽迅速杀死了它们,伊妮德则闭上眼睛,在旁边哼着歌。等结束第二周的探索,回到租住的平房,她们发现那些男孩又来过房子,但除了口香糖,并没有拿走什么东西。马格丽将标本浸泡回软,准备插针,又给它们一一画草图,做笔记。伊妮德洗净蚊帐,晾晒起来,接着驾车到普姆补充一些必需品。然后她们再次回到山上。

从早到晚,她们就没好好吃过东西,靠一罐斯帕姆午餐肉和咖啡活命,外加椰子和新鲜水果——她们尽可能多带了一点——以及可食用的绿叶。伊妮德总在品尝这些叶子,发现一种比较特别的,她坚持说这种叶子有股蜂蜜的味道。她们找到一种罕见的阎甲和两只宽头齿甲,后者看起来就像闪亮的棕色坚果。她们还辨认出三种粉色的兰花。

时光变幻无穷,既不优雅,也未经马格丽允许。日子一天天过去,有时她们感觉仿佛几个星期过去了,有时又觉得只是几个小时。她上一次到水池里洗澡是什么时候?上个星期?还是上上个星期?自从来到租住的平房,她的表就坏了。除了自己所在的地方,一切似乎都不存在——而她知道,随着她的离开,那个地方很快也将变得不真实。唯一不变的是伊妮德,还有她们对那种甲虫的搜索。

伊妮德在前面带路,拿着昆虫网乱扫。那条狗紧跟着她,目不斜视。马格丽的双脚都在腐烂，皮肤严重晒伤，一片片地掉皮；她抹了些邦德牌雪花膏，想以此把皮肤贴回去。她的笔记本破损得更严重了，封面都浸水了，内页泡得跟纸浆差不多，她只能撕掉。而且，她几乎握不住笔。热浪淫雨、蚊虫叮咬已经成为家常便饭，唯一尚未经历过的就是飓风了。她倔强地继续探索着。

伊妮德畅谈起未来，说马格丽将在自然历史博物馆找到一份工作，成为著名的甲虫采集者。还有一次她说道："马吉，你真的想杀掉那种金色甲虫吗？我知道它很重要，只是我不明白你怎么能狠下心来。"

到了第三个星期的末尾，她们的收藏里增加了五种稀有象甲的标本，外加马格丽从未见过的两只跳甲，以及若干龟甲。这一次，男孩们没有闯入她们住的平房，而是令人惊讶地在外面整整齐齐地排好队等她们，想卖给马格丽一筐活生生的淡水鳗鱼。她拒绝了，男孩们决定把鱼当礼物留下。伊妮德把鳗鱼带到那条淡水小溪边放生，但鳗鱼不断地回到她们那里——是马灯的灯光吸引了它们。而且下雨后的情形总是更糟。鳗鱼甚至会爬进水管，被困在房子里。最终，伊妮德只能在前厅放了个桶，挽救它们。

伊妮德把衣服洗干净，把吊床晾干，补充了一些必需品，重新打好包。马格丽将标本用昆虫针扎好，绘制草图，记笔记。然后她们步履艰难地回到山上。

夜里，那些影子如此漆黑，仿佛周围的东西一片片地从世界上消失了。一大早，雾气遮蔽了树木。到了白天，刀片一般的光线射入灌木丛中，看起来就像撒下了一张大网。伊妮德开始烹煮自己采集的叶子，调制保健的汤羹。

"马吉？"有一次她躺在吊床里说，"我跟别的男人睡过觉，不是我丈夫。珀西喜欢小孩子，不知道你明不明白我的意思。我们俩都一样，我们都喜欢孩子。你懂吗，有时我们甚至会忌妒别人有小孩。"

马格丽惊讶得差点从吊床里掉下来，但她没有，她一动不动地躺着，接受了伊妮德告诉自己的事情。

还有一次，同样是在黑暗中，伊妮德平静地说："男人并不总是对我很好。你知道吗，当我还是小孩子的时候，他们并不总是抱着善意。"

马格丽再次感到一阵冰冷的沉重感。战争已经结束，痛苦却没完没了地纠缠着世人——人们甚至无法一窥全貌：在一个个家庭的房门后面，没人能够看到。然而到了早上，伊妮德还是像弹簧一样从吊床上跳下来，将化妆镜放在树干上，一如往常地化妆，然后煮她那劲头猛得不可思议的咖啡。马格丽突然意识到，生活就是这样，总有阴暗的一面，阴暗中有无法言说的痛苦，而生活中也有这些日常事务——甚至包括搜寻一种金色甲虫，虽然这些事情无法抵消难以言喻的恐怖，但同样真实。马格丽丝毫没对伊妮德提起这些。伊妮德告诉她的事情，就像偷偷塞进马格丽口袋里的东西。她有一种感觉，伊妮德再也不想说那个话题了。马格丽要求再来一杯咖啡，并且夸奖伊妮德是个手艺不错的昆虫采集者。（"你那么说是当真的？"伊妮德说，尽管她竭尽全力表现得谦逊，但嘴角还是自豪地扬了起来。）不过，正是通过不断聚焦于一些细微的回报，马格丽度过了接下来的几天。几道细如梳齿的阳光透过树林照射进来，她们又找到一个可以沐浴的水池。有一次她脚底滑了一下，但没有摔倒。

圣诞节前两天，在前面开路的伊妮德爬到顶峰。这里已经没有树木，除了奇形怪状的仙人掌，柔软的红色地面一片光秃秃。两座山峰高耸入云，像两根鲜艳的橘黄色烟囱。马格丽爬到伊妮德身边，她们耳边除了风声，一片寂静。

"我们成功了！"伊妮德叫喊着，"我们成功了，马吉！呀呼！"她把自己的帽子扔到空中。

她说对了，她们没有像马格丽担忧的那样，直到二月才登上顶峰；她们从那所房子开始砍出了一条蜿蜒的小路，一直通往山顶。日复一日，她们拼命地往上攀登，窥视着这片山坡，直到身后的景色从四面八方扩展开来，将她们包围在中间。从上面俯瞰，一切尽收眼底——整个世界似乎都在她们脚底下，比马格丽想象中更庞大，也更遥远。无边无际的树冠，一道道招摇如闪电的凤凰木，普姆那些小小的屋顶，一道道柔软的雾气。凸起的山脉绵延数英里，直到天边之外，像没有尽头的参差错落的脊骨，消失在蓝色的海平线上。大海就像液体状的绿松石一般鲜亮，那个边缘苍白的圆圈应该是珊瑚，还有众多的岛屿。远处，一艘货船正驶入港口。

可是哪里都没有白色兰花，也没有新喀里多尼亚金色甲虫的踪迹。

# 31

## 真是可怕的事情

在海上航行四个星期后,他终于能看到这座岛屿了。从远处看,它闪烁着粉红色和金色的光芒,可如今靠近了看,才发现那只是黑色的岩石和灌木丛,有些地方点缀着白色的沙滩、镶边似的棕榈树以及小木屋。就算这一切从他眼前消失,除了孤独的太平洋之外什么都没有,他也不会感到惊讶。

当货船靠岸时,一群人挤到努美阿的码头上。到处都是喧闹嘈杂、色彩缤纷和浓重的气味。蒙迪克有些畏缩地背着帆布背包,试图避开所有这些:盐水、鱼类和汗水的臭气,把四周暴晒得骚动不安的炫目阳光,还有身后的大海和面前的群山。

他以为能在码头上找到本森小姐,相信她会打着一把阳伞坐在那里等待着。他来来回回转悠,查看了所有法国小酒吧和奶昔店,可根本就没有她的踪影。突然之间,他觉得这就像自己战后回国时的情景,发现妈妈已经去世,却没人写信告诉他;要么就像战俘营里的情景,仅仅因为有人偷了点食物,看守就让他们在烈日下罚站。他双腿一软,不知道如何保持站立,不知道如何把内心的感受表达出来。

他喝了个烂醉,一个家伙嘲笑他,他顿时怒不可遏。接下来他就只记得警察把自己从那小子旁边拖走了。

他们拿走了他的护照,把他关进一间牢房。墙角放着一个带有提手的桶,里面装满了某个人的粪便,墙上爬满了蟑螂。"我的护照!"他叫喊着,"把护照还给我!"可是这里跟战俘营不同,没有棍棒伺候。早上,看守给他送来咖啡和点心,还送来一个干净的桶。他大喊大叫,一次是因为他拉肚子了,还有一次是因为他以为屋里有蛇。不过他们没有没收他的笔记本,他的铅笔断掉之后,他们还给了他一支圆珠笔。

脑子里只有孤身前往北部的本森小姐,这让他抓狂。他甚至不知道她去的那座小镇叫什么名字,唯一能给他指引方向的,是地图上那个愚蠢的叉。他把拳头砸到墙上,结果拳头像球一样弹了回来。"我是个自由人!我是个自由人!"他喊叫着,"把护照还给我!"

第二天,看守把他从牢房里提了出来,带他来到一间审讯室。一个穿着亚麻布套装的男子坐在那里,擦着自己像鹅一样苍白的脸。蒙迪克说:"随便你问多少问题,我不知道你到底在说什么。"

那个胖胖的家伙说:"我是英国领事,谢谢你没有对我破口大骂,蒙迪克先生。"

显然,一个月前,当地的一所学校发生了入室盗窃事件。"失窃的有一些网球,还有化学设备。第二天,一辆吉普车被盗。恐怕你现在是首要嫌疑人。"

蒙迪克笑了:"我?可我才刚到。"

英国领事说,这不是什么好笑的事情。"在学校附近找到了一份英国旅行支票,警察相信那是一条线索。这里没有多少英国人,眼下的情势十分尴尬。"

"好吧,反正不是我,先生。我是因为工作来这里的。"

"真的吗?什么类型的工作?"英国领事久久地凝视着他,目光犀利,蒙迪克不禁在椅子上蠕动了几下,"你到底驻扎在什么地方?"

"远东。"

"我想也是,真是可怕。"

"是的,先生。"

"你很走运,至少你还活着。"

"是的,先生。"说完这句话,蒙迪克甚至无法直视英国领事的眼睛。他捏着那只握成拳头的手,直到痛感传到整条胳膊上,但他仍然不觉得疼痛难忍,仿佛那种痛感既存在,又不存在。

"你说得对。如果你一个月前不在岛上,我看不出来他们还有什么理由把你关在这里。我拿到你的护照了。你住在哪里?"

"我打算去北方,你知道那边那个小镇的名称吗?"

可是英国领事根本没听到他说的话。他打开蒙迪克的护照,瞪着那一页。"可是你没有签证。没有签证就不能待在新喀里多尼亚。搞不懂警察怎么没注意到这一点。好吧,让我看看能否托人想想办法。我几乎无能为力,受到季节影响,很多地方都关门了。"

"季节怎么了?"

英国领事笑了起来:"我的老天啊,伙计,快到圣诞节了,你忘记了吗?一个星期之后到英国领事馆报告吧。"

"没有签证我能旅行吗?"

"很遗憾,不能。在这里,他们对这方面的事情非常严格。"英国领事已经有点吃力地站了起来,手里仍然拿着蒙迪克的护照。没有护照,蒙迪克感觉自己无所归依,不知道该怎样活下去。

"现在我该怎么办?"

"好好享受这美好的天气。如果有什么问题请来找我，这是我的住址。不过你需要控制一下自己的脾气，蒙迪克先生。我听说你老是大吼大叫，现在，那样的行为没必要了。"

"好的，先生。"

"好伙计。"

他们握握手，英国领事递给他二十法郎，只够基本花销。然后，领事匆匆离开了，任凭审讯室的门大敞着。那么多光线涌入房间，周围的一切要么笼罩在黑暗里，要么照射在炫目的白光之下——蒙迪克不得不往后退去。他可以自由地离开了，就像盟军抵达宋库莱时他成为自由人一样。当时他站在一群战俘中间，望着那些让他们受尽折磨的看守开拔离去，他旁边的一个澳大利亚人笑了起来。"现在该他们倒霉了。"那人说。

然而，战争并不会因为有人签署了停战协定就结束，它仍然存在于他心里。一旦战争这样的事情进入内心，就永远不会离开。

蒙迪克找到一个理发师刮了刮脸。然后，他感觉自己再次变得干干净净了，准备吃点东西。码头上，几个人正从一条刚刚靠岸的船上搬下一批报纸。他们用夹杂着法语的英语大叫："英国——报纸！刚刚从大不列颠送来的英国——报纸！您想要一份吗？"

蒙迪克从他们身旁走了过去，他才不关心国内的新闻呢。现在他最不想看到的，就是有关某个战俘上吊自杀的报道。他只想拿回护照，找到本森小姐。

# 32

# 伦敦，1950年12月

自从南茜·柯莱特的案子被披露出来，英国报纸上有关该案的报道连篇累牍，读者难以餍足。

她被反复描写成一个精明狡诈、心肠冷酷、工于心计的人。《星期日邮报》上登载了她的一张旧照片，她跟丈夫坐在一起，周围是参加茶会的黑猩猩。她看起来一点都不精明狡诈、心肠冷酷或工于心计。她围着一条带有斑点的头巾，和丈夫吃着冰激凌，哈哈大笑。

另一张照片占据了《每日镜报》《约克郡晚报》和《星期日电讯报》的头版，上面是染发前的南茜，几乎让人认不出来。那是一个相貌平平的女人，戴着一顶装饰有塑料樱桃的帽子。如果有什么不同的话，倒是那顶帽子更引人注目。

第三张照片是在她的婚礼上拍的，发在《泰晤士报》《每日电讯报》和《曼彻斯特晚报》上。她的脸隐藏在一束鲜花后，但她丈夫（已故的珀西瓦尔·柯莱特，四十二岁）穿着一套西服。年轻的她挽着他的胳膊，面如满月，踮着脚站在那里。

不管怎样，南茜·柯莱特被反复描绘成一个性掠食者。至少有三十名绅士站出来，承认自己认识她且与她关系亲密。后来，所有日报和周日报纸都铺天盖地地登载了同一张照片，照片里她坐在一张有靠背的长椅上，穿着带有荷叶边的宽松上衣、吊袜带、长筒袜和高跟鞋，没有穿裙子。她用手撑着头部——这个姿势当然很有挑逗性——但她的脖子有些紧绷，微笑也有些僵硬，看上去她更愿意如平日般穿着裙子。

媒体翻来覆去地讨论这桩罪案。南茜·柯莱特因为丈夫在战争中受伤而沮丧，出于感官享乐找了很多伴侣。（其中一篇报道的标题是"我从一个杀人魔手上侥幸逃生"。）然后，到了案发的那天晚上，南茜·柯莱特——有些版本说她喝醉了，另一些版本则说她冷静得如同石头——拿着一把锋利的刀子来到楼上，在丈夫睡熟后反复攻击他。她杀了他，她做到了，然后就沾沾自喜地坐在尸体旁边，然后在光天化日之下溜之大吉。

南茜·柯莱特代表放纵的激情。她对文明社会的约束弃之不顾，屈服于动物的本能。英国公众对她的所作所为感到惊恐又着迷。他们买下自己能够抢到的每一份报纸，甚至傻呆呆地跑去看她的房子。一个邻居整天站在外面，反复向人讲述她偶然发现尸体的过程，兜售在犯罪现场拍摄的大幅照片。

《南茜·柯莱特身在何方？》

《必须绞死这个女人》

《英国头号通缉犯》

事实上，有人在十月中旬的"俄里翁号"邮轮上看到过她，但乘客名单上并没有南茜·柯莱特，布里斯班也没有她抵达的记录。她已经消失了,很可能是用了一个匿名。没人知道是怎么回事。

于是,英国媒体开始把注意力转向她的同伙,那个没有脑袋的女人。关于她,人们同样知之甚少。她独自生活,曾受雇当了二十年的家政老师。根据警察的记录,她还有点小偷小摸。《独身女教师卷入暗黑三角恋!》,由于缺乏当事人的照片,漫画家获得了千载难逢的机会。

南茜·柯莱特案成为一九五〇年的轰动人物,甚至比诺曼·斯金纳案还要轰动。这个案子如此重要,广播里播完英国国王的圣诞节致辞后,就提到了她。"苏格兰场①仍在继续搜寻凶手南茜·柯莱特和她那个神秘的同伙。"

---

① Scotland Yard,英国首都伦敦警察厅的代称。

## 33

## 圣诞节快乐,马格丽·本森

伊妮德脸色苍白。"英国报纸送到新喀里多尼亚这么远的地方,要多长时间?"她问。

她们在那座平房里。她头上戴着一顶自制的纸皇冠,抱着那台电池收音机——终于收到信号了。

"我不知道,伊妮德,也许要几个月?"

圣诞节放假一天。她们在交换礼物——伊妮德送给马格丽一块粉红色的布做领巾,马格丽送给她一只凤梨。她们吃了些山药、鸡蛋和甜香蕉,周围看不到一听斯帕姆午餐肉。之后,马格丽便在棚屋小镇那些男孩的围观下,把这个星期刚找到的标本展翅钉好。剩余的时间里,她把脚泡在热水里,再给髋关节做做热敷。她的腿已经没有知觉了,髋关节痛得厉害,但她什么都没对伊妮德说。小腿上的皮肤已经变成紫色,肿胀起来——她担心被昆虫叮咬的地方受到了感染。

马格丽肯定打了个盹,她迷迷糊糊地听到伊妮德在说用收音机收听全球服务的节目——她想收听英国国王的圣诞节致辞。然后,发生了别的什么事情。一分钟之前,伊妮德还在说:"我收到了!我收到信号了！"后一刻，她却大叫一声，仿佛被收音机咬了一口。

她默默地坐着，收音机隐藏在双膝之间。她又说了一遍："你觉得，英国的报纸会很快送到这里来吗？"

"出什么事了吗，伊妮德？"

"没事，马吉。"

"是不是国内有什么坏消息？"

伊妮德咽了口唾沫，摇摇头，但看起来并不多么令人信服。

"不会又爆发战争了吧，伊妮德？"

马格丽已经挺过了两次战争，而和平看起来非常脆弱。在她们出国前，人们正在谈论朝鲜的局势，俄国就更别提了。

"没有，马吉，一切都很好。国内没有爆发战争。"

伊妮德到外面去抽烟，可是她回来后，看起来仍然不太舒服。"即使报纸已经送到努美阿，我想也要过很久才能送到这里来。"

"伊妮德，我在普姆就没见过一份英国报纸。在那里，你只能买到山药、鸡蛋，以及那种带有鱼类图案的罐头，而且还是战前的产品，就算走投无路，我也不会吃的。"

马格丽是在开玩笑，但伊妮德没有笑。她的手穿过头发，摸到那顶纸做的皇冠，取了下来。她似乎觉得这很愚蠢，把它揉成了一团。

"伊妮德，为什么你为英国报纸忧心忡忡呢？"

"没有啊。我只是不想被逼着去读，不想知道国内的事情。"

这话不合情理，因为她一直想收到广播信号，可她显得有些惊慌。马格丽不想把事情弄得更糟，于是说道："想不想吃个冰激凌？我们可以开车到普姆去买。"

"其实，马格丽，我认为我们应该停用那辆吉普车几天，我们应该保持低调。"

这句话也不合情理。伊妮德喜欢驾驶那辆吉普车,此外,让她保持低调的主意很滑稽。不过她正在屋里来回踱步,让人很难跟上她的步伐。然后,她把收音机搁到一旁,拿起一本甲虫书,又抱起罗林斯先生,坐在马格丽脚边,要她讲讲甲虫的知识,说它们才是真正重要的东西。过了一小会儿,伊妮德平静地说了句:"只要我们留在北部,就不会有事。"与其说是对马格丽说的,不如说是自言自语。

伊妮德再也不听广播了,她把收音机送给了棚屋小镇的男孩们。她说再也不需要它了。

十天后,顺着先前砍出的小路,她们重新回到顶峰。空气厚重肥腻如猪肉,就连苍蝇也显得黏黏糊糊的——马格丽不得不用头巾包住嘴,以免不小心将苍蝇吞掉。圣诞节后,天气为之一变:无声的闪电如舌头一般划过远处的天空,隆隆的雷声不时响起。夕阳也是有的,但染上了新的色彩:台球桌那样的绿色,鸡蛋粉那样的黄色,番茄汤那样的红色。有些日子,昆虫会频繁活动,他们抓住六种新的甲虫样本。但突然之间,一切都陷入可怕的停滞,似乎森林知道了什么不为马格丽所知的秘密,屏住了呼吸。她就连流水声也听不到了。

不单是天气变得奇怪起来,伊妮德也变了。自从在收音机上收到信号之后,她就跟变了个人似的。她不再爬到石头上,也不会欢快地跳过小溪,就连上吊床也需要试好几次。夜里她会不时叫马格丽的名字,确保马格丽仍然在近旁。有时候,她张开嘴想说话,接着却叹息一声。这就是伊妮德,那个凭着一张购物单就能滔滔不绝自言自语一大通的人。她的行进速度开始放慢,就连为髋关节疼痛和叮咬伤痕感染所苦的马格丽都差不多能赶上她了。

伊妮德扔下帆布背包,仰卧在地上,注视着天空。她伸开四肢,活像一颗星星。罗林斯先生躺在她旁边,也伸开四只脚爪仰卧着,露出粉红色的腹部。

显然,她和罗林斯先生都不打算匆匆忙忙往前赶。马格丽艰难地屈下身体,一旦坐下之后,她就完全拿不准该怎么站起来了。不过那只是小事,暂且不用管。她脱下靴子,给双脚抹了些滑石粉。在她周围,蚂蚁涌入一个个地洞。它们的巢穴周围堆着泥土,就像一堆堆的咖啡粉,肯定有什么事情要发生了。

"你已经猜出来了,对吧?"

"猜什么,伊妮德?"

"与我有关的新闻。"

"什么新闻?"

"哦,我的天。"伊妮德说着,叹了好几口气。

"你还好吧?"

"我仍然怀着孩子。"

马格丽不由得用手捂住了嘴巴,就仿佛部分身体即将崩溃。伊妮德刚才是说她仍然怀着孩子吗?

"是的,"伊妮德说,暗示她读出了马格丽的心思,"我怀着孩子。"

马格丽感觉自己要溺水了,仿佛低头俯视如今变成了抬头仰望。她搞不清楚发生了什么。她知道伊妮德有时会祈祷,还非常迷信。她也知道伊妮德足智多谋。可是就算这样也不能仅仅靠自己就怀上孩子,而且还是在一座山峰顶上。此外,在一个月的大部分时间里,伊妮德都在石头和溪谷上跑来跑去。要说她们俩谁的举止像孕妇,那也是马格丽。她把手从嘴上放下来,但嘴巴仍然张得大大的。如果芭芭拉在这里,就会说苍蝇会钻到嘴里去之类的话。突然想起芭芭拉,马格丽发现自己竟想念她的始终如一。跟伊妮德不一样，芭芭拉不会这样突然说出什么惊人的事情，即使她有什么惊喜，也会不带笑容地说出来。芭芭拉是家里最后离开的一员，她患上了白内障，差不多失明了，跟马格丽一直待到最后。不过，每次她拿起厨具，马格丽都不得不冲上去救她。她身无分文地死去，除了一双新鞋，几乎没有任何可以称为个人财产的东西。而那双鞋子，她也留给了马格丽。

幸运的是，伊妮德没有注意到马格丽走神了。她正喋喋不休地说着话，注视着葱翠欲滴的树木，说她知道这难以理解，知道这是个惊人的消息。老实说，她也被吓着了。她真的担心自己已经在"俄里翁号"邮轮上流产，可是过了圣诞节后，她意识到自己可能搞错了。在不是很确定之前，她什么都不敢说，她不想试探命运之神——一说出这个词，她两只手交握，然后高高举起——不过现在她很确定了。她能够感觉到胎儿在肚子里动，一直都在动。这是一个奇迹，她不断地说，这个胎儿是个奇迹。在圣诞节那天，她还担心自己一切全完了，可现在，突然之间这事就发生了。她肚子里的宝宝仍然活着。伊妮德获得了第二次机会。最后，她停顿片刻，问道："马吉，你在做什么？"

她们俩都沉默了。马格丽迫切地感觉自己需要把袜子拉直。她把袜子拉到膝盖上方，调整了一下吊袜带。她就是要把袜子拉直，羊毛线不够直。那一刻她脑子里只想着这个。

"你在听我说话吗？这是我获得的第二次机会。"

"所以你在船上没有流产？"

"是的，我搞错了。"

一只蚂蚁叮了马格丽的大腿一下，她抓起蚂蚁，仔仔细细地看着它。"我明白了。"

"怎么了,马吉?"

"没怎么,伊妮德。"

"你不高兴。"

"嗯。"

"我以为你会为我高兴。"

"嗯。"

"我们不会有事的。我们仍然能找到那种甲虫。"

再一次,世界仿佛天翻地覆。"仍然能找到吗?你疯了吗?我们在山顶上,你怎么能在这里怀孕!"

伊妮德坐在那里,两只手叉着臀部两侧,看起来就像一只水壶,张得大大的嘴就像壶口。不知何故,她的肚子突然从短裤边缘迸了出来——这怎么可能呢?就仿佛它一直隐藏得好好的,直到她突然说出这个消息,现在终于可以明目张胆地挺出来了。

"那么你想说什么?你是说我们应该停下来吗?"

"身怀六甲的你怎么还能跑出去寻找甲虫!孩子到底什么时候出生?"

"我不知道。"

"你不知道?"

"我对日期有点迷糊。"

"在船上你说的是五月。"

"好吧,那就是五月了,五月。"

"听起来你不是很确定。"

"我很确定。"

"而我们要等到二月才离开。"

"所以呢?我们还有很多时间。"

"别傻了,伊妮德。你不能怀着孩子上山,万一你摔倒了怎么办?"

"万一我摔倒?那么你呢?你的腿都无法正常行走。你以为我没注意到你每天的状况吗?跟在我后面往上爬,你才是应该进医院的那个人。"

她们大喊大叫,在世界另一端,在一个热带小岛上,在一座山上……大吵了一架。几分钟前,她们还肩并肩地坐在一起,虽然可能都没法再次站起来了,但她心里很快乐。此刻,她想着刚才的情景——至少还是心平气和的——却冲着伊妮德吼叫,而伊妮德也大吼着反唇相讥。不用照镜子马格丽都知道自己满脸通红。

"伊妮德,你做了太多疯狂的事情。你闯入一所学校,偷了那辆汽车,贿赂了一名警察,甚至埋掉了一支枪。但这件事太疯狂了,我们必须离开。"

"到哪里去呢,马格丽?"

"回国,伊妮德,回国。探险已经结束。这是一个疯狂的主意,从头至尾都是。这里没有那种兰花,也没有那种甲虫。我甚至连签证都没有,我们必须离开。"

就这样。她说出了那句话,她到底还是说出了那句话:她们应该停止探险。那种甲虫对她来说意味着一切,她们努力过,为了找到它,真的努力过。她忍受了自己甚至从未想象过的困难,而现在她们应该放弃,不应该继续了。她们应该停下来,不是因为马格丽,而是因为伊妮德怀孕了,对她不再安全。让马格丽惊讶的是,说出那句话甚至都没让自己感到伤心,恰恰相反,说出它让她如释重负。至少在脑子里,马格丽已经开始收拾自己的东西了。

但她是对伊妮德说出那一席话的,那个野性十足、不可预测、完全缺乏逻辑的伊妮德。伊妮德挣扎着站起来,动作那么快,上衣都进裂开了。她看起来气势汹汹,可能还有点危险。伊妮德猛地伸出手抓住马格丽的肩膀,向后摇着她,那么用力地捏着她,一点都不友好。伊妮德的眼睛里闪着光。

"马格丽·本森,那个偷人家靴子的女人在哪里?她组织了一场前往世界另一端的探险,穿上了男人的短裤,那个女人在哪里?这是你的事业,正如生孩子是我的事业。你以为你能这样拍拍屁股就走人?你的魄力哪儿去了?"

显然伊妮德并不是真有问题要问,那些都只是修辞手法而已。尽管马格丽试图回答,伊妮德却在继续怒斥。

"马吉,除非我们找到那种甲虫,否则这孩子就不会出生。我对此心知肚明。我已经失去了十个孩子,虽然我做了该做的一切——搁起脚好好休息,不拿任何重一点的东西——可我还是失去了他们。在船上的时候,我确信自己也失去了这一个。可是我错了,她仍然坚持着。我们每天都在山里爬上爬下,马吉,可这个孩子仍然坚持着。她想要活着,她想出生,马吉。所以就别说什么放弃之类的废话了。是你把我们带到这里来的,现在继续努力吧,去找到那种甲虫。"在满腔怒火中,伊妮德实际上把马格丽推到了一旁。然后她弯腰抱起那只狗,轻轻抚摩着它,就像抚摩一只柔软的玩具,甚至还捏了捏它的耳朵。

马格丽紧握着拳头,抬头望着一块形如钻石的阳光光斑,在脑子里计算着她们剩余的时间,一周,两周,三周,四周……七周,距离二月中旬还剩七周。没用,找到那种甲虫的机会如此渺茫,简直跟不存在差不多。她想到伊妮德怀孕后自己不得不做的那些额外工作:需要背两个背包,晚上必须搭好两张吊床,更别提在前面领路了。她可做不了这些,她知道自己做不了伊妮德以前做的工作。她把拳头握得那么紧,感觉它们都要爆裂开了。

"伊妮德,"她说,"我很抱歉。我没法——"

可是伊妮德打断了她的话:"那是什么声音?"

一股寒气突然卷过森林,似乎钻进了她的心里。空气闻起来有股潮湿的酸臭气。刹那之间,马格丽突然意识到,是那种寂静,是昆虫不见了踪影,让她觉得不对劲儿。此刻,空中充满了动感,每一棵树都在咆哮,就像直升机螺旋桨的桨叶,发出震耳欲聋的嗖嗖声。天空变得如同固体,一片铁青。伊妮德不会预料到这个,但马格丽应该预料到:暴风雨即将到来。她们老早以前就应该下山去。

说曹操,曹操到,伊妮德的头发飞舞起来。她护住自己的肚子,用嘶哑的声音叫喊起来。

"该死,马吉!我们该怎么办?"

## 34

## 三王节派对

　　那是多年来最可怕的一场飓风,摧毁了它能够摧毁的一切。几个小时内,整个岛屿洪水泛滥,有传言说多地发生了泥石流,树木被刮倒,河水冲出堤岸,一个镍矿塌陷,两条横贯南北的公路关闭。努美阿停电了,还有一些棚屋小镇整个被夷为平地。大海波浪滔天,排排巨浪冲上海滩,毁掉了一个个店铺与餐馆。英国领事发出警告,提醒人们不要饮用没烧开的水,并提供免费的毯子和食物。

　　尽管外面狂风骤雨,波普太太的三王节派对仍如期举行。屋里装饰的拉花纸链完好无损,耶稣诞生场景和圣诞树也是同样。她告诉彼得·维格斯太太——也就是多莉,她预计至少会有五十位客人。

　　结果,客人超过两百位,领事馆别墅里人山人海。莫里斯肯定邀请了他遇到过的所有无家可归者和流浪汉。波普太太在大厅里安排了一支小型四重唱乐团演唱圣诞颂歌,还穿上了她的金色贤王服装。才半个小时,她的肉馅饼就被吃光了。更糟糕的是,几乎没人费心装扮,人们只想谈论这场飓风,不然就是那则刚刚抵达新喀里多尼亚的爆炸新闻,关于那个名叫南茜·柯莱特的应召女郎及那个没有脑袋的女人。("不过,实际上她肯定是有脑袋的,"波普太太对多莉说,"报纸居然给她起了那么个名字,真是荒唐。"

"因为她是个女人,"多莉说,"如果她是个男人,他们就不会那样取笑她了。")

英国领事把太太介绍给了那个新近抵达的战俘,莫里斯经常玩这样的花招:他会把她拽过去,跟某个和社会格格不入的人见面,然后自己就躲开。自从被莫里斯从法国警察手中拯救出来,这个男子已经烦了莫里斯好多天。他不断在前门出现,问自己的护照处理好没有。莫里斯给他换了身衣服,又额外给了他一些纸币,让他把自己收拾齐整。可他仍然在外面等候。波普太太甚至看到他在花园尽头睡觉。

他骄傲地把护照拿给她看,翻到刚刚盖有签证印章的一页。他说这是刚刚拿到的。

"你现在想去北部?"她没话找话。他有点让人觉得不对劲儿。头发剪得太短,习惯冲着她的肩膀说话,而且总是大汗淋漓,瘦得像一把耙子。显然,她必须友好地对待这个人,因为他当过战俘,诸如此类,可她还是忍不住希望他稍微文雅一点。"等飓风结束后,你会交上好运的。岛上只有两条通往北部的公路,现在都已经关闭了,蒙迪克先生。"

他咕哝着她听不清的话。她觉得他正在寻找某个人,一个英国女人。

她愉快地说:"这样啊,我们这里就有好多英国女人!"

但他没有笑,他说着有关甲虫的事。

"哦,你是说那两个去了北部的女人吗?"她问,"可是她们已经离开一个多月了。"

"两个?"他敲敲自己的脑袋,仿佛里面有什么不该有的东西,

"居然有两个？"

"是的，她们来参加过鸡尾酒会。"

"有两个？"

"是的。"

"不，你搞错了。本森小姐是独自一人旅行。"

"错不了，她还有个助手，普雷蒂太太。你认识她吗？蒙迪克先生。"

她问这个问题不过是因为他开始变得非常古怪。蒙迪克搓着自己的手指，扭着指关节，弄出咔嚓咔嚓的声音。她从未见过这么大的手。然后，他表现得更加古怪了，眼睛里满含着泪水。"为什么？"他说，"为什么？为什么她那么说？率领这次探险的应该是我，我救过她的命。"

波普太太扭头寻找丈夫，但他正沉浸在谈话中，和一个她从未见过的年轻女人。她含含糊糊地说："本森小姐没提过这一点。"

"她没有？"

他从口袋里掏出一个旧笔记本，破破烂烂的，上面写满了字，不单有斜着写的，还有从上往下写的。他用袖子擦了一下眼睛，然后翻开笔记本，想找一页没写过的纸。"她们去什么地方了？"

"普姆。"她说，跟"room"押韵。

"怎么拼？"他把笔记本压到墙上。最终她不得不把那几个字母逐个告诉他，他怎么都写不对，不断把写错的地方划掉，重新写。

她说："真希望她们能在这场风暴中幸存下来。我警告过她们别去。莫里斯没说你来自自然历史博物馆。"

他忽视了这句话，只顾着拼写普姆。可这么短的一个词，他怎么都没法把那些字母的顺序写对。

"她们在这里被拖了整整一个星期。她的行李遇到了麻烦,弄丢了。你知道她后来找到行李了吗?"

现在他转过身,抬起脑袋。"她的采集装备没丢吧?"他问。他笑了,瘦瘦的脸笑逐颜开,仿佛知道什么她不知道的事情。波普太太困惑了,她可不喜欢这样的局面。总的来说,他们俩的位置颠倒了。于是她改变了话题。

"你会在这里过情人节吗,蒙迪克先生?到时候,我们会在英国领事馆举办一场特殊的派对。会有很多用纸剪的心,特别热闹。"

不等自己说完这句话,她已经后悔了。她不知道该让这个男人跟谁搭伴。她喜欢在情人节做媒,有一次还装扮成丘比特,戴着翅膀和所有行头。

幸好蒙迪克先生说他没时间,他准备去北部。"去普姆。"说着,他再次注视着自己在笔记本上写下的那个词,"那个城市大吗?"

这一次轮到波普太太笑了,他居然以为普姆是个城市。她很久都没听到这么可笑的事情了,笑得都停不下来。"城市?那里不过就几座茅草屋,你会很快找到你的同事的。"

可是蒙迪克先生没有笑。他瞪着她,像石头一样冰冷,就仿佛她羞辱了他一顿。然后他挤过人群,走出房间,离开了。

后来,波普太太把那些英国太太叫到厨房里私下碰了个头。服务人员正在清洗餐具,她压低了声音,以免被他们听到。

"出事了。"她说,"那两个去北部的女人在捣鬼。"

"你是说搞间谍活动?"多莉大叫,她读的惊悚小说太多了。

"我不知道,但不管她们在干吗,我认为都跟甲虫无关。那个准备加入她们的男人有些可疑。"

刚说到这里,她的话就被打断了。一名仆人正为找不到切肉的刀而抱怨。那把刀不见了,她说,放在抽屉里就不见了。有人带着英国大使馆的切肉刀离开了这里。

## 35

# 我们会死掉！

她们幸运地活了下来，慢慢摸索着下山，惊魂未定，筋疲力尽，紧紧抓住对方，被吓得忘记了饥饿。她们的衣服又湿又皱地贴在身上，靴子发出嘎吱嘎吱的声音。四周到处都是倒下的树木、被连根拔起的树干，以及汹涌的洪水。就算她们能够抵达那座平房，它很可能也已经倒塌并被刮跑了。

"你还好吗，伊妮德？"

"是的，马吉。"

"就那样，伊妮德，再往前迈一步，差不多就快结束了。"

拜暴风雨所赐，她们在山上被困了四十八个小时。四十八个小时的狂风暴雨。"万一碰到飓风，"贺拉斯·布莱克牧师写道，"一定要把所有的门窗都关好，建议在暴风雨期间坐在桌子或床垫下面，拔掉所有电气设备的电线，无论如何都别出去。"

她们只能勉强站直身体。马格丽在两块巨石之间找到一条深深的缝隙，她们挤了进去，紧贴着对方，还有那只狗，以及她们能够抓住的所有装备也都挤在一起。她们弄丢了一张捕虫网、几个捕虫陷阱、一瓶乙醇,还有伊妮德的棒球帽。狂风呼啸,马格丽从未听过这么可怕的声音。风劈头盖脸地打过来——马格丽戴着头盔也毫无意义,甚至比反复敲打自己的脑袋还要糟糕。最高的松树也被刮得弯下腰,一只只香蕉被刮到空中,椰子、树叶、树枝和一群鸟儿也没能幸免。迸裂声、碰撞声、嗞嗞声、吸卷声、噼噼啪啪声,像枪炮一样响。远处不时传来巨浪呼啸着撞击悬崖峭壁的声音。雷鸣电闪没完没了——一道道紫罗兰色、黄色、银白色的光短暂地照亮森林的某个部分,然后突然消失。这场暴风雨如此猛烈,简直看不出怎么才能停下来。她们的头发被吹得乱七八糟。

"我们会死掉的!"伊妮德尖叫着,"我们会死掉的!"

在惊恐之中,马格丽身上发生了一件前所未有的事情。当一切能够想象的东西都被卷过空中,快得都无法看清时,她开始说起话来,虽然不是什么有明确含义的话。她对自己说:"马格丽·本森,你现在是个说话机器了,你决不能放弃。"当伊妮德蜷缩成一团,抽泣着,尖叫着说一切都完蛋了时,马格丽却把脑子里冒出来的所有词语都说了个遍。她按照字母表的顺序列出以每一个字母开头的动物,然后是国家、集市,还有首都。只要她不停地说下去,她就能控制恐惧。

"马吉!"伊妮德尖叫着,"有什么意义呢?我才不在乎你能想起一种以'X'开头的动物,闭嘴!我们就要死掉了!"

但马格丽没有闭嘴。她不停地说话。在飓风中被困在一座山上,马格丽感觉自己和伊妮德就像两只朝相反方向飞去的风筝,却被同一只手捏住了风筝线。但重要的是做到了,重要的是她控制住了自己的恐惧,且照顾了伊妮德,后者不单怀着身孕,还确信这是自己活在人世间的最后一天。于是马格丽从一个主题跳到另一个主题，而伊妮德则继续叫喊着完蛋了完蛋了。马格丽说得越多，越是把脑子里冒出来的词语大声说出来，她就越肯定自己还活着，不会死掉，也不会让伊妮德死掉。她只需不停地说下去就行。

男孩的名字，女孩的名字，那些著名战役的爆发日期，亨利八世的几个妻子的名字，自阿尔弗雷德大帝以来所有英国国王与女王的名字，圣徒的名字，众多诗人的名字，战争期间各种食谱的配料清单，她能够想到的任何清单。

夜幕降临，狂风怒号，马格丽仍在不停地说话。现在，伊妮德被冻得从头到脚都在哆嗦，她哭喊着："我们就要被冻死了！"但马格丽不愿屈服于渗入脚趾和耳朵里的寒气，那股寒气如此之冷，甚至让人觉得那是热气，都让她昏昏欲睡了。她紧紧搂着伊妮德，逼伊妮德保持清醒，听她念一年十二个月的名称，再倒着把它们拼出来，然后，她突然想到可以列出甲虫的所有科和亚科，以及它们的拉丁文学名。她一度以为自己再没有什么可列举的，以为自己就要放弃了，然而面对着她们非常有可能死在山上的现实，以及伊妮德对失去腹中胎儿的恐惧，她意识到自己并不脆弱，也不想死。她想要活下去，想要伊妮德和她的宝宝活下去。而她只需要不停地说话即可。

随着风的呼啸声越来越猛，天空中出现了极为苍白的光，然后开始非常缓慢地变亮起来。她不知道到底过了多久才有了足够的光线来看清周围环境，但那是一段非常非常漫长的时间。

然后雨下了起来，跟她以前见过的大雨完全不同，就连在新喀里多尼亚也没见过这样的雨。一根根雨柱从空中掉落，顺着树干往下流，从叶子上滴落，呼啸着向下奔涌，让她目不暇接。雨水淹没了森林，撞击着森林、碾压着森林，直到她脑子里满是咆哮的雨声。雨水化作红色的溪流，泛着泡沫，从顶峰飞流直下，在她眼前爆裂。现在，不管是树木还是巨石，都不再被刮得从空中飞过，而是在洪流中漂流翻滚，颠簸着，横冲直撞，时沉时浮。似乎一切都不再固定，也不再坚实。"我们会被淹死的！"伊妮德哭喊道。当她被弄得浑身脏兮兮时，再次哭喊起来："我们会被石头砸死！会被树砸死！"她抱住自己的肚子，仿佛暴风雨也会把它卷走。在整个过程中，马格丽继续不停地说着话。

伊妮德知道马格丽能说出甲虫有多少种各不相同的触角吗？"不！"伊妮德大叫着，"我不知道！"没关系，马格丽会把它们挨个告诉伊妮德。她也确实那么做了：有短短的触角，有粗壮的触角，有牙刷状触角，有羽状触角……又一个小时挨过去了。

伊妮德知道锹甲那些复杂的交配模式吗？知道象甲和步甲之间的区别吗？"我当然不知道，马吉！"没事，紧挨着我坐好，伊妮德，让我们一起来了解这些知识。

然后，天崩地裂，地动山摇，整个山坡似乎都裂开、滑走了，就像一张翻倒的桌子。树干、折断的树枝、巨石、翻滚沸腾的水流、树叶和石头席卷而过。马格丽紧贴着伊妮德，伊妮德紧贴着她的狗。她们蜷缩在藏身之处。与此同时，大地摇晃着，怒吼着，仿佛要被冲走一般。伊妮德抽抽搭搭，马格丽继续谈论着甲虫的身体构造。这辈子她从没有为世间存在如此丰富的物种而心存感激过，她有足够谈论几个星期的素材。

到第二天结束时，风停雨住，周围重归宁静却令人疑窦顿生。马格丽壮着胆子爬出去查看那条小路的状况，可是才仅仅走出几码远，风就再次刮了起来。情况比以前更糟了。她意识到这里处在暴风眼中，不过为时已晚，这是事情恶化之前那个危险的片刻间歇。大风从她手里夺过那盏马灯，摔到地上，它撞得粉碎，仿佛比完整的时候至少变大了二十倍。她抬起脚，想回到伊妮德身边，却被推到地上。她手脚并用地在地上爬，树枝、落叶和石头向她袭来，她甚至不小心打了自己一拳。"我们会死掉！"伊妮德咆哮着，这句话她已经重复了两千三百次，"我们会死掉，没人能救我们！"

她们在山上度过了又一个夜晚，又一个喋喋不休的夜晚。然后，终于风速减慢，光线照射进来，云飘走了，雨势不复凶猛。马格丽从石缝里挤了出去，然后扶着伊妮德爬了出来。

现在，她们挣扎着下山，就像被绳子绑在一起那样移动。伊妮德身体虚弱，马格丽嗓音嘶哑。不管怎样，那只毒瓶仍然完好无损地放在帆布背包里，她的头盔和捕虫网也是同样。那条狗平安无事。但她们差不多失去了其余的一切。小路上堆满了碎石、石头和倒下的树木，像家具一样巨大的石头堵在路上。在她们脚下，石子发出瓷器一般的声响。溪流的水深及膝盖。大地上到处都是奔涌的河流，空气中充满了啸啼声和鸟儿的歌声。马格丽背着两个背包，扶着伊妮德跨过一棵又一棵倒木，涉过一条条河流。伊妮德一只手抱着肚子，另一只手被马格丽抓住。

"伊妮德，宝宝没事吧？你能感觉到它在肚子里动吗？再迈一步，伊妮德。你做得很好，继续，再迈一步。就那样，再来一步。继续，伊妮德。瞧，风差不多停下来了。我们成功了，我们安全了。你还好吗？伊妮德。"

"我没事，宝宝也没事。可是能请你别再说话吗，马吉？我都没法思考了。"

一只猛禽在头顶上盘旋，拿不准她们是否已经死透可以吃掉了。

真是奇迹，那座房子没有倒塌，它依然矗立着。事实上，它看起来如果不是比原来稍微好一点，至少也跟原来一样。屋顶上的棕榈叶被刮走几片，但她们能够把它修好。台阶上的破损之处没有增加，因为它们已经破损了，环绕房子的游廊也是同样。屋顶上的油布没有被刮跑，只是被刮平了。门似乎有点歪歪扭扭。马格丽突然想到，这所房子已经经历了那么多场飓风的侵袭，已经没法变得更糟了。事实上，它是可以抵御飓风的。再次看到它，她感觉一股爱意油然而生，顿时觉得这是全世界最好的房子。

"到家了！"伊妮德喊道，"马吉！我们成功了！我们到家了！我们成功了！"

可是她已经没法登上台阶，马格丽不得不把她抱到台阶上方，然后再回去接那条狗。

伊妮德不单是身体虚弱，而且有些神经质。马格丽推开大门，一大群野生动物夺门而出，其中包括一条鳗鱼，她发出一声尖叫，接着眨眨眼，困惑地站在门槛旁，审视着眼前的一团混乱。地板上积了一大摊水，四处散落着树枝、纸张、一听听的斯帕姆午餐肉罐头，水上漂浮着那些标本的残余——她们曾经冒着那么大的危险去采集。那幅描绘圣婴耶稣的画已经从墙上掉下来，马格丽的一些标本盒与广口瓶从书房里冲了出来，很多都摔碎了，她的书也泡在了水里。

"还不算太糟，"马格丽缓缓说出这句话，"还不算太糟，伊妮德。"

"真的吗？"

"真的，我见过更糟的。"

她走在前面，最重要的是，她没有沮丧。伊妮德就像鹰一样望着她。她蹚水而过，靴子在水中发出唰唰的声音，还不时踩到碎玻璃上。但房子的后面部分仍然支撑着屋顶,两个卧室没有被水淹掉,蚊帐完好无损。要不了多久就能把房子收拾好。"是的,伊妮德,情况还好。"

"我们成功了!我们成功了!马吉。"伊妮德低声说道,她再次变得高兴起来,只是身体仍然虚弱,紧紧抓住马格丽的胳膊。

在伊妮德的卧室里,马格丽帮她脱掉靴子,剥下短裤和上衣。伊妮德蹲下去,简单地查看了一下她的红色小手提箱,它仍然好好地放在床底下,然后她才允许马格丽帮她穿上一件连体衬衣。自伊妮德在山上的水池里游泳以来,这还是马格丽第一次看到她赤身裸体。除了看起来活像马甲的白皙躯干,她的身体又黑又瘦,肌肉结实。她的乳房丰满,上面有蓝色的静脉,肚子已经向外凸起了。突然之间,跟肚子相比,她显得那么小。马格丽忍不住笑了。也许只是释然的一笑,为平安归来而释然。伊妮德低头看看自己的肚子,抚摩着它,仿佛为它而自豪,接着她也笑起来。马格丽用防水布和棍子在她床上搭了个天棚,如此一来,就算天上下雨,伊妮德也不会被淋湿了。最后,马格丽帮伊妮德把蚊帐挂好。

"马吉,我们成功了!"伊妮德眼泪汪汪地咕哝着,仍然感到难以置信,"现在没有什么能够阻挡你和我去寻找那种甲虫了。"她很快就睡着了,一只手仍然搂着肚子。

之后的时间里,伊妮德都在断断续续地睡觉,中间起床吃了点东西,喝了一加仑的水,然后抱起狗狗,又回到床上。她说自己只是需要休息,休息好之后她就要去继续搜寻那种甲虫。

没有伊妮德在旁边,马格丽紧锣密鼓地干起活儿来,几乎忙得晕头转向。她清扫了那些碎玻璃,用拖把擦干了地板上的水,用硬纸板将破损的窗户钉上,又另外钉了一颗钉子,重新挂上伊妮德那幅宝贵的圣婴耶稣画像。她把剩下的食品罐头堆成塔形,扔掉一袋袋已经没法食用的燕麦片,从外面摘了一大捧甜甜的香蕉给伊妮德;又拿棕榈叶修补好屋顶,用绳子将它们固定好;然后从那条因下雨而河面暴涨的淡水河里打了些水来。她搓洗她们的衣服,洗掉上面的红色污泥和汗渍——不过衣服原本的颜色大部分已经褪掉了。接着她把衣服上破得最严重的地方缝补好,还用伊妮德织毛衣的编织针在靴子上扎了几个洞,这样如果她们以后出去碰到下雨,靴子里的水就能流出去了。她用山药和鸡蛋做了点吃的,闻起来特别香,伊妮德从床上爬起来,一声不响地把它吃掉了。然后马格丽把所有衣物都挂出去晾晒。

随着夜色越来越浓,她点亮了剩下的那盏唯一的马灯,全神贯注地整理自己采集的甲虫。她找到自己能够挽救的标本,小心翼翼地将它包好,准备运送回国;又尽量挽救她的书籍和文件,将松散的纸张钉到墙上晾干;最后还熬了几个小时的夜,重写了自己的笔记。外面,天空如同一只巨大的玻璃球,幽暗的夜空中闪烁着点点星光。周围是虫儿的低语,远处传来大海的浪涛声,到处都弥漫着松树的清香和花儿甜蜜的气息,花朵像蜡烛一般在黑暗中怒放。

伊妮德说得对,她们本来会在山上死掉的,但她们没有,洪水、落石和四处乱跳的椰子都没有将她们杀死,她们幸存了下来。在船上、在瓦科,马格丽都曾经让伊妮德失望;在山上,她也反反复复地让伊妮德失望——那么多的失望,简直可耻。但现在,她要掌管这一切了。不管以前的生活朝着什么方向发展,有马格丽掌舵,它必将换一种方式抵达那里。就仿佛四十八小时不停地说话在她身上解锁了什么新东西,让她觉得自己不仅外表更强壮,内心也更强大了。因此,尽管她开始担心自己对那种甲虫的判断是错误的——它或许根本就不在新喀里多尼亚,或者以前生活在这里,现在已经消失了——但她仍打算回到那座山上，继续搜寻。谁在乎签证呢？这是她的第二次机会。

一想到"第二次机会"，她突然停了下来。这个词听起来有些熟悉，马格丽只好停下来努力地回忆。然后她想起来了。就在飓风到来之前，当伊妮德向马格丽坦承自己仍然怀有身孕时，她说她曾经在圣诞节那天担心一切都完蛋了，然后又意识到腹中的胎儿是她的第二次机会。可是伊妮德说这一席话的时候有点奇怪。为什么她会认为一切都完蛋了？除了制作纸皇冠和摆弄收音机、设法接收信号，她那天什么都没做。马格丽希望自己能问清楚伊妮德那句话到底是什么意思。

可是，马格丽意识到，即使伊妮德醒来，她们一起坐在游廊上，自己也不会去问。她们俩之间的差异曾经让她感到如此狂怒，如今都已坦然接受。成为伊妮德的朋友意味着一直都会面对一些令人惊讶的事情。她的红色小手提箱，那是另一件令人吃惊的事。看着伊妮德使出全身力气，扭动着钻到床底下检查箱子，她都想大笑着说："伊妮德，里面到底装着什么东西啊？"不过，出于对伊妮德的尊重，她什么都没说。不管她们的关系多么亲密，她都没有资格刺探伊妮德的往事，也不允许自己进入伊妮德从前的生活。朋友意味着接受那些不可知的事情，意味着她会说："看我的腿多粗！再看看你的腿多细！瞧瞧我们俩是多么不一样。你和我，我们却在这里，一起待在这个奇怪的世界上！"正是把自己跟伊妮德肩并肩地放在一起，马格丽才终于开始看清自己的真正轮廓。现在她知道了：伊妮德是自己的朋友。

她拿起一支铅笔和一张纸，数了数她们还剩下多少罐头：足够吃一个月，仅此而已，顶多能让她们维持到二月初。她取出自己的钱包，数了数里面的钱。如果她们慎重一点，她都买得起回努美阿的汽油，并剩下少量结余。她们的衣服和靴子都破旧了，其中一张吊床几乎没法再撑一个星期。但真正麻烦的是她的腿，她取出放大镜和一把刀子。

马格丽脱掉袜子，取下绷带。红红的皮肤火辣辣地疼，被感染的叮咬伤口已经肿了。她拿起一支笔，给每一个伤口都画上一个圈，一共有十个。然后她用刀尖顶住第一处伤口，扭过头去，用刀刃划破皮肤，就好像那是一只桃子，然后设法把化脓的地方切开。一阵剧痛传遍全身，再没有比这更疼的，不过，这种剧痛反过来也让她完全忘记了髋关节带来的痛苦。那之后，她清洗伤口，抹上碘酒，用软棉布和干净的绷带将它包扎上，不过伤口仍然剧烈地疼痛着。一群蚊子被鲜血吸引，滚滚而来。

就在五个星期之前，她睡在吊床上度过露营的第一个夜晚，她还绝望到想要放弃。现在她的助手怀孕了，她的腿几乎报废，大部分装备都弄丢了，罐头也即将耗尽。但她依然紧紧抓住最后一线希望，想方设法地继续下去。

她拿起那把刀子，擦干净，鼓起勇气切开下一个被感染的伤口。

# 36

# 轻而易举

他有那把切肉刀、巴拿马草帽、从"俄里翁号"上弄到的黄色毛巾,以及笔记本、地图,还有刚刚盖上签证印章的护照。他蹲下来,从这里能够将那座平房尽收眼底。

他轻轻松松就来到北部:英国领事夫人错了,她没有权利笑话他。离开他们的别墅时,他带走了自己需要的东西——那把刀子、英国领事的钱包和一瓶红酒——然后搭了两个正要到去北部矿场的荷兰人的顺风车。他给他们看了笔记本上的"普姆"这个词,还有地图上的叉,他们说,如果他愿意坐到后面放工具包的地方,可以把他捎到半路。他们试着沿西海岸公路北上,但那条路因为飓风关闭了,于是他们穿过岛屿,开上东海岸这条公路。他们问蒙迪克是否去那边找工作,可是他说得话够多了,于是假装睡着。几个小时后,他们让他下了车,说了些他听不懂的事,跟一条河有关。不过没关系,因为他从其中一个荷兰人的工具包里拿走了一副双筒望远镜,还有一副备用电池。他不需要电池,但他还是拿上了。

搭了荷兰人的顺风车后,他步行来到一个小镇,那里有一些简陋的小屋和一家咖啡馆。他点了一盘烤鱼，在笔记本里记下一笔，这样他就不会忘记了，他还写到两个荷兰人的事，然后把"普姆"这个词拿给吧台后的男人看。可是那个男人说了个"不"[①]，好像那个地方关闭了。然后他抓起蒙迪克的笔记本，在上面画了一条河。他指指上面，就好像那条河在天花板上。然后，蒙迪克知道了，他理解了对方的意思。这就跟战俘营里那些男人一样，他们有暗号，这样当他们策划逃跑时，日本人就不会知道。他意识到那个家伙跟他说的不是那条河在天花板上，而是在北边，那条河在北边。那家伙又说了个"不"。于是蒙迪克明白了，因为飓风的关系，那条河阻断了东海岸公路，他没有办法过河。

于是他画了一条小船，那个人捻捻手指尖，意思是要钱。

钱不是问题，因为货船上那个女人的钱包仍然在他手里，他甚至都用不上英国领事的钱包。

接下来，他跟一个戴帽子的老男人上了一条小渔船，他说了"普姆"，又指指笔记本上那个词，那个人笑着说："普姆，是的，是的，普姆。"[②]这句话毫无意义，不过蒙迪克还是拿出那瓶从英国领事馆偷来的红酒，望着头顶上的星辰左右晃荡，望着小渔船的船桨从水中划过。尽管船因为刮风有些颠簸，但一股强烈的喜悦仍从他体内涌过。他已经获得自由五年了，然而这是他第一次真正感受到自由。

现在他来到了这里，来到了普姆。小渔船在一个破损的码头边靠岸，他步行了一段，然后看见几个老年男子和一些山羊。他在笔记本上画了两个女人的图，一间老咖啡馆里的大个子朝一条土路的方向指

---

[①] 此处和下文的"不"均为法语。
[②] 此处为法语。

了指。于是他又步行了几英里，那里有香蕉树、红鹦鹉、高大如塔的蕨类植物、跟人差不多高的仙人掌，以及从远处传来的海浪声音。他路过一个棚屋小镇，一群男孩子跑出来大叫"你好，先生！"，他呵斥着让他们靠边，就像布里斯班那条货船上的水手呵斥他一样。他从红色的尘土中走过，一直来到这条路的尽头，这时，他眼睛里只有树木，耳朵里只有昆虫的声音——而那座糟糕的小平房就在那里。他想这一切全都是错误。

然后他看到了本森小姐，她就在他前面的游廊上，穿得像个男人，正在帮那个金发女人上台阶。一开始他想冲着她招手说："你好！我成功了！我来这里领导探险了！"但他没有，因为他看到本森小姐在帮那个金发女人移动，好像她病得很重。于是他退了回去，用刀子在蕨类和象草中砍出一条路，找到一个藏身之处，这样他就可以弄清楚事情的原委了。

他在那里待了很长时间，在她们不知道的情况下观察那座平房，在笔记本上记录有关她们的事情。他感到一种奇怪的力量。后来他前往普姆，给自己找了个房间，睡了一觉，然后他想起要买一些新鲜水果，预防脚气病。第二天他回到那座平房附近，在藏身之处屈膝跪下，记笔记。有时，那个金发女人会带着一条脏兮兮的狗出现，但她看起来有气无力的，还抱着自己的肚子。现在他看出问题所在了：她怀上崽了。真是个糟糕的助手。

他想起宋库莱的战俘和沿铁路前行的行军，想起身边的人倒下，而自己却不能停下脚步，甚至连看一眼都不行，只能抛下他们继续前进。他想起铺设铁轨的过程，每铺下一道路轨，似乎都会有一个人崩溃倒下。他想起他们每天劈下的石头，脚下的那条河流，还有那座茂密得永远看不到出路的丛林。他想起那些躺在米袋子上的死者，以及尸体腐烂的臭气。那些回忆飞快地涌过大脑,他不得不一动不动地抱着胳膊坐在那里说:"你是个自由人,你是个自由人。没事了,伙计,把水果吃掉吧。"

观察了三天,他在笔记本上记下观察的结果,例如她什么时候起床,什么时候摘香蕉,夜里什么时候把灯点亮。只要把注意力集中到这些事情上,他就没事,就能活在当下。

现在,为了看得更清楚,他举起那副双筒望远镜。当她靠在游廊上损坏的栏杆时,他能够看到她晒伤的胳膊、她靴子上的裂缝,能够看到她腿上的绷带,以及为了能够走路而不得不扶着髋部的样子。他猜她还没有找到那种甲虫。

知道她的装备是偷来的之后,情况发生了改变。规则再次变化,正如他在船上救了她一命时规则就曾发生变化。他们之间有了这种新的秘密。他重新躺下,闭上眼睛。他能够听到昆虫的吵闹声,能够感觉到热浪,仿佛他沉入一个红色的地方,温暖舒适。

他只需想出怎样甩掉那个金发女人即可。

# 37

# 改变计划

她们驱车前往普姆,庆祝自己从飓风中幸存下来,这是马格丽的主意。去之前,她把头发染了,这是伊妮德的主意。马格丽不想给头发染上新颜色,她喜欢头发以前的样子,可是当她拒绝时,伊妮德发火了——除非马格丽改变头发颜色,否则伊妮德就拒绝去普姆——于是马格丽只好屈服。她屈服的主要原因是她们需要吃一些别的东西,而不是斯帕姆午餐肉或香蕉。伊妮德只剩下最后一瓶染发剂,花了三十分钟才把马格丽的头发染好。马格丽都不知道只需要这么点时间就能破坏一个人的脑袋。她的头发变成了鲜黄色,相比之下,她的眉毛颜色暗得有些邪恶,她看起来就像个谋杀犯。但伊妮德对这一点不以为意,她很高兴。

"没人会认出你来了。"伊妮德说。

这是伊妮德才会有的又一个想法,毫无道理可言。即使马格丽以前是个不引人注目的人,现在却很难不被人注意到。不过现在可不是惹恼伊妮德的时候。那场飓风已经是一个星期之前的事情了,她会在须臾之间从心情愉快变成心事重重再变成脾气暴躁。此外,虽然她竭力掩饰,但她走路时会显得不太稳当。她不单肚子鼓了起来,脖子、手腕和脚踝也有些肿胀。她就像端着一壶生怕会洒出来的水一样端着自己的身体,要走下房子前面的台阶也要花好一阵工夫。为了求得好运,她的口袋里总是沉甸甸的,塞满闪亮的石头和羽毛。尽管马格丽说她们有足够的钱开车回到努美阿,她仍然拒绝去看医生。

"我没事,"她会说,"不过是怀孕了而已,又不是生病。"在理想的情况下,她会整天待在游廊上,谈论小孩子,以及编织一些小衣服。

每当马格丽建议她们回去继续探险,伊妮德都会同意,随后却提出不应该回去的合理借口,要么是有雾,要么是马格丽腿瘸了,要么就是她感觉这还不到恰当的时机。然而自从那场飓风之后,天气就一直很好,天空是清澈的湛蓝色,就像一只碗闪亮澄净的内壁,阳光如扇子一般铺满树林,空气像刀子一样洁净。马格丽常常站在那里望着眼前的山峦,还有顶上那两个山尖,现在她感觉它们看起来就像一对烟囱。她时而望着白云从头顶上飘过,将影子投到下面的大地上,时而望着初升的太阳——一道金光升到地平线上,逐渐显露出太阳完整的形状,将万丈光芒洒向大地,如同糖蜜一般。尽管小腿和髋部时时疼痛,她却急不可耐地想要回到山上去。

为了去普姆,伊妮德借了马格丽那条最好的裙子,因为她的衣服全都太紧了。她的头发不再像以前那么金黄,边上有几缕变成了黑色,但她用化妆弥补了这个缺憾。她不像马格丽那样看起来一副邪恶相,更像是一个连续三个星期参加同一个派对的女人。现在,她吃力地钻进那辆吉普车里,也许是因为那条紫色裙子,她看起来身形庞大。她仍然穿着那双装饰着绒球的凉鞋,鞋子在她脚上显得那么小。

"你确定可以开车,伊妮德?"

"我又不是残疾人,马吉。"

她让马格丽帮她拿着手提包,猛地把吉普车挂到一挡上,然后缓缓加速,顺着公路驶去,为了避开右侧很小的坑坑洼洼,她会一直靠着左侧行驶。与其说她们是在开车,不如说是在涉水。就算坐在海龟背上搭顺风车也比这速度快,连树木摇摆的树枝都更有动感。

飓风之后,马格丽就很少看到那些来自棚屋小镇的男孩。他们来过这所房子几次,有一次想卖给她一些鸡蛋——她买了一些给伊妮德吃——然后想把伊妮德那台旧的电池收音机卖给她。她不需要收音机,于是给了他们一些口香糖,把他们打发走了。现在,当他们冒出来大叫着"嗨——呀!嗨——呀!"时,不需要一路小跑就能跟上吉普车,只是出于礼貌,他们往后靠了靠,让伊妮德有机会在前面开车。与此同时,她紧握着方向盘,坐在座椅上向前倾斜,紧紧盯着这条土路,仿佛此刻正值午夜。

"你认为我是一个糟糕的司机。"

"我从来没说过。"

"你认为我开车不安全。"

"伊妮德,就算有什么东西躺在路中间,挥舞着一面旗帜,我们也不可能撞上它。"

伊妮德踩了一脚刹车,棚屋小镇的男孩们就像多米诺骨牌一样撞到一起。"我就是那个意思,你在批评我。"她开始哭起来。

"我认为你是世界上最棒的司机。"

"你真这么想?"

"是的。不过我认为你需要吃点东西,你看起来饿坏了。而且,我有话要跟你说。"

"你是想说我当不了妈妈?"

"不是，伊妮德。你会成为一个了不起的妈妈。"

"你觉得我的宝宝没事吧？"

"你的宝宝当然没事了。"

"我爱你，马吉。"

"谢谢，伊妮德。"

"我从来没碰到过你这么好的朋友。"

"谢谢你。"

"你救了我的命，也救了我的宝宝。没人会忘记这样的大恩大德。"

"伊妮德，我只是尽力而已。现在我们可以开车去普姆了吗？天黑之前到那里就好。"

伊妮德像个天使一样笑了起来，把车子挂到一挡上，然后离开了。

棚屋小镇上仍然满是刮掉的棕榈树叶子和各种残骸，镇上的居民们正忙着修补屋顶和墙壁。马格丽突然意识到，她们刚刚来到这里时，她对这个地方了解得多么不够。那些泥土棚屋看起来破破烂烂，是因为它们曾经抵挡住飓风。普姆也是同样，一座座房屋上覆盖着防水布和绳子，就像包裹起来的礼物。那不是乱七八糟、摇摇欲坠的小屋，而是一个知道如何生存下来的小镇。她们走进那家咖啡馆，老板欢快地迎接她们，仿佛她们刚刚从战场上返回。她们点了一顿大餐：一盘油炸龙虾；一只煮熟的青蟹，火红的蟹爪配上明黄色的柠檬格外好看；一份山药煎鸡肉；一份佛手瓜和切成片的粉红色木瓜做的沙拉。

马格丽带伊妮德来吃午餐是因为她有事情要告诉伊妮德，并且觉得在公共场合说出来更保险一些。她本不想说的，但事情没法再拖下去了。她一直在仔仔细细地考虑探险的事情，从现在开始，伊妮德将不得不留在那座平房里，让伊妮德上山太危险了。说不定会再来一场飓风,如果伊妮德摔倒,她会失去腹中的胎儿。显然伊妮德也很矛盾:她也需要找到那种甲虫,因为怀孕失败了这么多次,她努力让这一次与众不同。但她忽视了自己的身体状况,因此马格丽将替她做出决定。马格丽会服用一些阿司匹林来止痛,然后独立完成剩余的探险。她会每隔几天带着新采集的样本回来,伊妮德会在家里休息。那样就能确保伊妮德的安全,而且她还有那条狗跟她做伴,没有什么东西会伤害她。然后,到了二月,她们就回努美阿——可能不会驾驶这辆偷来的吉普车——而马格丽将会在踏上回国之旅前,最后尝试一次办完她那些仍未办妥的手续。

然而,当马格丽精心策划这场对话时,她并没有把伊妮德放在接受对话的那一端加以精心考虑。当伊妮德不在场的时候,在想象中跟她做一场艰难的谈话要轻松得多。此刻她们坐在桌旁,马格丽连话都插不上,伊妮德一直在唠唠叨叨地说个不停。一群老年人聚拢来,架起椅子坐下来观望。每吃一口食物,伊妮德就要说上大约五十个词。马格丽发现自己在为伊妮德做深呼吸。

"马吉,我身边从没有人像你这么好。我连自己的家人都没有,真希望我了解自己的母亲。"她咽了一口食物,"我要是有母亲,她会告诉我做什么,还会爱我。那就是母亲该做的事情。"她大声咀嚼几下,"我辗转生活在好几个别人的家庭中,可是男人们总是对我有想法。你知道我的意思吗?"她又咽了一口食物,"而女人们不信任我。她们像对待麻烦一样对待我,总想摆脱我。"又是大声咀嚼。伊妮德打开一只螃蟹的大螯,在她的油炸龙虾上撒了更多的盐,将它们一个接一个地塞进嘴里。"只有珀西对我好,我们过得那么快乐。他喜欢孩子,非常喜欢,但我们之间不只是性关系,我们是伙伴。他说成为母亲是我的人生历程。真希望你认识他。你不想吃你那份鸡肉吗?"

"是的，伊妮德。你吃吧。"

伊妮德拿过马格丽的盘子，抓起一只琵琶腿就咬了一大口，然后将话题转向甲虫。她不停地说着她们俩是多棒的团队，她迫不及待地想回到山上，还说她知道这次一定能够找到甲虫。她把空着的那只手放到肚子上，轻轻拍着，仿佛它是躺在她腿上的一只猫。即使只是在吃饭，她的孕态也似乎变得更明显了。然后她说："你想跟我说什么事情？"

马格丽抓起自己的杯子，里面什么都没有，但她还是喝了一口。

伊妮德又开始说起话来："别人可不会跟我待在一起。但你是我的朋友，马吉，朋友意味着绝不会放弃彼此。我们是一个团队，我们俩联合起来比分开单干的力量更大。我们会找到那种甲虫的，然后我就去生孩子。"

马格丽心里七上八下的，她还以为，自从遇到伊妮德后，自己已经学到了很多东西，可她却再一次感觉到，自己仿佛置身于某种过于庞大、无法控制的局面之中。"伊妮德，跟你的宝宝相比，甲虫无关紧要。你就看不出来吗？"

伊妮德抓起马格丽的手，像钳子一样紧紧握住。虽然身怀六甲，但她仍然能够把别人弄疼。"我知道。在我们找到那种甲虫之前，我的宝宝不会平平安安的。"即使松开之后，伊妮德的手似乎也仍然环绕着马格丽的手。"我们必须找到它，马吉，还有时间。"

马格丽无话可说。伊妮德在缺乏信仰，很可能也缺乏善意的环境中长大，她的整个世界都建立在迷信之上。要将她脑子里那些迷信的念头击倒，就跟夷平一座大教堂一般困难。

伊妮德吃完鸡肉，又把整整一筐面包蘸着酱汁吃掉。然后她笑了起来，就仿佛她刚刚想起什么好笑的事情。"当你说我们应该来普姆时，我还以为你准备告诉我，你想独立完成剩下的探险呢。我知道最近几天把你拖住了，我知道自己是个很难对付的人，而且情绪起伏不定，我知道我的情绪起伏不定。其实，那场飓风把我吓坏了，马吉。但我已经准备好了。现在我们已经吃过这顿大餐，我又一次整装待发了。很抱歉我以前对你有疑虑，那是因为我这辈子遇到的坏人太多。但你不一样，你和珀西，只有你们对我好。我们俩一起来到这里，马吉，现在我们俩也将一起完成这个工作。"说到这里，伊妮德掏出手帕，她已泪流满面。

马格丽再也受不了了，她艰难地走进咖啡馆内把钱付了。看到她，咖啡馆老板不由得多看了两眼，她的头发仿佛被可怕的东西砸中，而他并不想提醒她。在刚才的紧张情绪中，她完全忘记了头发的事情。马格丽游移的目光飘向窗外，看到一道明亮的阳光照射到伊妮德身上，就仿佛被舞台上的聚光灯照亮。伊妮德拿起一份报纸匆忙翻阅，带着一副奇怪的恐怖表情阅读着，她伸长手臂，把报纸举得远远的，就好像靠得太近了会让她无法承受。

可是咖啡馆的老板仍然在用法语跟马格丽说话。他似乎正在问她一个问题，并不断模仿搜寻东西的样子，然后用手画出一个瘦子的轮廓形状，又做了另一个手势，指着自己浓密的头发，并摇摇头，仿佛在说自己失去了头发。或者，他在说染发的事。她拿不准。此外，她正在琢磨伊妮德发生了什么。现在她得面对两个无法理解的人，一个在咖啡馆里面，另一个在外面。

等马格丽回到她们的餐桌前，那份报纸已经消失。伊妮德合上手提包，慌乱地站起来。

"你找到英国报纸了吗，伊妮德？"

"没有啊。"她毫不犹豫地说，然后行了个礼，"伊妮德·普雷蒂听候您的差遣！"

　　罗林斯先生转过身，开始朝着虚空吠叫。这没什么奇怪：毕竟它是一条狗。但马格丽从未见过它有一刻表现得像狗，除了耷拉着舌头跟在伊妮德身后。伊妮德将它抱了起来，不停地亲吻它。

　　"干吗大惊小怪的？"她笑着说，"干吗大惊小怪的？你这条愚蠢的狗。"

　　马格丽望着伊妮德，那条紫色的裙子穿在她身上太大了，裙摆都拖到了地上，然后又看了一眼那双小巧的凉鞋。在她身后，是那些摇摇欲坠的棚屋和建筑、老年人、高高的松树，还有那只古怪的山羊。天空是纯净闪亮的蓝色，清晰地衬托出那座山峰的轮廓。那是一个奇怪的时刻：你看到一个认识的人，却觉得自己与她素昧平生，也许只是因为阳光照射着她，或者因为天空如此明亮。不管原因是什么，一看到伊妮德，马格丽就猛吸一口气，仿佛被空气中的什么撞到或撕裂。伊妮德再一次发生改变，不再是来到普姆的第一天早上跳下码头的那个女人。她把自己的性命托付给马格丽，跟着马格丽来到世界的另一端，然后在一座山里爬上爬下。此刻，马格丽看着她，看她穿着那条奇丑无比的旧裙子，心中不禁升起一股柔情。于是，虽然马格丽打心里知道这是自己做过的最疯狂的事情，但还是屈服了。她当然会带着伊妮德一起上山。

　　高山啊，我们来啦！

## 38

## 带搭扣的鞋子

仅仅一个星期,她们就发现了超过一百件样本。她们就像机器一样工作。不等甲虫移动一下触角,"嗖"的一下,伊妮德就用吸虫管把它吸起来,不再会把它们吞下去了。马格丽把甲虫放进毒瓶中,然后伊妮德将它们小心翼翼地包起来。马格丽需要什么,都不用提出,伊妮德就会把东西递过去。在一起那么久了,她们之间的差异似乎已经消解。尽管她们无法分享过去的生活,但已经默契地融入彼此的思维和工作中。

当风刮起一阵阵尘土时,她们会把眼睛眯成一条缝;如果路太陡,她们会手拉手地爬上去,活像一只螃蟹。在遭到飓风破坏的地方,马格丽会重新开辟一条道路,将石头搬走,砍掉灌木丛,解开一团团纠缠的藤本植物,而伊妮德则在一旁休息。她们俩都无法快速前进,而且马格丽知道,如果动作太快,就会错过自己寻找的东西。每天晚上,她们都会扔硬币来决定谁用那张好的吊床,不过马格丽经常作弊,这样赢家就会是伊妮德——她的肚子又变大了,夜里很难入睡,而且时常需要小便。马格丽将大部分斯帕姆午餐肉让给伊妮德,自己只靠咖啡和香蕉生存。这或许是自我牺牲的举动,不过老实说,她这辈子再也不想看到一听斯帕姆罐头了。

她们的靴子已经严重磨损,都能看到脚在鞋里的轮廓。出于某种原因,伊妮德开始说起鞋子。她们身在雨林之中,浸泡在汗水里,手脚并用地趴在地上,衣服上沾满尘土且已经完全变成了红色,原来的图案都看不出来了。突然,伊妮德说话了:"马吉?"

"怎么了,伊妮德?"

"当你成为自然历史博物馆里的著名甲虫采集者,你会穿什么鞋子?"

"也许穿靴子?"

"我认为你不应该在博物馆里穿靴子,应该穿一双细高跟鞋。穿高跟鞋的好处是你能听到自己走路的声音。我一直不喜欢走路无声无息的人,感觉这种人不老实。"

"可是我能驾驭高跟鞋吗?你觉得能行?"

"绝对可以,马吉,你还有腿嘛。"

"也许你是对的,也许我应该试试。那么你呢?等当上妈妈之后你打算穿什么鞋子?"

"嗯,最重要的是要穿舒服的鞋子,但我认为舒服的鞋子也可以有漂亮的颜色,还有一个金色的搭扣或别的什么。"

然后她们又继续采集甲虫。

除了昆虫,伊妮德还找到另外一些东西,例如一块心形的石头、一片金色的羽毛,她声称那些都是幸运符,能帮她保胎。她一边工作,一边与这个世界讨价还价,她反复对自己说:"如果下一分钟有一只鸟儿从头顶上飞过,我就会保住宝宝。如果一只蜘蛛落到我的菜里,我就会保住宝宝。如果我摸那棵树三次,我就会保住宝宝。"她时不时地对蝴蝶表示欢迎,请求它们保佑和照顾她的孩子。与此同时,马格丽不断将碘酒泼到腿上,把伤腿包扎起来。疼痛已经达到让她感到麻木的程度,不过还好,被感染的地方没有恶化。

她一直都是个大块头女人,脚上的负担永远不会减轻,即使在梦中,她也不会蹦蹦跳跳地越过溪流和小河。不过她觉得她终于找到了自己的节奏。马格丽热爱森林的广袤无垠,树木的高贵气质似乎与她内心深处的某种东西联系着,她有一种极为奇怪的感觉:虽然身在世界的另一端,她却觉得自己仿佛置身于一个从小到大都很熟悉的地方。她在森林里待的时间越久,她们所到之处的海拔越高,她就越觉得自己渺小,周围的空间如此巨大,那些树木仿佛永世长存,这一切既让她震撼,又让她感到如鱼得水。她喜欢伊妮德煮的咖啡,劲头猛得近乎荒谬,早上喝的第一杯尤其提神。夜晚,与伊妮德和那条狗肩并肩地躺在吊床里,她喜欢倾听棕榈树叶子及那些高大松树摩挲的声音,而远处是错彩镂金般的星空——有时她会半夜醒来,凝视,倾听,只为弄清她们就在那里。她最享受的仍然是天光大亮之前那段短暂的时间,银白渗入天空,晨光在曾经布满星辰的地方绽放,空气甜美清新,万事万物都从梦中醒来,恢复生机。世界似乎充满了希望。

有时她会停下来,以为近旁有一只野猪或巨蜥,或者,也可能是来自棚屋小镇的一个男孩,可是周围什么都看不到,她就继续前进。有时罗林斯先生会转过身去,吠叫个不停,直到伊妮德把它抱起来。这让马格丽烦躁不安,产生一种难以辨识的刺痛之感。她望着伊妮德,试图从对方脸上读出同样的狐疑,但伊妮德埋着头,手放在肚子上,一边艰难地越过一块又一块石头,一边自言自语地说一些琐事,尽量做到不掉队。显然,她把注意力放到了别处。伊妮德时常陷入沉思,就连苍蝇飞进头发里也没意识到——是马格丽把它们从头发上拂去的。她们继续前进,然后马格丽会完全沉浸在搜索中,忘记那种忐忐不安的感觉。

到了那个星期的末尾,她们开始顺着那条熟悉的小路返回住所。帆布背包里的食物已经吃光,如今装满了昆虫样本,甚至还有一部分不得不装到马格丽的衣袋里。她扶着伊妮德迈过比较大的石头,拨开攀缘植物的藤蔓让伊妮德过去。就在她们差不多抵达那座平房时,罗林斯先生突然跳到前面,狂吠起来。

"快点!"伊妮德说,"把它抓住!"

马格丽向前冲去,闯过枝横条斜的灌木,弯腰钻过藤蔓,穿过叶如梳篦的蕨类,伊妮德远远跟在后面。马格丽终于赶上那条狗,看到它发现了她们第一天进山时沐浴的水池。那一汪碧蓝如孔雀翎羽的池水就躺在下面,映照出几乎被遗忘的天空,瀑布如刀锋一般落到一块岩壁上,溅起一股股水沫。伊妮德艰难地坐在马格丽旁边,什么话都不说,只是看着眼前的水池。

"你想下去游泳,对吧,伊妮德?"

她们爬过一些石头,朝水池靠近,小心翼翼地从石头侧面滑下去。树木泛着银光和绿光,萌生的叶片如同巨大的扇子。罗林斯先生待在石头顶上。

伊妮德想都没想,就飞快地脱掉衣服。她的身体柔软丰润,皮肤上映着一道道银线似的阳光,肚子从身体上鼓胀起来,肚脐也顶了出去,像一只门纽。

马格丽脱掉短裤和上衣,仔仔细细地叠好。尽管伊妮德才是什么都没穿的人,但马格丽却有一种奇怪的感觉,仿佛仍然戴着文胸、穿着衬裤的自己才是赤身裸体的那个人。她褪下衬裤,解开文胸,双乳沉甸甸地垂在胸前,她感觉到空气的温暖。那是一种美妙的感觉,她喜欢。当伊妮德欣赏自己的肚子时,马格丽飞快地解开腿上的绷带。然后她们就手拉手地蹚水走进池子里。阳光照着她们丰满的身体。她们慢慢浸入冰凉的水里，叫道："呀呼！哦，老天！"躺在水里，消失，又冒了出来，湿漉漉的皮肤和头发闪烁着光芒。马格丽摆动手臂，推拨池水，游了几下，不过仍然让一只脚靠近池底的石头，因此这不完全算游泳。不管那是什么，在感觉身体沉重笨拙的同时，她又感觉优雅和自由，仿佛水正托着她。就连腿上的叮咬伤口似乎也被冻住，切除了那种疼痛。接着伊妮德仰卧在水面上，开始划水，那动作让她看起来像一只纤弱的鸟儿顶着一只被煮熟的巨蛋，她的头发如荷叶边一般围着她铺展开来。马格丽也仰卧在水面上，就像伊妮德那样，用手轻轻拨弄着水。她张开四肢，睁大眼睛，望着蓝色的天空。她们就那样漂着。

"你介意吗？"

"介意什么，伊妮德？"

"介意我生下宝宝，而你却没有找到想要的甲虫。我知道这对你来说意味着什么。这么多人中，就我知道。"

马格丽抹了一把脸，眼泪滴落下来了，她不想让伊妮德看见。"没事啊，伊妮德。我采集到一些很不错的样本，即使没有找到那种金色甲虫，已经采集到的昆虫数量也够惊人了，而且价值不菲，任何昆虫学家都会为此感到骄傲。"

"真的吗，马吉？它们很值钱？"

"如果我们私下里把它们卖掉，能挣好几百英镑。"

"但我们不会那么做。"

"是的，伊妮德。"

"我们要把它们送到自然历史博物馆去。"

"是的。"

"我们可以穿上漂亮的鞋子去那里。"

马格丽不知道为什么自己如此感动,不只是因为她正处于世界的另一端,这个地方如此美丽,美得光是想一想都会心动。她很幸运,如此幸运,然而伊妮德对她了解至深,知道她在一定程度上仍然渴望找到父亲说的那种甲虫。还有,伊妮德将在她们回国时生下宝宝,有一天她们都将穿着新鞋子,一起前往自然历史博物馆。无论怎样,这一切太重要了,一下子令人难以接受,也许那就是她流泪的原因。老实说,她觉得生活已经尽善尽美。

伊妮德仍然漂在水里,手放在肚子上,唱着歌。然后她说:"你真的从来不想要孩子吗,马吉?"

"是的,伊妮德。"

"你是个好老师吗?"

"我很差劲。"

"你的厨艺很糟。"

"我知道。"

"可是你坠入爱河了?和那个教授?他伤透了你的心?"

"这事说来复杂。"

"复杂?怎么说?"

"我不知道。有些人注定会被遗弃。"

"哦,讨厌。"伊妮德说,"糟糕的说法。这就像在说受苦是女人的责任一样。"

其实马格丽看得出来,尽管这句话是姑姑们教她的信念,她成年后的大部分人生也建立在这个基础上,但伊妮德是对的:这个基础或许有缺陷,有错误。只是她还无法想清楚。

"唉,没关系。那是很多年前发生的事情了。"

伊妮德划动双手,将水朝马格丽推去,仿佛那是一件礼物。马格丽接受了。然后伊妮德安静下来，但不是那种正常的安静，更像是她有千言万语要说，却不知道该从何说起。"你有没有——"

"什么？"

"你有没有做过什么可怕的事情？有没有把自己搞得真的一团混乱？"

"教授的事情发生后，我就一团混乱了，我放弃了一切。为什么问这个？你呢？"

"我？我遇见过成堆的麻烦。"伊妮德笑了。接着，笑声戛然而止，停得那么突然，似乎一切都不再好笑。此刻的停顿，像是沉默，但又不是沉默。"但不管生活有多么可怕，我都从未放弃，总是想继续活着，等待生活变好的那一刻。你要记住，马吉，你绝不能再次放弃了。"她摸摸肚子，"我们遭遇的事情不等于我们就是什么样的人。我们可以按自己喜欢的方式生活。"

有时，伊妮德会让马格丽吃惊——例如她能够望向空中，说出一句富于哲理的话，仿佛有一条看不见的标语落到她前面，她只是把上面的字念了出来。阳光在她们周围洒下点点光斑，光线在水面上跳动。两个女人用手划水，让那些光斑跳得更欢悦了。几只大如鸟儿的蜻蜓飞了过来。

"答应我一件事情。"

"说吧，伊妮德。"

"如果我失去这个孩子，别跟我说没关系。你可能很想安慰我，因为你是我最好的朋友。你不希望我感到痛苦，因为那会让你伤心。你明白吧，马吉？"

马格丽抓起伊妮德的手，她冰冷的皮肤上起了褶皱。"我绝不会说失去宝宝没有关系。我知道孩子对你来说意味着什么。"

伊妮德将脑袋埋进水里，当她抬起头时，她的头发湿透了，似乎完全是黑色的。她看起来就像一只海豹。

"你知道吗，我们能去世界上任何地方。我们两个可以永远搜寻下去，你和我。我们可以去自己喜欢的任何地方。"

"可是我们怎么把采集的标本送回国去？怎么交给自然历史博物馆？而且，你的宝宝怎么办？"马格丽笑了，"你在胡说，伊妮德。"

她们听到那条狗在高处狂吠。伊妮德吹了一声口哨，但它没有下来。然后，她们迈开大步从水池里走了出去。阳光照在水面上，那么明亮，她们就像是走进一大团光里。她们摸索着找到衣服。"瞧瞧我，"伊妮德说，"瞧瞧我现在多胖，马吉。"

"你确定肚子里只有一个宝宝吗？怎么可能撑到五月才生？"

她们慢慢穿上衣服，皮肤仍然是湿的，衣服也是。

湿漉漉的头发披散到脖子上，马格丽觉得又沉又凉。伊妮德再次吹口哨呼唤罗林斯先生。

一个小时后，她们仍在搜索。伊妮德不断呼唤它的名字，变得越来越绝望。"罗林斯先生！"整个下午她们都在寻找，有时顺着小路找，有时离开小路，把它知道的地方都找遍了。她们拍着手，继续呼唤，喊得嗓子都疼了。当她们来到一条沟壑边上时，天已经快黑了。

"哦不，"马格丽说，"不不不，伊妮德，不。"

一阵恐惧飞快地将她撕裂，如爬虫一般恶心。伊妮德站在她旁边，舌头在嘴里搅动着，就像在咂摸嘴里有没有唾液。她们呆若木鸡，紧紧抓住彼此的胳膊，瞪圆了眼睛，目光呆滞，嘴张得大大的。

那条狗掉落到二十英尺的悬崖下，躺在沟底的石头上，就像被扔掉的什么东西。

# 39

# 墓上的石头

失去那条狗,伊妮德沮丧得如同迷失在一个无边无际的森林中,找不到路标。她经常目光呆滞地瞪着天空,迷茫困惑的脸上挂着泪珠。不管什么事情,即使与那条狗无关,她都会想起它,然后又是一阵伤心落泪。"它是一条那么好的狗狗,"她总是那么说,"它是一条那么好的狗狗,为什么会跑出去,马吉?我不明白。"

她们把罗林斯先生埋葬在她藏枪的地点附近,马格丽没有问原因。只要对伊妮德是有意义的,那就足够了。就算伊妮德要她为狗狗修建一座陵墓,再用一尊雕像做装饰,她也会尽力去做。伊妮德没有失去腹中胎儿,但失去了她最亲密的宠物伙伴,尽管看着她哀伤的样子令人难以忍受,马格丽知道自己必须容许伊妮德为狗狗哀悼。马格丽曾经爬到那条深堑下面,抓住那些一拉就断的树根,任脚在身体下方不断打滑。她抱起那条狗,抱着它僵硬沉重的尸体,挣扎着把它带回伊妮德身边。她记得它以前很轻,现在却发现它重了很多。她不喜欢这条狗,这从来就不是什么秘密。但它对伊妮德非常重要,这让马格丽的态度变得谦和。埋葬它的时候,她们没想着奏乐,不过当时在下雨——滴滴雨珠从天空洒落,拍打着那些巨大的树叶——也算是某种音乐吧。

每一天,伊妮德都会到罗林斯先生的坟墓前,叉腿而坐,待上一会儿,用手当扇子往脸上扇风。

"它很幸运,它是一只幸运的狗狗。我很害怕,接下来一切都会变得不顺。"

她有一个如同鲸鱼的肚子,但于事无补。她似乎缩小了,仿佛她失去的不仅是一条狗,而是某种内心深处的东西。她变成了从前那个伊妮德的浓缩版,被削减到只剩下精髓,既凶猛,又极其虚弱。不管她们走得多远,她都想回到那条狗的坟墓前坐一坐。实际上她们也没再走得很远,当然更没到靠近山顶的地方。她捡了些石子带给狗狗,一边把石子摆放在它的坟墓上,一边喋喋不休地说起它。她责怪自己钻到沐浴的水池里,责怪自己让它离开了她的视野,然后又动作太慢,没能追上它。当她们坐在狗狗坟墓边上,伊妮德哭着不停地诉说并给它的坟墓堆上更多的石头时,马格丽试着不去想它,但伊妮德的痛苦中有种不受约束的东西还是直抵她的内心。她想起了那个教授,现在她感受到了失去他的滋味。

历史不单由各个事件构成,也包括字里行间的一些东西。马格丽与教授之间的情谊持续了十年。他并没有称之为友谊,她也没有。只要不界定这段关系,就仍然是秘密,不会有附带的责任。她为自己感到庆幸,庆幸这个杰出的伟大人物在那么多人中选择自己在他身边工作。她陪他去上课,为他誊笔记并整理得井井有条,她不会坐在众人瞩目的前排,而是隐藏在人群中间。他们一起去喝茶,而他总是向女服务员介绍说她是他的侄女,然后把手伸到桌子底下摸她的腿,以及更靠上的部位。每年圣诞节和她的生日,他都会送她礼物,比如笔记本之类的小东西,但就算他送的只是一颗橡子,她也会愉快地接受。她叫他彼得,这并不是他的名字。他们之间的一切似乎都是秘密,这让她感觉自己很特别,即使没有人这么觉得。

姑姑们去世时,她二十七岁。她们死的时候没有造成多少混乱,或者说,死亡实际上缓解了她们的痛苦。她们拒绝休息。支气管炎先后夺去了她们的生命,就算死亡,她们也彼此相伴。马格丽继承了她们的一切,包括已近乎失明的芭芭拉。芭芭拉拒绝戴眼镜,于是生活就变成令人恼怒的一团模糊,而她也就时不时地撞个鼻青脸肿。一年后,芭芭拉也去世了。马格丽终于变成孤身一人。

有天下午,她在史密斯教授位于博物馆的办公室里给标本扎昆虫针。她仓促地说道:"教授,我有话要对你说。我现在有钱去新喀里多尼亚了,我能够为我们的探险提供资金。"这一席话并不是她事先筹划好的,她甚至都没想到自己会说出这些话。而现在话已出口,她也不敢中途停下。在此之前,她都认为自己不应该表现得像个傻瓜,或者暗示自己的真情实感,还把这奉为行为准则。如今,她就像把自己推入一个未知的国度,那里的一切都疯狂地生长。她结结巴巴地继续说:"我爱你,教授,我全心全意地爱你,爱你很多年了。"

她停顿片刻,感觉自己就要怀着期望晕倒,他的脸色变得像蜡一样苍白。他吐露了实情,不到一分钟就说完了。之后,他请求她原谅,啜泣着说他不知道该怎样度过余生,但至少她还年轻,机会多的是。他的忧伤似乎溶解了房间里的所有情感,于是,剩下的就是一种渺小而奇怪的模糊感,这让她说出一些并非出自本意,也没有什么真情实感的话。她提议,自己今后不会再到博物馆来。她只是说出了最糟糕的情况,如此一来他们就能重建关系。可他却感谢她如此明智,说他一直都知道她是一位坚强的年轻女士。

　　于是，他们的关系就那样结束了。她十年的岁月被夺去，而他擦着眼泪打开了门。她穿上外套、戴上帽子、拿起手提包，感觉不管怎样都是自作自受，也不知道如何在无法挽回之前让这一切发生逆转。她等待他叫她回去，但她还是离开了，脸上火辣辣的，两腿乏力却仍能有意识地移动。看到她从旁边经过，那些清洁工、洗碗工，都把目光转向别处，仿佛她变成了一个麻烦、一个尴尬，甚至一个笑话，没人希望看到她。那种羞辱令人崩溃，她不知道该怎样克服。

　　事实显而易见，跟当初那些有关父亲和哥哥们的事实一样。换作其他女人，老远就会看得清清楚楚了。即使心里空空荡荡，像被洗劫了一般，她也仍然无法把这些跟自己的真实感觉联系起来。走过博物馆里的每一个玻璃橱窗，她都看到上面映照出一张陌生的微微赧红的脸。那是一个没有资格做洗碗工的女人，更别提获得爱情了，可她却胆敢愚蠢地昂首挺胸，并且相信自己有那个资格。她看清了人生中那些不可能实现的幻想。在她这个年纪，大多数女人都已经推着婴儿车为人妻、为人母了。

　　后来，她步履沉重地登上公寓的楼梯，把所有照片都找了出来，小心翼翼又有条不紊地切掉了照片上自己的脑袋。

　　一个星期后，她接受了一份教职，把爱情换成了家政行业的一份工作。她再不会去搜寻甲虫了，再不会狂热地说起新喀里多尼亚了。她扔掉了捕虫网和毒瓶，将笔记本放进一个盒子里。她再也没见过他。她曾经度过一段兴奋的时光，曾经大胆地抱着探险和探索未知世界的梦想，但她已经收回了梦想，不再自寻烦恼。她并没有杀死自己的爱情。你怎么能够杀死某种并不存在的东西呢？只是静静地走开罢了。

她们坐在那条狗狗的坟墓边上，伊妮德不断地往坟上放石头。此时还没达到陵墓的规模，不过，要不是再过几个星期她们回国，要把它变成陵墓也是很轻松的事情。这时伊妮德突然说："他已经结婚了，对不对？他已经有孩子了。这就是史密斯教授让你心碎的原因，这就是你说的复杂之处，也是你放弃的原因。"

"是的，伊妮德。"

"你为他工作，他给薪水了吗？"

"当然没有。"

"他连薪水都不给你？"

"我认为我们的关系已经超越了金钱。"

"哦，马吉，那个男人把你骗得那么惨。"

马格丽意识到，自己似乎从未产生过这样的感觉——受伤和屈辱的感觉，还有那种局限性，当你把自己的爱堆叠得又小又薄的时候，就像被挤压到一个罐头里。伊妮德意识到，无论自己说什么，都无法治愈这道伤痕，所以诚实如她，连试都不试一下，只是将手放到马格丽的手上。那只手就像贝壳一样洁净。

"你和我，我们在爱情方面从来都不走运。"

"是的。"

"或者，我们只是没遇上合适的人。"

"也许吧。"

"但现在我们俩可以相依为命了，我们会好起来的。"

马格丽看着她，眼睛里闪着泪光。"是的，伊妮德。我想我们会好起来的。"

伊妮德拿起另一块石头，并没有直接放到自己摆好的那堆石头上，而是交给了马格丽。不用问，马格丽也知道自己要做什么，于是，她将那块石头放到石头堆顶上。伊妮德又递过来一块石头，一块接一块，一块蓝色的、一块扁圆形的、一块中间有个洞的。马格丽把它们全都放到坟上。除了把不同形状的石头仔细摆好，不让它们掉下来，她脑子里什么都不想。渐渐地，史密斯教授变成另一个无须背负的包袱，即使在她内心深处最阴暗的角落，也找不到他了。她不需要保留任何史密斯教授或者与他有关的回忆。那个男人已经死了。

伊妮德吃力地站起来，去找更多石头。她说她想找一些漂亮的东西来把罗林斯先生的坟墓装饰得更加完美。马格丽继续调整那些已经摆上去的石头，还用一些赭红色的石头在坟墓顶上摆出一个小小的圆环。然后，伊妮德突然尖叫一声，听起来她像是受伤了，马格丽腾地站了起来。

伊妮德没有受伤——她正抱着自己的肚子——却面无血色地站在那里，指着柔软的红色泥土。那里有个刚刚挖出来的浅坑，叶子被刨到了一边，松针堆成了一堆。

"那支枪，"伊妮德嘟囔着说，"那支枪不见了，马吉。有人拿走了泰勒的枪。"

# 40

# 出人意料的进展

波普太太决定自己去做一些调查。倒不是她希望那两个女人是罪犯，根本不是。她只是想为自己的感觉找到一些合理的解释，那种她不愿承认的怀疑和不安或许只是无中生有。

于是她打算去做一些无害的小调查，她不知道这些调查会带来什么。

这一切都从她清空丈夫的废纸篓开始。莫里斯非常粗心，会把一些不该给仆人也不该给太太看到的东西丢进废纸篓里，他老是迷迷糊糊的。让她没有料到的是，她找到了一封撕碎的信，信是自然历史博物馆的那个女人的。出于好奇，她将那些碎纸像拼拼图一样拼起来。信里提到需要他帮忙获得签证之类的事。本森小姐留下了她们住的那家旅馆的地址，既然开车一会儿就能到，既然今天天气晴朗，既然波普太太没有别的事可做，她就决定到那里拜访一下。

只是一次友好的拜访。

旅馆的老板属于那种很难对付的法国女人。她喋喋不休地抱怨两个女人偷偷带进来一条狗，说起那条狗就没完没了。不，她没有本森小姐的新地址，如果有，她会寄去一份账单，上面是她们需要为那条狗支付的费用。不过，既然现在波普太太提到这件事，她倒是想起本森小姐的行李出了点问题。

"出了什么问题？"

"行李根本没运到这里来。"

"你是说她们没带行李就离开了努美阿？"

那个法国女人耸耸肩。她只知道她们是开一辆吉普车去的，一大早就走了。

"一辆吉普车？"波普太太意识到自己听起来太兴奋了。她心里响起一阵警报声，就像钟声一样。她说："我猜她们是为这趟旅行现买的吉普车？"

那个女人再次耸耸肩。她只知道她以前从未见过这辆吉普车，她们突然就有了一辆。波普太太谢过她的热情帮助，还允诺说，如果自己看到那两个女人，一定会转达有关那条狗的抱怨。

她打了几通电话就找到了航空公司的失物招领处，一旦找对了地方，就再也没有什么能够阻挡她了。她直接开车来到那里。是的，失物招领处收到两件属于乘客马格丽·本森的行李。

那么，行李现在在哪里？

就放在橱柜里，等着被送回英国。

波普太太一字一顿地说出一句话，仿佛那些词语她是用剪刀剪下来的："你的意思是，行李就在这里？"

是的，是的，那个乐于助人的工作人员说。她愿意取走吗？

波普太太说谢谢你，我很乐意，乐意之至，太好了。

那名工作人员问，能否看一下波普太太的身份文件。波普太太说她不明白这跟自己的文件有什么关系。她只是想帮助一个可怜的英国女人,人家因为失去行李而被困在这个岛上了。

那名工作人员说,如果她拿不出文件,就不能拿走那件行李。

她用最地道的法语问:"你是认真的?"

那名工作人员直直地注视着她说:"是的,非常认真。"仿佛真的在谴责波普太太冒充别人。

波普太太驱车回家,取来了文件。可是当她回到失物招领处时,那里已经关门了。她望着那名工作人员将门上的牌子从"营业"翻到"打烊",随后拍了拍玻璃。那名工作人员冲她摆摆手,拉下了百叶窗。此时还不到下午三点呢。

尽管波普太太两次驱车前往失物招领处,但在那个周末的其余时间,失物招领处都关着门,此时的莫里斯在高尔夫球场。她情绪恶劣,即使在那天晚上为资助当地传教士学校举行的慈善音乐会上,她也是如此。一直强作欢颜是很痛苦的事。

到了周一,她一大早就带着身份证明文件回到失物招领处。这次值班的是另一名工作人员,他根本没说需要授权之类的话。当他到后面的橱柜去拿行李时,她等待着,突然产生一种遭到轻蔑的刺痛感,事情本来就该这么简单。他拿出一个被压扁的塑料行李箱——甚至不是真皮的,还有一个重得难以置信的格莱斯顿旅行包,他将它们放到她的脚边。

一阵罪恶感顺着她的脖颈升起,但转瞬之间就消失了。她说她保证会把这些行李交还给马格丽·本森,又让他取来一个小推车,把东西放进她车子的后备厢里。然后她从钱包里抽出几张法国钞票——小费给得太多,不过,现在付过钱之后,她就没那么内疚了。

回到家,她首先撬开行李箱的锁,然后是那只格莱斯顿旅行包。行李箱里装满了旧衣服,就算扔给传教团的那些女人,她们都不会要。勾起她兴趣的是那只格莱斯顿旅行包。

她一件接一件地取出那些小玻璃瓶、一只Kilner牌密封瓶、几根塑料管子。她逐个打开瓶子闻了闻。此外就是采集装备。都是能在学校化学实验室找到的东西……

她揉搓着项链上的珍珠，笑了起来。"抓住你了，"她说，"这下可抓住你了。"

"你的意思是，"在星期五的手工聚会上，多莉·维格斯说，"闯入天主教学校的是那两个女人？"

"是的。"波普太太说着，又把事情重复了一遍，她们已经把这件事重复好几遍了。

"马格丽·本森和她的助手？"

"是的。"

"她们偷走了那些东西？"

"是的，多莉。"

"还有那辆吉普车？"

"简直不敢相信我们和小偷打过照面，"卡罗尔·佩珀说，"那么归根结底，你觉得她们是不是间谍呢？"

"我不知道。我已经写信给自然历史博物馆，问那里的人是否认识她。当然，我是用非常巧妙的方式询问的。"

"当然了。"那些女人异口同声地说。波普太太做任何事都会采用巧妙的方式。

"只是她们看起来那么友善，"多莉说，"她们居然会偷东西。"

卡罗尔·佩珀眼泪都要流出来了。"我们该怎么办呢？该给我们的丈夫打电话吗？还是派警察去普姆？"

可是波普太太享受这种充当侦探的冒险，还不准备把案子交给男人们。现在三王节派对已经结束，到情人节之前，她都没事可做。而她对情人节没有什么热情，她送给莫里斯的所有匿名卡片，都被他塞进了废纸篓里。此外，她也拿不准男人们会不会追查这个案子。她发现，男人们往往缺乏女人那样的动机。

"我们需要耐心等待，直到我接到自然历史博物馆的回信。然后我们就能十拿九稳了。"

说到这里，太太们的交谈就开始跑题了。她们想起过去几个星期自己弄丢的其他东西。有人挂在晾衣绳上的裙子不见了，卡罗尔·佩珀丢失了一些属于她母亲的银糖钳。达芙妮·金吉确信自己把一块牛排放在了厨房的柜台上，可等她回来却发现它不见了。波普太太感觉这场谈话正滑向危险的边缘。这些事情有好些是发生在几个月之前的，早在马格丽·本森及其助手抵达努美阿之前。虽然她很讨厌她们，但这两个女人不可能到处去偷别人晾晒的裙子，更别提那些精挑细选的肉块了。然后达芙妮完全跑偏了，说马格丽·本森甚至有可能是她们在英国报纸上读到的那桩谋杀案的凶手。她会不会是南茜·柯莱特呢？用一个化名旅行，然后藏身于新喀里多尼亚？她那个金发助手会不会是那个没有脑袋的女人？她们是不是应该立即通知法国警方？也许还要给《泰晤士报》的编辑打电话？

波普太太拍拍手。"静一静！"她叫道，"静一静，女士们！还差确凿的证据！我们只需等待即可。她们会回来的。一旦弄清楚她们的目的，我们就可以采取行动了。"

# 41

# 连接线

他盯着她们。他一直跟着，稍微落在后面，避免靠得太近被她们看到，但一直跟着。他在等待合适的时机，估摸着再过几天，他就会接管这次探险。现在，那个金发女人看起来很疲惫，真的是疲惫不堪。

他不明白为什么本森小姐的头发也变成金黄色了。他不知道她为什么试图迷惑他，他可是万里迢迢赶到这里，只为带领她探险。

那条狗的事是意外，他并不打算弄死它。但它知道他在那里，狂吠起来。即使本森小姐没有注意到蒙迪克，那条狗仍然竖起了耳朵。当他发现它的时候，它不愿意坐下来，即使他说"好狗狗，坐下，坐下"，它依然龇牙咧嘴地朝他扑过去，撕破了他的裤子。当他拍打着狗狗企图摆脱时，它又朝他的手咬去。它想杀死他。于是他抓住它的脖子，看到了它的牙齿，感觉到了自己脑袋里、胸腔里的怒火，感觉到了喉咙刺痛。突然之间，他忘记了自己手里抓的是什么，他只知道自己必须阻止它。然后，他把它放到地上，说："好狗狗。"可它没有醒过来。于是他把狗扔掉了，就像日本人扔掉那些战俘的尸体，因因为他不想看到它。

他继续每天跟着本森小姐和那个金发女人。他在帆布背包里装满了自己的东西，有时他会直接回到那个小房间，在草垫上睡上一觉，这样他第二天就能从床上爬起来，回去继续跟踪她们。如果棚屋小镇的孩子们凑过来，想卖给他什么七零八碎的东西，他会叫喊着让他们滚蛋。

他在笔记本里记下吃的东西，例如从商店买的一听听包装纸上画着鱼的罐头。他也记下了自己看到的东西。当他口渴了，就去找水喝。但他的腿又出毛病了，因为脚气病。尽管他像在缅甸学到的那样用树叶把腿包起来，却仍然能感觉到肌肉日渐萎缩，就连呼吸也让胸口疼痛。流汗时，他会把自己包在黄色的毛巾里，对自己说不会死，不会死，他是一个特别的存在，就像他在缅甸对自己说的那样。但他嘴里有溃疡，吞咽的时候都会感觉疼痛。

更糟糕的事情也开始出现了。他看到一个日本人。自从杀死那条狗之后，一个日本人就出现了。蒙迪克能够看到他。那个日本人捏着一根棍子，在监视蒙迪克，并跟踪他。日本人以为蒙迪克不知道，但蒙迪克知道。于是蒙迪克不得不在日本人追击他之前逃跑，可是有好几次，他想不起自己为什么出现在这里。他在灌木丛中砍出一条小路，钻到藤蔓下面，心怦怦直跳，双腿软弱无力，他什么都记不得了。他以为自己刚从战俘营里逃出来。森林里有蛇。他不知道自己为何要逃离战俘营，毕竟他知道那些逃跑的战俘会落得什么下场。如果那个日本人找到他，就会殴打他，把他拖回战俘营去；日本人还会把其他战俘叫来，让他们看着他用枪抵着自己的脑袋。于是他试着离开，可是森林里有蛇。不管他把目光转向何处，都会看到蛇，蛇盘绕在树上，密密麻麻地在他脚下爬来爬去。他朝它们挥舞刀子，由于用力过猛，刀子从手里飞了出去，消失了。他只想回到战俘营，平平安安地待在那里。

然后他想起来了，自己在新喀里多尼亚，日本人不在这里。那个日本人只是一棵树，只是一棵树。这里也没有蛇。他不是战俘，他是自由的。

蒙迪克把自己迄今为止弄到手的东西全部拿出来，摆在地上。那把刀子弄丢了，毛巾和帽子也是同样，但他还有那份地图、他的笔记本、电池、汤罐头上的标签。他看着那支枪，是他在她们埋狗的地方附近找到的。他瞪着每一样东西，想弄清楚哪个该放在前面。他把它们摆成一排，首先是地图，然后是那张标签、笔记本、电池和枪。可是这里缺了点什么。在那一排东西前面，还有另外一排。那里站着他的母亲，他小时候做的错事，战俘营里那些在他脚下死去的人，还有日本人惩罚那些试图逃跑的人并强迫所有人观看的事，然后是回国的旅程，那个没有露面的市长，这套对他来说太大了的退伍服装。他看不到的事情比他能够看到的重要得多。

他把所有东西都放回帆布背包，但不知道该怎么处理过去发生的事，不知道该把那些只存在于脑子里的东西放到哪里。

树木高高耸立，树叶层层叠叠如同篮子。然后它们开始慢慢地摇摆起来，来来回回，来来回回，直到他恶心呕吐。突然之间，他再也拿不准了，他拿不准自己还能坚持多久。

## 42

## 伊妮德的红色小手提箱

"马吉,别再继续说下去了。"

"伊妮德,我只是想实际一点,因为你茫然得令人困惑。我们两个星期之后就要离开,需要提前打算。"

"我不想提前打算,我想搜寻那种甲虫。"

"可现在已经是二月,你五月就要生宝宝了。我们必须计划好什么时候回国。"

在探险中,时光似乎以不同的速度流逝,变成不同的形状,如今却变得具体而清晰。每一天都离结束更近了一步;每一天,她们寻找那种金色甲虫或白色兰花的努力均告徒劳。马格丽很可能搞错了——它们根本就不在这里。马格丽开始收拾已经采集到的样本,准备回国。这期间如果伊妮德答应乖乖在游廊上躺着度过最后两个星期,或者再织几件婴儿服,或者讨论一下未来,马格丽的工作会轻松得多。然而伊妮德拒不配合。自从发现那支枪不见了之后,她就变得更加神经质了,总是时不时地扭头看看身后。"你不觉得有人在跟踪我们吗,马吉?你不认为他就在这里吗?那个来自瓦科的男人。你不认为他手里有那支枪吗？"尽管马格丽向她保证——那支枪肯定是在飓风期间被洪水冲跑了，或者被什么动物刨走了——伊妮德还是半步不离地挨着马格丽，马格丽一不小心就会撞到她。如果在吊床上睡觉，马格丽常常从睡梦中醒来，发现伊妮德挤到自己旁边。"你确信我的宝宝没事吗？"她翻来覆去地说。她不想讨论未来，不想讨论回国的事。除了紧紧跟在马格丽身边，一只手捧着她巨大的肚子，另一只手拖着一张捕虫网，她什么事都不想做。

"你是担心钱吗，伊妮德？"

伊妮德只是耸耸肩。

"我欠你钱，我要为你的工作给你报酬。一等我们回国，我就给你钱，伊妮德。"

伊妮德踢起一块石子。

"或者，你也可以跟我一起住，你可以在我的公寓找个房间住下，至少住到你把各种事情理顺之后。你考虑过医院吗？"

"你说什么？"伊妮德打着哈欠说。

"你到哪里生孩子呢？伊妮德，你需要考虑这些事情。"

"马吉，你能别再继续说下去吗？你总是说话，听得我头疼。我想要找到那种金色甲虫，你干吗老是说回国的事？好端端的气氛，全被你破坏了。"

现在，那座平房的每一个房间都摆满了她们采集的最新样本——至少有一百五十种，有些已经扎上昆虫针，不过大多数都保存在放着萘球的地方，要么就用软麻布精心裹着。马格丽利用剩下的容器——伊妮德那些装过化妆品的瓶瓶罐罐，以及洗干净的罐头盒——来装它们。至于提前把东西寄走，倒也没这个必要：根本就没什么东西可寄。在努美阿，她们会购买一些基本的生活用品，在回国的途中使用——她可不能穿着男人的衣服大大咧咧地在甲板上走来走去,伊妮德也需要一些衣物掩盖她的孕肚。如果伊妮德能聊聊这些事情就好了。

突然间,她们只需再过一个星期就要离开了。在伊妮德的坚持下,她们继续搜索,但除了阖甲,她们几乎没抓住什么。又一个日子,雨下得太大,她们回到那座平房,发现来自棚屋小镇的男孩正在屋檐下避雨。可是她们已经没有口香糖发给他们了。马格丽开始往吉普车上装东西,准备离开。她完全放弃了搭乘巴士的希望,待在这里的这段时间,她连一辆巴士都没看到。

二月十三日,距离她们返回努美阿的日子只剩两天了。马格丽靠那盏马灯在游廊上工作到很晚,这时伊妮德出现了。她的肚子那么大,几乎占据了整个门道。马格丽笑了起来,她并不是故意的,笑声不由自主地发了出来。她还以为伊妮德在睡觉呢。

"伊妮德,"她说,"你为什么穿成那个样子?"

伊妮德拎着她的红色小手提箱和手提包。不仅如此,她还设法套上了她那套粉红色的旧旅行装,还有那双带有绒球的凉鞋。她甚至用发卡把头发打理得整整齐齐,还戴上了那顶小帽子。"伊妮德,你在做什么?现在还不到回家的时候呢。"

伊妮德没有笑。她缓缓走过游廊,肚子从衬衣里面向外凸起,那些纤维被撑得几乎要断掉。显然她拉不上拉链,不过她用一块系在腰上的围巾遮住了拉链缝隙。她慢慢坐到马格丽旁边的椅子上,一动不动地坐着,小心翼翼地注视着黑色的树木,还有那些星星,仿佛要把它们印刻在记忆中。望着伊妮德,马格丽突然产生了一种奇怪的轻松感和自由感,并因为察觉到这种感觉而变得更加敏锐。尽管不知道到底发生了什么,可马格丽知道出事了,她的平静很快就要被打破了。"伊妮德,"她说,"你怎么了?"

伊妮德取下帽子,放在腿上。然后她对着那顶帽子说:"我杀了他,马吉。我杀了珀西。"

这个事实很难一下子消化,只能一点一点地慢慢弄清楚它意味着什么。当伊妮德解释事情的经过时,马格丽发现自己必须时不时休息一下。但她们已经没有多少时间了,她听得越多,就越明白她们必须尽快采取行动。

伊妮德不是伊妮德,她的真名叫南茜·柯莱特。她在离家之前杀死了她的丈夫。英国警察正在寻找她,她是在圣诞节那天搜到无线电信号才知道这个的。她不是伊妮德·普雷蒂,伊妮德是她的化名。

"好吧,我明白了。"马格丽走到那个泥土花园的尽头。她在黑暗之中呕吐了,然后回来,坐下。

伊妮德想去找法国警方自首。她慢慢地说着话,差不多是处于茫然状态中,仿佛她被催眠了。她吐出的那些词语特别普通,然而她说的事情却截然相反,每一个句子都具有一种单独的个性,就像一群漂泊者。

伊妮德说英国警方也在通缉马格丽,他们认为她是伊妮德的同谋,认为她也卷入了谋杀案。伊妮德想说出真相。

再一次,马格丽需要停顿片刻,但她没法再次离开伊妮德。她抬头仰望,注视着夜空中成千上万的星星。不知道为什么,她有些忌妒它们,它们像水一样流动。自己要是喜欢抽烟就好了。

伊妮德说她想跟马格丽谈谈珀西。他喜欢小孩子,非常喜欢。

"是的,你以前跟我说过。我明白。"

"看到那么多年轻人在战争中死去,他感到难以忍受。他总是谈论这些事，最终认定自己必须伸手相助。他年纪太大，没法去前线，于是报名参加了国民军。可是他过了六个月就回来了，失去了一条腿。是被其中一个小伙子意外射中的。"

"嗯。"

"在那之后，我在酒吧上班。我提供各种各样的服务，有钱就做。珀西受伤了，我们需要钱。"

"我明白。是的。"

总的来说，马格丽明白了伊妮德在说什么，但有时她没法把那些词语组合起来。伊妮德尽可能用最简单的词语讲述整个故事，然而马格丽不得不在脑子里把那些句子重复一遍，仿佛她没有足够的脑容量吸收。她觉得自己需要扩充大脑。

伊妮德不断地诉说着，语速缓慢，目光一直没有离开她膝上那顶粉红色的帽子，她还不时地摩挲着它。她告诉马格丽，珀西时时处在痛苦之中。

"他能够感觉到自己失去的那条腿。腿明明不在那里，但他觉得就像着火了一样。有时他尖叫着让我去提一桶凉水来。我就把水提来了，却不知道该怎么办。他只是一次次地指着那条断腿原来所在的地方，尖叫着说火正顺着腿燃烧。

"这种生理状况，我应付了好几年，把他扶起来，带他去上厕所，把他搬到床上，给他洗澡。我能够应付，我很强壮。但我没法让他高兴起来，没法让他忘记痛苦。我尝试了各种办法，给他做他最喜欢的食物，为他的另一条腿按摩，尽可能思考他向往什么事。然而他已经被封闭在那种痛苦中，无法走出来。

"然后珀西看到你的广告，说我应该去应征。他说他可以跟他弟弟一起住五个月，我应该给自己放个假。他想让我把自己放在第一位。结果我没得到这份工作,我们俩都很伤心。"

"那时你知道自己怀孕了吗?"

"是的。"

"但不是你丈夫的孩子?"

"马吉,这事很难启齿。"

"你最好说出来,伊妮德。"

"有好几个人选,任何一个都有可能。我不知道谁才是孩子的父亲。"

马格丽必须伸手扶住什么。尽管她此刻坐着,却感觉地板在倾斜,她就要摔下去了。她紧紧抓住游廊上那道坏掉的栏杆。现在谈论的是那个胎儿,重点不是那位未知的父亲。在此之前,她没有意识到自己已经这么关心这个孩子了。马灯在她们的手上投下细小的棕色斑点,她也没有注意到那些。她正在逐渐变老。

其余的故事,伊妮德讲得断断续续的,不过她仍然坚持对着帽子讲述。似乎只有这样才能说出来,正如马格丽只有看着别处才能听下去。有一天晚上,伊妮德下班回家,发现床上的珀西躺在血泊之中。他企图割腕自杀,但没有成功。伊妮德想叫医生,但珀西不愿意。他求她让他走,他再也受不了了。如果她真的爱他,就该帮助他结束生命。"求你了,"他不断地说,"求你了。"如果她再好好想一想,就会拒绝他,可是她抓起枕头,压到了他的脸上。他甚至没有挣扎。然后,她意识到自己在做什么,赶紧拿开了枕头,但事情发生得那么快,连她胳膊上的疼痛都没来得及消退。那是最让她困惑的事情。她以为很快就能了结,可完事之后她却几乎无法移动自己的胳膊,仿佛她用力过度,那股力量的幽灵会一直停留在那里。

伊妮德垂着脑袋,肩膀向前倾斜。她发出细细的声音,就像你把一只玩具娃娃推倒时发出的声音。"呜呜呜。"她缓缓伸出手去,抓起手帕,捂住鼻子,然后把手帕揉成一团,继续讲述下面的故事。

"我待在家里,把头发梳好,等着警察上门来逮捕我。我知道自己做的事情是犯罪,知道必须为此付出代价。不管怎样,在我脑子里,我认为警察也知道这件事。但他们没有来。在那之后我就不太清楚到底发生了什么,我有没有吃东西或睡觉,我都记不得了。

"然后,发生了别的事情,不是警察,是你的信。你在最后时刻邀请我去新喀里多尼亚的信,就像一个特殊的幸运征兆。一个来自珀西的征兆,表示我做的事情是对的,他希望我平平安安地离开英国。于是我拉上窗帘,把他的衣服好好地挂在衣橱里,把房子打扫干净,然后收拾好自己的一切物品,准备离开。我穿上最好的粉红色套装,包好珀西的剃须刀,跟垃圾一起扔掉了。然而,即使我离开了那所房子,我身体的一部分仍然在等待警察来阻止我。"

伊妮德停顿片刻。她打开手提包,把一份剪报递给马格丽。那是一份英国的报纸。马格丽读出标题:"独身女教师卷入暗黑三角恋!"显然这就是那天伊妮德在咖啡馆外读的报纸。标题下方是用笔画的一幅图。一幅漫画。

"伊妮德,那说的是我吗?"

"是的,马吉。"

"可是,伊妮德,我没有脑袋。"

"你已经变成一个笑话了。"

"真的吗?"

"是的。"

"在大不列颠?"

"我很抱歉,马吉。"

这就像看着水下的什么东西。起初她没有看懂，她注视着的是一个大块头女人的速写，她挥舞着一把斧头，却没有脑袋。不过，画家画出了她的两条粗腿，也许是为了弥补没有脑袋的缺憾，他把她的脚画得跟木板一样大。在那一刻，马格丽回想起学校里的那幅速写，那幅可怕的速写，就在几个月前，画里的她顶着鸟窝一般乱蓬蓬的头发，脸上长着一个土豆似的鼻子。她想起英国大使馆里那些太太嘲笑她最好的裙子。她感觉脸上热辣辣的，羞愧难当，但同时又感到平静得出奇。她静静地说道："一个笑话。当然了，我就是那样，一个笑话。"然后她的双手开始颤抖起来，难以控制地颤抖起来。她把那篇文章递了回去，伊妮德把它撕成越来越小的碎片，飘落到地上。

"马吉，以前有怀孕的女人被绞死的先例吗？"

"我不知道。"

"她们会让我先把孩子生下来吗？"

"我不知道。"

"等我死了之后，谁照顾我的宝宝？"

"我不知道。"

"他们试了两次才把诺曼·斯金纳绞死，第一次失败后不得不重新绑好绞索，重来一次。"

受不了，马格丽找不到合适的词汇参与这样的对话。迄今为止，她的生活中都没有什么让她为此做好准备：她的父亲离开了，母亲在一把椅子上度过了余生，姑姑们只知道祈祷，而芭芭拉对什么东西都很粗暴。马格丽无计可施，甚至都不知道该怎么称呼伊妮德。当然不能叫南茜：伊妮德是她见过的最"伊妮德"的人。然而，尽管伊妮德有各种各样的不称职和缺点，马格丽却不想让她失望，而是想让自己拥有足够的女性力量去满足她的需要。马格丽不希望自己像漫画里描绘的那样可怕。"

伊妮德伸手去拿她的红色小手提箱，同时将另一只手滑到文胸下，摸出一把钥匙，打开锁。她把一只手放到椅子上，费力地弯下膝盖，掀开盖子。她把箱子转过来，好让马格丽看到里面的东西。

一开始，马格丽以为一定是搞错了。她再一次克制住想笑的冲动。"枕头？我们大老远来到这里，你一路上藏藏掖掖的居然只是两个枕头？"

伊妮德喘了一口气，仿佛她跑得太快，就要摔倒了。她拿起枕头，用双臂挤压它们，哀恸不已，把脸埋到它们中间，先是一侧的面颊，接着是另一侧。"我不知道当时自己脑子里在想什么。我只是觉得，只要我好好保存这两个枕头，一切都会没事的。哦，上帝啊，马吉，我很抱歉。哦，上帝，我做了什么？我曾经想告诉你，有那么多次我都想告诉你。但我不能，马吉。这件事太可怕了。"

伊妮德蜷缩在地上，看起来那么渺小。她的身形庞大如屋宇，可是此刻却弱不禁风，仿佛一口气就能把她吹走。伊妮德把脸埋在枕头里哭泣，从那里寻求一种并不存在的安慰，这时马格丽走了过去，扶着伊妮德站起来，然后牢牢地把她搂在怀里。马格丽牢牢地站在那里，镇定自若。而伊妮德则号啕大哭，身体颤抖着，哭得那么伤心，就仿佛她是用骨头和水做成的。马格丽四平八稳地站着，不放开伊妮德。她的肩膀都被伊妮德的泪水浸湿了，脖子也一样。有一次，伊妮德甚至吼叫着，用拳头使劲捶她，然后再次软弱无力地倒在她怀里，啜泣着。当马格丽紧紧搂住伊妮德时，她做了一件很久都没有做的事情。她注意到了伊妮德的气味，吸了一口气。可是不管她怎么努力尝试，那种气味似乎都不一样了。不再浓烈、大胆而令人感到冒犯，而是一种新的气味，如此孤独、恐惧，让马格丽几乎无法忍受。她继续把那种气味吸进体内，试图从中找到某种能让她回到从前的东西，回到伊妮德向她承认有关珀西的事情之前。

可是她找不到，一切都不一样了。

马格丽劝说伊妮德别向法国警方自首。她帮伊妮德脱掉衣服，洗了洗脸，然后扶她躺到床上。伊妮德问她，她们该怎么办。马格丽说她也不知道，不过她会想出办法的。安顿好伊妮德后，她待在游廊上，望着黑暗中的树木，它们在月光下显得有些苍白。而那一轮圆月挂在高高的天上，那么圆，看起来就像是剪下来的图案。她再次意识到：生命是那么短暂。人们背负着那么多重担，一生都在挣扎，然而有一天他们会消失，他们内心的痛苦也是同样，然后留下的就只有树木、月亮、黑暗。星星如同一张布满小孔的网，那么那么多，简直能让人把它们缝在一起，做一张毯子。她想起那家博物馆，自己收藏的甲虫，还有父亲离开的那天。她把那些故事放到一起，就像她试着将星辰连接起来，这时她突然想到，自己所处的境地并非她在脑子里设想的结尾。尽管心里那些未知的东西有一天会变得毫无意义，此刻它却意味着一切，她必须做点什么。

在马格丽的整个人生中，她都把悲伤当作一个强大的引擎，能躲开就尽量躲开。但这次不一样了。在内心深处，她很久以前就感觉到伊妮德在逃离某种可怕的东西。她从方方面面都感觉到了，就是没用脑子想。现在她知道了，显而易见。突然之间，记忆中的一切都包含了某种线索，包括她第一次看到伊妮德的情景，当时伊妮德正在芬彻奇大街火车站的中央大厅里，站在她对面吸烟。伊妮德的故事中充满了疯狂的厄运，让人难以相信事情真的发生过，但马格丽相信。她相信伊妮德告诉自己的每一个字。

黎明到来，晨光熹微，泛着蓝色。月亮从银色变成白垩那样的苍白。马格丽敲了敲伊妮德的房门，走进屋里。伊妮德躺在蚊帐里面睡觉，张大了嘴，仿佛有一只动物被追赶着逃到这个洞里。光线映入房间，留下一道道条纹，就像竹子一般，除了棕榈叶子微微扇动的轻柔声音，外面一片寂静。

马格丽跪在伊妮德旁边，轻声叫道："伊妮德？"

"怎么了，马格丽？"

"我该怎么叫你的名字？该叫你南茜吗？"

伊妮德仍然闭着眼睛，似乎希望尽可能地靠近睡眠。她低声回答道："不，还是叫我伊妮德吧。现在我叫伊妮德了。"说出这句话时，她几乎连嘴唇都没动。

"你还有什么我不知道的事情吗？你必须告诉我。如果我想帮助你，就必须知道一切。"

"我已经把所有事情都告诉你了。你会去告发我吗？"

"不会。"

"你打算怎么办？"

"跟你待在一起。"

"你生气吗？"

她没法回答这个问题。

"你觉得我的宝宝仍然平安无事吗？"

"是的，伊妮德。"

"船的事怎么办？不到一个星期船就要开了。"

"我不会去搭那艘船的。"

"可是你采集的标本怎么办呢？你怎么把它们送到博物馆去？"

"我不知道，伊妮德，我还没想出主意呢。再睡一会儿吧，你看起来脸色苍白。我要去买些食物了,我们需要吃东西。然后我就能想出下一步该怎么办了。"

太阳已经高高升起,步行的感觉很好,有事可做的感觉很好。在她脚下,红色的泥土车道十分柔软。路的两侧,树冠是鲜绿色的团状物,空气中弥漫着松树的浓烈气味。那座山峰矗立在树丛之外,叉状的顶峰刺向蔚蓝的天空。她不知道她们该怎样继续,不知道该藏身于何处,不知道该怎样把采集的标本送回国内。她也不知道该怎么弄到钱,她们甚至没法卖掉邮轮"俄里翁号"的船票。棚屋小镇的男孩跑出来向她问好,看到她独自一人——更重要的是,没有坐在那辆吉普车里——他们礼貌地转身离开了。

金色甲虫已经无关紧要了,她的雄心壮志也无关紧要,她脑子里只想着伊妮德。昨晚她的脑子反应迟钝,跟不上伊妮德的故事,现在脑袋里装满了各种分散的想法,就像一百只鸟儿待在一棵树上。如果她能跟谁彻彻底底地聊一聊该多好。

最终她跟自己的影子说起话来。在目前的环境下,这是她能够想出的最好的点子。影子跟在她后面,有些阴郁。

"现在没有人知道伊妮德在哪儿,这样很好。但警察在寻找她,那可不好。她偷了那些采集装备和那辆吉普车,那也不好。

"回努美阿是不安全的,可她五月就要生孩子了。还有签证的问题,伊妮德连护照都没有。即使我们能够离开这座岛屿,接下来该去哪里呢?"

暂时保持低调,这是她能想出的最好办法。待在"终末之所",直到她想出更好的计划。没有人知道她们在哪里。在英国领事的派对上,彼得·维格斯太太不是说过嘛,有人在偏远的北方失踪。就目前而言，她们最好的选择就是按兵不动——这正是她以前擅长的事情。她都没意识到，自己已经走到泥土公路的终点，来到普姆所谓的市中心。她从一些山羊和老年人旁边经过，朝那家店铺走去，给伊妮德买了一些鸡蛋、水果、山药和盐。她在货架上搜寻了一遍，根本没有英国报纸的踪影。

走出商店，马格丽看到自己映在商店橱窗里的身影，于是停下脚步。几个星期以来，这还是她第一次看到自己的模样，她都差点认不出自己来了。正如坐在游廊上的伊妮德似乎变得更小了，马格丽似乎又成长了一些，不是说体重和身体的宽度——这两样都减少了。尽管小腿上绑着绷带，她腿上的肌肉显得更坚实强壮了。伊妮德说得对，她有两条漂亮的腿。它们载着她上山下山，她喜欢它们。她的肩膀结实又能干，每天都毫无怨言地背着帆布背包。她看起来就像一个认识但从未谋面的人。然后她突然意识到，这个人看起来很像马格丽·本森。为了更好地审视自己，她取下头上的头盔，看到了自己那一头浓密的黄色头发——谢谢你，伊妮德——她注视着自己明亮的眼睛、健壮的下巴、黧黑的圆圆面颊。

那已经不是多年前那张倒映在自然历史博物馆玻璃橱窗里的脸，她也不是那个没脑袋的女人，不过她可能确实是一个此前自己都不太看得起的女人。她喜欢现在这个自己，喜欢自己的强壮、聪慧与和善，甚至喜欢自己的黄色头发。她把手掌弄湿，把头发朝耳朵后面捋了捋。那可不是轻言放弃、让朋友失望的脑袋。

马格丽顺着土路回到住处，她将做那件令人难以想象的事情——卖掉她采集的所有甲虫样本，而不是交给自然历史博物馆。其中有一些罕见的物种，她知道，会有私人收藏家为它们支付一大笔钱，而且不会对各种文件吹毛求疵。她会给每一件样本扎好昆虫针，贴上标签，整理得妥妥帖帖。她会写信给皇家昆虫学会寻求买主。一个月之内，她就会有足够的钱把伊妮德弄出这个岛屿。她会想办法出售自己的公寓。尽管几个小时之前她还认为自己正面对一场灾难，此刻，她却仍然找到了一点小小的希望。远处传来一只鸟儿的啼叫，仿佛它的五脏六腑被一个勺子舀了出来。她放慢脚步，细细倾听。

她的血液仿佛停止了流动，体内的一切似乎都停止了运转。那不是鸟儿，也不是鸟叫，那是伊妮德，是伊妮德在尖叫。

马格丽扔下手中的食物，朝房子一路飞奔。

新喀里多尼亚，1951年2月
捕猎成功！

## 43

## 维多利亚，你有点做过头了

周五的手工聚会上，波普太太侃侃而谈。太太们周围都是已经裁剪好的毛毡，用来缝制复活节兔子，送给孤儿院。桌上摆着单独的兔子耳朵和尾巴，还有兔子小小的灰色身体，可是没有人碰它们。就连咖啡也几乎没人碰。"你的意思是，"达芙妮·金吉说，"她的实际身份有假？"

"确实如此。"

"你是怎么知道的，波普太太？"

房间里那些充满期待的目光，像灯光一样锐利。波普太太像踏上舞台一样，进入角色。

简单地说，事情又有了重要进展。她已经接到自然历史博物馆的消息，或者，更准确地说，是自然历史博物馆接到了她的消息。她为等待回音而烦躁不安，也为自己的情人节派对而烦躁不安，那简直就是一场灾难：根本就没几个人参加，也没什么人穿时髦的服装。更糟糕的是，莫里斯整晚都在公开与人调情，甚至有一阵子走进花园里消失了——波普太太已经掌握主动权。她利用英国领事馆的关系，要求给伦敦打个长途电话。

在自然历史博物馆的昆虫馆里，没人听说过马格丽·本森，也没人派她去探险。这个分馆根本没有女性工作人员。至于新喀里多尼亚，他们都拿不准这个地方在哪里。

太太们不约而同地猛吸了一口气。

"你的意思是，"达芙妮·金吉终于说了句话，"她们不是真人。"

"她们当然是真人，达芙妮。她们就在这里。"

"说到底，她们究竟是不是间谍？"

"不是。"

"她们是什么党派人士吗？"

"我怀疑她们压根儿对政治没兴趣。"

英国太太们继续张大嘴，瞪着波普太太，就像无助的小鸡等着喂食。"那她们是谁，波普太太？"

波普太太放下手里的缝纫工作，高高地昂起头，停顿，停顿，停顿，然后说出了自己的台词："她们是南茜·柯莱特和那个没有脑袋的女人。"

太太们呆若木鸡地坐着，比以前更吃惊了。趁着她们惊讶的时候，波普太太取出一沓从报纸上剪下来的文章。她已经把自己能够找到的所有英国报纸都弄到手，幸好每一种报纸都会送到领事馆来，包括那些低级小报。她把桌上的手工拂到一边，在刚才放着针线和毛毡布片的地方，把自己剪下来的报纸并列着排好。有一份印着南茜·柯莱特的结婚照，另一份是她和丈夫在黑猩猩茶会上的照片，在第三份剪报上她戴着一顶装饰着樱桃的帽子。女人们靠拢过来，一窥究竟。

"要分辨出谁是谁可太难了，"卡罗尔·佩珀说，"根本没有面部特写，大多数脸都被别的东西遮住了。"

"另一个女人是谁?漫画里那个。"达芙妮问。

"那是本森小姐。"

"可是她没有脑袋。"

"那是画家的艺术加工。"

波普太太翻着她剪下来的报纸,寻找仅有的一份揭露本森小姐全名的文章。太太们拿起它读了起来,互相传阅,然后是别的文章,一篇接一篇地读。她们小心翼翼地读着那些头条新闻,了解这个刑事案件的细节、证人的叙述,以及南茜·柯莱特那些情人讲述的故事。

《南茜·柯莱特身在何方?》

《必须绞死这个女人》

《英国头号通缉犯》

她们该怎么办?向法国警方报案吗?还是打电话给英国政府?或者给英国国王写信?

波普太太说:"必须逮捕这两个女人,把她们送回英国,审判她们。她们杀死了一位战争英雄。我们可不能坐着这里,眼睁睁地看着她们溜之大吉。"那些女人点点头。

然后传来一个少女般的声音:"维多利亚。"

屋子里突然安静下来,仿佛可以用一把裁缝剪刀把这安静剪开。从没有人用波普太太的名字叫她,莫里斯也不会——在床上他可能也从未叫过她波普太太。如果有人产生这样的念头,她们会放弃的。这可不是人们想凝神思考的问题。

那个声音再次响起,比刚才更大胆了:"维多利亚,你有点做过头了。"

波普太太转过身。"维格斯太太？你是在质疑我的判断吗？"

多莉的脸一下子变得像郁金香一样红，她的脖子也变红了，耳垂也是同样。"维多利亚，我很抱歉。不过，当达芙妮在几个星期之前提出这个想法时，你警告我们所有人要保持理智。"

（"说得没错，波普太太。"达芙妮喃喃地说，口气平静得可怕，"你确实那么说过。"）

"我们必须停手，维多利亚，在我们大出其丑之前。还记得那些编织的火箭吗？你需要放手，不然我们就会变成笑柄。那两个女人对我们做了什么？她们不过是去寻找甲虫而已。"

听她提到那些编织的火箭，女人们更加沉默了。这更像是英国的雪——并没有积得很厚的雪，只是杂乱的薄薄一层，却又很滑。突然之间，达芙妮·金吉和卡罗尔·佩珀意识到自己该走了，家里还有事情要做。半个小时内，所有的太太都想起有很多事需要自己处理，她们取下夏季穿的外套、帽子，以及手提包。

"可是我们需要采取行动，"波普太太说，"我们不能让那两个女人不受惩罚地逃脱……"

太晚了，就连多莉也没留下。周五的手工聚会结束了，没人碰那些需要缝纫的复活节兔子。她遭到了挫败，受到了愚弄，她觉得非常恼怒。她会证明给她们看，不单是那些太太，还包括马格丽·本森和南茜·柯莱特。她要证明给她们看，她是不容怠慢的。

波普太太直接开车前往英国领事馆。莫里斯正在参加一次有关扩大高尔夫俱乐部的会议，她不得不等上一个多小时。然后他说，他想不出来两个被通缉的英国女凶手怎么能够一路逃到新喀里多尼亚这么远的地方来。首先，她们过不了海关。他问她是否记得荷兰总督六点钟要来吃鱼子酱并小酌几杯。

走到门口,她停下脚步:"你会回家吃晚饭吗?"

"今晚不行。"

"要我等你回家吗?"

"不用。"

"当然,"她说,"当然。"

波普太太开车来到法国警察局,里面很挤,不单挤满了人,还有人们携带的狗和一个个篮子,甚至还有一头猪。

终于轮到波普太太了,一名警官示意她过去。

她用法语清楚地解释了警察必须采取措施。他们要抓的那两个闯入天主教学校盗窃的英国公民已经逃到普姆,她知道她们是谁,必须立即将她们绳之以法,然后引渡给英国政府。她们是凶手南茜·柯莱特及其同谋。她不得不把这些话重复好几遍,那名法国警官不知道波普太太在说什么。

"她们在英国受到通缉。"波普太太拿出她的档案,翻出她剪下来的报道,它们就像纸做的小旗子一样在她手里颤动,"这是一件非常急迫的事情。"

那名警官试图弄清楚波普太太的剪报上写着什么,他显然遇到了困难。

她用法语重复了一遍:"你们要找的是一个大块头的女人,有一头浓密的棕色头发,年纪五十多岁。另外一个个头比较小,染过头发,她非常瘦。很可能还有一个男人跟她们在一起,我不太确定。"她补充说那个大块头女人不懂穿衣打扮,但警官似乎认为这无关紧要,甚至都没有打开他的笔记本。

她使出自己的撒手锏，说道："你就没意识到吗？她们没有签证。这两个女人现在待在新喀里多尼亚是非法的，没有签证。我丈夫是英国领事，他没法帮助她们。"

最后那位警官耸耸肩，说："好的。"①他会派一辆车去普姆看看。

---

① 此处为法语。

## 44

## 谁知道会流这么多血?

整整两天时间。伊妮德不停地发出恐怖的叫声,用没有人能听懂的语言咒骂。她拒绝找医生,而马格丽也找不到医生。她们在一座位于山脚下的平房里,就连棚屋小镇的男孩们也不常过来了。伊妮德固执地认为,既然是马格丽把她带到这里来的,至少马格丽应该给她接生。

"可是还不到时候呢。"一路飞奔回到住处,这是马格丽的第一个反应。她发现伊妮德并没有如她担忧的那样被从未见过的陌生人用枪指着脑袋,而是站在一汪水里面,还有水顺着她的腿流下来。"伊妮德,"她警告说,"伊妮德,你说你五月才会生孩子。你向我发过誓不再说谎,我们说过——"

伊妮德开始像斗牛犬一样喘着粗气,大叫着,仿佛马格丽还走在那条土路上。"我算错了日子。我跟你说过我稀里糊涂的。而且,我也不想让你担心——"

"让我担心?还有什么比这更让我担心?"

伊妮德咆哮着,她真的在咆哮。

"伊妮德，我不知道自己该做什么，而且我害怕血，你知道。赶快停止，你不能在这里生孩子。我要把你弄到努美阿的医院去。得给你找个安全的地方。"

作为回答，伊妮德又用什么听不懂的鬼话尖叫一声，然后把手握成拳头说："你或许忘记了，马吉，我们是被通缉的杀人凶手，还有小偷小摸。进医院或许不是什么好主意，而且，我们怎么去医院呢？搭便车？我的羊水已经破了，孩子就要出生了。对我来说，这里是最安全的地方。因此千万别在我面前晕倒过去，马吉。如果你晕过去，我发誓会杀掉你。我们需要干净的毛巾、干净的毯子、热水、干净的刀子……"

一个接一个钟头过去了，孩子还没生下来。马格丽几乎没合眼。有时伊妮德号叫着，四肢着地趴在地上，脸色枯黄，坚持说这一次是来真格的，"准备好，马吉，我就要把孩子生下来了"，可是阵痛之后毫无结果，反倒是静静地靠墙而坐，蜷曲着身体睡着了。还有的时候，她在游廊上来来回回地踱步，呻吟着，抓着自己的后背。她围着前厅转了一圈又一圈。马格丽不得不搬来一把椅子，放在地板中间那个容易塌陷的地方，唯恐伊妮德踩穿掉下去。在普姆，她下定决心立刻开始整理自己采集的标本。可现在，她却在腰上围了一块很大的布，又用另一块布包住脑袋，相当异域的风格。很快，她从小溪里打来一壶壶水，打算在外面点燃一堆火，将水烧开。她搜集了一些毛巾，洗干净挂在晾衣绳上；为了让毛巾干得更快，还不时给它们扇风。她甚至还把房子打扫了一遍。

她做的一切都令人困惑、复杂费解。她给伊妮德端来水，按揉伊妮德的太阳穴，抓住伊妮德的手。当伊妮德忍不住大小便时，她会打扫那些污物。她取来自己能够找到的所有毯子，给所有微微尖锐的东西消毒。她只是希望,当那一刻到来时,伊妮德可以很快生下孩子,不需要任何真正的帮助。马格丽不知道需要多长时间,也不知道自己要做些什么。在她的生活中,唯一生过孩子的人是她母亲,当然,母亲对这个话题绝口不提。现在回忆往事,马格丽其实还有些吃惊:母亲不仅生过孩子,并且还不止一次,而是五次,真是不可思议。

与此同时,伊妮德在尖叫,哭泣,发火,晃动,大汗淋漓,趴在地上,蜷缩着身体。她的肚子低垂,难以相信肚子里的一切居然没在几秒钟内滑出来——不过她到底是怎么容下那一切的,马格丽一点都弄不明白。她想不起自己比现在更一无是处的时候。她把蚊帐叠好,擦洗边边角角,把各种东西洗干净,就为了让自己显得比较忙碌。刚才还是天光大亮,接下来似乎就需要点亮马灯了。

"布兰斯顿腌菜,热水澡,秋叶,抹着果酱的吐司……"

这是伊妮德发生的另一个变化:经过十二个小时的分娩,她已经筋疲力尽,甚至有些忧郁了。在阵痛期间,她开始列出自己怀念的国内的一切,不肯停下来。她坐着,把脚放在一个桶里,一一列出这些东西,就像一份可恶的购物清单。毛毛雨,青草,鸽子,板球,炸鱼薯片,维多麦牌麦片,维恩牌洗洁剂,罗宾牌淀粉,施尔丰牌家用肥皂,朗特里牌可可,桂格牌膨化麦片,西帕姆牌鱼子酱,伯德牌吉士粉,甚至还有雾霾。她确实说她怀念英国的雾霾了。

仿煤壁炉,里面发出煤炭那样的红光,却没有气味。是的,她怀念那些东西。水仙花,白面包。现在她眼睛里含着泪水,她不敢相信自己再也无法看到那些东西了。沙拉酱,纸袋子,红绿灯,排得好长好长的队,定量配给票证簿,防雨帽,公交车售票员,《广播时报》。"大英庆典,"她声嘶力竭地喊出这个词,涕泗交下,"我再也看不到大英庆典了!"然而时光依旧飞逝,曙光已经从树木之间渗过。

马格丽跪在她旁边,感觉如此疲惫,似乎空气都飘飘忽忽的,但与此同时又觉得身体僵硬如木板。马格丽用一块布擦擦伊妮德的脸,又揉揉她的腿,甚至错误地抓起她的手:又一股阵痛袭来,伊妮德把马格丽的胳膊掐得生疼,就像驾着吉普车从上面碾过一样。然后伊妮德放松下来,再次想起自己怀念祖国,重新哭喊起来。

"我是个负担,全都是我的错。如果不是因为我,你已经找到那种金色甲虫,准备回国了。你在国内有那么多值得留恋的。当我在布里斯班跟泰勒待在一起的时候,你要是离开就好了。我跟你说了不要管我。"

"那不是事实,伊妮德。"马格丽用凉水把伊妮德的脑袋弄湿。伊妮德蠕动着,就像一只巨大的毛毛虫,她把脑袋靠在马格丽的大腿上。马格丽抚摸着她的头发,现在的头发已经有半截变成黑色,只有末端仍然染着色。马格丽望着伊妮德巨大的肚子抽搐、颤动、变硬。

"跟我说说话吧,马吉。告诉我,你怀念国内的什么东西。怀念下雪吗?饼干呢?白金汉宫呢?"

"不,伊妮德,我不怀念它们,我不怀念任何东西。"

"你那么说是为了让我感觉好受一点。你对我那么好是因为我就要生孩子了。"

"不是的,伊妮德。我真的不怀念那些东西。"

那是她的真心话,她那么说并不是为了安慰伊妮德。当她继续抚摸伊妮德的头发时,她试着在脑子里唤起有关家的画面。她想起姑姑们那些挖果肉的勺子,很多次勺子锯齿状的边缘都差点锯掉她的舌尖。她想起公寓所在的大楼里那个笼子似的电梯,由于人们总是忘记把门关好,电梯从来都无法正常使用。她甚至想起了大楼的正门,想起卧室里的一盏灯,灯罩上装饰着流苏。所有那些东西都好好地待在伦敦,原封不动地待在她描绘的地方,不需要马格丽去怀念什么,也不需要她再次使用它们。她把伊妮德放到一张毯子上,站起来伸伸腿。从游廊上,她望着冉冉升上树梢的烈日,嗅闻着甜美的空气,听着鸟儿和昆虫的合唱,以及远处大海的波浪声,看着那些形如祈祷时交握的手的红色花朵,还有那些巨大的贝壳杉,意识到周围的这些陌生事物现在让她感觉像家一样温馨。她已经以此为家多时,而她甚至都没有意识到。她曾经万里迢迢来到地球的另一端,然而她在内心深处跋涉的路途却难以测量。

而且,归根结底,家意味着什么?如果它并不是自己的生身之地,只是你随身携带的东西,就像一只手提箱,而手提箱是会弄丢的,现在她知道了。你会打开别人的行李,穿上人家的衣服,尽管一开始感觉有些异样,但令人难以理解的是,你内心深处的某些东西仍然一如往常,甚至比以前更忠实于它自己,也更自由一些。

然后,事情终于发生了。经过四十八小时的产前阵痛,伊妮德生下了宝宝。

马格丽刚好到小溪边打水去了,比平常花的时间更久,因为小溪里有那么多小鳗鱼,不断游到她的壶里,她不得不把它们揪出去。等她回到房子里,伊妮德正躺在地板上,像一只四脚朝天的甲虫那样蠕动着,尖叫着,身体变得僵直,仿佛体内有鞭子在抽打她。接下来,伊妮德又四肢着地,趴在了地板上。

"哦,老天爷,"她咆哮着,"这次是动真格的,马吉,这次真的要生了。"

马格丽开始摇头,就仿佛它是被风刮得左摇右摆的一盏灯。不论怎样,她已经习惯了伊妮德的阵痛,对此习以为常,甚至都忘记了在阵痛的末尾,孩子会真的生出来。"伊妮德,"她说,"你必须告诉我该怎么办。"

可是伊妮德的脸在一股刚刚袭来的阵痛中扭曲了,她眉头上那些细小的眉毛紧锁在一起。她开始无缘无故地哭起来。那哭声绝望而幼稚。"我做不到,我做不到。"

"你什么意思,伊妮德?"

"我改变主意了,马吉,我不想生孩子,我想回家。"她有气无力地蜷缩成一个小球。

不错,马格丽对自己说,你已经跨过大海,来到地球的另一端,你已经攀登过一座高山,在吊床里睡过觉,那么你也能做这个。她卷起袖子,重新调整一下自己的头巾,在那个荣耀的时刻,她感觉自己就像芭芭拉。

马格丽四平八稳地站在伊妮德前面,对她说:"伊妮德,别那样子,你就要把孩子生下来了。这就是你想要的,记得吗?你想要孩子已经想了那么久。所以别再哭了,你的勇气在哪儿?快把孩子生下来。"

"好的,马吉。"伊妮德抬起头,把身体绷得紧紧的,就仿佛她在经历最可怕的便秘。

"用力呼吸。"

"是的,马吉,用力呼吸!"她呼哧呼哧地喘着粗气,"出来了吗?"

马格丽的母亲从未跟她说起生孩子的事情,这是事实;但她对甲虫的繁殖非常了解,这也是事实。她知道昆虫会从与头部相反的一端把卵产出来,她还知道自己正注视着错误的那一端——尽管伊妮德的脸很可爱——无法给伊妮德实际的帮助。

"我想看一看,伊妮德,可以吗?"

"不要,马吉,我想我已经把自己弄得一身脏了。"

马格丽挪到伊妮德的后半截身体那边,脑子里晕晕乎乎的。伊妮德说得对,那一身脏兮兮的东西太可怕了,气味非常难闻。但是她绝不能晕倒,绝不能让伊妮德失望。伊妮德的两腿之间有一个闪亮的黑色脑袋。随着那个小身体逐渐滑出体外,伊妮德叫喊着,叫喊着,叫喊着。

"别在我面前失去知觉,马吉!"

太晚了,一股股反胃的感觉在马格丽体内翻腾,周围的一切都出现了重影:本来只有一个脑袋的地方,现在她却看到三个甚至四个脑袋。她感觉身体轻飘飘的,仿佛飘浮在空中,就要飞走了……

"趴下去!"伊妮德说,"接住它!"

"用什么接,伊妮德?"

"用你的手!你的手!"

当婴儿的一只肩膀露出来时,马格丽屈膝跪倒在地上。这就像在一个洞下面伸手接住什么可怕的东西。然后伊妮德发出熊一般的咆哮,于是整个血淋淋、皱巴巴的身体都一下子喷射出来。双腿、双臂、躯干,甚至还有一双脚,整个都出来了,刚好落在马格丽伸出的手掌中,就像一只被剥掉皮的兔子。

"她还活着吗?"

"是的,伊妮德,她还活着。"

"给我看看!"

马格丽只好将这个奇迹——这个滑溜溜、血糊糊、覆盖着脂肪的东西——抱在怀里,从伊妮德两腿之间递给她。伊妮德抽泣着:

"哦，我的宝宝！哦，我的宝宝！"她翻转身体，仰卧在地上。当她的目光落到婴儿的脸上时，她欢快地猛吸一口气，仿佛被一道闪电击中。"快点！热水！还有毯子！"

马格丽端来干净的温水，取来毯子。可是这时出了一个可怕的问题，婴儿身上连着什么东西。一根蓝色的带子。马格丽不知道该把它称为什么。

"是脐带，你得把它切断。"伊妮德突然超级放松地说，"去拿刀子，先消消毒。"

"切断？你确定吗，伊妮德？"

伊妮德嘱咐马格丽取来一些绳子，在脐带上打两个结——一个靠近婴儿的身体，另一个靠近她自己的身体——再从中间把脐带切断。刀子划过那道富于弹性的软骨，轻松得让马格丽震惊，尽管她几乎都不敢看。伊妮德没有发出任何声音，似乎都没有注意到马格丽的动作。她正忙着查看宝宝的手指头、脚趾、耳朵和嘴，并用一块布将宝宝擦干，摩擦她的皮肤，让她保持温暖。

终于结束了。马格丽感觉仿佛有一群野牛从她身上跑过。她宁愿余生在山里爬上爬下，也不愿再给另一个人类接生了。然而，正当她把手伸向地板，准备躺下时——找一把椅子坐下似乎完全是浪费时间——伊妮德又发出尖叫，宣布她准备好用力了。

又开始了。

难道还有一个胎儿？接下来是更多尖叫，更多颤抖。马格丽趴下去检查伊妮德的下体，它猛地向外一喷，然后排出一堆肝褐色的东西。

"是胞衣，"伊妮德呻吟着说，"你必须把它处理掉。"

马格丽拿来一个罐子，装起来，端出房子，来到花园最深处，竭力不让自己和它有一点接触，不过那些蚊子已经闻到了这团可怕的东西,成群结队地跟在她后面。等马格丽回到房子里时,伊妮德已经擦掉婴儿脸上的血迹和那些油腻腻的物质。她露出微笑,仿佛她刚刚生下一个天使。

"马吉!你没有晕倒!你做到了!你给我的宝宝接生了!"

伊妮德欣喜地抱着孩子,送到自己鼓胀如瓜的乳房前。宝宝似乎立刻就噘起嘴,咬住乳头,开始吃起奶来。这就对了,母爱。马格丽望着母女俩,泪如泉涌。她擦掉眼泪,可是更多的泪水涌出眼眶。

伊妮德温柔地说:"你的髋关节疼不疼?"

"不疼。我甚至都没感觉到它的存在。"

"你应该休息一下。"

"是的,伊妮德。我现在要去休息了。"

马格丽蹒跚地走到外面的游廊上,可是夜幕再次降临,她的衣服上沾满血迹,就像屠户的衣服。

这样的场景曾经上演多少次?也许数以亿万次。每一个人类生命都是这样开始的,挣扎着吸入第一口空气,生存下来。终于,马格丽坐到游廊上,准备睡上一觉。然而她太激动了,感觉脑子里挤满庞大如宇宙的念头,不知道该如何入睡。伊妮德成功了,她完成了自己的使命,成为了一位母亲。马格丽过去的看法是多么错误啊。这件事一点都不渺小,也绝非普普通通。这是多么伟大的事业,一切都指向这一点:生命中再没有比这更大的责任了。此刻,似乎只有坐下来凝视星空才合适。在她头顶上,星辰闪烁悸动,发出万花筒一般的光芒。

马格丽掰着指头,试着弄清楚日期,记下宝宝降生的日子:二月十六日。这个日子,她们本来应该快离开新喀里多尼亚了,开始一次截然不同的回国之旅。

"好吧,我绝不会回去。"她对着寂静的虚空说道,"去他大爷的。"

当她慢慢合上眼睛进入梦乡时,出现在她脑子里的不是她的父亲,而是她的母亲。坐在那把靠窗的椅子里的母亲,耐心而又坚定。也许,与其说母亲是在浪费自己的人生,不如说她一直以自己的方式挤在马格丽和外面的世界之间,保护自己的女儿。马格丽希望能够对母亲表示感谢,虽然这个念头有些疯狂。

一辆汽车的前大灯照射着棚屋小镇,慢慢从那里穿过,驶入小镇外那条土路,朝她们的平房驶来。可是马格丽没有看到那道灯光。她已经睡熟了。

## 45

## 蛇

　　脚气病复发，他生病了，病得很重，昏昏入睡的时间比醒着的时间长。试着吃点东西，也会全都呕吐出来。动弹一下都很痛，呼吸也痛。他已经病了几个星期。

　　他不喜欢静静地待着，一静下来，回忆就会浮上心头。他必须一直做些事情来阻止回忆。他数着树上的叶子，数着脚下的每一个石子，或者计算他在再次病倒之前走了多少步。因为如果不让这些数字填满自己的脑子，那种非人的恐惧就会压倒他，他会搞不清楚自己身在何处，也不知道自己在做什么。

　　然后他会见到本森小姐，他会想起自己来这里是为了带领她探险。他会看着自己的笔记本，却不知道今天的日期。他只知道自己度过了圣诞节，圣诞节后等自己的护照被归还，然后他就来到了这里，还找了个房间住下，可是他找不到那个房间了。于是他看了看笔记本上的日期，那上面写着他要在二月十八日离开布里斯班，日子不远了，可是他不知道为什么有那么多事情妨碍他。那个把他关进牢房的警察，英国领事，那个金发女人，一条狗。曾有一条狗想要杀死他。

然后是一支枪,他有一支枪。他想不起来自己为什么要偷走它。不过最可怕的是那些日本人,他们无所不在。

现在他在奔跑,跑得很快。他实在无法分辨自己究竟是睡着了还是醒着。他正拖着两条腿穿过车道上的红色泥土,朝那座平房跑去。前面一片漆黑,他没法挪动自己的脚了,它们就要断掉了。因为脚气病,他的腿也要断掉了。而那些日本坦克的灯光越来越靠近,他能感觉到光已经照到背上。如果他不逃走,他们会抓住他,把他带回战俘营。可是这里有蛇,不管往哪里看,到处都是蛇。

他在缅甸见过这些蛇,它们看起来像绳子一般盘在棚屋下方,如一根长皮鞭似的滑出视线之外。那时他会想办法忍受一切:痢疾、食物短缺,那些死于霍乱的家伙,数英里的长途跋涉。他会告诉自己那些尸体并没有死去,它们只是躺在那里晒太阳;他会告诉自己他心里充满怒火,对母亲来说他是个特别的孩子,跟其他人不一样,比他们更好,他不会在那里迷失,不会死去。可他就是无法摆脱那些蛇。有些人会切掉它们的脑袋,吃掉它们。可他宁愿在洞里挨饿,也不愿看到蛇。

然后还有那些试图逃跑却被抓回来的家伙。他记得他们被留在铁丝网外面,谁都不许去帮助他们,因为他们必须受到惩罚。整个夜晚,蒙迪克都能听到他们的尖叫声,他会试着不去听,不去感受,可是有人一直在叫"蛇!蛇!"。到了早上,那些尸体变得发黑,已经被吃掉了一部分。尽管他知道蛇不会那样吃掉人的身体,可这个念头还是被钉进脑子里,他满脑子都想着这个画面。

现在,本森小姐做了一些可怕的事情。他曾经来到那所房子,想跟她最后吵上一架。他在外面等待着,听到那个金发女人在尖叫,叫了好几个小时。然后他看到本森小姐出现在游廊上,浑身是血。太可怕了,他开始奔跑。他开始往普姆跑去,差不多就快到了,奔跑,奔跑,天旋地转。然后那辆车出现在他面前,他别无选择,只能倒在地上投降。

车子停了下来,一个日本人将他从地上拉起来,用手电筒照着他的眼睛。蒙迪克往后退缩,等着第一通毒打。可那个人不是日本人,而是一个警察。

他说了一些蒙迪克听不懂的话。

蒙迪克不知道该怎么办,于是把护照和上面的签证拿给那家伙看,然后趴着跪在地上,求对方饶命。他模仿新喀里多尼亚人的腔调说着"饶命,饶命"。

那名警察看着蒙迪克的护照,仔仔细细地翻看每一页,然后用法语说:"好的,先生。"警察没有踢他,而是扶他站起来,又捡起他的帆布背包,帮他把背包背到肩上。"英国人?"①警察问,"是英锅人吗?"②

蒙迪克点点头说他是。那家伙递给他一支香烟,点燃打火机,给他把烟点上。

警察又用法语问:"那两个女人呢?那两个英国女人呢?"

蒙迪克完全不知道警察在说什么,于是摇摇头,表示自己并不打算逃跑,然后说了个"不"③。

"她们在这里吗?"

"不。"他的心像打鼓一样咚咚直跳。

---

① 此处原文为法语。
② 此处为不标准的英文发音。
③ 此处和下文的对话均为法语。

"那是一座房子吗?"

"不。"

"那里没人?"

"不。"

那个警察用手电筒朝黑暗中照了照,照过那条车道和树木,没有什么移动的东西。他点点头,用法语说道:"您说得对,那里什么都没有。谢谢,先生,晚安。"他把那盒烟送给蒙迪克,然后,就在他准备离开时,又突然停下脚步,举起手,轻轻地说道:"先生,您生病了,是吧?要跟我一起走吗?您病得很重。"

蒙迪克转过身,跌跌撞撞地走入黑暗之中。

# 46

# 奇妙的小东西

安全，她必须确保伊妮德和宝宝的安全。只要她们平平安安，马格丽就能安详地度过余生，可是现在她脑子里塞了太多事情。伊妮德认定自己没事，但她的脸色像牛奶一样苍白，皮肤甚至略带蓝色，而且下体仍在流血。马格丽需要赶快整理好标本，全部卖掉。她需要筹集足够的钱把她们弄出这个岛屿。不过，最令人困惑的还是那个宝宝，她把马格丽的生活搅得天翻地覆。

伊妮德对孩子的爱如此强大、炽烈，她不停地想着给宝宝起名字，每一个名字像换衣服一样穿在身上试试大小，然后扔到一旁。没有一个名字合适，没有一个名字能承载伊妮德希望宝宝获得的保护，于是她每个小时都会改变主意。霍普[1]。葛丽亚——取自葛丽亚·嘉逊，《忠勇之家》是伊妮德最喜爱的电影。贝蒂，来自伊妮德的母亲。小雷恩[2]，因为宝宝那么小。要么就是更有《圣经》色彩的名

---

[1] 原文为Hope，与"希望"同义。
[2] 原文为Little Wren，wren为一种小型鸟类。

字：凯齐娅，丽贝卡，玛丽。接着她又漫不经心地提到一些法国名字，例如塞西尔。最终，伊妮德确定用格洛丽亚，至于孩子的姓氏，她决定用本森。她想要一个正当的姓，而不是像普雷蒂这样的化名。她希望女儿拥有一个让她自豪的名字。

"可是，伊妮德，"马格丽说，"你用的是我的姓。"

"对啊，马吉，我知道。我想让她随你姓。"

"可是为什么？"自从格洛丽亚出生以来，一切都让马格丽感到困惑，甚至感动得流泪，就仿佛自己的重要器官突然暴露在体外。"我又不是宝宝的父亲。"她擤了一下鼻子说。

"我给她起名叫格洛丽亚·本森，因为我知道你会一直照料她。"

马格丽已经知道伊妮德说的是事实了。实际上，那句话都有点轻描淡写，根本没有描述出马格丽对宝宝的感情，只是从表面轻轻拂过。这个奇妙的小东西，吐奶、哇哇大哭、拉黄色便便，带着导弹的威力闯入马格丽的生活，然后在她心中占据了一席之地。而马格丽都不知道自己心里有这么一个地方，更不知道还为这个小东西留着位置。尽管宝宝比一个玩具娃娃还要小，穿着伊妮德编织的那些婴儿服装，骨头就像珠子一样向外凸出，但她显然是伊妮德的女儿，而且是一个幸存者，在这样的穷乡僻壤。自从宝宝出生后，马格丽就没睡过一个小时的完整觉。格洛丽亚尖叫着，拱起小小的背，直到找到伊妮德的乳头，然后吮吸乳汁，进入梦乡。黄色的乳汁在她的小嘴周围结了一层痂，顺着她的小脸流了下来。伊妮德在大房间的正中间搭了个帐篷，四周围着毯子和蚊帐，就像一个巨大的窝，旁边放着热水和凉水，以及马格丽烹煮的各种食物。伊妮德饥不择食。于是马格丽就上上下下绑着带子，撕下一块块布条做尿布，把任何弄脏或带有血迹和婴儿呕吐物的东西放到开水里烫煮，为伊妮德提供干净的碎布块。然而每次不管她从距离门口多远的地方走过，都会回到宝宝身边来，过来看看她在做什么。马吉，瞧啊，瞧啊，我想她在笑。

马格丽注视着宝宝闭着的眼睛和长长的眼睫毛，还有她漂亮的鼻子，一个个带有小指甲的手指头，还有那一头乱发。

（"她有你那样的头发，马吉。"

"那是不可能的，伊妮德。"然而她的头发茂密而卷曲，是很棒的头发。）

第一次听到格洛丽亚打嗝，她高兴得差点爆炸了。这么小的身体里怎么会容纳那么多完美？跟这种辽阔的原初之爱相比，她对伊妮德的感情就显得苍白而普通了。那种爱是那么庞大而痛苦，她都看不到终点在哪里——每次她从格洛丽亚身边离开，都会冲回去查看这个小宝宝是否仍在正常呼吸。在此之前，马格丽的生活是多么肤浅，多么天真、渺小而无知。突然之间，她开始为那些以前没注意到的事情担忧了，比如一片积雨云、一只蜘蛛。为了格洛丽亚，她想生活在一个没有疾病与污秽、民风淳朴善良的国家。

但她还有工作要做，在试图出售自己采集的甲虫之前，她必须给它们好好插上昆虫针，做成标本，贴上标签，她还必须写完自己的笔记。当伊妮德和宝宝睡觉时，她会来到自己的书房，关上门，不是为了把她们隔开，而是为了让自己收心。她强迫自己的眼睛聚焦。她必须把昆虫从乙醇里取出来，晾干，在它们仍然柔软的时候扎上昆虫针展姿。但扎昆虫针是个精细的活儿，第一根昆虫针必须从甲虫上半截身体的右侧扎过，要当心，让甲虫保持正确的高度：大约半英寸高。必须小心翼翼地给触角调整好位置，让几条腿露出来，不能把腿压平或者弄丢，再纤细的毛都不能少。鞘翅需要轻轻打开，露出下面的膜翅。何况她的时间不是太多，实际上是太少了。她需要在任何人来这里搜查之前，将伊妮德和宝宝弄到安全的地方。只要她们待在北方，就会没事。

"伊妮德？"

"嗯？"

"伊妮德，你还好吗？"

"我觉得有些头疼，马吉，仅此而已。"

格洛丽亚出生五天后，伊妮德病倒了。她对自己的病不以为意，假装自己只是累了。可是，她走过游廊，步伐非常慢，差不多跟爬行一样，还得用一只手抓住什么，而且她的眼睛下面有黑圈。她突然平白无故地问自己的母亲是否会来喝茶。

"你母亲？"马格丽说，"你的母亲不在这里，伊妮德，我们在新喀里多尼亚。你的母亲在你小时候就去世了。"

伊妮德停下脚步，用双臂将宝宝抱在怀里，就像一个即将踏入繁忙街道的人，在最后一刻抽回了脚步。"我在说什么？"她大笑起来。

然而，她的身体每况愈下。后来，她又披着两张毯子出现，而当时是大白天，即使在树荫下，也酷热难当。她的皮肤上满是鸡皮疙瘩。她看到食物就无法忍受，也不想喝水，只想睡觉，即使在给格洛丽亚喂奶，她也会渐渐睡着。然后她开始哆嗦。

"怎么了？"马格丽说，"你哪里不舒服？"

"我觉得冷，"她说，"我冷得要死。"

马格丽抓起她们拥有的所有衣物，包括那件粉红色的旧晨衣，堆到伊妮德身上。毫无作用，伊妮德仍然冻得发抖。她躺在那里，裹了一层又一层，却仍然哆嗦得厉害，连牙齿都开始打战了。而且她身上还有一股气味。马格丽不想说，但伊妮德身上散发出一股气味，马格丽知道有些不对劲。

她脑子里冒出一个可怕的念头，可怕得她都不愿用词语表达出来，但她不得不那么做。

"伊妮德，你打过疫苗，是吧？在你出国之前。"

马格丽还没把这个问题说完就知道答案了：伊妮德根本没有时间打疫苗。此外，她曾经在家里跟一具死尸待在一起，等待警察出现。而且她没有护照，打疫苗的事根本不在她的考虑范围内。

"伊妮德，你流血的情况是不是更糟了？"

"我很好，马吉。"

"不，伊妮德，我们必须去看医生。"

"我们不能去看医生，他们会逮捕我的。我没事，马吉，我想跟你和格洛丽亚待在这里。"

伊妮德继续否认自己生病了。"我只是晒的太阳太多了。"她说，"我会没事的。"但自从生下孩子以来，她就没怎么在太阳底下待过，而是整天睡觉，只在给格洛丽亚喂奶时才醒过来。她抱怨说头痛得厉害，就仿佛有人在她脑袋上钻洞，然后她试图从床上爬起来，弯下腰，抓住自己的肚子。

"现在怎么样，伊妮德？"

"没事，马吉。"

"你是不是很疼？哪里疼？"

"我很好，马吉，我只是需要睡觉。"

马格丽将格洛丽亚稳稳当当地放到伊妮德怀里，然后迈着沉重的步伐走下台阶，走上泥土马路。她需要呼吸新鲜空气，需要长远打算。她说不准自己是否感到害怕，或者说，她还没有准备好害怕。她感觉这些天已经够担惊受怕的了，当人们有所防备时，厄运的分配会更合情合理：部分给你，部分给我。

她走进棕榈树的树荫里，白昼与昆虫的嘈杂声以及森林散发出的馥郁气息十分合拍。一只像蓝色玩具娃娃的鸟儿从头顶上飞过，从空中切划出它的飞行路线。她的右边高耸着那座山褶曲的侧翼，被太阳照得暖烘烘、红艳艳的，覆盖在山上的森林也露出层层叠叠的褶皱。然后发生了一件事，她感觉自己被冻在原地。

有人在叫她的名字："本森小姐？"

她停下脚步，一动不动，一阵恐惧袭过全身，仿佛身体真的受到重击。有个男人在叫她的名字，她知道。她扫视了一眼两侧密实如墙的树木和灌木，一个人都没有。但她知道有个男人就在附近，她听到了一个更加微小的声音，"咔嗒"，树叶移动的声音。深呼吸，她那么用心地倾听，周围的寂静仿佛变成了固体。棚屋小镇的男孩们并不在周围。

"有人吗？"她叫道，声音很小，几乎没人能听到并回答。

一阵微风拂过，树叶婆娑。在她周围，树木低语着，轻轻摇摆。她僵硬的身体稍微软了一些。在任何人出现之前，她转过身，逃向房子，拖着沉重的身体登上台阶，推开那扇门。

刚刚经历的那个片刻，还会继续把马格丽搅得心神不定，不过，等她回到屋里，伊妮德的情况变得更糟了。她仍然躺在床垫上，仍然裹着她们拥有的所有衣物，仍然在哆嗦。马格丽摸摸她的额头：像炉子一样热，且已经被汗水浸湿了。而她的嘴呢，颜色发青，仿佛吃掉了钢笔的笔尖。

马格丽抱来更多的柴火，烧了更多的水。一想到伊妮德出了事，她就心慌意乱。她痛恨天空澄澈得仿佛什么都无关紧要，她痛恨那些漠不关心地鸣叫着的鸟儿。但最重要的是，马格丽痛恨自己一开始就把伊妮德带到这里来,没有把她弄到医院去生孩子,甚至没有给予她恰当的帮助。如果伊妮德无法活下来,马格丽不知道自己怎样度过余生。然而她似乎仍然被困在了当下。

马格丽试图把伊妮德抱起来,可是伊妮德尖叫着说好痛,乞求马格丽让她待在原处。她在床垫上又躺了一个钟头,而马格丽则在她旁边盘腿而坐,用手给她驱赶苍蝇。马格丽感觉自己就像一台收不到信号的收音机。她仍然怀着一个模糊的念头,觉得只要拖延足够长的时间,事情就能自动好转。然而,随着太阳落山,伊妮德开始产生幻觉,一会儿大汗淋漓,一会儿冰冷如石头。她身上的气味变得更加难闻了。

"我有很多宝宝,是吧?"她睁大眼睛,露出惊恐的神情。

"不对,伊妮德。不过你有格洛丽亚。"

"我爱我所有的宝宝。"

"你要给格洛丽亚喂奶了,伊妮德。"

"把他们的名字告诉我。"

"他们的名字?"

"我想其中一个名叫——她叫什么来着?我想她叫泰博①。"

"伊妮德?"马格丽说,与其说是提问,不如是命令,"别犯傻了。你从来没有一个名叫泰博的宝宝。别说胡话,伊妮德。"

伊妮德的眼皮上下翻动,而在那后面,她的眼睛空洞无神,就像一家晚上关门打烊的商店。

然后马格丽突然明白了真相,快得这就像另一个版本的自己。伊妮德不想离开这所房子、不想去看医生,并不意味她就是对的。

---

① 原文为Table(桌子),此处暗示伊妮德神志不清。

伊妮德根本就不知道这是怎么回事。拖了这么久,马格丽究竟在做什么?等伊妮德的病情好转吗?事情只会越来越糟。马格丽错了,居然以为自己能够成为伊妮德的真朋友。她不过是跟几个月前跛着脚穿过学校、就连一扇打开的门都找不到时一样,一样恐惧、无用、慌乱。马格丽不顾伊妮德哭喊、抱怨,帮她穿上暖和的衣服,把她背到吉普车里,放到后座上;然后跑回去抱格洛丽亚,将她放在伊妮德旁边一个临时充当摇篮的盒子里;又把几样东西塞进那只红色小手提箱。毯子,她们还需要毯子,可是她找不到,甚至想不起来自己在找什么。毯子,她在找毯子,还有水,伊妮德需要水。她记得毯子,可别的还有什么呢?在惊慌失措中,马格丽的脑子里仿佛满是漏洞。水,可是如果她把水放在壶里,就会洒出来。她刚从房子里跑出来,又什么都没干就跑了回去。一切都不可理喻。食物,伊妮德需要食物,把她送到医院去不安全,可她需要医生和干净的病床,现在就需要。突然之间,马格丽不知道自己为什么要在意毯子、食物和水,伊妮德都要死了。她丢下毯子和壶里的水,还有食物,拎着伊妮德的红色小手提箱,快步如飞地跑下台阶,一把掀开副驾驶一侧的车门,冲了进去,准备开车离开。

她在想什么?她们没有司机。

马格丽的脑子再次锁死,她需要一个司机,而要找到司机,她就得把车开出去……荒谬。她这辈子从未开过车,在遇到伊妮德之前,她甚至没有坐过车。

伊妮德呻吟着。

"马格丽·本森,"马格丽大声对自己说,"你都接生过了,现在你的气概哪儿去了?快把车开走。"

她把自己挪到方向盘后面那个陌生的位置上,试图回想伊妮德是怎么做的。她扭动车钥匙,引擎咆哮起来,然后猛拉一把手闸,把脚压到一个踏板上。吉普车猛地一跳,后退着朝一根椰子树桩冲去。不过伊妮德并没有大吼大叫,也没打算逃跑,而是坐了起来,说什么把脚缓缓放下去,而不是一踩到底。

"前灯。"她又喃喃地说了一句,然后再次昏睡过去。

马格丽打开她能找到的所有开关,雨刮,热风,甚至还有收音机——谁会想到这吉普车还有收音机呢——全都运转起来。终于,她打开了前灯。车道被照亮了,在两侧的树木之间形成一条光隧。她更加缓慢地松开那个踏板,吉普车向前驶去。她更用力地压下另一个踏板,车子绷得紧紧的,仿佛被一块巨大的橡胶带拦住了。她摸索着找到手闸,猛地一拉,吉普车发出沉闷的声音,"哧哧"地停下来。她再次拧了一下钥匙,踩踏板,发动机震动起来,她猛地将车子朝车道扭去,加快速度,越来越快,越来越快,太快了。车子撞上石头,飞快地闯入乱树枝间,她不知道该怎样让车子保持直线行驶。当一个醉汉跌跌撞撞地从黑暗中冲出来时,她尖叫一声,及时扭转车子的方向,"嘎嚓"一声,车子的侧面撞上一块岩石。但她没有停下车来,她是不会停车的,车子继续行驶。

一整晚,她们都坐在车上行进。马格丽开起车来就像个疯女人,速度计上的刻度盘一直处于红色区域。她大声祈祷着,希望新喀里多尼亚的所有法国警察都已上床睡觉。她不再感到恐惧,恐惧已经从她体内穿过,从另一边溜走了。格洛丽亚哭了起来,马格丽这才关掉引擎,从驾驶座上跳了下来,一只胳膊搂着伊妮德,另一只胳膊搂着格洛丽亚,尽力让婴儿的嘴贴到伊妮德的乳房上,就像用一只贝壳夹住一根旧管子。喂完奶后,她继续驾驶,吉普车呼啸着越过石子路、土路,跳跃着穿过一个个坑,为了避开一棵倒在路上的树、一群山羊而急转弯。收音机一直开着,音量被开到最大,暖气也是同样。她饥肠辘辘,热得都快沸腾了,双腿也火辣辣的。黎明降临,天空变成绚烂的橘色,树木仿佛着火了一般,右侧的大海波光粼粼,闪烁着红色的光芒。然后,她们终于抵达了努美阿,看到了那些坚固、优雅的建筑。椰子广场,市场,港口。

伊妮德坐了起来,拂去脸上的头发,咕哝着说:"我们在哪里?马吉,我们在干啥?"

"我已经想通了,别跟我吵架。我们别无选择,我必须保住你的性命。如果你出了什么意外,我永远无法原谅自己。"

九重葛像一盏盏紫色的灯悬挂在枝头,空气甜美温暖。一道道窗户上映照出朝阳的光辉。

马格丽在英国领事馆外把车停下。

## 47

## 甲虫与眼睛

他跌跌撞撞地朝那座平房走去，胡乱穿过一道道晨光，击打那些并不存在的树叶，跺跺靴子甩掉那些蛇。他又睡了过去，然后醒来，一个念头像亮起的灯泡一样在脑子里出现。他必须到那座平房去，必须去带领她探险。那就是他来这里的原因。他救过她的命，现在她需要他的带领。他不知道自己在做什么。他一直在睡觉做梦，以为有人在追踪他，甚至以为她想驾着吉普车将他撞倒。但那只是他脑子里的幻觉。这里没有日本人，没有蛇。这里不是缅甸，他是一个自由人。

他来到那条泥土马路的终点。太阳即将升到山顶之上，给大地镀上一片金光。他能够看到房子侧面的晾衣绳，那上面挂着一些方方正正的小布块，就像手绢一样。他朝那几级通往游廊的台阶走去，用双手吃力地拖着身体往上爬，他的腿还是颤颤巍巍的，有一两次脚下还打滑了。走到一半，他的胸腔里发出一个拉锯般的刺耳声音，他意识到那肯定是自己的呼吸。他必须找到她，必须在自己再次病倒、忘记自己在干啥之前找到她。

他敲了敲门，又朝窗户里窥视。他叫道："是我！喂，该起床了。"他猜她肯定仍在睡觉,于是他在门外坐了一会儿,在她的椅子上摇来晃去,就像他以前看到她做的那样。当那些可怕的念头涌上心头,他会把手握成拳头,告诉自己现在没事了:他已经来到这里,她也是。他们将一起完成这场探险。到现在,太阳已经完全照到他身上,他开始流汗了。

突然之间,他意识到发生了什么。他见过她身上的血,她需要他的帮助——她躺在这所房子里,等着他来救她。他跌跌撞撞地从椅子上站起来,动作太快了,把椅子都带倒在地,然后一脚踢开那道门。

屋里寂静得可怕。地板上放着一张床垫,上面堆着一些毛巾和毯子,旁边是一桶桶的水。他叫了几声她的名字,从一个房间走到另一个,并且掏出了手枪,以防有什么东西突然蹦出来。他知道她不在这里了。他看到她睡觉的房间,看到一堆堆的衣服,看到一个带有水槽的临时厨房。在她的书房,他看见到处都是浅盘,堆得高高的。他把它们拿起来,每一个浅盘里面都有甲虫,就像珠宝一样,扎着昆虫针,翅膀展开着。这里还有一本又一本的笔记本,上面字迹清楚,还有画得仔仔细细的图示。墙壁上甚至钉着一些纸,还有一个个的盒子,里面装着小小的瓶瓶罐罐,以及数百件裹着绷带的小东西,看起来就像茧子。他把绷带一个接一个地打开,然后像扔包装纸一样扔掉。他意识到自己身上一阵阵发冷,开始哆嗦,脸变得湿漉漉的,那是眼泪。他在哭——哭得那么厉害,他不知道怎么停下来。

她已经走了,都没带上他就走了。她知道他要带领她探险,但再一次逃脱了他的追逐。原来他看到的那辆吉普车不是梦。他不知道她为什么总是那样做,这太伤人了。他们是一起的,他救过她的命。突然之间,他心里燃起了怒火,那股火气如此强烈,他咆哮着,猛地扑了出去,踢翻那些毯子,捶打墙壁,扔掉那些旧罐头,掀翻一壶壶的水。他仿佛回到了战俘营，那些日本人在等着他。他觉得自己听到远处什么地方传来痛苦的声音。树木那么葱翠，仿佛偷走了所有空气，因此，即使在房子里面，每一样东西都闪烁着一种奇怪的微光。

他拿起第一只浅盘，把它举过头顶，准备把它摔到地上。可是那种痛苦的声音不再从他体内发出来，而是在敲打着屋顶，锤击着门，还冲着窗户大吼。树木仿佛在哈哈大笑，风也在哈哈大笑，就连那数百只浅盘里的甲虫也在哈哈大笑。他的目光从一个屋角扫过另一个屋角，恐惧而又困惑。有好多甲虫朝他飞来。周围还有好多眼睛盯着他。到处都是那些棚屋小镇的男孩——他们窥视着窗户，挤到门口，将他团团围住。他们倒挂着，玩侧翻和翻筋斗，还拉扯着他的衣服，用棍子戳他，朝他吼叫，对他指指戳戳，就仿佛他是一个笑柄。他们大喊着，把他连拖带拽地弄出了书房，朝门口推去。有几个孩子甚至捡起他弄得乱七八糟的那堆东西。他听不懂他们说的那些词语，不知道他们在说什么，但那声音听起来像"智——障，智——障"。

他把一只甲虫塞进口袋里，用手捂住耳朵，落荒而逃。

# 48

# 庇护所

结束了,那种恐惧结束了。伊妮德活了下来。

一位私人医生立刻给她动了手术,取出残余的被感染的胎盘,没有问任何问题。伊妮德哭了一小会儿,但没有力气。格洛丽亚哭得声嘶力竭。不过,医生最担心的似乎是马格丽的瘸腿,看到她两条腿的状况,他吓坏了。她需要立刻注射青霉素,敷上膏药,他给她开出的处方是休息。

"好的,医生,"多莉·维格斯说,"谢谢您,医生。"

是什么让马格丽在最后一刻改变想法,驾车离开英国领事馆呢?有些事让她感到骤然失落。她突然意识到,即使像原本打算的那样,把伊妮德的所有故事解释给英国领事听,他也是最不可能帮助她的人。她看到波普太太头发整洁、穿着一件崭新的家常服,在刚刚修剪过的草坪上,对一名园丁大吼大叫。那个园丁已经很老了,腰弯背驼的。她看到波普太太冲着他的鼻子挥舞手指。然后波普太太突然把目光转向了这辆吉普车,她的手放到眼睛上方,想挡住清晨的阳光。在那一刻,马格丽意识到这个女人远比伊妮德的疾病危险,向她的丈夫求助是最糟糕的主意。因此，马格丽没有从吉普车上下来，而是在手提包里翻寻，抽出那张写着"彼得·维格斯夫妇"的纸片，那还是几个月前多莉在领事馆的派对上给她的。马格丽敦促伊妮德躺在后座上，把身体压低一些并紧紧抱住格洛丽亚。然后她猛踩一脚油门，以最快的速度驱车离开。她看了一眼后视镜，确定波普太太没有跟上来，等车子安全地拐过街角后她才放慢速度。她指着多莉的地址，向一些完全陌生的人求助，并绞尽脑汁地理解他们用法语指的路。

多莉·维格斯立刻给她们打开了门，看到马格丽，她猛吸一口气。"本森小姐？你们俩看起来就像野人！"尽管如此，她还是帮马格丽把伊妮德带到房子里，提都没提那些沾在自己裙褶上的红色尘土。

"她生了孩子，"马格丽说，"她需要服药、看医生。你是我最后的机会了，维格斯太太。没人知道我们在这里，求你帮帮忙。"

多莉给医生付过钱之后，就把两个女人安顿到花园末端的一座凉亭里面。那里很安全，彼得在矿上，几个星期都不回家。多莉在这个隐蔽之所放置了两张床，准备了一大壶茶，外加瓷器茶杯。让马格丽感动至深的不是干净的床单、被罩和毛巾，也不是带有绑带的整洁窗帘，而是那些如此精致的茶杯。她们已经用罐头盒和扁平罐喝了那么长时间的水，尽管这些瓷器茶杯在她看来毫无意义，她也看得出来它们多么漂亮，对主人而言多么重要。握在马格丽指甲开裂的手里，那些杯子显得小巧而神圣。

多莉为她们拿来些散发着清香的备用衣服，不过她拿不准该给马格丽裙子还是她丈夫的裤子，于是两样都分别准备了一套，都是刚刚洗干净的。她还时不时地把一盘盘的食物端到凉亭里，装饰上一枝枝鲜花。她显然被格洛丽亚深深地迷住了，甚至拿出一箱叠得整整齐齐的没用过的婴儿服。

"你也……?"伊妮德说。

"是的,"多莉点点头,但没有哭,"我能抱抱格洛丽亚吗?"

多莉能花几个小时愉快地将格洛丽亚的小胳膊小腿轻轻塞进纯棉的婴儿睡衣里,套上镶着褶边的白色衣服、点缀着圆点花纹的连衫裤、缝着毛毡花朵的粉红色小开襟汗衫。她冲泡了一瓶瓶配方奶,这样就可以在伊妮德睡觉的时候给格洛丽亚喂奶,她还教马格丽怎样做同样的事情。马格丽和伊妮德能够自由地在花园里漫步,随时可以洗澡。这里有满是泡泡的浴缸,横杆上放着加热的厚毛巾,还有晨衣和拖鞋。

尽管如此,那座山依然吸引着马格丽。从多莉的花园里,她常常注视着那些向外凸起的巨大岩石,白天呈猩红色,黄昏时变成蓝色,闪耀着夜晚的星辰。她想象自己站在那个顶端分叉的山峰旁,她知道它们看起来就像两根烟囱;她想象着远处普姆的房屋屋顶,棚屋小镇,广阔的大海;在她身后,是丛林密布的山坡和犬牙交错的群峰;稍远的地方,是她和伊妮德开辟出来的那条偏僻小路,蜿蜒穿过山脚下的小丘。当朵朵白云逐渐成形,并随之刮来一股热气流,让人感觉空气仿佛要爆炸一般,而天空也染上一层俗气的光泽时,她就知道一场飓风即将降临,肯定会在几个小时内到来。从海岸上卷起一根旋转的柱子,刮起那么多的尘土,给万事万物都抹上一层红色。棕榈树倾斜弯曲,抽打着天空,巨大的鸟儿就像一片片纸那样被甩来甩去。然后云层开裂,瓢泼大雨从天而降。她望着雨水从最近的山峰侧面跳跃着流下来,知道整个岛屿都会洪水泛滥,树木会被刮倒。她想起"终末之所",担心它能否幸存下来。她想起自己采集的标本,一厢情愿地希望它们仍然完好无损。尽管她放弃了那些甲虫,但在最后的两个夜晚里，她却梦见了它们，就仿佛在她放弃之后，它们现在决定倒过来找她。

大雨一连下了三天。倾盆大雨直直地降落到大地上，四处飞溅，整个花园都在雨水的重压下颤抖。颜色开始改变：光滑的树干变成灰色，树叶闪着光，变成墨绿。在外面的海湾里，海水翻腾。然后，雨停了。天空再次变成蓝色，风平浪静，群山显得如此清晰，她都能分辨出一条条皱褶和不同的山色。一些小型昆虫盘旋着穿过阳光，她站在外面，抬头仰望。

"探险并没有结束，你知道的。"伊妮德抱着格洛丽亚说。马格丽甚至都没意识到她跟着自己来到花园里，"你不能放弃，你发过誓你不会放弃。"

"但那是从前，现在一切都不同了。"

"我们会回到'终末之所'，继续寻找。"

"探险真的结束了，伊妮德。明天多莉就会试探着问问有没有人买我的标本。我只是希望飓风之后标本仍然完好无损。然后我们需要想办法离开这个岛屿。我们不能留在这里，必须为格洛丽亚着想。"

"好像你能够背弃自己的事业似的。但事情不是那样的，马吉。你不会就这么轻松地离开。你已经深陷其中，都陷到眉毛了，而你似乎没有意识到。你跟我的情况不一样。你的事业不是你的朋友，也不是为了慰藉你曾经失去的某个人，更不是一种打发时间的方式。它才不管你是快乐还是悲伤呢。你绝不能背叛它，马吉。而且你知道，格洛丽亚也不会为此感谢你的。如果有一天她知道你是为了她而放弃自己的事业，她会觉得那是一件难以承受的可怕之事。你救了我的命，马吉，我不会让你毁掉自己的生命。"

伊妮德在哭，再也说不出话来。马格丽看着她，知道她是对的。

尽管这看起来不可能，但找到那种甲虫仍然是马格丽的事业，而这甚至都不需要选择。这份事业可怕又美丽，她不能够确定究竟是她选择了事业，还是事业选择了她。不管是哪一种，这都是她的一部分，就像血液是她身体的一部分，就像手是她身体的一部分。

不过那只是顺便说一说。几个小时后，她们就将最后一次钻到吉普车里，朝北方飞驰而去。

多莉正在市场上买一些必需品。飓风将空气清扫一净，这天早上的天空是那么蓝。她很享受在市场上寻找质量最好的番石榴和佛手瓜、最甜的凤梨。每种都要三个。她过了一会儿才注意到身后有个黑影越跟越近。

"你有点沉默，多莉。"波普太太说，"你没有参加星期五的手工聚会，甚至没有打电话或派人送一张纸条来。我们全都为你担心。"

多莉不知道该如何是好。她们之间横亘着某种危险的东西，她觉得自己需要做点熨烫工作，熨平脑子里的皱褶。她注视着自己篮子里的几个甜瓜。"天啊！"她说，"你不喜欢热带水果吗？"

"我想彼得仍然在矿上吧？"

"是啊！"

"你是独自一人吗？"

"对！"

"你从什么时候开始一下子买三个甜瓜了？"波普太太扫视着多莉篮子里装的东西，"或者三只羊角面包？其他任何东西都是每种三个？"

多莉的脸上一片茫然，她不知道自己该露出什么样的表情才好。

"告诉你一件有趣的事，"波普太太说，"我发誓前几天看到一辆吉普车停在领事馆外,没有挂车牌。"

"哦,波普太太。"多莉急忙说道,"她们现在有一个婴儿了。如果你了解她们,就会发现她们都是可爱的女人,并不邪恶。我发誓,用我孩子的生命发誓。你不了解她们……"

波普太太挺直了身体。"可是,多莉,亲爱的,你没有孩子。"她伸手抓住多莉的手腕,用力挤压,"她们在哪里?多莉,我知道你知道她们的下落。"

多莉泪如雨下,把所有事都告诉了波普太太。

## 49

## 波普太太

拿起电话,波普太太有些犹豫。她已经出了两次丑,不单是用毛线编织火箭那次带来的尴尬,还有最近向法国警方报警那次。他们一路驱车来到普姆,像她说的那样,找到了那个英国男人,可是他证件齐全。根本没有危险的女人。他们在咖啡馆问过了:人们已经好几个星期都没见到她们了。法国警方的头头已经向莫里斯抱怨,建议他太太不应该浪费警方的时间。

波普太太深深地吸了口气,准备好自己最美妙动听的嗓音,拨通了接线员的号码。

年轻的时候,她曾经梦想成为演员。人们总是对她说:"多可爱的小演员!她应该登台表演!"

尽管她的父母一开始有些抗拒,但她还是说服他们让她试一试。她有一位私人教师,教她怎样头上顶着一本书走路,怎样挺胸收腹夹臀。还有一位演讲老师教她怎样站在一把椅子上朗诵莎士比亚的作品,她仍然能够回忆起那些诗句:"我要在你门口搭建一间柳条小屋。"——如果她做到了,就能感受到那种期待、肯定,以及被人观看时那种强烈的兴奋感。

此刻她就体验到了那种兴奋感。

"请问您要拨打什么号码？"接线员用法语问。

但波普太太在犹豫。

她在回忆自己到英国皇家艺术学院试角的那天，这是一段她一直不愿去想的往事，但突然之间就出现在她脑子里。她想起自己在试角的房间外等候，穿着自己最好的裙子，跟一些看起来放荡不羁的年轻女子在一起。她记得自己挺直腰板走进试角的房间，向选角小组成员问候了一声下午好，清楚地报出自己的姓名。她要求给她一把椅子，并昂首挺胸地站到椅子上，穿着她最好的裙子，戴着她最好的帽子和雪白的手套，用最清楚的声音背诵"我要在你门口搭建一间柳条小屋"。

她突然意识到自己在大吼大叫，意识到自己不应该站到椅子上，意识到自己想不起来下一行诗是什么。

一股温暖舒服的液体顺着她的腿向下流淌。

选角小组的反应是那种可怕的彬彬有礼。

当她逃离那里时，那些放荡不羁的女孩注意到了她裙子的背面，用手捂住她们放荡不羁的嘴巴，掩饰她们放荡不羁的笑声。

她母亲在车里扇了她一耳光，因为她当着司机的面失声痛哭了。

父母让她在每一场派对上露面。两个月内她就订婚了，一年后就踏上了前往南太平洋的旅程。而她的生活，那原本应该是出演莎士比亚戏剧、巡回演出、脸上涂着化妆用的油彩的生活，结果变成一连串的鸡尾酒会、保持身材，就算气温高达九十六华氏度也必须穿透明长筒袜。浓妆艳抹地上床睡觉，不是因为演戏，而是绝不能让丈夫发现自己的眼睛肿了，或眼角长出了新的皱纹，像羽毛一样扩散开来。她的生活不是背诵莎士比亚的诗句,而是记住人们的名字,对自己根本不关心的镍矿产生兴趣。因为担心脸上长雀斑而不敢晒太阳,还要戴上自制的翅膀装扮成丘比特,并且绝不能说错话——她是多么想骂人啊。还有,即使饥肠辘辘,即使空荡荡的胃在紧绷绷的倍儿乐牌腰带里面饿得咕咕叫,也绝对不能将一整盘开胃烤面包狼吞虎咽地吃掉。她想要举报,并不是因为她讨厌那两个女人,根本不是,而是因为她们找到了成为自我的方式。

"请问您要拨打什么号码?"接线员重复了一遍。

波普太太清了清嗓子,用最标准的法语说道:

"下午好,接线员。能否劳驾您帮我接通法国警察局的电话,然后是伦敦《泰晤士报》的编辑?"

## 50

# 我们不会骑骡子过去

她感觉差不多镇定下来了。她们已经回到吉普车上,汽油还不够她们开到半路,更别提开到最北端了,不过她们有钱,能够回去了。伊妮德怀里抱着格洛丽亚坐在副驾驶座上,就连有鸟儿从头顶上飞过,她都要尖叫一声。马格丽有条不紊地驾着车,除了要去的地方,什么都不想,就跟她在仅仅一个星期之前驾车南下时一样,只不过这次是大白天。没有车牌,也没有相关手续证件,她必须小心翼翼,不要惹上什么麻烦。

多莉·维格斯泪流满面地来到凉亭,对马格丽叫喊着:"快走!警察很快就会到这所别墅来了。"她们没时间带任何东西,除了基本生活用品:尿布、配方奶、多莉给的一沓钞票,还有格洛丽亚的婴儿服装。"快点,"她大叫着,"快点!"她会尽可能久地拖住警察,如果他们问她,她会让他们朝错误的方向追踪。离别时,马格丽把多莉搂在怀里,用力地抱着她。

("我泄露了秘密!"多莉呜咽着说,"我让你们失望了!"

"你没有,多莉。你救了我们的性命。我会把钱还给你的,一卖掉标本就还。")

　　吉普车发出杂乱仓促的声音，砰砰作响。马格丽一直脚踩油门，扫视着后视镜寻找警车的踪迹，稳稳当当地穿过港口和那些棚屋小镇，朝西海岸公路驶去。她们经过一片片香蕉林、废弃的卡车、山羊、一些骑自行车的男孩——

　　"那是什么？"伊妮德尖叫一声。

　　马格丽猛踩一脚刹车，伊妮德在座椅上朝前撞去，用手撑住仪表盘，才没把格洛丽亚撞到。前面是树，西海岸公路完全被树木堵住了。那些倒下的树跟柱子差不多粗细，横七竖八地躺在公路上。但比树更糟的是那些停在她们前面的警车。有些警察就站在警车周围，说说笑笑地抽着烟，而另外一些人则在玩板球，就跟警察开派对差不多。

　　"哦，不！哦，不！哦，不！"伊妮德叫喊着。

　　马格丽把车子换到倒车挡上，可是变速箱被卡住了，吉普车猛地朝前面蹿去。她又试了一次，还是这样。一名警察注意到这辆车子，昂首阔步地慢慢朝她们走来。"我不敢看！"伊妮德叫喊道，"我受不了了！"

　　马格丽强作镇定地说："伊妮德，别叫了。你就不能假装睡觉吗？"

　　伊妮德试了一下，抱着格洛丽亚靠到椅背上，用空着的那只手盖住眼睛。"我们没法逃过这一劫的。"

　　马格丽把车子向右拐去，别无选择，只能穿过岛屿，开上东海岸公路了。伊妮德暂时把手从眼睛上拿下来，她居然还有心思去查看贺拉斯·布莱克牧师那本袖珍指南。"他没有提到东海岸公路，"她说，"只有一些香蕉树的照片。"

　　路边的风景很快从郁郁葱葱的绿色变成满目疮痍的红色地形，就像被猫爪子抓出来的一样，那是矿产开发留下的痕迹。一座座山丘被削成阶地，由数十个同心圆和溪流组成。公路上有一道道高低不平的车辙印，每隔十分钟，就是一片坑坑洼洼。为了避开它们，马格丽不得不猛打方向盘。但周围了无生气，更像是一片荒芜之地，公路也变得跟小路差不多。她们左侧的群山看起来光秃秃的，沟脊纵横，被切割得七零八碎。

"有人跟着我们吗，伊妮德？"

"没有，马吉。一辆车都没有。"

道路向上爬升，蜿蜒曲折，坡陡如壁。马格丽皮肤上渗出了黏糊糊的汗水，她努力保持冷静。吉普车继续平稳地向前行驶，伊妮德扫视着地平线，后面仍然没有车追上来。外面刮起风来，空中卷起一团团尘土，但马格丽牢牢地握住方向盘。

接着，就在她以为她们已经安全之时，尘土消失，正前方露出一辆停着的警车，蓝色的警灯闪烁着。伊妮德紧紧抓住格洛丽亚。"哦不，哦不，"她叹息着，"这下糟了，我们没有车牌，现在怎么办？"

马格丽放慢车速，现在要掉转车头往回开已经太晚，要向前冲也太晚。那名警察从警车里下来，示意她停车。她照做了，不像她希望的那么顺畅，但至少没有撞到他。他扔掉一截香烟，然后猛地拉了一下裤腰，他的皮带上挂着一副手铐。

"伊妮德，"马格丽低声说道，"你能不能做点什么？能不能解开上衣？"

伊妮德惊恐地猛吸一口气："我是一个母亲，你把我当什么了？你去做吧。"

"我？"

"是的，你那里有一大堆肉，解开上衣，或者挥舞一下你的腿，让他瞧瞧你是用什么做的。"

"他会以为自己被音乐厅演员攻击了。你最近就没有好好看看我什么模样吗？"马格丽直瞪瞪地望着那辆警车。那名警察回过头去查看自己扔掉的香烟有没有熄灭。他抬起靴子、用脚踩地上那支烟的动作谨慎得出人意料。马格丽突然明白过来。"伊妮德，解开上衣是没用的，挥舞我的腿也没用，那是一名女警官。"

"等一下。那个警察是女的？怎么可能？"

"我不知道。但她确实是女的。"

"不，我从没见过女警察。这是啥时候才出现的？新喀里多尼亚没有女警。"

"好吧，也许在东海岸有女警。也许她是警察的老婆，警察今天生病了，于是她就来替他的班。我不知道。我们没时间争论这个有趣的话题了，她正朝我们走过来，伊妮德。"马格丽紧紧握住方向盘，让颤抖的手平静下来。

现在，那名警察就站在吉普车旁边。她就跟自己身上的警服一样腰圆膀阔，黑色的头发梳成马尾辫，面部两侧分别挂着一缕弯曲的鬓发。她礼貌地敲敲车窗。

"你好。"马格丽用英式法语问候道，声音甜美得不可思议。

"要去哪里？"[①]

"她想知道我们要去哪里。"伊妮德说。

"我们不能告诉她我们要去哪里，"马格丽说，接着又对女警说了一句"你好"。而女警正耐心地等着她回答。

"护照呢？"

"她想看我们的护照。"

---

[①] 此处及下文中该女警均用法语。

"是的,伊妮德,我知道。我琢磨出那个词的意思了。"

"可我们给不出护照。"

"这个我也明白。"

"你拿不出签证,你的签证已经过期了。我们该怎么办?这太可怕了。"

"伊妮德,你能别唠叨了吗?微笑就好。"

"护照呢?"那名警察又重复一遍,"护照。"

马格丽拿出手提包,掏出多莉给的一沓钞票。在那个短暂的片刻,警察看起来有些吃惊。她们不仅刚刚碰到世界上唯一的女警,而且她还是个有原则的人。"不,"她用法语说,"谢谢,但我要的不是这个。"

"马吉,"伊妮德压低声音说,"你在干吗?你以为自己能贿赂她吗?"

那名女警朝着吉普车内扫视了一眼,把一切都仔仔细细地看了一遍:方向盘,马格丽的手提包,贺拉斯·布莱克牧师的袖珍本指南,一壶水,那只红色的小手提箱,伊妮德和宝宝。马格丽望着她,几乎连气都不敢透一口。她冲着她们点点头,接着后退一步,检查吉普车的外观……她腰上的手铐发出细微的叮当声。

"完蛋了,这下完蛋了。"伊妮德咬紧牙关说。

用不着跟伊妮德争论,很快警察就会看到这辆吉普车没有车牌,然后就会再次要求查看她们的身份证明。马格丽的脑子一片空白,一动都不敢动,她觉得身体里的某个地方隐隐刺痛,那种疼痛,是巨大的负担。现在她只想睡觉。然后她想出一个点子来,都来不及细想,事实上,不等细想,马格丽就知道该怎么做了。她知道怎样挽救这种局势。就仿佛直接从空中蹦了出来,一句有用的日常法语出现在她脑子里。她用完美的法语说出那句话,辅以翻卷的小舌音和振动的"s"音:"我到下一个村子去卖我祖母养的鸡!"

那名女警顿了顿,眨眨眼睛。"怎么回事?"

马格丽把那句话重复一遍。

女警瞪着她,昂起头,摸了摸耳朵侧面那两缕鬈发,突然咧嘴笑了起来。于是就那样,那就是在这种情况下需要说的话,那句特别有用的日常法语句子。"啊,当然,当然。"女警踱到一边让出路来,欢快地向她们挥手道别。马格丽也欢快地挥手回应。她们过关了。

在那之后,一路上就很平静了。她们不时停下来,从泉眼里给那只扁平水桶重新装满水。马格丽买了更多的汽油。她们一声不吭地驾车向前驶去,因为她们几乎无法相信自己居然得以逃脱,也因为闭着嘴会缓解她们的口渴。这是一场奇怪的旅行,就这次新的旅程而言,唯一的问题是接下来会发生什么。显然她们需要尽快离开这个岛屿,再也不能等下去了。

马格丽拐过一个街角,差点撞上一个男人,他正冲着她们疯狂地打手势。然后车子拐过另一个街角,突然停下了。幸好她及时猛踩了一脚刹车。

"哦不,哦不!"伊妮德又气喘吁吁地说。

贺拉斯·布莱克牧师倾向于夸大其词,营造出一些富于诗意的片刻。马格丽能够原谅他那么做。此外,他的一句实用日常法语刚刚救了她们一命,至少是把拦在路上的警察暂时甩掉了。但在有关"美丽的东海岸公路"那个段落中,他没有提到因为那条河,这条路在延根区南边就断了。而且那不是小河,不是小溪,而是一条大河。肮脏的河水从山上奔腾而下,就像从斜槽上抛下的沙子,泛起足有三十英尺宽的水沫,河里还有一个个漩涡,水汽蒸腾,浊浪滔天,甚至在她们望着它时,河水也在往上涨。浪涛声震耳欲聋,而且河上没有桥。然后,在河对面,又是那条快活的公路了。

"估计我能把车开过去。"马格丽说。

伊妮德尖叫道:"你疯了吗?我带着宝宝呢。只有一个办法可以过河。"她把胳膊一挥,指着河边。

一群骡子在那里等待着,看起来糟透了。一群男孩在旁边看着它们,那些孩子的年龄加起来都不会超过三十岁。他们光着脚,身上沾着泥巴,光光的肚皮从运动短裤的橡皮筋上面向外凸起。他们已经在冲着马格丽挥手了,用夹杂着法语词的英语大叫:"往这边走,快点!快点!游客往这边走!我们把车弄过去!你们骑骡子!"

"我们才不会骑着骡子过去呢。"马格丽说。

"你是当真的吗?"

"我们可以等渡船。"

"马格丽,这里没有渡船,就骑一次骡子吧。"

"不行。"

"为啥不行?"

"我被咬过一次,害怕骡子。伊妮德,我不能骑骡子过去,它会咬我的。"

"马格丽,如果你不骑骡子,我就会咬你。"

就算是为了救自己的命,马格丽也不愿骑骡子,她会不会为了伊妮德那么做也值得怀疑,不过她还是屈服了。为了格洛丽亚,她屈服了。她同意骑骡子。

男孩们的计划是让她们从水浅的地方过去,然后他们驾驶吉普车过河。据他们说,他们知道急流和最危险的水流在什么地方。但她需要赶快做决定。快点！因为飓风，河水还在上涨，如果她们不立刻过河，就得等上好几天才能过去。可是他们开出的价格不啻敲诈，她要求打半价。他们大笑着走开了。"马吉！"伊妮德大吼一声，"付钱就是了！"

河水湍急，上面到处是飞快移动的浮木、漂流物、带着树叶的巨大树枝，还有几棵树。最终她付了差不多二十法郎。

一个小屁孩，顶多只有十岁，一下子跳进吉普车的驾驶座，发动引擎。不一会儿工夫，他就朝河里飞驰而去。其他的男孩子把骡子赶到她们近旁。

马格丽成年后对骡子退避三舍是对的：它们不是用来给人骑的。也许是因为她块头比较大，也或许是因为她的服装，领头的男孩给她分配了一头看起来平常不太给人骑的骡子：那种在背上驮袋子的骡子，它甚至都不愿好好站在那里。

赶骡的男孩狠狠地抽了一下马格丽骑的骡子，这似乎很愚蠢。骡子挺起身体，轮流把两条愤怒的前腿踢向空中，瞪着她，然后把牙龈上面的黑色皮肤往上一提，露出满嘴恶心的黄牙，仿佛在直接向马格丽发出信息。实际上，与其说这是信息，不如说是凶相毕露的威胁。

"快点！快点！"伊妮德叫着。她那头温驯可爱的骡子跪了下来——双腿弯曲——好让她能够抓住缰绳，然后站起来。几秒钟内她就跨骑到骡子上了，手里还抱着格洛丽亚。

马格丽抓住骡子身上那个看起来不太属于骡子的部分：皮革鞍子。当她抬起一条腿，用力把自己拽上去时，鞍子一下子滑落下来，把她甩到了河里。雪上加霜的是，那头骡子还冲着她喷口水。

"哈——哈——哈！"赶骡男孩大笑起来。

她别无选择，只能把自己重新抛到骡子背上，脑袋和胳膊在骡子身体的一侧,屁股和腿在另一侧。赶骡男孩又狠狠抽了它一下,骡子向前冲去。她只能待在骡子背上,用手紧紧抓住它,抬起她的腿,这样至少她能够保持与骡子身体垂直的姿势。

没有哪个脑子正常的人会把马格丽描述成一个天生的女骑手,她也从未想到骑骡子这种事会发生在自己身上。当她抓住骡子的下半截身体,而它不断用尾巴拍打她的脑袋时,她知道自己永远也不会做这样的事了。她甚至都不会抚摩骡子或者给它喂一块方糖。不过,骡子终于还是驮着她朝水里走去。河对岸就在眼前。可是,接下来,就在她以为事情不可能变得更糟时,她的骡子却认定自己跟马格丽相处愉快,还要带着她到水里游泳。它不再直接朝对岸走去,而是用狗爬式在水里游着转圈圈,水花飞溅,任凭马格丽摇摇欲坠地挂在它身上。伊妮德已经抵达对岸,从骡子背上下来了,正抱着格洛丽亚等她。那辆吉普车滴着水,也已经停到了河对面。

她突然想起芭芭拉有一次说的话:"哼,如果你以为我生气了,那就不妨再想想。我只是在你吃完自己的绿色蔬菜之前不理你而已。"

马格丽假装不以为意地对骡子说——它很可能听不懂英语,但那又怎样?她已经绝望了——"我才不管呢。你可以随心所欲地游下去,我不在乎。"她摆出一副无所谓的无聊态度,甚至吹起口哨来。

那头骡子放弃了游泳,平静地涉水走向对岸。

等到她们抵达普姆时,天空已经缀满明亮的星星。马格丽捶着那家咖啡馆的门,老板睡眼惺忪、满脸迷惑地出现在窗户边。他太太提出一个计划。("没想到他竟然找得到老婆。"伊妮德说。)他们认识一个有渔船的人。二十四小时后,马格丽需要在海湾准备好:白天天气会很糟糕,那名渔夫将在夜幕的掩盖下带她们离去。船上没有多少放行李的空间,但他愿意帮忙,他会帮她们离开新喀里多尼亚。

作为回报,马格丽把贺拉斯·布莱克的袖珍本指南送给他们。她只剩下这个了。

"哈——哈!"他太太指着上面的图大笑起来,"真滑稽!"[①]

她们慢慢接近那座平房,害怕得不敢多看一眼。可是,这次它也没有让她们失望,一切都跟她们离开时差不多。门关着,屋顶完好无损。房子里面,没有什么东西被摔碎或泡在水里。如果跟以前有什么不同的话,房子似乎更整洁了。那些四处乱扔的毯子和毛巾现在都叠好了,装着水的碗已经干了,被排成一条直线。伊妮德曾经用来做窝的床垫现在回到了她的房间,她那幅圣婴耶稣的画垂直地挂在墙上,游廊上的椅子被小心翼翼地摆到适合欣赏风景的位置。只有在马格丽的书房里,她才产生一种奇怪的不祥之感。里面的东西显然被拿起来又塞回不同的地方——有些标本没有用软麻布包着待在原来那些盒子里,而是被打开、散落在地板上。一本笔记本被打开了,一听斯帕姆午餐肉被扔掉,还有一个浅盘甚至被放到了别的地方。似乎没有什么遭到破坏,但绝对被人碰过、撬开过。她数了数标本的数量,试图弄清楚有没有什么东西丢失——再一次,她产生一种奇怪的感觉,有东西丢失了。不过话又说回来,她上一次待在书房里还是一个星期之前,当时伊妮德病得那么重,而她心乱如麻。她立即重新包好标本,把文档整理好。二十四小时后,她们就自由了。

"我有个主意。"伊妮德说,那天晚上她们正并排坐在游廊上,

---

[①] 此处原文为法语。

格洛丽亚已经睡着,伊妮德开始翻阅马格丽的一本有关甲虫的旧书,就仿佛那是一本旅行指南。"加里曼丹岛,"她说,"那里有大量漂亮的甲虫。看到没?"她举起那本书,虽然上下颠倒了,但也没关系。"我们应该去加里曼丹岛。我猜那里很热。我们可以找一所小木屋住下,改名换姓。我为你想出一个好名字,马吉。"

"哦?"

"特丽克西·帕克。"

"你当真吗?特丽克西·帕克听起来像个舞女。"

"嗯,你有一双舞女的腿,马吉。我只是告诉你,你想成为什么样的人都能成功。你是个令人惊讶的女人。我从未想到你能做到这么多。而且你也很风趣,我认为你很风趣。我从没拥有过你这样的朋友。"

"我也从没拥有过你这样的朋友,伊妮德。"

"我很抱歉我们没有找到你的金色甲虫。也许在加里曼丹岛能找到。"

"为什么它会在加里曼丹岛呢?"

"我也不知道。我只是那么认为。"

她们望着月亮,不说话了。一块边缘参差不齐的云从月亮上飘过,一块银白色的云。"我们不会放弃的,马吉。我们会继续寻找甲虫。那里有非常漂亮的甲虫。"

马格丽突然大笑起来。但这次不是因为伊妮德说的话让她觉得高兴。她说:"伊妮德,我刚刚想起来今天是什么日子,今天是我的四十七岁生日。今天我四十七岁了。"

伊妮德用力捏了一下她的手,特别用力,对一个刚刚当上妈妈的人来说是相当用力了。"下一站,加里曼丹岛。我请你喝鸡尾酒。"

# 51

# 伦敦，1951年2月

不再有头条新闻报道南茜·柯莱特和那个"无头女人"，她们的故事甚至在副刊上也找不到了。这个案子一开始很刺激，具备大审判的一切元素，可能还会绞死两个人，然后就什么都没有了。那两个女人消失了，案子也没有进展，除了一些把一切都弄得更加复杂的证据。

具体地说，就是死者的兄弟接到一封珀西瓦尔·柯莱特的信，在信里，他说他打算用任何方式结束自己的生命。这并不能证明他的妻子无罪，但也不能再把她描述成冷酷无情、工于心计的人。更有失体面的是，还有传言说他是个同性恋者。而且，自从诺曼·斯金纳那次笨拙的绞刑后，很多人就开始对死刑的观念提出质疑。有人在监狱外抗议，请愿。至于那个"无头女人"，也被称为马格丽·本森，看起来她只是去度一次漫长的假期。

幸运的是，现在"英国节"博览会的筹备正在进行——这是往昔与未来之间的里程碑，目的是丰富当下的生活——人人都想阅读相关的报道：那些展览、建筑、技术，以及英国在科学、工业和艺术方面最高端的成果。人们已经遭受了多年战争的磨难，他们失去了太多所爱，又受到配给制的挤压。现在他们想考虑一下未来，他们想要希望。在伦敦，世界上最大的穹顶巍然耸立，高达九十三英尺，这将成为举行展览的地方，那些展览不仅会庆祝新大陆的发现，而且还会庆祝航海和外太空的发现。一座形如烟卷的高塔——云霄塔①，给人留下飘浮在地面上空的印象。一座时髦的音乐厅，即皇家节日音乐厅，已经矗立在泰晤士河南岸。3D电影和大屏幕电视时代也即将到来。而且这一次庆典不单为伦敦举行，也是为每个身在大不列颠的人举行的。这将是一场全国规模的庆典。

一个在配给制、灰色与棕色中度过数年的国家，将随着五颜六色和新机会的到来而恢复生机。几乎没人关心南茜·柯莱特和她那个没有脑袋的同谋。

因此，尽管得知有人刚刚看到两名嫌疑人的消息，《泰晤士报》的编辑也没理会。这个消息来自某个冲着电话大吼大叫的女人，她住在一个没人听说过、更没人去过的偏僻小岛。他问自己的助手：向人们提供大家不再想读的报道，有什么意义？

英国已经向前发展了。

---

① Skylon，英国的一座建筑物。

## 52

## 活生生的珠宝

黎明到来,这是迄今为止最可爱的黎明。房子前面的台阶、游廊、泥土花园全都笼罩着一片金光。外面的森林里,有一棵她从未注意过的大树突然繁花盛开,一个个花蕾就像灯盏一般。最后一次来这里,并从这个曾经以之为家的地方离开,这也很好。就像最后的仪式,马格丽想,倒不是她以前观察到过这样的仪式。

她们将乘坐那条渔船离开这个岛屿,前往澳大利亚,改名换姓,不断漂泊。她会卖掉自己在伦敦的公寓,在能够找到工作的地方工作。当她想到未来时,她看到了自己、伊妮德和宝宝,除此之外再没有其他。

没人能够经由西海岸公路找到她们,马格丽从那些赶骡子的男孩那里得知,那条河至少有一两天都无法跨越。她们无事可做,只能等到午夜时分去坐船。在屋外,她埋掉了一堆最破的破布,然后将那些旧椅子搬回花园里。她在厨房里留下了几个壶和锅,以及最后一批斯帕姆午餐肉——万一那些来自棚屋小镇的男孩需要,可以取走。在书房里,她收拾好自己的笔记本和日志,将标本盘用毯子裹起来。她把伊妮德的小地毯留在原处,盖住地板上那个容易裂掉的地方,然后把格洛丽亚的尿布洗干净。她调制了几瓶多莉给的配方奶,万一伊妮德需要睡觉,就用得上了。

母女俩躺在游廊里的一张毯子上。伊妮德已经穿上她那套粉红色的旅行套装,准备出发,旁边放着那只装满婴儿服装的红色小手提箱。马格丽刚走到台阶顶上,伊妮德就睁开了一只眼睛。"你打算去最后看一眼,是吗?"

"不,伊妮德,我不去。我只是把尿布挂起来晾晒。"

伊妮德笑了,把格洛丽亚拉到身旁,开始给她喂奶。"别迟到了,我们要去加里曼丹岛。那里有两杯柠檬杜松子酒,已经为我们调好了。"

马格丽赤脚穿过花园。现在已经是下午三点左右了,但天空仍然一片蔚蓝,看起来就仿佛它会永远保持这个样子。当马格丽把尿布夹到晾衣绳上时,她背对着那座山,不想看到它,却又能感觉到它。她能够如此清晰地感觉到它,就仿佛它正轻轻敲打她的肩膀。

多年之后,她仍然无法解释那种突然降临的狂野之感。那种奇怪的兴奋感,就仿佛被抓住脖子,拖到一个悬崖边上,让她呼吸加快,胳膊上都起了鸡皮疙瘩,还有随之而来的轻灵之感,就仿佛她已经在自由落体了。如果不是伊妮德向她灌输那样的想法,很可能她根本不会产生这种感觉。它是那么不容置疑、不可否认,就跟几个月之前她捡起那双高帮靴子、抛下工作、扬长而去的时候一样。马格丽扔下洗衣篮,飞快地转向那座山,就仿佛她会看到它移动。

象草平躺在地,但她们开辟出来的那条小路已经杂草丛生。新叶的绿色更淡,不过藤本植物已经重新盘绕到树上,形成密不透风的帘幕。蕨类高大,一些巨石堵在了路上。在山峰的高处,丝丝缕缕的薄雾将那座顶端分叉的山峰缝合起来,几只猛禽飘浮在空中,看起来比羽毛还要小。一切都显得那么宁静。她跑上前去,翻过第一块石头。

非常轻松。没穿鞋子,她感觉身体灵活。她知道哪些植物可以抓握,哪些应该避开。攀缘植物就像编织物一样悬挂在树上,她把它们拂到一旁,低头钻过。往高处走,再往高处走一点点,还有足够的时间。她前脚掌着地,颤颤巍巍地往前走去。

很快她就进入了真正茂密的森林。她体内血液奔涌,嘴干得就像糨糊,髋关节的老毛病又犯了,小腿酸痛,但她能够继续攀登。她听到乌鸦般的叫声,抽搐的声音,隆隆声,潺潺流水声。她继续奋力前行。林子里飞出三只红色的鹦鹉,她还是继续奋力前行。一缕烟雾飘来,她翻过另一块巨石。脚板有些刺痛,感觉还好。然后,就在她应该转身、开始原路返回之时,她闻到一股冷飕飕的气味,一场迷雾从天而降,它来得那么突然,遮天蔽日,抹去树冠,向她倾泻而来,就仿佛那雾气产生于一次爆炸。她被大雾团团包围,被驱赶进一片白茫茫的虚空之中。

大雾会散去的,它来得很快。但她抱着双臂,突然感觉到一阵寒意。就连周围的声音也消失了。她只能转过身,小心翼翼地原路返回,可是她看不到路——她什么都看不到。

现在她什么都不想,也没有任何计划,她试图摸索着往回爬,穿过这雾障。树枝划破她的皮肤,钩住她的头发。她几乎透不过气来,那双赤着的脚趔趔趄趄,溜溜滑滑,扭扭崴崴,或者被扎到。她不断继续,笨拙地往下爬,伸手去够那些并不存在的东西,有时甚至被摔得跪倒在地。

她迷路了,在山上的大雾中迷路了,而伊妮德还在下面的平房里等她。她继续往回走,挥舞双臂,推开树枝。然后她的脚踩到什么锋利如刀刃的东西,她能够感觉到脚板被切开,就像刀子切一片水果。

她筋疲力尽,惊恐不安,她知道自己失败了,但不知道自己还能做点什么,只好停下脚步,坐了下来。为了寻找父亲说的那种甲虫,她已经横穿大半个地球,然而此刻她在这里,却表现得像她母亲一样。那个女人这辈子一事无成,只会成天坐在一把椅子里。

"救救我,"她说,"求你救救我。"她甚至都不知道自己在对谁说话。不管那是什么,这都不合逻辑。

大雾并没有立即散去,她不得不等待着,感觉好像过去了几个小时。也许那只是因为她现在正注视着它,而不是抗拒它,不过她还是能够感觉到雾在一点一点地移动,变得稀薄,向一侧飘转,直到一个白色的光球从头顶上的高空中冒出来,就像一只失明的眼睛,她知道那肯定是太阳。一块石头从她脚底显露,然后是一团模糊的红色变成一朵花。大雾裂开,往后翻滚,奔涌而去,世界再次恢复生机。树木,石头,头顶上蓝色的天穹。她位于某个林间空地中。

一开始她以为天上在下雪,白色的碎片落到全身上。然而那不是雪花,而是一些镶着饰边的蜡白色小花,从深紫色的花穗上飘落,花朵那么小,她几乎无法看清单个的花瓣,它那绿色的叶子跟她的手指甲差不多大小。空气闻起来如此甜美,浓稠得化不开。

脑子刚冒出来"兰花"这个词,她就看到一道金光闪过。不是一个,而是很多,像金色的珠宝一样扣在白色的花朵、绿色的叶子、上方的树木、宽阔的蕨叶和一块块石头上。那是成千上万的金色甲虫。她看得越久,看到的就越多。它们从四面八方突然出现。而她居然是第一次没带毒瓶,甚至都没带一张网子。

她可以徒手抓住一只,数量多得足够她抓的。她扫视着这片空地,仿佛奇迹一般,一只甲虫飞了下来,落到她的左手手腕上。她用难以置信的目光注视着它，金色的小脑袋，胸节就像金色的蓬蓬裙，金色的腿小巧可爱，长长的触角就像金色的三重冕。在她见过的甲虫中，这些性格外向、盛装打扮的小家伙是最美的。

只需右手动作快一些，手到擒来。

可是不等她抽动一块肌肉，那只甲虫就打开了鞘翅，展开第二对翅膀。连它纤薄的膜翅也是金色的。不知为何，它并没有飞走，而是以一种类似于蝴蝶拍打翅膀的方式，将翅膀打开又合上——在完成推动生命向前的任务时，它们是多么轻盈。然后，那只甲虫再次将一切都紧凑地合拢，柔软的膜翅折叠起来，用那种简单又无限复杂的方式折叠到鞘翅坚硬的外壳下。它朝她的指关节爬去。她简直无法相信自己会如此幸运，这是一只自寻死路的甲虫，它是自己送上门来的。

她望着手背上这个闪亮的小东西，就那样呆呆地看着，看着。她无法感受到它的重量，然而它在她皮肤上的身影就仿佛是被烙烫上去的一般。

伊妮德是对的，她一直都是对的。马格丽的探险不是为了给这个世界打上自己的烙印，而是为了让世界在她身上打下烙印。她和伊妮德居然幸存下来，她居然发现了这种在此之前一直存于她想象中的甲虫，伊妮德居然生下一个宝宝，马格丽居然给宝宝接生，她居然能够照旧呼吸，这个世界在经历了万般破坏后居然完好无损，所有这一切都是奇迹。她根本不需要杀掉这只甲虫、钉上昆虫针制成标本，也不需要用她父亲的名字给它命名。知道自己曾经见过它一次就足够了，虽然很可能她再也见不到。她会把它留给别人去发现。

突然之间，她觉得自己仿佛蔓延到整个岛上，而且渗入万事万物之中。她这辈子从未像此刻这样感觉自己的身体与大地如此接近。那是幸福，她感觉到了幸福。

另一只甲虫降落到她的肩膀上,然后又一只飞落到她的鼻子上,她的右臂上有三只,胳膊肘上有两只,还有一批落到了她的脚上。它们纷纷落到她身上,就像一场金色的雨。马格丽·本森——自从她父亲走过那道落地窗之后——就再没有拿起过一个玩具,此刻她在一座山上,在世界的另一端,伸出她的手指,胳膊快速地上下摆动,摇晃着她的臀部。她产生了一种极为奇怪的感觉,仿佛她不是独自一人,仿佛她的哥哥们也在这里,她的姑姑们、父亲,甚至还有她母亲和芭芭拉也在这里。他们全都在这里,与上万只金色甲虫嬉戏,就仿佛欢乐是世界上最严肃的事情——更重要的是,有上万只金色甲虫在与他们嬉戏。她感觉自己比这个世界本身更活泼。

等她往下爬到那条小路的终点,跛着脚穿过花园,回到平房时,天已经开始黑下来。"终末之所"佝偻的剪影及其破损的台阶和游廊就在前面,被一盏马灯从屋里照亮。她已经能够分辨出伊妮德打在窗户上的身影轮廓了。

"伊妮德!"她叫了一声,"伊妮德!"她招招手。

可是,当她走近一些,她才看出映在窗户上的影子不是伊妮德,而是另一个人,一张她不认识的面孔。那人看到她,招了招手。

马格丽扫视了一眼阴暗的四周。在闪电中,她看到了那条土路,覆盖着尘土的花园,挂在晾衣绳上的尿布。可是没有伊妮德、宝宝和她那只红色小手提箱的踪迹。她们消失了。

## 53

## 差点就成功了

马灯的光线下,他弓着腰站在窗户旁边。在他周围,一只只蛾子拍打着这座平房的墙壁,投下纸一般的阴影。她不知道他是谁。

伊妮德也在那里,坐在角落里的一把椅子上,格洛丽亚紧紧抓住她的肩膀。她依旧是一身鲜粉色的衣服,头发黑黄斑驳,浑身僵硬,看起来吓坏了。伊妮德看了一眼马格丽的眼睛,不易察觉地摇摇头,脖子上的血管似乎在颤抖。

马格丽向前迈出步子时,男人挺直身体,打了个招呼:"你好。"听起来有些紧张,缺乏信心,但又如释重负。他脸色发灰,表情空洞,骨头从脸上向外凸起。他衣衫褴褛,皮肤上有水疱和裂口,一头短发蓬乱暗淡,几乎没有人样。他的背上挂着什么东西,像是被扎破的气球,她意识到那是一只旧的帆布背包。

她的第一个念头是把伊妮德和宝宝救出那所房子,但她低估了这个男人。她的目光仅仅从伊妮德身上转移到门口,他就推挤过来,有点痉挛地挡住了她的路。他的一只手放在口袋里。她不知道他是不是受伤了。

"我还以为你撇下我走了,本森小姐。"

仿佛从一级没有留意的台阶上跌落,她感觉脑子里一片空白,努力保持身体平衡。那么他是英国人了,而且知道她的名字。不仅如此,他还知道她住在这里,计划离开。她觉得用他的名字称呼他是个不错的主意,如果她知道他的名字就好了。

恐慌让她变得愚蠢,她没法思考,脑子里只冒出来一些转瞬即逝、毫无用处的男人形象:来自邮轮"俄里翁号"的餐厅,或者瓦科的移民营,在英国领事的鸡尾酒会上碰到的男子,海关官员和警察。但没有一个能跟眼前这个虚弱的男子搭得上边,此刻他已经慢慢挪动到离她很近的地方,伸出手就能摸到她的头发了。他浑身冒汗,就连衣服都在哆嗦。

"你是谁?"

他眨眨眼睛,有些吃惊,然后发出一声短短的笑声,像是不相信她刚才说的话。"你不记得我了?"

"我教过你的妹妹吗?"

"没有。"

"你在自然历史博物馆工作?"

"当然没有。"他发出一声紧张的笑声,就像一个开始失去自信的孩子。

这比跟一个侏儒怪困在一起还要糟糕,这个猜谜游戏可以持续数年。他说:"你不想让我带你去探险,但你错了,我来了。"

仿佛被人敲了一棍,她想起来了,想起自己是在哪里碰到他的了。在里昂街角茶馆,那个当过战俘的男人。可是他来到世界的另一端,站在一所几乎无人知道的房子前厅里哆哆嗦嗦,这是要做什么?她的心开始像火车一样突突奔驰。

她问："你想要什么？"

"我想要什么？"他把她的话重复一遍，就仿佛他以前从未想过这个问题，或者毋宁说，他也拿不准该怎么回答。"我想要什么？"他以一条松散的"之"字形路线在门口与窗户之间徘徊。望着他，她感觉一阵窒息。"我想要什么？"

"你看起来不太好。你病了吗？"

他忽视了她的这句话。"我曾经在船上，发现你躺在楼梯底部，带你去找护士。如果不是因为我，你都没法来这里。我一直在跟踪你，救过你的命，本森小姐。现在我们终于在一起了。"

她几乎没有动弹，但她看到了伊妮德的眼睛和她眼中的惊恐。她试图让思绪转移到那条船上，但在当下，她很难思考别的事情。他瞥了伊妮德一眼，就仿佛她是某种障碍。然后马格丽想起来了，她隐约记得船上的医疗室，一个男人扶着她站起来，她暂时蜷缩在他怀里，想保持昏睡。

"我跟你说过，"伊妮德平和镇定地说，"我跟你说过有人在跟踪咱们，只是我以为他跟踪的是我，而不是你。"

"我一直跟你们在一起，"他说，"但我病了。现在结束了，一劳永逸地了断这一切吧。"

马格丽能感觉到自己的脸变得煞白。胸腔里的空气仿佛被抽空，血液像凝固了一般。她不知道该怎样移动。然后，他小心翼翼地将那只空着的手伸进口袋里，掏出什么东西，摊开手掌。一开始很难看清那是什么，因为他的手掌很脏，而且伤痕累累。可是看啊，躺在他手心里的正是她那只丢失的甲虫，上面扎的昆虫针不见了，标签也没了。它的腿没有展开，而且已经被压碎，至少两条腿已经没有了；鞘翅也不见了，触角残缺不全。就礼物而言，这只甲虫已经可怜巴巴到极致。

"你看见了吗？"他说。

"是的，我看见了。"

"我把它还回来了。"

她张开嘴，但声音不是她发出来的，而是伊妮德："马吉，一定要非常小心。"她一边说一边用手掌盖住格洛丽亚的头，就像下雨时那样。"他口袋里是什么东西，马吉？"

蒙迪克没管伊妮德，只是继续凝视着马格丽，他依旧满脸大汗。

"蒙迪克先生，现在你应该走了，"马格丽说，"你应该离开。"

"我也记了笔记，像你说的那样。"

他弯下腰，极度小心地将那只被压碎的甲虫放在地上，然后站起身来，很不耐烦地在口袋里翻着。还是没用右手，他仍然藏着那只手。

"别靠近他，马吉，"伊妮德叫道，"跟他保持距离。"

他咕哝着，左手在口袋里扭动，因为想要非常用力弄出卡在里面的东西，他有些烦躁。

"马吉，我不喜欢这样。"伊妮德说。

终于，他成功了，扯出一个笔记本，然后向前一戳，划开空气，想要递给她。

"你想让我读这个？"

她接过笔记本，手却开始颤抖。笔记本里的纸张已经变黄，很多都散落了；另外一些则因为那两枚固定纸张的订书钉生锈了，也沾上了斑斑锈迹。上面的字很小，像是小孩子假装写字写出来的东西。单词有的从下往上写，有的从上往下写，甚至还有一些朝着纸张对角线的方向倾斜。她一个词都无法辨认出来。

"是不是写得很好？"他说。

"是的，非常好。"

"大声读出来。"

"什么？"门边再次传来伊妮德的声音，尖细刺耳，"他给你什么东西了？"

"我不知道。"

这是一个错误的回答。蒙迪克翻动笔记本。太晚了，她想起在里昂街角茶馆里他冲着她大吼大叫时，他嘴里喷出来的唾沫星子。"读出来！"

蒙迪克猛地从口袋里抽出右手，马格丽本能地往下一蹲，而伊妮德则在门边发出尖叫声。

他正用泰勒那支枪指着马格丽，枪口距离她的胸膛不到一英尺。

她感觉有什么直接穿过身体，便跟跟跄跄向后倒退，肩膀撞到一处僵硬的边缘，结果发现那是马灯。它摇晃了几下，掉了下来，摔到地板上。灯重重落地，但灯光并没有熄灭，于是他们现在仿佛被一盏煤气灯从地面往上照着。她飞快地瞥了一眼那把椅子，伊妮德和宝宝不见了。

马格丽突然觉得胸口周围一阵阵发紧。她中弹了吗？受伤了吗？她没有听到枪声，如果真的中弹了，她应该会流血，或者倒在地上，或者感觉到真正的疼痛，但她没有。她仍然站着，蒙迪克仍然用那支枪指着她。接下来会发生什么事？她这辈子从未像现在这样不知所措。

她终于说出话来，声音听起来有些沙哑。"求你了，把枪放下，我会读你的笔记。如果你想，我能够做到。但是求你了，求你了，放下枪。那样不安全，蒙迪克先生。"

他继续用枪指着她，转移了一下脚下的重心，仿佛无法找到身体的平衡点。他似乎也不知道接下来该发生什么，如果有什么不一样，他似乎在等待她的下一个举动。

正在这时,一道粉红色穿过门口冲了过来。伊妮德挥舞着一口煎锅,就仿佛她准备给谁送上一顿煮好的早餐——可是不,她举起锅,朝蒙迪克头上拍去。这次袭击似乎并没有猛烈到能够阻止他。他丢下枪,枪朝角落滑了过去。

"是你?"说着,他冲着伊妮德的肋骨就是一拳,把她打得趔趔趄趄,"为什么你总是挡我的路?"格洛丽亚?格洛丽亚在哪里?马格丽扭转头部,不顾一切地四处寻找。

"她很安全,在厨房里。"伊妮德喘着气说。

像一个发狂的厨师,现在伊妮德拿出更多的餐具攻击蒙迪克。叉子、勺子、一只铁碗,它们全都呼啸着穿过空中,仿佛拥有导弹的力量。蒙迪克向左躲闪,向右躲闪,只有几样击中目标。然后是椰子,斯帕姆午餐肉罐头,半根山药,"美腿小姐"奖杯,一堆松散的发卡倾泻而下。她甚至抓住那幅圣婴耶稣的画,砸到他头上,跟着又用膝盖顶了一下他的腹股沟。蒙迪克发出一声尖叫。

"快跑,马吉!快跑出去!"

可是不等马格丽移动,蒙迪克就转过身,抓住伊妮德的脖子。他咆哮一声,将她从地板上提了起来。她踢着腿,朝空中猛击,但这毫无用处。他龇牙咧嘴,继续捏着她的喉咙,这样一来,她除了扭动身体,什么都做不了。

马格丽朝他扑了过去——一阵剧痛像白色飞镖一般穿过她的髋部,把她推向侧面。她抓起另一个斯帕姆罐头,朝他的头部扔去,没有击中。他跌跌撞撞地抓住伊妮德,朝门口走去,把她扔出门外。伊妮德从游廊上飞了出去。他刚刚把马格丽最好的朋友扔出了这所房子。

马格丽从来就不是一个暴力的女人,但她会变成一个愤怒的女人——合情合理。现在，她勃然大怒，周围的一切——这座平房，她的手，蒙迪克的脸——似乎都着火了。她髋部疼痛难忍，但她还是蹒跚地向前走去，双腿软弱无力地拖着脚到处晃悠。然后她抓住蒙迪克的肩膀，使劲摇晃着他，直到他的脸开始甩来甩去。她没有看到随后落到自己身上的东西——他的拳头。它从他背后投掷出来，那么用力地砸到她嘴上，她的嘴像一朵热辣辣的花一样绽开了。她挣扎着保持平衡，抓住蒙迪克的双臂。

这是一个令人尴尬的拥抱，但马格丽需要的只是支撑。他困惑地眨眨眼睛，伸手去摸她的嘴，这时她向后一仰，然后向前一扑，将她的额头撞到他鼻子上。一下可怕的咔嚓声，一股热乎乎、湿漉漉的东西喷到马格丽脸上，到处都是血。

蒙迪克号叫着，马格丽号叫着。蒙迪克跟跟跄跄，胡乱地挥舞着双臂，感觉到一阵眩晕。马格丽也跟跟跄跄，胡乱地挥舞着双臂，感觉到一阵眩晕，但还是保持了直立。她刚刚用头撞蒙迪克了。

他似乎惊呆了，马格丽也是同样。她头痛欲裂，两眼直冒金星，模糊了她的视力，她几乎什么都看不到。谁会料到，施加给别人疼痛，也会给自己带来这么大的痛苦呢？然后有一只手抓住她的肩膀，不等她明白过来，他就用腿夹住了她的背，像骑骡子一样骑在她身上。

她叫喊起来，怒气冲冲，左右摇晃，试图把他摇下去，可是他的手捂住了她的脸。她刚好及时避开那块小地毯，它盖住了地板上那个容易破损的危险地点。她用胳膊肘戳了他一下，将他朝一边甩去。他泄气了，从她背上摔到地上，双膝紧紧地蜷缩起来。

她转身跑出去想找伊妮德，可是他伸手抓她的一只脚，把她绊倒。

这一次，那只拳头不可避免地朝着马格丽的肚子挥舞，把她体内的空气都击打出来。她嘴里在流血,头发里也有血。现在已经不可能分清哪些血是从谁身上流出来的了,就仿佛他们身上的血全都流了出来,而不是留在身体里面。而且还有一股气味,那是湿答答的酸肉散发出的可怕气味。

她就要死了吗?她不知道。她周围全是一种浆状的物质,她还以为那是沼泽,直到她想起来自己并未置身沼泽。然后,她睁开眼睛,目光涣散地看到蒙迪克鲜血淋漓的脸正窥视着她。

那把枪回到他手里,但他不再用它指着她。他张开嘴,把枪管塞了进去,双眼凸出。

恐惧重新变成愤怒,马格丽已经血肉模糊了。她气喘吁吁,就要晕倒过去了,可她还是撑着膝盖爬了起来,咆哮道:"不,你别,你别对着我这么做。不!"当她冲过去阻止他时,双腿猛地传来一股疼痛,就像电流一般,于是她扑倒在伊妮德的鳗鱼桶上。桶侧翻在地,到处都在滴水。

然后,他尖叫起来:"蛇!你说过这里是没有蛇的!"

肯定是雨水把它们招引出来,两条小鳗鱼在地板上扭动着,留下一些杂乱的圆圈。是马灯的灯光吸引了它们,但蒙迪克不知道。它们无意伤害他,而他还是不知道。他丢下那把枪,张开嘴,想要尖叫,却叫不出声来。然后他向后一跳,踩到了那盏摔到地板上的马灯,身体一下子失去平衡,被绊倒在那块小地毯上,掉进那个窟窿里。

在他身体下面,地板像活板门一样裂开。马灯、小地毯、斯帕姆罐头和蒙迪克全都掉进那个洞里,消失了。

天已经黑了,空中挂着一轮满月。大地被照得如同一张照片。棕榈树发白,越过叶子的缝隙,可以看到发白的大海。除了缠绕在树枝最高处的几缕薄雾,雾气已差不多消散。最早出现的几颗星星在闪着微光。

伊妮德躺在台阶下方的尘土中,她的身体没有蜷缩或扭曲。她似乎并不痛苦。她穿着那套粉红色的旅行套装,闭着眼睛躺在那里,枕着一块大石头,仿佛睡着了一般。在她脚上,套着她喜欢的那双装饰着绒球的小凉鞋。她的皮肤发黑,鼻子末端有一块皮肤剥落,头发散开了。如果说跟以前有什么不同,她现在看起来就像一个孩子。

马格丽艰难地屈膝跪下,看到伊妮德的那一刻,她脑子里就知道一切都太晚了。当她踉跄地走下那几级破裂的台阶,当她拖着沉重的身体穿过草地和红色的尘土,甚至当她摸伊妮德的脉搏时,她就知道了。但她依然用指尖搜寻,按住伊妮德的手腕,解开伊妮德的衣扣,按着她的喉咙,寻找着生命脉动的微小迹象。马格丽反复呼唤伊妮德的名字,叫她快醒过来,醒过来,伊妮德,别这个样子,你愿意告诉我多少惊人的消息都可以,伊妮德,可是我不要这个,求你了,我还没有准备好。她甚至摇晃着她——不是很用力,但应该足以把她摇醒。然后,她用两只手捧起伊妮德的脸,把它扭向自己的脸,飞快地把手指伸进伊妮德嘴里,把自己的嘴贴到伊妮德嘴上。赶快醒过来,伊妮德,你这个浑蛋。你想要活下去,快醒过来。只要她继续寻找生命的气息,找到它的希望就有可能存在,她等待着,等待着最微小的悸动。马格丽不愿放弃,不愿白白放手,她会找到它的。她以前就挽救过伊妮德的生命,她能够再次救活她。毕竟,伊妮德闻起来仍然是伊妮德气味。可是马格丽想挽救她生命的努力完全是徒劳。不管伊妮德从前拥有怎样的生命,现在,生命已经消失了。马格丽突然觉得冰冷刺骨。

她抓起伊妮德的手,紧紧握住,脑子里闪过一幅幅画面的碎片,微小却清晰得离奇。她看到伊妮德摇摇晃晃地穿过芬彻奇大街火车站,吃力地拎着四只行李箱并挥舞着脚。"到啦!"这就是伊妮德,她猛地推开她们在邮轮"俄里翁号"上的船舱,她捧着花,那一大堆从头等舱借来的花。马格丽看到伊妮德扭动身体穿过雨林,身后跟着那只小狗,然后她突然把裙子提到短裤上方,开始尽情地奔跑起来。她将马格丽从一潭死水般的生活中拯救出来,马格丽对她的爱超乎想象。她亲吻着伊妮德的手背,把它按到自己脸上。当她开始流泪时,她并不想强忍着,尽管眼泪流过伤口,疼得好像被巨大的石头砸中。她只是握着伊妮德的手哭泣。一张脸从黑暗中冒出来,然后是另一张,然后又是一张靠拢过来。是棚屋小镇的男孩们,他们慢慢低下了头。

  这并不是马格丽活在世间的最后一天,她还有很长的路要走,但没有哪一天不是在对伊妮德的回忆中度过的。不管那记忆多么模糊,哪怕是格洛丽亚的一个动作,哪怕是光线在树木中移动的样子,都会让她想起伊妮德。此刻她感觉到的寒冷会逐渐缓解,但永远不会消失,因为她与伊妮德之间的友谊炽烈如火。如果说生活必须继续,那么死亡也是同样。而且就像生活一样,死亡也将是一个连续不断的故事。

  与此同时,马格丽还需要处理一个摔断脖子的男人,以及即将到来的法国**警察**,更别提一条正朝普姆驶来的渔船。但在这一刻,她别无所求,只想握住这个人的手。

  平房里回荡着一个婴儿的哭声,该给格洛丽亚喂奶了。

## 伦敦,自然历史博物馆
## 芙蕾雅[①]

---

[①] Freya,北欧神话中爱与美的女神,也是生育之神。

## 54

# 新喀里多尼亚的金色甲虫，1983年

就在马格丽·本森和南茜·柯莱特消失几年之后，一个匿名包裹被送到自然历史博物馆的昆虫馆，上面盖着加里曼丹岛的邮戳。包裹里面有一本皮革封面的笔记本，一种从未有人见过的甲虫的十六幅素描，以及三对有雌有雄的针插标本。那些图画得无可挑剔，笔记准确地描述了这种甲虫的大小和外观，以及栖息地——位于加里曼丹岛一处偏远的泥炭沼泽森林——并且记录了它的交配模式、食性，以及雌性甲虫埋藏在沼泽树木根部的蠕虫状的幼虫。这种甲虫对生态系统至关重要：幼虫会捕食那些攻击沼泽树木树根的虫子。标签上写着它的学名：普雷蒂氏球甲[①]。

在接下来的三十年里，更多匿名的包裹不定期地被寄到昆虫馆，每过一段时间就会有一个，而且来自世界各地。里面总是装着一本皮

---

[①] 此处原文为Sphaeriusidus enidprettyi，是作者虚构出来的一种球甲科甲虫，用伊妮德·普雷蒂的名字命名，以示纪念。因以人名为物种命名时仅采用拉丁化的姓氏，故翻译成中文俗名时采用"某某氏"译法。

革封面的笔记本和某个甲虫新种的十六幅解剖图，以及三对保存完好的标本。没人知道是谁寄来的，但这已经成了让昆虫馆工作人员欣喜的谜团。一度有传言说，这些标本和笔记是某位已故的馆长寄来的，他伪造了自己的死亡，实际上是回野外探险去了。

在接到第一个神秘包裹的三十年后，又一个包裹寄到了，不是寄给整个昆虫馆的，而是特意寄给芙蕾雅·巴特利特的，当时她是在那里工作的唯一女性。芙蕾雅听说过那些不时出现的奇怪包裹，而且，像其他所有人一样，她也对寄件人的身份感到好奇。她没来由地感觉它们都是另一位女性的工作成果。也许那只是她的幻想。她很孤独，真的很孤独，这是事实。工作时间太长了，她放弃了结婚成家的想法——她甚至无法长期维持一段恋爱关系。当她参加探险时，一些男人无须考虑的问题，会让她在若干男同事中显得与众不同：不只是月经，或者如何安全如厕，也不只是那些关于体力悬殊的无休止的玩笑，而是那种认为自己永远不会得偿所愿的感觉。有好几次，一位同事会在她并不需要帮助时向她伸出手来，然后过分用力地捏她。她曾经遭到贬低和议论，错过了几次本该获得的晋升机会。但在内心深处，她知道这些并不能完全怪别人。出于某种不愿打破现状的古怪愿望，她已经成为那些事情的同谋。在她应该生气的时候，她却哈哈大笑；在她应该滔滔不绝地为自己辩护时，她却沉默不语。她贬低自己的成就，说那些无足轻重，尚未成形，或者只是侥幸获得的，尽管实情根本不是那样。她不单单是在工作机遇上不断遭受失败，她还一次又一次地错过好朋友的婚礼，以及她们的孩子的洗礼，而这也都是出于她自己的选择。一个月之前，她认识最久的一位闺密写信邀请她到苏格兰去，参加她的教子的生日聚会。"不过我猜你很难抽出时间来。"那是事实。有些夜晚，芙蕾雅工作得太晚，只能从储物柜里拿出睡袋，睡在在办公桌下的地板上。她还在储物柜里放了牙刷和一套备用的衣服。

她摸了摸，那个包裹很薄，薄得难以装下任何能让人产生兴趣的东西。邮戳是新喀里多尼亚的。她打开了包裹。

里面没有皮面笔记本，没有十六幅解剖图，没有完美的标本，只有一个信封。信封里装着一张黑白照片。

照片上有两个女人，一位昆虫学家和她的助手。那位昆虫学家站在正中间，是一位漂亮的年轻女人，脸上笑容可掬，一只手伸向照相机。她的脸圆圆的，骄傲而快乐，仿佛她找到了真正令人兴奋的东西，想拿给人们看。她金色的头发蓬松而稠密，穿着裙子和靴子，脖子上挂着一副双筒望远镜。芙蕾雅拿起一个放大镜。那位年轻女人手上有一只甲虫，从黑白照片上很难判断，不过它显然色彩鲜艳，甚至可能是金色的。不可能是金龟子或步甲，体形不够圆，肯定也不是拟花萤。没人发现过那样的甲虫。难怪那个女人看起来那么快乐。

芙蕾雅把放大镜移动到那个助手身上，她的年纪要大得多，老实说，已经大得不适合野外探险了。她个头高大，骨架也很大，但有些脆弱。她穿着男人的外套和宽松的长裤，侧对着照相机，目光望向一旁。年长女人的头发上别着什么东西，是一朵花吗？起初芙蕾雅看不清楚，等意识到那是一只绒球后，她不禁露出微笑。太不可思议了。那位年长的女性肯定遭遇了某种意外，她拄着一根拐棍，一条腿看起来有些僵硬。芙蕾雅摸摸照片，想知道更多信息。

触动她的是两个女人的亲密态度，以及她们对照相机的不同态度。那个年轻女人直视镜头，而年纪更老的那个注视着侧面，仿佛远处还有第三个人吸引了她的目光。看起来她不再需要引起世人的关注，因为她对那个年轻女人的爱更强烈。她们是母女吗？不太像。但即使是在黑白照片上,芙蕾雅也能够感觉到她们之间的强烈感情。

她又看了看年轻女人手上的甲虫。突然,她再也无法判断这个女人是在把自己找到的东西拿给芙蕾雅看,还是邀请她亲自去那里看看。翻到照片的背面,她找到一段说明:

新喀里多尼亚的金色甲虫,1983年。

芙蕾雅走到办公桌旁,上午的时间已经过半。她在一沓论文里翻找,一会儿拿起来,一会儿放下,仿佛文件已经不是原来的样子。她在地图上寻找新喀里多尼亚,然后在地图上的另一端找到一个形如擀面杖的岛屿。她煮了一杯咖啡却忘记了喝。她把眼睛凑到显微镜上,却心不在焉,什么都没看到。她忍不住一直想着那两个女人。她们似乎存在于每一条她从未追随的道路,每一个她从不知晓的地方,每一位她不关心的朋友身上。芙蕾雅忽然觉得皮肤上一阵刺痛,吐出野性的呼吸。那是一股兴奋之感。

她飞快地找出护照、笔记本、靴子、牙膏、几个小玻璃瓶,将它们卷进自己的睡袋。她不知道自己会先去苏格兰还是新喀里多尼亚,也不知道自己何时出发,怎样出发。但作为女人,真正的失败之处是连尝试的机会都不给自己。

她整装待发。

# 后 记

当我开始创作一本有关甲虫和新喀里多尼亚的书时，我对这两个话题都一无所知。这或许会让一些人望而却步，却也让人（我）感觉是一个很不错的起点。

在我为创作本书而做的调查研究中，我在网上浏览无穷无尽的地图——旧版和新版都有，也研究了海量的博客、播客、网站和文章，下列著作也是无价之宝：美国陆军与海军部发行的《新喀里多尼亚袖珍本指南》（*Pocket Guide to New Caledonia*），1942年出版的《图说新喀里多尼亚》（*New Caledonia Illustrated*），"孤独行星"出版的《瓦努阿图和新喀里多尼亚》（*Vanuatu & New Caledonia*），伊芙琳·奇斯曼（Evelyn Cheesman）著的《独树一帜》（*Who Stand Alone*）、《值得探究的事物》（*Things Worth While*）和《善用时间》（*Time Well Spent*），简·罗宾逊（Jane Robinson）编辑的《女性旅行家文选》（*Unsuitable for Ladies: An Anthology of Women Travellers*），玛丽·罗素（Mary Russell）著的《女性旅行家及其世界》（*The Blessings of a Good Thick Skirt: Women Travellers and their World*），魏纳·明斯特贝格（Werner Muensterberger）著的《标本采集：不羁的激情》（*Collecting: An Unruly Passion*），理查德·琼斯（Richard Jones）著的《甲虫》（*Beetles*），诺曼·H. 乔伊（Norman H. Joy）著的《英国甲虫：它们的家园和栖息地》（*British Beetles: Their Homes and Habitats*），《法布尔昆虫记》（*Fabre's Book of Insects*），帕特里斯·布沙尔（Patrice Bouchard）著的《甲虫之书：600种自然"珠宝"的实物大小指南》（*The Book of Beetles: A Life-Size Guide to Six Hundred of Nature's Gems*），亚瑟·V. 埃文斯（Arthur V. Evans）和查尔斯·L.贝拉米（Charles L. Bellamy）合著的《偏爱甲虫》（*An Inordinate Fondness for Beetles*），波尔·贝克曼（Poul Beckmann）著的《活着的珠宝：甲虫的天然图案》（*Living Jewels: The Natural Design of Beetles*），亚当·多德（Adam Dodd）的《甲虫》（*Beetle*），贝尔纳·厄韦尔曼斯（Bernard Heuvelmans）的《寻找未知动物》（*On the Track of Unknown Animals*），A. 詹姆斯·哈默顿（A. James Hammerton）和阿利斯泰尔·汤姆森（Alistair Thomson）合著的《"十英镑流放犯"：澳大利亚的隐形移民》（*'Ten Pound Poms': Australia's Invisible Migrants*），弗吉尼亚·尼克尔森（Virginia Nicholson）的《精挑细选》（*Singled Out*）和《理想家庭的完美太太》（*Perfect Wives in Ideal Homes*），朱莉·萨摩斯（Julie Summers）的《房子里的陌生人》（*Stranger in the House*），戴维·基纳斯顿（David Kynaston）的《节衣缩食的英国：1945—1951年》（*Austerity Britain, 1945–1951*），哈罗德·阿彻利爵士（Sir Harold Atcherley）的《日军擒获的战俘》（*Prisoner of Japan*），查尔斯·斯蒂尔（Charles Steel）的《缅甸铁路工人》（*Burma Railway Man*）。

尽管有上述著作，但如果没有若干昆虫学家的善意、耐心和专业知识，我也无法走得太远。他们不仅抽出时间跟我交谈，而且用我能够理解的词汇，向我解释他们对甲虫的激情，以及趁为时未晚了解地球上有什么昆虫是多么重要。这些昆虫学家包括：自然历史博物馆的高级策展人比拉·加纳（Beulah Garner）；格洛斯特大学科学传播领域的教授亚当·哈特（Adam Hart）；牛津大学自然历史博物馆的莎莉-安·斯彭斯（Sally-Ann Spence），她也是"小型无脊椎动物教学团体"（Minibeast Mayhem）的创立人；哈珀亚当斯大学的昆虫学教授西蒙·莱瑟（Simon Leather）。我对你们感激不尽。

我也要对BBC广播四台表示感谢。多年之前，我听到约翰·汉弗莱斯（John Humphrys）就神秘动物学那疯狂而辉煌的世界而挖苦一个男人，顿时大受吸引，不得不直接驱车回家查找相关知识。我由此构思出一种尚未被人发现的金色甲虫。

感谢我的姐姐艾米，她阅读了本书的多个版本，提出许多宝贵的意见，不仅让故事更加精彩，而且为本书增加了一些篇幅，让情节栩栩如生。感谢我的妈妈，还有妹妹艾米丽——她太喜欢伊妮德这个角色了，至今仍因书中的结局而无法原谅我。感谢我的朋友尼亚姆·丘萨克（Niamh Cusack）和莎拉·埃奇希尔（Sarah Edgehill），她们也阅读了早期草稿（写得很糟）的若干片段，并激励我继续下去。

感谢一位我素未谋面的人——我丈夫的叔祖蒙特（Mont），他曾在20世纪50年代从蒂尔伯里搭乘邮轮"俄里翁号"前往布里斯班，并好心好意地写了一封有关旅途的长信。

感谢丽莎·马歇尔（Lisa Marshall）慷慨提供有关接生术以及在一座山的半山腰分娩的建议。感谢达梅·苏·布莱克（Dame Sue Black）教授解答有关头部伤口、窒息、人类尸体分解等一切问题，以及解答在20世纪50年代一所没有取暖设备的房子里，上述内容闻起来是什么气味。

感谢我的版权代理和亲爱的朋友克莱尔·康维尔（Clare Conville），感谢杰克·史密斯-博赞基特（Jake Smith-Bosanquet）、亚历山大·科克伦（Alexander Cochran）、凯特·博顿（Kate Burton），以及康维尔&沃尔什代理公司（Conville & Walsh）整个专业团队。感谢尼克·马斯腾（Nick Marston）、卡米拉·扬（Camilla Young）、凯蒂·巴特科克（Katy Battcock）和柯蒂斯·布朗（Curtis Brown）代理公司的所有成员。感谢克利奥·泽拉菲姆（Clio Seraphim）和企鹅-兰登书屋美国分公司了不起的团队。感谢环球（Transworld）出版公司的每一位员工：感谢我的编辑和朋友苏珊娜·韦德森（Susanna Wadeson），这些年她一直在我身边支持我，知道什么时候从我手里夺走这本书；感谢谢丽卡·提尔瓦（Sharika Teelwah）；感谢卡特里娜·侯恩（Katrina Whone）、凯特·萨玛诺（Kate Samano）、乔希·本（Josh Benn）、黑兹尔·奥姆（Hazel Orme）和双日出版集团（Doubleday）编辑部的所有人；感谢阿里森·巴罗（Alison Barrow），对每一位作者来说，他都是一位完美的出版人；感谢布拉德利·罗斯（Bradley Rose）；感谢营销部的爱玛·伯顿（Emma Burton），感谢音频部的爱丽丝·图梅（Alice Twomey）；感谢汤姆·奇肯（Tom Chicken）、迪尔德丽·奥康奈尔（Deirdre O'Connell）、艾米丽·哈维（Emily Harvey）、加里·哈利（Gary Harley）、汉娜·韦尔什（Hannah Welsh）和英国销售部的所有代表；感谢贝瑟姆·摩尔（Bethan Moore）、娜塔莎·福迪欧（Natasha Photiou）和国际销售部的整个团队；感谢产品部的卡特里奥纳·希勒顿（Catriona Hillerton）；感谢艺术部的理查德·奥格尔

（Richard Ogle）；感谢拉里·芬利（Larry Finlay）和比尔·斯科特-克尔（Bill Scott-Kerr）。感谢尼尔·高尔（Neil Gower）为本书英国版设计出雅致的封面；感谢金伯利·格力德（Kimberly Glyder）为美国版设计出同样雅致的封面。（谁说"绝不能根据封面判断一本书的质量"？这句话并不适用于此。）我欠你们所有人一只小小的金色甲虫。

感谢我生活中所有女性，这本书为你们而写。

感谢你，苏珊·卡米尔（Susan Kamil），我们曾在凯莱奇酒店（Claridge's）吃午餐时畅谈"宝石甲虫"和友谊，希望能与你分享这本书。

最重要的是，感谢我的丈夫保罗，他耐心地阅读了每一页，至少读了六百遍，却仍然表现出兴味盎然的样子。他已经学会即使面对不完美的事物，最好也把"嗯，很不错……"用作一句话的开头。没有你，我无法坚持写作至今。